魯迅

野草と雑草

秋吉　收

九州大学出版会

はじめに

「芸術的完成さでは魯迅のあらゆる作品中で第一位を占める[1]」。竹内好（一九一〇－七七）のこの言葉にも象徴されるように、魯迅（一八八一－一九三六）の散文詩集『野草（Ye-cao）』（一九二七年刊）は、一般に中国近代文学史上最高の文学者と位置づけられる魯迅の、その中でも最高傑作として称えられてきた。その傾向は本場中国でも同様で、魯迅を理解するために最も大切なテキストのひとつとして、一貫して重視されてきた。

章衣萍（一九〇二－四七）は、『野草』各篇を掲載した雑誌『語絲』の編纂に魯迅とともに携わるなど、魯迅とも関係の深い同時代文人であるが、彼は「古廟雑談」（一九二五年三月三一日『京報副刊』）に次のように書き付けている。

魯迅先生の『野草』について、私には理解できているなどとあえて言う勇気はない。しかし魯迅先生はご自分ではっきりと私に仰ったことがある、彼の哲学はすべてその『野草』の中に含まれているのだと。

この文章が執筆された一九二五年と言えば、まさに『野草』（一九二四年から二六年にかけて執筆）が書き継がれていた最中である。執筆中に魯迅がこのように発言したというその意味は小さくない。

また、魯迅の同郷でともに日本留学、帰国後も魯迅の同僚、文学・思想の同伴者として常に魯迅とともにあった親友の許寿裳も『私の知っている魯迅』（一九五二年、人民文学出版社）の中で、「魯迅の精神」と題して次のように記していた。

彼の創作は二種類に分けることができる。一つは小説で、すなわち『吶喊』、『彷徨』、『故事新編』（歴史小説）、

『野草』（散文詩）、『朝華夕拾』（回想文）等。二つ目は短評および雑文で、（中略）『野草』にいたっては、魯迅の哲学であると見なせる。

このように、魯迅の『野草』が偉大な魯迅の粋として推戴されてきたことも故なしとしない。だが、それゆえにかえって覆い隠された事実や、実際との乖離も生じてきたのではないか。

序章「「野草（Ye-cao）」と「雑草」」は、その魯迅の散文詩集の標題〝野草（Ye-cao）〟のよりふさわしい日本語訳として初めて〝雑草〟を提起するものだが、従来から一貫して訳語としても「野草」が置かれてきた背景には、原題そのままというわかりやすさの裏に、魯迅研究者たちの、『野草（Ye-cao）』に対する無意識の想いといったものが反映していたと考えている。よしんば魯迅自身が日本語訳〝雑草〟を願ったとしても、〝雑草〟では、高貴なる魯迅芸術の最高峰の名称としてはまったくふさわしくないのだ。そうした魯迅の『野草（Ye-cao）』を本来のテキストに回帰させることを企図した。

本書は、序章を含む全四部十三章と全篇の新訳たる『雑草』から成る。第Ⅰ部「『野草』論」は、『野草（Ye-cao）』を新たな観点から捉え直すことを試みたものであるが、今回、『野草』を構築する要素としては従来全く注意が払われてこなかった文芸新聞、北京『晨報副刊』の発見を主軸としつつ、徐玉諾、ツルゲーネフ、与謝野晶子らの関与について仔細に繙きながら、『野草（Ye-cao）』成立の蔭に埋もれてきた新事実を発掘する。第Ⅱ部「「影の告別」論」では、『野草（Ye-cao）』の中でも最も重視されかつ難解な作品とされる「影の告別」を取り上げ、タゴール、徐志摩、周作人という、魯迅との関係が決して良好とは言えない（むしろ敵対関係にある）文人たちと魯迅が、文学の上では意外に深い交流を有していた可能性について考察を試みたものである。また、完全に見落とされてきたテキスト（字句）異同の発見を端緒として、新たな観点から解釈を試みた。第Ⅲ部「『野草』と日本文学」では、与謝野晶子、佐藤春夫、芥川龍之介の順に、魯迅及び『野草』との接点を探求した。その結果、魯迅と日本との関係がこれまで認識されていた以上に深く濃密なものであったことを解明できた。第Ⅳ部「「詩人」魯迅」では、これまで〝詩人〟の称号が〝献上〟されてきた魯迅の文学について、魯迅自身の意識を検証することで、その実像に回帰させることができたと考える。なお、最終章では成仿吾との関係に着目することで、魯迅における〝野草〟という用語自体の起源に迫ることができた。

魯迅は、一九〇二年から〇九年まで、つまり二一歳から二八歳という最も多感な修学時期に日本に留学した。一般的に当時の中国人留学生の意識では、明治維新を通して欧米技術の導入に先に成功した日本にて、その西洋を学んで帰るのが唯一無二の目的であり、日本自体を学ぶ気など全くなかったといっても過言ではない。だが実際には、日本の翻訳書、文学、社会、人と触れあううちに、彼らは自然と日本自体に溶け込み、それを吸収していった。中には、魯迅の弟周作人のように、日本人の妻を娶り、日本そのものを生涯の研究課題と定めた文人もいたほどである（そのことが後にいかなる禍根を醸成したかはおいても）。周作人ほどではないにしろ、魯迅も日本を確実に吸収した。彼の中国語には完全なる日本語語彙が多数含まれるし、彼の脳髄には日本ならではの知識や思想が深く根付いている。中国（日本以外）の魯迅研究者にとって、『芥川龍之介全集』（全二四巻、岩波書店）、『佐藤春夫全集』（全三六巻、臨川書店）、『与謝野晶子全集』（全二〇巻、講談社）等々を完全に利用することは至難に属する仕事であろう。魯迅の中の日本を透過した研究は、やはり私たち日本人研究者の一つの責任であると改めて認識している。

最後に、岩波書店『魯迅選集』（一九五六年）に附された『魯迅案内』所収、「魯迅の思想と文学（座談会）」から引用する。（引用の発言者は、武田泰淳、竹内好、佐々木基一である。）

武田　（……）『野草』を読むと魯迅が好きになるという。これを一つ、解説してくれないか。どういう思想系統に属しているか、それを聞きたい。どうしても『野草』を忘れてフラフラッと出て行くわけにいかない。

竹内　竹内説では、『野草』は当時の急進的インテリゲンチャの反抗の心理を代表していると規定する。

（中略）

竹内　『野草』は重要な作品ですか。
武田　僕はそう思う。（……）
佐々木　私は、作家としての魯迅が、一番結晶した作品を書いたのは『野草』じゃないかと思う。『野草』という散文詩は非常に難解な作品で、私なんかとうてい全部は理解できないのだけれども、何となくいいのですね。こちらのその時その時の条件に応じて、万華鏡みたいに、色々な面が光ってくる。（……）
竹内　私もそう思います。しかし今の若い人たちはその説はとらない。別の新しい説がちかごろ大分出て来ています。

拙著はもしかすると、竹内の所謂「別の新しい説」に当たるのかもしれない。だが、魯迅（の文学）を従来の枠から解き放つ作業には、一定の意義があると信ずる。

（1）　竹内好『魯迅入門』「Ⅲ作品の展開『野草』」一九五三年、東洋書館。

目次

凡例

1　本書で用いた文章は可能な限り原載紙誌によったが、それが難しい場合は全集等を参照した。魯迅については基本的に『魯迅全集』全十六巻（一九八一年、人民文学出版社）を底本とし、適宜、二〇〇五年の人民文学出版社版および他の版本も使用した。版本の異同等については、各処にてその旨明記する。

2　魯迅の文章の日本語訳は、『野草』については拙訳によるが、それ以外は、基本的に学習研究社版『魯迅全集』（一九八四〜八六年）を底本としつつ、場合によっては他の既存の翻訳を参考にしながら適宜改訳した（丁寧語によるものは基本的にすべて常語に改めた）。参考にさせて頂いた原翻訳者のお名前を明記していない箇所もある。ここに記して、謝意を表したい。魯迅以外の文章の翻訳については、特に断らない限り拙訳による。

3　引用文は原則として初出時の体裁を可能な限り踏襲した。なお、引用文中の枠線、太字、傍線等は、特に断りのない限り、引用者による。原著者による注は〔〕で、引用者秋吉による注はポイントを小さくして（）で示した。また、詩などの引用で「／」は改行を表す。字体については、旧字体等を現代仮名遣いに改めることをせず、可能な限り原典の表記に従った。原典における明らかな問題等はその都度注記した。中略については、一部短い箇所の場合は「（……）」で、行をまたぐような長きにわたる場合は「（中略）」と表記した。

4　必要に応じて、日本語訳の下に括弧で中国語原文（原語）を挿入したが、行論の都合で日本語訳と中国語を逆にしたところもある。

5　難読と思われる漢字には筆者の判断でルビを付したが、引用文などで必ずしも原典通りに付しているわけではない。

6　引用文中、現代においては不適切と見られる表現について、学術研究の観点からそのままにしたところもある。また人名については基本的に、「氏」などを含めて敬称を省略させて頂いた。

魯迅
――野草と雑草――

序章　「野草（Ye《イエ》-cao《ツァオ》）」と「雑草」

一　日本語と中国語

魯迅の散文詩集『野草（Ye-cao）』の日本語への翻訳は、次に挙げるように、かなりの数に上る。それは『野草』がいかに重視されてきたかを物語ると同時に、執念すら感じさせるその営みの上には、研究者たちの魯迅に託した想いが端的に表現されている。

花栗実郎訳『野草』（抄訳四篇）（一九二八年、朝鮮及満州社〔朝鮮京城〕『朝鮮及満州』二四七号「支那現代の小説」）
鹿地亘訳『野草』（一九三七年、改造社『大魯迅全集』）
土井彦一郎訳『野草』（抄訳一篇）（一九三九年、白水社『西湖の夜―白話文学二十講』）
小田嶽夫訳『野草』（抄訳七篇）（一九五三年、青木書店〔文庫〕『魯迅選集　創作集一』）
竹内好訳『野草』（一九五三年、筑摩書房『魯迅作品集』）
木山英雄訳『野草』（抄訳十一篇）（一九六三年、平凡社『中国現代文学選集第二巻　魯迅集』）

高橋和己訳『野草』（一九六七年、中央公論社『世界の文学四七　魯迅』）
駒田信二訳『野草』（一九七八年、集英社『集英社版　世界文学全集七二　魯迅　巴金』）
竹内好訳『野草』〔改訳〕（一九八〇年、岩波書店〔文庫〕『野草』）
飯倉照平訳『野草』（一九八五年、学習研究社『魯迅全集』第三巻）
山田野理夫訳『野草』〔抄訳二篇〕（一九八六年、岩崎書店『愛と真実の人びと4　魯迅―中国の夜明けを』）
片山智行訳『野草』（一九九一年、平凡社〔東洋文庫五四一〕『魯迅「野草」全釈』）
丸尾常喜訳『魯迅『野草』の研究』（一九九六年、汲古書院）[1]

表題『野草（Ye-cao）』については、そのどれもが中国語の原題『野草』をそのまま日本語訳としている。また散文詩集『野草（Ye-cao）』以外にも、魯迅は著述の中で「野草（Ye-cao）」を何度か口にしているが、それらの日本語訳もおおむね、やはりそのまま「野草」とされてきた。本章では、魯迅や弟周作人の著述、また日本および中国文学における用例等を手がかりにしながら、魯迅の用いた中国語「野草（Ye-cao）」の意味について再考を試みた。結論として、「野草」に代わる日本語訳として「雑草」を提起したいと考えている。

＊

中国語「野草（Ye-cao）」は、古典からその用例をたどってみても、元来、日本語の「雑草」的なイメージを含む語である。日本語の雑草に近いイメージの中国語「野草（Ye-cao）」の例を引いてみると、例えば『漢書』「楊雄伝」には、

斬叢棘、夷野草（とげある枝を切り、野草を刈り取る）

とあり、また、『宋史』「食貨志」には、

舊例焚野草、須十月後、方得縱火　（先例によって野草を焼くに、十月まで待って火を放つ）

とある。日本語「雑草」とは、もともと耕地で作物に混じって生えてくる草のことであり、概して邪魔物で役に立たないものの代名詞であるが、ここに引いた中国古典の用例も開拓のために刈り取られたり、野焼きされたりするやはり邪魔者としてのそれである。

参考までに中国語の「雑草（Za-cao）」についても見てみよう。『漢書』「西域傳上　罽賓國」には、次のような記述がある。

罽賓地平温和、有目宿、雜草奇木、檀、櫰、梓、竹、漆。
（罽賓国は土地が平坦で気候も温和であり、うまごやしや、諸々の草、それに珍しい樹木、まゆみやえんじゅ、あずさに竹や漆がある。）

ここに見える「雑草（Za-cao）」は、雑多な草という程度の意味であろう。このように、中国語「雑草（Za-cao）」とは字面通り、種々の草が入り雑じって生えている様子を表しているにすぎない。これに対して日本語の「雑草」は、邪魔物で虐げられた存在であるが故に、その反面、踏まれても屈服しないという強い生命力が意識されることが多い。日本文学においては、作家が自己を投影するという形でこのような「雑草」が多く詠まれている。だが、特に近代以前の中国における用例の上に、日本語のような、踏み付けにされてもめげないたくましい「草」のイメージを見出すことはできないようだ。

二　魯迅における「野草（Ye-cao）」

以下、魯迅の著述に出現する「野草（Ye-cao）」について検討したい。翻訳の中で「野草（Ye-cao）」の部分はあえて訳さず「**Ye-cao**」そのままにしておく。まずはじめに、魯迅が少年時代を回想した「百草園から三味書屋へ」より引用する。

我家的後面有一個很大的園，相傳叫作百草園（……）其中似乎確鑿只有一些野草；但那時却是我的樂園。(2)

（我が家の裏に広い庭があり、そこは代々、百草園と呼ばれてきた（……）たしか、そこにあったのは「**Ye-cao**」ばかりだったような気がする。そうではあったが、当時は私の楽園であった。）

次に引くのは、一九二四年に文壇の対立派との論争の渦中に書かれた「口には出せぬ」と題された雑感文の一節である。

我以爲批評家最平穩的是不要兼做創作，假如提起一支屠城的筆，掃蕩了文壇上一切野草，那自然是快意的。(3)

（思うに批評家が最も安全なのは、創作を兼ねるのはやめることだ。かりに撫斬《なでぎ》りの筆をふるい、文壇上の一切の「**Ye-cao**」をなぎ払えば、当然、気分は壮快だろう。）

次に挙げるのは、魯迅自らが編集したドイツの版画家ケーテ・コルヴィッツの『版画選集』のために書いた「序と目録」である。目録の十一番目に並ぶ「恥ずかしめられし者」と題された版画の解説で、魯迅は次のように述べ

ケーテ・コルヴィッツ「恥ずかしめられし者」（1907 年）

ている。

只見一路的野草都被蹂躪，顯着曾経格斗的様子[4]。

（路一面の「**Ye-cao**」がみな踏みにじられ、格闘した様子が明らかである。）

ちょっと見づらいが、参考として原画を挙げる[5]。強姦されて地べたに置き去りにされた半裸の女性（農奴）の死体が、踏みにじられた「**Ye-cao**」の上に横たわっている構図である。

日本語の「野草」は、一面可憐で愛らしい植物でありながら、人里離れて山野に自生するその姿は、凛とした高潔で清冽なイメージさえ湛えている。これに比して「雑草」は、役に立たず邪魔者扱いされる存在で、高潔とはおよそ反対のイメージを付与されることがほとんどである。そうであるならば、引用した文章に登場する魯迅の用いる「野草（Ye-cao）」のイメージは、日本語の「野草」よりもむしろ「雑草」に近いのではなかろうか。

次に、魯迅の散文詩集『野草（Ye-cao）』の一篇「雪」から引用する。ここには、「雑草（Za-cao）」の文字が見えているが、実は『魯迅全集』（一九八一年、人民文学出版社）全体の中で「雑草（Za-cao）」が登場するのはこの一箇所のみであり、その意味でも注目される一文である。

雪家中有血紅的寳珠山茶，白中隱青的單瓣梅花，深黄的磬口的蠟梅花；雪下面還有冷綠的雜草。蝴蝶確乎没有；蜜蜂是否來采山茶花和梅花的蜜，我可記不真切了。[6]

（雪におおわれた野原には、深紅の椿と、緑がかった一重の白梅と、濃い黄色の鉢型をした蝋梅の花が咲く。雪の下には、緑の残る「**Za-cao**」も生えている。蝶がいないのはたしかだが、蜜蜂が椿や梅の花に蜜をとりに来たかどうかは、わたしの記憶でもはっきりしない。）

この用例には、日本語の「雑草」のような邪魔者のイメージはない。やはり「雑多な草」といった程度の意味であろう。

三 「野草（Ye-cao）」の翻訳を通して

本節では魯迅における「野草」「雑草」の意味をより深く考察するために、魯迅が散文詩集『野草（Ye-cao）』の執筆を開始する（一九二四年）以前の魯迅・周作人兄弟の翻訳、特に日本文学の翻訳に注目してみたい。次に引用する、一九二〇年に魯迅の弟周作人によって訳され、中国の文芸新聞『晨報副刊』（一九二〇年一〇月一六日）に発表された与謝野晶子の詩は訳題が「野草（Ye-cao）」とあるが、実は与謝野の原詩の題は「雑草」であった。（与謝野の原詩は一九一八年二月二四日『横浜貿易新報』原載で、『若き友へ』〔一九一八年、白水社〕所収）。

雑草

雑草こそは賢けれ、
野にも街にも人の踏む
路を残して青むなり。

雑草こそは正しけれ、
如何なる窪も平かに
圓く埋めて青むなり。

雑草こそは情あれ、
獣のひづめ、鳥の脚、
すべてを載せて青むなり。

雑草こそは尊けれ、
雨の降る日も、晴れし日も
微笑みながら青むなり。

（一九一八年）

野草

野草眞聰明呵、
在野裏城裡、留下了人的走路、
青青的生著。

野草眞公正呵、
什麼窪地都塡平了、
青青的生著。

野草眞有情呵、
載了一切的獸蹄鳥跡、
青青的生著。

野草眞可尊呵、
不論雨天晴天、總微笑著、
青青的生著。

（一九二〇年訳）

日本語「雑草」は周作人によって中国語の「野草（Ye-cao）」と翻訳された。ここで一つ注意しておきたいのは、この与謝野晶子の詩「**Ye-cao**」が翻訳掲載された当時の文芸新聞『晨報副刊』には、「ツルゲーネフ散文詩 五〇篇」翻訳連載をはじめとして散文詩集『野草』の材料と目される作品が、魯迅の『野草』執筆以前の一時期に集中して掲載されていた事実である。魯迅は散文詩集『野草』執筆に当たってこの文芸新聞『晨報副刊』をいわば種本として用いていた可能性が濃厚である。さらに、与謝野晶子の詩「雑草」の中国語訳「野草」が、一群の『野草』執筆材料の掉尾を飾ることは特に注目される。周作人が「野草（Ye-cao）」と訳したこの与謝野晶子の詩「雑草」は、魯迅の中でも無視できない存在であった可能性は高いと考える（詳細は、本書第三章参照）。

次に、翌一九二一年八月一日に『新青年』九巻四号に掲載された周作人の「雑譯日本詩三〇首」[7]を取り上げる。ここに前掲の与謝野晶子の「野草（Ye-cao）」が三〇首中の第六首として再度掲載されていることからも、周作人が与謝野のこの詩を重視していた様子が窺えるが、ここでは三〇首のうちの十三首目に位置する武者小路実篤の「詩」と題する一篇を引用し、原作「栗の木」（一九二一年七月、『生長する星の群』一巻四号）と比較してみよう。

（六　與謝野晶子「野草」）

十三　武者小路実篤「詩」

栗樹呵
萩呵
藤蘿呵、
野草呵、
我因爲造路
將你們切斷、
將你們打倒了。
請饒恕罷！

（原作「栗の木」）

栗の木よ、
萩の木よ、
藤の木よ、
雑草よ、
俺は道をつくる爲に
お前等をぶつ切り
ぶつ倒す。
許してくれよ。

這回請轉生作好的東西來罷！　今度はいゝものに生れかへつておいで。[8]

ここにある「雑草」も典型的な意味での日本語の「雑草」であるが、周作人はやはり「野草（Ye-cao）」と訳しているのである。

周作人が以上の詩の翻訳を行った一九二〇・二一年は、一九二四年から始まる魯迅の『野草（Ye-cao）』執筆の準備時期に当たっているが、この当時、周作人と魯迅は北京の八道湾胡同の四合院にて起居をともにして、二人共同して文学（による啓蒙）活動に邁進していたことは注目される。たとえば、魯迅と周作人は中国最初の日本近代文学アンソロジーたる『現代日本小説集』[9]（一九二三年、商務印書館）を共同で編訳しており、周作人の回想に拠れば、魯迅の翻訳を周作人の名前で発表したこともあるなど、作品の選定から実際の翻訳作業まで、さながら形影相随うように取り組んでいた模様である。

さて、ここまで弟周作人の翻訳を中心に論じてきたが、同時期の魯迅自身の日本文学の翻訳の上にも「野草（Ye-cao）」の用例を認めることができる。それは菊池寛の小説「三浦右衛門の最期」（一九一八年）である。まず菊池寛の原文から引用しよう。

然しかう物騒な世の中ではあるが、田の中に居て雑草を抜いたり、水車を踏んだりして居る百姓は割合に落着いて居る。[10]

魯迅の翻訳「三浦右衛門的最後」は、一九二一年七月一日『新青年』九巻三号に掲載された。

雖然是這樣擾亂的世間，而那些在田地裏拔野草踏水車的百姓們，却比較的見得沉靜。

百姓によって田んぼから抜かれる「雑草」は魯迅によってやはり「野草（Ye-cao）」と訳された。そしてその翻訳もまた魯迅が散文詩集『**Ye-cao**』を執筆する準備時期に当たる一九二一年に行われている。

最後に、魯迅が散文詩集『**Ye-cao**』を出版するに当たって書いた「野草（Ye-cao）」の総括とも呼ぶべき一文「『野草（Ye-cao）』題辞」（一九二七年七月『語絲』一三八期）に描かれた「**Ye-cao**」を読んでみよう。

生命的泥委棄在地面上，不生喬木，只生野草。這是我的罪過。

野草根本不深，花葉不美，然而吸取露，吸取水，吸取陳死人的血和肉，各各奪取他的生存。當生存時，還是將遭踐踏，將遭刪刈，直至於死亡而朽腐。

（生命の泥は地面に打ち棄てられ、喬木を生ぜず、ただ「**Ye-cao**」を生ずるのみ。それはわたしの罪過だ。「**Ye-cao**」は、根は深くなく、花も葉も美しくない、だが露を吸い、水を吸い、古い死者の血と肉とを吸い、それぞれにその生存を奪いとる。生きている時には、やはり踏みにじられ、刈り払われてしまうだろう、死に絶え腐り果てるまでは。）

踏みつけられ刈り取られながらも、たくましく自分の生存をかちとっている「**Ye-cao**」とは、日本語の「野草」と言うよりはやはり「雑草」に近い気がしてならない。魯迅の書く「野草（Ye-cao）」は、このように逆境にありながらも、図太くたくましい存在として登場してくる。そしてそれら「野草（Ye-cao）」は多くの場合、日本語「雑草」のイメージに重なるものである。

だが、ここで一つの疑問が提起されよう。前述のように、中国語の「野草（Ye-cao）」には本来、日本語の「雑草」に見るような「生命力が強い」というイメージは見られなかった。では魯迅は一体どこからそのイメージを移入したのであろうか。一つの仮説として、それは、魯迅が散文詩集『野草』執筆以前に熱意を持って取り組んだ翻訳を通して接触した日本文学からではなかったかと考えられる（日本留学時代にまで遡れるかもしれない）。例えば、周作人の訳した武者小路の「詩」に描かれた「雑草」のモチーフは、武者小路の文学に一貫して流れている。武者小路は「雑草」と題する随筆に次のように書き付けていた。

雑草は野蛮なもので、いくら乱暴にあつかっても一向平気で何処までも繁殖し、衰へるといふことはない。其処に雑草の強味がある。僕達は野菜のやうに優秀であることは必要であるが、同時に雑草のやうに、執念深かく《ママ》生きてゆく力は失ひたくない。その点、雑草は我等の先生である。(11)

白樺派の武者小路実篤に加えて、婦人解放思想を中国に導入する先駆けとなった与謝野晶子と言えば、そうした日本作家の文章を数多く中国文壇へ翻訳紹介した周作人との関係が直ちに想起される。だが、周作人を通して魯迅もまたこうした（日本）作家から啓発を受けていたことは、特に早期の魯迅文学における周作人の存在意義をよりクローズアップさせる要素であるかもしれない。

魯迅は自己の散文詩集『野草（Ye-cao）』を、「題辞」に込めたように、逆境にあっても絶望的な反抗を続ける力強いものとして描いている。だが、もともと中国語の「草」にそのような力強さはなかった。与謝野や武者小路の「雑草」に以前から共感を覚えていた魯迅は散文詩集『野草（Ye-cao）』を執筆するに当たって、このような日本の「雑草」をモチーフとしてそこに「強い生命力」を吹き込んだのではなかったか。

もう一例、魯迅が「野草（Ye-cao）」の語をあてた翻訳を引用する。芥川龍之介「羅生門」（一九一八年）の一節である。

〔鴉《からす》は、勿論、門の上にある死人の肉を、啄《ついば》みに來るのである。（……）尤も今日は、刻限が遲いせゐか、一羽も見えない。」唯、所々、崩れかゝつた、さうしてその崩れ目に長い草のはへた石段の上に、鴉の糞が、點々と白くこびりついてゐるのが見える。(12)

魯迅の翻訳は一九二一年六月一四日付『晨報副刊』に掲載される。

只見處處將要崩裂的，那裂縫中生出長的野草的石階上面，老鴉糞粘得點點的發白。

石段の崩れ目に生長する長い草、芥川の原文にはただ「草」とだけあるが、魯迅はそこにあえて「野草（Ye-cao）」の訳語を当てた。人間から捨て去られた廃墟にあっても貪欲に自分の生存をかちとる「草」、このたくましさ、生命力の強さはまさに魯迅の筆になる「野草（Ye-cao）」の意味に重なる。

魯迅の「野草（Ye-cao）」は、従来、著者魯迅のイメージをなぞるかのように、高潔で凛とした日本語「野草」のイメージで捉えられてきた感がある。だが、魯迅自身の意識の中には、与謝野や武者小路の「雑草」に見えるようなもっとギラギラした、薄汚い、不格好な「雑草」のイメージが付与されていたと考える。「阿Q」に代表される魯迅の農村小説の主人公達は「野草」と言うよりまさに「雑草」であった。魯迅の温かい眼差しは、当時の戦乱と貧しい生活に翻弄されて、田んぼでむやみに抜かれてしまうように、いつでも闇に葬り去られる民衆へと向けられていた。社会の底辺を生きるこれら「民草」は、地獄のような現実の中にありながらそれでも力強く生をかちとっていた。

このような視点は、従来どちらかと言えば『野草（Ye-cao）』研究よりも魯迅の「小説」研究の中で強調されてきた。だが、本書において中国語「野草（Ye-cao）」を日本語「雑草」と改訳する可能性を提示することによって、散文詩集『野草（Ye-cao）』をさらに広がりを持った作品として新たに問い直すことができるのではないかと考えている。(13)

（1）竹内好のように翻訳が複数上梓されている訳者については原則として発表年の早いものを挙げた。鹿地亘の翻訳については、『大魯迅全集』所収全訳の前段階として、『改造』一九三六年九月号に「諷刺詩三篇」と題して「失はれた好き地獄」「聡明な人と馬鹿と奴僕」「犬の反駁」が訳載されており、また飯田吉郎編『現代中国文学研究文献目録（増補版）』（一九九一年、汲古書院）によれば、上海雑誌社（上海）発行の『上海』に数篇が掲載されているということである。

竹内好訳は没後再版されたものなども含めれば一〇種を下らないが、一九八〇年版の岩波文庫に「改訳」と明記されることから大きく二期に区分できよう。ただ、その翻訳を仔細に見れば「改訳」と記さずとも彼は上梓する都度その翻訳を再検討していた様子が窺える。例えば、『野草』中の一篇「雪」の一節〝雪下面還有冷緑的雑草〟の〝冷緑的雑草〟を、『魯迅作品集』（一九五三年、筑摩書房）では〝まだ青みの残る雑草〟、『野草』（一九五五年、岩波書店〔文庫〕）では〝まだ青みのある雑草〟、『魯迅選集（一）』（一九五六年、岩波書店）では〝黒ずんだ雑草〟、そして「改訳」『野草』（一九八〇年、岩波書店〔文庫〕）では〝緑の残る雑草〟としている。

（2）魯迅「従百草園到三味書屋―舊事重提之六―」一九六二年一〇月『莽原』半月刊一巻一九期。

（3）魯迅「説不出」一九二四年一一月『語絲』一期。

（4）魯迅「『凱綏・珂勒恵支版畫選集』序目」『ケーテ・コルヴィッツ版画選集』（一九三六年、三閑書屋）所収。『魯迅全集』第六巻『且介亭雑文末編』、四七五頁。なお、版画の背景等について、若桑みどり『ケーテ・コルヴィッツ』（一九九三年、彩樹社）の解説を参照した。

（5）『ケーテ・コルヴィッツ版画集』一九七〇年初版、一九九四年増補版第五刷、岩崎美術社。「農民戦争―連作―」の一つ。

（6）魯迅「雪」（『野草』の二）一九二五年一月『語絲』一一期。

（7）三〇首の内訳は、石川啄木五首、与謝野晶子一首、千家元麿六首、武者小路実篤一首、横井国三郎一首、野口米次郎一首、岡田哲蔵一首、堀口大学三首、北原白秋二首、木下杢太郎四首、生田春月二首、奥栄一二首、西村陽吉一首である。

（8）武者小路実篤「栗の木よ」一九二一年七月、新しき村出版部曠野社『生長する星の群』一巻四号（一年七月特別号）。

（9）『現代日本小説集』原書複写を、丸尾常喜氏から譲って頂いた。学恩とともに謝意を表したい（本書あとがき参照）。

（10）菊池寛「三浦右衛門の最期」『新進作家叢書―十五― 菊池寛著 無名作家の日記』（一九一八年一一月、新潮社）、八八頁。

（11）武者小路実篤「雑草」一九四七年、『夕刊信州』。『武者小路実篤全集』第十三巻（一九八九年、小学館）、二〇六頁。

（12）一九一八年七月、春陽堂『新興文芸叢書第八編 芥川龍之介著 鼻』、一九頁。

（13）野の草たる日本語「野草」も、「雑草」とはそのベクトルをやや異にしながらも一定の力強さを有することを否定するものではない。本章の構想を学会発表したおりに、魯迅研究者の谷行博氏から、「雑草」（中国語）が「野草」（日本語）と訳されたからといって、必ずしもその逆が成り立つとは限らないとの鋭い指摘を頂いたことが思い出される。

なお、中国籍のある研究者から、中国は文革中にいわゆる五悪分子を「雑草（Za-cao）」と罵倒した歴史を持ち、その影響から現代中国における「雑草（Za-cao）」は「雑種（Za-zhong）」（来歴の明らかでない、私生児）同様の悪いイメージをも有するようになったとの教示を受けた。言葉の持つイメージは、現代でも時時刻刻と変化していることを痛感させられる。

第Ⅰ部　『野草』論

第1章　徐玉諾と魯迅

一　二人の関係について

魯迅がその著述の中で徐玉諾に言及したのは、終生一度きりであった。一九三四年一〇月、東北出身の作家蕭軍に宛てた手紙の冒頭で、魯迅は次のように述べている。

徐玉諾の名前はよく知っているが、彼に会ったことはないようだ。なぜなら、彼は詩を作る人だが、私は詩には注意を払わないから、必ずしも会っているとは限らない。今ではもう久しく彼の作品を見かけなくなったが、どこへ行ったのだろう。(1)

魯迅はこのように書いた後すぐに、闘争の文学や蕭軍の作品集のことへと話の鉾先を転じている。魯迅がここで徐玉諾に触れたのは、あくまで蕭軍の方から彼の消息を魯迅に尋ねたからであって、魯迅自身が特に取り上げたわけではなかった。しかも魯迅の口調から察するに、魯迅の側から見た徐玉諾はいかにも疎《うと》い存在である。

また、「会ったことはないようだ」という魯迅の口ぶりは甚だ曖昧である。だが魯迅の記憶違いであろうか、後述する通り、二人は実は会っていた。それぱかりか魯迅はこの徐玉諾という若い作家に極めて早い時期から注目していたのである。その経緯についてはまず徐玉諾自身が生前語っている。一九五〇年、河南省文連主催の魯迅逝去十四周年記念座談会における徐玉諾の発言(2)より引用しよう。

当時、私も多くの熱心な青年達のうちの一人に過ぎなかったが、僅かに浅薄で拙い郷土文芸でもって小説と詩を書き、農村の矛盾と戦争で混乱した情景を写し出していた。一体どのように魯迅先生の注意を引き付けたのかわからない。再三再四孫伏園氏に言い付けて手紙をよこし、私に、『晨報副刊』に発表した二〇篇足らずの小説を編集して出版するよう伝えると同時に、みずから序文を執筆したいと言われるのだ。

さらに、一九五四年に徐玉諾が魯迅を回想して詠んだ詩「いつも彼にすまなく思う—魯迅先生を追憶して(3)」に附された自筆の附記がある。

「附記の一」
一九二〇年、魯迅先生は、私の「良心」等二〇篇の小説を集めて出版し長い序文を附したいと、孫伏園を通して手紙で持ちかけられたが、私はそれを婉曲に断った(4)。
「附記の二」
一九二二年(5)、私は北京に行って仕事を探すに当たり、新聞の「何でも売ります」欄に広告を出した。後になって急に、魯迅先生が私にエロシェンコ氏を送る(帰国に付き添う)よう伝えられたが、どういうお心であったかわからない。

当時、軍閥の抗争や匪賊の災害が特に激しかった河南の貧しい農家に生まれた徐玉諾は、一九二〇年代初頭から一貫して農村の惨状を如実に写した作品を次々に発表していた。また、「故郷」や「阿Q正伝」など、やはり自覚的に中国の現実たる農村を描き出すことに取り組んでいた魯迅は、当時まだ無名であった徐玉諾に誰よりも早く注目し、再三再四手紙を書き送り、自分で序文まで書くからと熱心に小説集出版を勧めていたのである。徐玉諾のような遠く離れた名もない田舎の青年に、魯迅の方からこれほど積極的に働きかけるのは異例のことで、当時、魯迅の中で徐玉諾がいかに強く意識されていたか窺うことができる。(6)

魯迅回想詩の「附記の二」には、魯迅が徐玉諾に、ロシアの盲目作家エロシェンコの帰国に付き添わせていた事実が語られている。また、次に挙げる「徐玉諾年譜」(7)に依れば、徐玉諾の言う新聞広告が周作人らの目にとまり、彼は八道湾の周家に迎えられていたという。

四月初め、(……)北京に至り、五日(実際には三日と四日)の『晨報』第七版「職業紹介」欄に職探しの広告を掲載する。(……)周作人らの目にとまり、玉諾を八道湾の周家に迎え入れる。(中略)一六日、エロシェンコの帰国に付き添って東北へ。

当時、八道湾の周家には、エロシェンコとそして魯迅その人も同居していた。(8)魯迅はこの盲目作家の作品を精力的に翻訳発表している。(9)過去においてあれほど熱心に徐玉諾に働きかけていた魯迅は、この時にはもう小説、詩の両面で文学研究会の主要作家の一人に成長していた徐玉諾に対し、今度は魯迅が傾倒していた作家エロシェンコの帰国に随行するという大役を依頼していたのである。こうした事実に照らせば、冒頭に引用した書信中の、徐玉諾に「会ったことはないようだ」「必ずしも会っているとは限らない」という魯迅のいかにも屈折した表現は、実は会っていた事実を意識的にぼかして言っているようにすら聞こえてくる。(10)

次に、徐玉諾についての魯迅のもう一つのコメント「彼は詩を作る人だが、私は詩には注意を払わない」に注目したい。魯迅の詩と言えば、白話詩に限定すれば一九一八年から一九年にかけて『新青年』に発表された六篇と一九二七年出版の散文詩集『野草』収録の二四篇を数えるのみであるが、[11] 興味深いのは、魯迅が唯一徐玉諾に言及した書信「致蕭軍」の最後で、この『野草』にも言及していることである。

私の『野草』は技術はべつに悪くはないが、しかし心情はあまりに消沈している。あれは多くの壁にぶつかった後に書いたものだからだ。

手紙の上では、冒頭の徐玉諾と末尾の『野草』は何ら関連づけられているわけではないが、蕭軍はこの書信について次のように述懐している。

私はかつて（手紙の中で）彼（魯迅）に次のように話した。十年前私は『野草』を非常に好んで読み、その上『野草』を読んだことによって徐玉諾と知り合うことにもなったのだと。私は彼に徐の消息を尋ね、同時に、『野草』を読んだ当時の環境や心情についても書いたのである。[12]

蕭軍の回想記「江城詩話」[13]（一九七九年執筆）に依れば、一九二七年秋、北伐戦争の渦中に東北従軍中であった蕭軍がある時ふと広げて読んでいた『野草』を見て一人の見知らぬ人物が近寄ってきた、それが著名な詩人徐玉諾であったという。極めてドラマティックな邂逅だが、蕭軍と徐玉諾の接触が事実ここに語りつくされているかは疑問である。いずれにせよ、魯迅の言とは裏腹に、蕭軍の言葉の中では切り離せないものとして取り扱われる散文詩集『野草』と徐玉諾の詩を実際に対照したとき、図らずも両者は極めて鮮明な対比をなしている。以下、魯迅が「注意を払わない」と言明する徐玉諾の詩について、散文詩集『野草』を念頭に置きながら考察する。

二　散文詩人としての徐玉諾

一九二一年一月、徐玉諾の第一作（白話小説）「良心」が、文学研究会創立メンバーの一人郭紹虞の推薦によって北京『晨報副刊』に掲載されたのを皮切りに、この年の春夏の間には、結成されて間もない文学研究会の一員として中央の文壇にデビューした徐玉諾は、一九二一年から二三年までの三年間に集中的に約三百篇を執筆するなど極めて意欲的に詩作に取り組んでおり、文学研究会機関誌『文学旬刊』や『詩』月刊、『小説月報』等の紙面をかなり賑わせている。当時の文壇における彼の位置を顕著に表すものとして、一九二二年六月に文学研究会叢書の一冊として編まれた会員八人の共同詩集『雪朝』[14]を挙げることができる。その収録作家および作品数は次の通りである。

朱自清（一九篇）、周作人（二七篇）、兪平伯（一五篇）、**徐玉諾（四八篇）**、郭紹虞（一六篇）、葉紹鈞（一五篇）、劉延陵（一三篇）、鄭振鐸（三四篇）

ここに名を列ねるのは、いずれも文学研究会の錚々たるメンバーであり、この『雪朝』の出版は、新詩の模索段階にあった当時の文壇に多大な影響を及ぼしている。その中にあって徐玉諾の詩が四八篇と最も多く採られたことは、彼がすでにいかに重視されていたかを端的に物語っている。そして詩壇における徐玉諾の名前をさらに決定づけたのが、『雪朝』出版の二ヶ月後、一九二二年八月に同じく文学研究会叢書の一冊として出版された徐玉諾個人の詩集『将来之花園』[15]であった。これは個人による白話詩集としては、胡適の『嘗試集』（一九二〇年）、郭沫若の

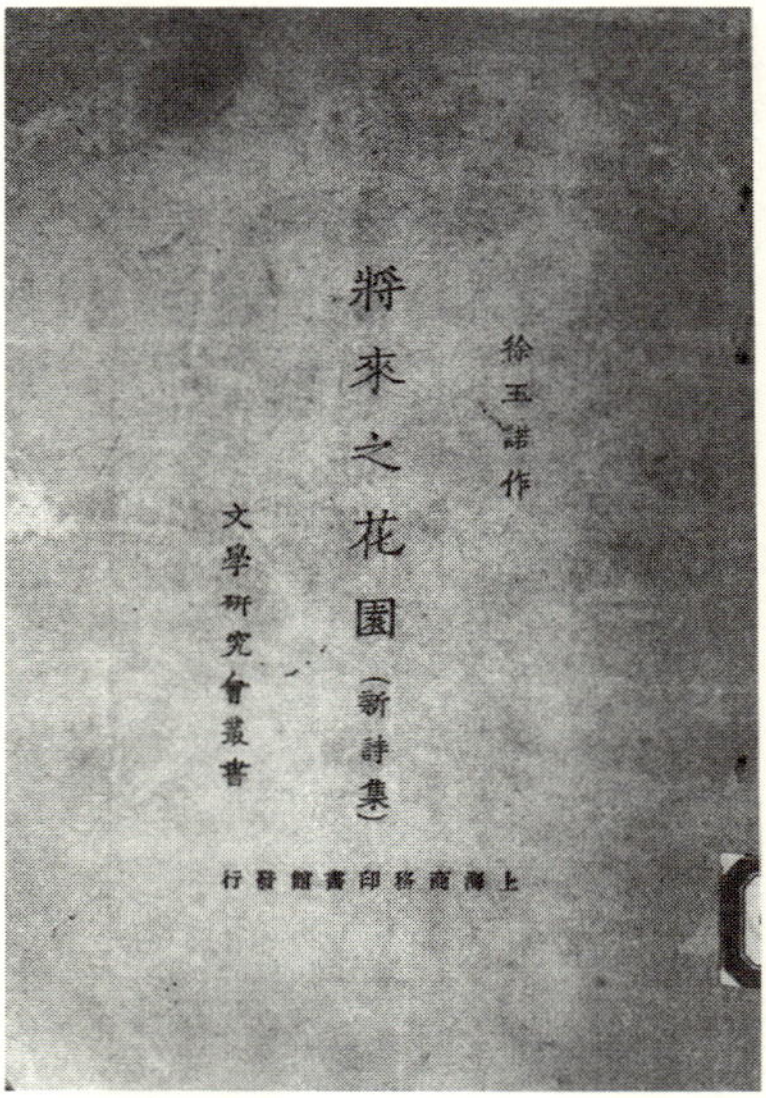

『將來之花園』初版表紙
（1921 年，商務印書館）

『女神』（二一年）に継ぐもので、聞一多の賞賛[16]や創造社の成仿吾の批判[17]をはじめ文壇各派からの強い反響を呼んでいる。このように徐玉諾は新詩の開拓者として極めて重要な役割を果たしていた。とりわけ注目したいのは、彼が新詩の中でも特に散文詩創作に意を注いでいたことである。彼の詩集『将来之花園』にもその傾向は顕著であり、同時期に出版された兪平伯の『冬夜』（一九二二年三月）や康白情の『草児』（二二年三月）、汪静之の『蕙的風』（二二年八月）などがわずかに一・二篇の散文詩の実験作を収録するにとどまるのに比して、『将来之花園』は実にその紙面の三分の一以上が散文詩で占められている。「押韻せねば詩ではない」という従来の見解に真っ向から対抗する新文学の旗手として「散文詩」形式はつとに注目されており、劉半農や周作人らの翻訳によって『新青年』や『晨報副刊』に掲載されたボードレールやツルゲーネフら外国作家の散文詩紹介を先達として徐々に中国の若い詩人たちによる実践が試みられていた。そうした時代背景の下で、「散文詩人」徐玉諾の姿はさらにクローズアップされることになる。

　一九二一年の末から二二年にかけて、上海『時事新報・文学旬刊』紙上で展開された新旧詩論争は、散文詩の是非に論議が集中したという点で注目される[18]。

上海『時事新報・文学旬刊』紙上で展開された新旧詩論争

期（年月日）	題目	著者
第一九期（一九二一年一一月一二日）	骸骨之迷恋	葉聖陶
第二一期（一九二一年一二月一日）	詩壇的逆流	卜向
第二三期（一九二一年一二月二一日）	論散文詩	劉延陵
	「屍」	徐玉諾
	對於旧体詩的我見	呉文祺
	為新詩家進一言	王警濤
第二四期（一九二二年一月一日）	論散文詩	鄭振鐸
	「没什麼」	徐玉諾
第二五期（一九二二年一月一一日）	讀了「論散文詩」以後	王平陵
第二七期（一九二二年二月一日）	論散文詩	滕固
第三一期（一九二二年三月一二日）	駁反対白話詩者	茅盾
	「打不断的念頭」	徐玉諾
	「病子院的一角」	徐玉諾
第三二期（一九二二年三月二一日）	「山」	徐玉諾
	「母親」	徐玉諾
第三三期（一九二二年四月一日）	駁郎損君「駁反対白話詩者」	銭鵝湖
第三五期（一九二二年四月二一日）	「他的現在」	徐玉諾
	「生活与性霊」	徐玉諾
	「人生的現実」	徐玉諾
第三七期（一九二二年五月一一日）	対於一個散文詩作者表一些敬意！	王任叔
第三九期（一九二二年六月一日）	玉諾的詩	葉聖陶

実際に論争の経過をたどってみると、鄭振鐸の「論散文詩」等、文学理論の文章に挟み込まれるようにして、徐玉諾の詩が多数掲載されている。この他にも王統照や兪平伯、それにタゴールの訳詩なども見えてはいるが、当該論争における徐玉諾の詩の存在は特に際立っており、このことは彼の詩が実作の面から散文詩運動を支えていた事実を証明している。第三七期には王任叔の「一人の散文詩作家に敬意を表す！」という文章が掲載されるが、この「一個散文詩作者」とは、ほかでもなく徐玉諾を指したものであった。

私が最も敬服する散文詩作家は一体誰であろうか。私がそれを言ってしまう前に、皆さんがもし新聞紙上で読んだことのある詩を注意深く考えてみたなら、きっとそれが徐玉諾氏であることを思い起こすことができるだろう。（中略）ああ！ 散文詩に賛成しない老先生方、まずは徐玉諾氏の詩を少し読んでそれから反対意見を述べられたい！ 恐らくその時にはもう、あなた方は筆を取り上げることも発言することもできなくなっていることだろう。[19]

王任叔の言葉に呼応するがごとく、約半年にかけて展開されたこの論争も、この頃には終息に向かっていた。そして一九二二年六月、共同詩集『雪朝』出版と時を同じくして発行された第三九期には、徐玉諾の作品世界を生き生きと描いて見せた長篇の評論「玉諾の詩」が友人の葉聖陶によって書かれ、その二ヶ月後、二二年八月に、散文詩の色彩が極めて濃厚な徐玉諾詩集『将来之花園』が出版されることになるのである。

＊

さて、魯迅の『野草』を語る上で忘れてならないのは、その詩集がやはり散文詩型を採用していることである。『野草』が散文詩集であることは、魯迅自ら明確に認識していた。たとえば、一九三二年に書かれた「『自選集』自序」

で次のように述べている。

小さな感動が生ずると、いくつかの短文を書いた。少し大げさにいえば、すなわち散文詩である。その後一冊の本として出版したが、これを『野草』と称する。[20]

また、一九三四年に中国現代短篇小説集『草鞋脚』編集を準備して執筆した「自伝」でも次のように明確に位置づけている。

私の仕事には、翻訳および編集を数に入れなければ、創作に、短篇小説集二冊、散文詩一冊、（……）がある。[21]

魯迅が散文詩創作に取り組んだのは、実は『野草』が初めてというわけではなく、極めて早い時期から散文詩創作を自分なりに模索していた。その証左となるのが、「自言自語」と題された七篇の短文（散文詩）[22]である。タイトルのみを挙げると、

「一　序」「二　火的《の》氷」「三　古城」「四　螃蟹《かに》」「五　波児《なみ》」「六　我的父親」「七　我的兄弟」

これらの作品は一九一九年八月から九月にかけて北京『国民公報副刊』の「新文芸」欄に発表された。すでに指摘されるように、このうち「六　我的父親」は後に『朝花夕拾』に収められた「父親的病」の雛型であり、同様に「二　火的氷」と「七　我的兄弟」もそれぞれ『野草』の「死火」と「風箏《たこ》」へと継承されている。一九一九年と言えばいまだ新詩開拓前夜に当たり、「自言自語」の七篇は、魯迅がいかに早くから自覚を持って散文詩に取り組み、『野草』

に結実する散文詩集の構想を温めていたか、その可能性をも強く示唆するものである。このような事実に照らして考えたとき、一九二〇年代前半に散文詩人としてめきめきと頭角を表した文壇の風雲児、徐玉諾の詩に対して魯迅が熱い眼差しを向けていたであろうことは想像に難くない。

魯迅と散文詩を接近させる視点をもう一つ提示したい。それは、彼が一九二一年から二三年にかけて傾倒していたロシアの盲目作家エロシェンコの童話作品が、象徴性豊かな「散文詩」であったという認識である。当時、魯迅と共にエロシェンコ作品の翻訳に携わった胡愈之は、一九二二年三月『東方雑誌』に掲載されたエロシェンコ作「枯葉雑記」訳者附記[23]で次のように述べている。

「枯葉雑記」の体裁は完全な独創であると言え、近代文学の上に同じ形式を求めることは極めて難しい。全体的に見れば結局、長篇の散文詩であると言うことができる。――実際には彼の他の童話体の作品も、すべて散文詩と見なすことができるものである。

孫玉石『「野草」研究』（一九八二年）の中でも、魯迅がエロシェンコの作品を散文詩（詩同様の散文）と見なしていたとの指摘がなされているが[24]、彼がエロシェンコの作品を集中的に翻訳した時期がちょうど『野草』執筆開始の直前に当たっていることや、終始エロシェンコを「詩人」と称していることなども無視できない要素であろう[25]。魯迅と徐玉諾の唯一の接触は、エロシェンコの帰国を媒介としたものであった。徐玉諾は、どうして魯迅が急に自分にエロシェンコを送らせたのかわからないと述懐しているが、実はこの三人は「散文詩」という一本の糸で結ばれていたと見るのはいささか穿ち過ぎであろうか。だがその糸を手繰り寄せたのは、確かに魯迅その人であった。

三　人と「亡霊（鬼《クェイ》）」の狭間で

ここで、詩集『将来之花園』に収録されている徐玉諾の詩を実際に読んでみる。まず「燃える涙(26)」と題する散文詩を挙げてみよう。この詩の主人公は、何年かぶりで、焦土と化した故郷の地にたどり着いた。

私は失意のあまり辺り一面大声で泣き、私の涙は小川のように地上に流れ落ちた。
泣き続けてほとんど気が遠くなったとき、突然大地が私の足の下から裂け、私はそのまま中へ落ちていった。
一人の白髪の母親がちょうど両手を広げて私を迎えてくれていた。
哀れな子、おまえも来たのかい！　そう言いながら。私はまるで温泉に沈んだようだ。（……）かの涙はたちまち晩秋の草の根のような白骨の上に燃え上がった。そして次第に墓の上の枯草を燃やし始めた。

次に引くのは「亡霊（鬼《クェイ》）(27)」と題された短詩である。

この世で亡霊にならないものなどあるだろうか？
だが人間の亡霊は
臭いニンニクの亡霊よりも、犬の亡霊よりも、狼の亡霊よりももっと恐ろしい、
なぜなら、僕らには想像がつくからだ
それが、人類の醜態を演じて見せるであろうことを。
やつはシルクハットを頭に載せ（……）人と同じように、

そして、人と同じように振る舞うに違いない。

徐玉諾の詩にはこの他にも自然や望郷や恋愛など一般的なテーマで詠まれたものも多いが、引用した二篇の詩のように「生と死」の錯綜した世界をモチーフとした作品はかなりの割合を占めている。「墓地之花」「鬼火」「人与鬼」(『将来之花園』)、「死的藴藉」(一九二四年一〇月『文学』一四五期)……、と表題を列記しただけでもそれらは読むものに「鬼気」を感ぜしめずにはおかない。彼の描いた「亡霊(鬼)」の世界とは、「生」と「死」の交叉する当時の「現実」世界そのものであった。このような彼の作風は、出自の特異さや彼自身の奇行等ともあいまって、やはり相当に異彩を放っていたようだ。徐玉諾に付与された「怪」詩人との呼称(28)もその状況を暗示する。そして文壇におけるこうした彼の詩の特徴を端的に表現したのが、詩集『将来之花園』第一頁に冠された鄭振鐸の「巻頭語」であった。

玉諾は、総じて言えば中国の新詩人の中で初めて「彼自身の挽歌」を高らかに歌った人である。

魯迅の弟、周作人もまた徐玉諾の作品に脈打つ「死」のモチーフに強い共感を覚えた一人であった。彼は一九二三年八月一日北京『晨報副刊・文学旬刊』七号に、「尋路的人—贈徐玉諾君(29)」と題する次のような短文を留めている。

道の終点は死である。我々はただ掙扎《もが》きながらそこへ向かって行き、というよりもそこへたどり着く前にどうしても掙扎かないわけにはいかないのだ。(中略)玉諾は悲哀という点で実に深い経歴を有している。(……)彼は言う、今では涙も無くなってしまったと。——君ももう君の道を尋ね当てたことだろうね。

周作人はまた後にこの文章について次のように述懐している。

「尋路的人」はとりもなおさず私の表白である。私は人間は亡霊（鬼）によって食われてしまわねばならぬことがわかったのだ、[30]

周作人が徐玉諾の作品に描かれた「死」や「亡霊（鬼）」のイメージを踏まえていることは、この短文が特に「徐玉諾君に贈る」と注記されていることからも明らかである。

周作人の兄、魯迅も共通する認識を抱いていた。「死」つまり「墳」へひたすら歩き続ける人間の形象は、『野草』中の一篇、一九二五年執筆の「旅人」を貫くモチーフであったが、翌一九二六年に書かれた『墳』の後に記す[31]」の中でも魯迅は次のように述べている。

私はただ、ひとつの終点、それがすなわち墳であることを極めて確実に知っているだけだ。（中略）道はもちろん一本だけではない。私はしかしどの一本がよいのかが全くわからないのだ。今なお時に尋ね求めてはいるのだが。

周作人の言を引用したかと思わせるほど、両者の思念は酷似している。[32]当時の北京『晨報副刊』と魯迅の深い関係（本書第三章参照）に鑑みても、彼が周作人の「尋路的人―贈徐玉諾君」を読んでいたことはまず疑いがない。本章冒頭引用の「詩には注意を払わない」との言葉に逆らう嫌いはあるが、魯迅はやはり周作人のこの散文を通してそこに塗り込められた徐玉諾の作品世界を意識していたと考える。なぜなら、魯迅唯一の散文詩集『野草』もまた「死」や「鬼」のイメージを基底としている点で徐玉諾の詩と重なり合うからである。『野草』が鮮明に「死」

や「亡霊（鬼）」、さらに「暗闇（黒暗）」によって貫かれていることは、それぞれの詩の題目の上にも顕著である。「秋夜」「影の告別」「復讐」「死火」「失われたよき地獄（失掉的好地獄）」「墓碑銘（墓碣文）」「死後」「淡い血痕のなかで（淡淡的血痕中）」……

『野草』は、散文詩つまりポエムという高度に純化された表現形式を通して、天真爛漫にしかも大胆に「死後」の領域にまで踏み入っている。人はひたすら墓へ向かい、死者は息を吹き返し、亡霊たちが覇権を振るう、そこには人間の生と表裏一体となって常に「死（者）」の存在が強烈に意識されているのである。

「生と死の境」、魯迅が『野草（Ye-cao）』を解き放ったこの境界は、徐玉諾の詩境を彷彿させる。『将来之花園』所収の詩「人と亡霊」にはまさにその「境」が描かれていた。

人生とは亡霊の行く末、
亡霊とは人生の行く末、
（中略）
死せる亡霊から生ける人まで、
生ける人から死せる亡霊まで、
その間はたった一枚の薄い膜で隔てられるだけ……

四　『野草』における徐玉諾

散文詩型それに「死」や「亡霊」のモチーフの共有という形式と内容面から、徐玉諾の詩と魯迅の『野草』について比較考察してきたが、具体的に作品のうえでも両者はかなり顕著なる接近を示している。細かなところでは例えば、先に引用した徐玉諾の詩「燃える涙」には次のような場面があった。

泣き続けてほとんど気が遠くなったとき、突然大地が私の足の下から裂け、私はそのまま中へ落ちていった。

「下に落ち込む」という設定は『野草』にも求められる。「死火」の一場面、

わたしは自分が氷の山の間を疾走しているのを夢に見た。（中略）ところがわたしは突如氷の谷に墜落した。

このような部分的な類似点はいくつも挙げることが可能だが、ここではまず『野草』の中でも代表作と評される「影の告別」（一九二四年一二月『語絲』四期）を取り上げる。この作品は、暗闇へ向けて旅立つ影の別れの囁きを綴ったもので、全篇にわたって「暗黒・暗闇」に貫かれ、難解な『野草』の中でもひときわ難解と評される重要な作品である。[33] 拙訳により全文を挙げてみる。

ひとが時を覚えぬほどの深い眠りに墜ちたとき、きまって影がやって来て別れを告げ、こんな話をする――

わたしの意に添わぬものが天国にあるのなら、わたしは行きたくない。わたしの意に添わぬものが地獄にあるのなら、わたしは行きたくない。わたしの意に添わぬものがおまえたちの未来の黄金世界にあるのなら、わたしは行きたくない。

だが、おまえこそがすなわちわたしの意に添わぬものだ。

友よ、わたしはおまえについて行きたくなくなった、わたしは留まりたくない。

わたしは嫌だ！

ああ、ああ、わたしは嫌だ、わたしは無地にさまようほうがよい。

わたしはひとつの影に過ぎぬ、おまえと別れて暗黒のなかに沈むのだ。だが暗黒がまたもわたしを呑み込むだろう、だが光明がまたもわたしを消し去るだろう。

だが、わたしは明と暗の狭間をさまよいたくない、わたしは暗黒のなかに沈むほうがよい。

だが、わたしは結局は明と暗の狭間にさまよう、わたしには黄昏であるのかそれとも黎明であるのかわからぬ。わたしはしばらく薄黒い手を挙げ一杯の酒を飲みほすふりをして、時を覚えぬときに独りで遠くへ行くのだ。

ああ、ああ、もしも黄昏ならば、暗夜が当然やって来てわたしを沈めるだろう、さもなければわたしは白日によって消されてしまうだろう、もしもいまが黎明であるならば。

友よ、時は近づいた。

わたしは暗黒のなかへ向けて無地にさまようのだ。

おまえはなおわたしの贈り物を望むというのか。わたしがおまえに何を献《ささ》げられよう？ いかんともしがたい、ただやはり暗黒と虚無のみだ。しかし、わたしはただ暗黒だけが、あるいはおまえの白日に消されてしまうことを願う。わたしはただ虚無だけが、けっしておまえの心を占拠しないよう願う。

わたしはかく願う、友よ――

わたしは独りで遠くへ行く、おまえがいないだけでなく、さらに他の影も暗黒のなかにはいない。わたしだけが暗黒に沈められ、かの世界はすべてわたし自身に属するのだ。

一九二四年九月二四日。

まずは、その書き出しに着目したい。

ひとが時を覚えぬほどの深い眠りに墜ちたとき

この凝った表現は、魯迅の独創として高く評価されるものであるが、やはり徐玉諾の「燃える涙」にも似通った表現が見られる。

沈酔するまで泣いて知覚が無くなるに至ったとき、

徐玉諾はこの他の詩でも類似表現を使用している。例えば、「涙膜」（二二年一月『詩』一巻一号）の書き出し、

ひどく悲しくて―その悲しみが沈黙の神秘にまで達したとき

同じく「蝶」（二二年四月『詩』一巻四号）の書き出しも、

とても退屈でそれが極点にまで至ったとき

これ以外にも数例求められ、当時徐玉諾はこうした言い回しを好んで用いていたことがわかる。次に、徐玉諾の詩を三篇引用する。「私の世界」「暗闇」「別れ」、この三篇は一九二三年六月『詩』二巻二号に、この順序で並べて掲載されたものである。魯迅の「影の告別」に対応させて読んでみたい。

「私の世界」

沈黙と暗闇の支配する夜にはいつも、
あらゆるものは黒い影の中にしまい込まれ、
音も全くしない、
僕はひとり海岸に立つ、
前方に広がるのは尽きることなき暗闇、
僕はそこで不思議な安らぎを手に入れる。

「暗闇」

世界のどこにも、暗闇より深遠で愛にあふれすべてが備わった場所はない、
そこには人類が必要としてしかも取り尽くせないほど多くのものが備わり、
そこには人類が目にすることを望んでしかも極め尽くせないほどの美があり、

そこには人類が聞くことを欲してしかも聞き取れないほど低くかすかで濃厚な音楽がある……
暗闇の中にまさる自由は存在しない、
暗闇の中にまさる心地よさは存在しない……
人類の頭上に覆い被さり、重く重く落ちてきそうな暗闇よ！

「別れ」

最後のその夜、
月明かりに浮かび上がる深い森の木々の下で
虫たちが相変わらず低くもの悲しい音楽を奏でる、
風変わりな旅人がそのゆったりとした黒いコートをはおり、
一歩一歩遠ざかって行く、
これっぽっちの未練もないかのように……
――虫たちや、林の木々そして微かな芳香を放つか弱い草花が、わずかに彼の胸中でたゆたいつつ……
――言葉にならないあるいは心に描くことのできない多くの想いを抱いて、
だが彼はついに一歩一歩暗闇の中へ歩み入る。

二篇目のタイトル「暗闇」に象徴されるように、『野草』の「影の告別」同様にこの三連詩もやはり色濃く「暗闇」に彩られている。両者を対比させてみると、まず全体の長さが、徐玉諾の三篇を一連の作品と見ればほぼ「影の告別」に匹敵する。また、詩中に登場する「暗闇（黒暗）」という単語を機械的に拾い出してみれば、両者ともに八例と一致することも両者を接近させる要素であると同時に、全体がいかに「暗闇」化されているかをよく示している。細かなところでは、徐玉諾の詩「暗闇」に見られる三つの文を並列させた手法が、魯迅の「影の告別」にも採用されていることも相似点の一つに数えられよう。そして徐玉諾詩の引用最終詩のタイトルはまさに「別れ」であり、「影の告別」とその主題自体を共有することも注目される。

以下、より具体的に比較対照してみよう。「影の告別」に登場する「影」の形象は、徐玉諾の詩「別れ」に現れる「黒いコートを羽織った旅人」と似通っており、両者とも「暗闇」へ向けて旅立つ。「別れ」では「最後のその夜」、「影の告別」では「友よ、時は近づいた」の言葉をもってその切迫した別れの到来が告げられる。まず、徐玉諾の詩からその場面を抜き出すと、

風変わりな旅人がそのゆったりとした黒いコートをはおり、
一歩一歩遠ざかって行く、
（中略）
だが彼はついに一歩一歩暗闇の中へ歩み入る。

そして、魯迅「影の告別」より、

わたしはひとつの影に過ぎぬ、おまえと別れて暗闇のなかに沈むのだ。（中略）
わたしは独りで遠くへ行く、おまえがいないだけでなく、さらに他の影も暗闇のなかにはいない。わたしだけが暗闇に沈められ、かの世界はすべてわたし自身に属するのだ。

「世界の中に沈み」「世界はすべてわたし自身に属する」、この影の思想は、徐玉諾の三連詩の二篇目「暗闇」の

モチーフと通じ合い、また冒頭詩「私の世界」の書き出しの次の文句を彷彿とさせる。

沈黙と暗闇の支配する夜にはいつも、
あらゆるものは黒い影の中にしまい込まれ、
（中略）
前方に広がるのは尽きることなき暗闇、
僕はそこで不思議な安らぎを手に入れる。

徐玉諾がここだけは「暗闇（黒暗）」ではなく「黒い影」の語を用いていることにも留意したい。そして両者ともその結末において不思議な安らぎを獲得するのである。[34]

＊

次に、『野草』「犬の反駁」（一九二五年五月『語絲』二五期）より引用する。


一頭の犬が背後で吠えたてた。

わたしは尊大な態度で後ろを振り向き、怒鳴りつけた。

「シッ！　黙れ！　このゴマすり犬め！」

「ヒヒッ！」かれは笑い、さらに続けて言った、「とんでもない、恥ずかしながら人間にはかなわねえよ。」

「なんだと？」わたしは腹が立った、これはなんとひどい侮辱だと思った。

「恥ずかしい限り。おれは結局いまだに銅と銀の区別を知らねえ。いまだに木綿と絹布の区別も知らねえ。

いまだに役人と民草の区別も知らねえ。いまだに主人と奴隷の区別も知らねえ。いまだに……」

わたしは逃げ出した。

「まあ待てよ！　俺たちもっと話そうぜ……」かれは背後で大声で呼び止める。

わたしは一目散に逃げた、力のかぎり駆けて、やっと夢の世界から逃げ出すと、自分のベッドのうえに横たわっていた。

この「犬の反駁」と比較対照する徐玉諾の詩は「恐るべき文字（可怕的字[35]）」である。この詩は新聞雑誌への発表はなく、魯迅の「犬の反駁」より遡ること三年前の一九二二年八月に出版された『将来之花園』の中でのみ目にすることができる。「読んでいた詩の最後の一文字がかさぶただらけの犬に変わった」という幻想的な書き出しで始まるこの詩もまた、人間と犬との対話形式をとっていた。

その犬はじっと目をすえて私を見つめている——

やつの目は非常に狡猾で、さらに悪意に溢れている。

私の忍耐は下降しまた上昇する、そこで眼をちょっと閉じて言った

「おまえのような面白くもないやからと議論することは何もない。」

するとやつはさらに傲慢かつ狡猾にこういった。

「ところが俺は今日おまえさんと議論がしたいのさ！」言いながら目を怒らせ、今にも飛びかからんばかりの勢いである。

私の血管はたちまち膨張し始めた。

私は掌でやつを打ちつけた。やつが目を閉じるか、あるいは頭を背ければそれで事は済むと思ったからで

ある。

だが事態はかえって更に失敗だった！――なんと彼のあの赤黒い脳味噌が、私の頭に、そして全身に浴びせかかったのである……

私は知覚を完全に失い、ボンヤリとした中で母親の悲痛な叫び声を聞いた、「こんなひどい悪戯、洗っても落ちやしないよ！……」

『野草』の諸作品と徐玉諾の詩は、その質を異にしつつもかなりきわどく重なり合う。引用詩以外にも、『野草』中の「墓碑銘」や「死後」等の詩も同様に、徐玉諾の詩(36)との共通点を指摘することが可能である。徐玉諾の詩は、そのほとんどが一九二一年から二三年の三年間に集中して書かれており、引用詩もすべてこの時期の作品である。魯迅が『野草』各篇を執筆したのは、一九二四年九月から二六年四月にかけてであった。年代の先後から仮に影響関係を論ずるならば、それは徐玉諾の詩から『野草』への一方通行でしかありえない。

書信「蕭軍宛」の中で、魯迅は徐玉諾について「詩には注意を払わない」と言明していたが、以上の考察からして、むしろ徐玉諾の詩を他の誰よりも強く意識していた人こそ魯迅その人であり、それゆえにこそ、魯迅唯一の散文詩集『野草』にはその痕跡が深く刻み込まれることになったと考えざるをえない。「蕭軍宛」の上では何の関係もないようなあしらわれ方をされた徐玉諾と『野草』は、当の魯迅の内部で、実はぴたりと密着していたのである。

五　出会いそして別れ

徐玉諾に「会ったことはない」「詩には注意を払わない」とある魯迅の言葉は矛盾に満ちている。そもそも小説と詩の両面で少なからず注目していた徐玉諾に、かの膨大な著述の中で魯迅は終生ただ一度だけ、しかもこれほどの消極的な言及しかしていないこと自体いささか奇妙である。ここで徐玉諾の文壇における活動について確認しておきたい。彼の年ごとの作品数を書き出せば次のようになる（小説は短劇を含む）。

徐玉諾の文壇における活動

年	小説	詩	散文
一九二一年	一三	四九	一
二二年	一	一八五	二
二三年	六	六三	
二四年	一	五	一
二五年			
二六年			
二七年		一（「私をどのように眠らせようか」）	
二八年			三
二九年		八	十一
三〇年	二	二[37]	

徐玉諾の文壇上の活躍が一九二〇年代前半、厳密には二一年から二三年の三年間にいかに集中しているかは一目瞭然である。一九二四年からは作品発表も途絶え、特に魯迅の『野草』各篇が発表された二四年末から二七年にかけては、文学作品としては詩が一篇発表されただけであった。このような徐玉諾の活動状況には、彼が当時戦禍の最も激しかった河南の農村出身であったことが深く関わっている。一九二三年八月『小説月報』（一四巻八号）に掲載された「本報本期の寄稿者住所および其他」から当時の彼の緊迫した状況の一端を垣間見ることができる。

徐玉諾君―現在、吉林毓文中学。だが最近の彼からの来信によれば、河南省魯山県の徐家営がまた土匪の破壊を受け、家族の消息も定かでなく、すぐに帰省の途につくということである。

徐玉諾の経歴をたどれば、彼は一つの場所に腰を落ち着けて創作活動に従事したことはほとんどなく、河南への帰省を交えつつ各地を転々と巡っている。このように戦乱の河南に根ざした作家徐玉諾の足取りはつかみにくく、当時彼の生存を示すものは、その作品発表だけという状況であった。魯迅は『野草』執筆当時、徐玉諾はもうこの世にはいないと考えていた、というより文壇全体がそう捉えていたと言ったほうがより正確であろう。当時、徐玉諾を回想する文章などが雑誌に掲載されている[38]ことからもそれは推察される。

ところが、徐玉諾は生きていた。しかも、文壇に対して絶えず注意の目を注ぎ続けていたのである。彼は、自分の詩が魯迅の『野草』の中に織り込まれていくのをじっと見つめていた。その鍵を握るのが、一九二七年に約三年ぶりで発表された彼のたった一篇の詩である。魯迅が『野草』執筆に当たって書いた「『野草』題辞」は、一九二七年七月『語絲』一三八期に掲載された。そして徐玉諾はその一篇の詩「私をどのように眠らせようか（教我如何睡去）」[39]を奇しくも同じ『語絲』の次の号、一三九期に発表したのである。一九二四年末から一篇の作品発表もなくすでに死亡したと見なされていた徐玉諾は、ここに忽然と甦ったのであった。

＊

魯迅の初めての、そして唯一の本格的な新詩への取り組みであった『野草』。そこには多くの作家、作品からの影響が認められる。これまですでに、李賀や李商隠の詩など中国の古典からの摂取、夏目漱石の「夢十夜」や厨川白村をはじめとする日本文学からの影響、さらにニーチェやボードレール、ペテーフィなど西欧文学の吸収、其の他各種方面からの考証がなされてきた。[40]『野草』において、魯迅は自己の作品世界の中に、時には剽窃と紙一重の

徐玉諾

線まで他者を溶かし込みながらも、そこに独自の意境を構築することに極めて高い次元で成功しており、後年彼が提唱した「持って来い主義（拿来主義）」[41]は、期せずして『野草』をはじめとする実作上の形成を理論面から支える礎となっている。だが一方で魯迅は、その『野草』執筆の最中、一九二六年にやはり『語絲』誌上で論敵『現代評論』派の攻撃に反駁して次のように述べている。

> 詩や小説は、同じく天才であれば、見解がほぼ同じで、書いたものが互いに似ていても差し支えないと言う人もあるが、しかし私は、結局はやはり、独創が尊いと考える。[42]

「独創を尊ぶ」と公言した魯迅にとって、当時『語絲』連載中だった『野草』が他作家からの影響を顕著に受けていたことは、あまり名誉なことではなかったかもしれない。就中、徐玉諾は前掲の作家達とは異質である。彼は先人もしくは著名な外国作家ではなく、魯迅と同世代の、厳密に言えば魯迅よりも若い世代の同じ中国人であった。そのことが魯迅の意識に微妙に影を落とし、書信「蕭軍宛」の上に表れたような徐玉諾疎外へと魯迅自身を動かす要因となりえたのではなかったか。ひとり魯迅のみが知る謎である。

さて、徐玉諾は『野草』に取り込まれた他の作家とは異質であったが、彼の作品が、濃厚に「死」や「亡霊（鬼《クェイ》）」に彩られていたことも、当時においては異質であった。魯迅が徐玉諾に魅かれた意味を考察する上で、これを無視することはできない。書信「蕭軍宛」の末尾で、「心情があまりに消沈している」と魯迅自身が『野草』を消極的に評価していることから、そこに描かれた「死」や「亡霊」の形象が、まさに負の一面を顕証するなどと短絡的な評価を下すことは『野草』の本質を見誤る危険性を孕んでいる。五四退潮期を経て、三・一八惨案、四・一二クーデターと国内が暗黒の度合いを深めていった状況下に執筆された『野草』は、「死」との対峙をこそその精髄としているのであって、そのことは『野草』と並行して書かれた第二小説集『彷徨』の作品群が、巻頭の「祝福」[43]をはじめとして『野草』と相通ずる「死」や「亡霊」のトーンを基調とすることとも関連しよう。不分明な生死の境に「亡霊」が闊歩する徐玉諾の作品世界は、当時、魯迅の内部に如何なる反応をもって迎えられたことであろうか。

「筆を執ったのは若い戦士たちに声援を送るためであった」と、魯迅は後に語っている。[44]徐玉諾もまた、魯迅の中に熱情溢れる戦士として捉えられていたことだろう。魯迅は一生を捧げた闘争の中にあっても終始彼らに進むべき道を提示し続けたのである。だが逆に、これら若い戦士たちもまた、「墓」つまり「死」という終着点へ向かって「掙扎《もが》」いていた魯迅に対し、やはり一本の道を示し続けていた。『野草』の最後の一篇「目覚め」[45]は、そのことを常に自覚していた魯迅の内心世界の表白であると同時に、魯迅から彼らへはなむけされた一篇の「挽歌」であった。

わかものたちの霊魂がすぐにつぎつぎとわたしの眼の前に屹立した。（……）わたしはこれらの血を流しながらも痛みに耐えている霊魂を愛する。なぜならそれはわたしにこの世に存在していること、この世に生きていることを感じさせてくれるから。

（１）魯迅「致蕭軍」（一九三四年一〇月九日）『魯迅全集』第十二巻『書信』、五三一頁。
（２）「怎様学習魯迅先生—河南省文聯挙辦紀念魯迅逝世十四周年座談会発言（摘要）」一九五〇年一〇月一九日『河南日報』。
（３）徐玉諾詩「始終対不起他—懐念魯迅先生」一九八一年九月三日『河南日報』所載、欒星「魯迅与徐玉諾—紀念魯迅誕生一百周年」所収。

（4）「良心」は一九二一年一月七日『晨報副刊』掲載で、魯迅が徐玉諾に小説集出版を勧めたのが一九二〇年というのは明らかに誤り。正確には一九二二年末から二三年にかけての時期と推定される。拙稿「魯迅編未完『徐玉諾小説集』考」（一九九二年五月『九州中国学会報』三〇巻）参照。

（5）徐玉諾の出した広告は一九二三年四月三日・四日『晨報副刊』に見え、エロシェンコの帰国も『魯迅日記』に依れば二三年四月一六日であり、記述の一九二二年とは実際には一九二三年の誤り。

（6）文学史上「郷土文学」作家と位置づけられる徐玉諾の小説と魯迅との関係と、その問題点については、拙稿「『郷土文学』作家としての魯迅と徐玉諾」（一九九一年一二月『中国文学論集』〔九州大学中国文学会〕二〇号）参照。

（7）劉済献「徐玉諾年譜」『文学論輯』二輯（一九八四年三月、河南人民出版社）二五六頁。拙稿「徐玉諾年譜試稿（上・下）」（一九九〇年一〇月・九一年三月『天山牧歌』九号・一〇号、詩誌『天山牧歌』社）参照。徐玉諾の人生を記録したものは多くない。秦方奇編『徐玉諾詩文輯存』（二〇〇八年、河南大学出版社）に附される「徐玉諾年譜簡編」が、これまでの資料や親族採訪等を駆使して編まれた最も整ったものと言えよう。資料として、『平頂山文史資料』九輯「特集 五四詩人徐玉諾」（二〇〇〇年、中国人民政治協商会議河南省平頂山市委員会社団文史委員会編）は、同郷人の回想など多くの貴重文献・資料を登載しており、参考になる。

（8）『周作人日記』一九二三年七月二一日に「徐玉諾君来訪」と記されており、この時にも徐玉諾は魯迅と会った可能性がある。この日は奇しくも周作人が魯迅に絶交状を突き付けた二日後に当たる。

（9）一九二二年出版『愛羅先珂童話集』に収めた九篇をはじめとして、魯迅は二年足らずの間に計一四篇を翻訳発表している。なお、魯迅とエロシェンコの関係については、藤井省三『エロシェンコの都市物語』（一九八九年、みすず書房）に詳細な考証がなされている。

（10）劉増傑『魯迅与河南』（一九八一年、河南人民社）七三頁には、次のような記載がある。「羅縄武が筆者に語るところによれば、「私と徐玉諾は古い友人だが、徐玉諾は以前に私にこう話したことがある。〝魯迅と私は会ったことがある。彼は私に希望を持ってくれていた。〟と。」

（11）厳密には一九一九年発表の「自言自語」七篇、一九二八年執筆の「『而已集』題辞」等も含めるべきと考えるが、『野草』の各篇すべてを〝詩〟と呼ぶこと自体に異論もある中で、文体を特定することが困難を伴うことは言うまでもない。

（12）蕭軍（署名田軍）「譲他自己……」一九三六年一一月『作家』二巻二号。

（13）『蕭軍近作』（一九八一年、四川人民出版社）一三八頁。この記載の存在については、丸山昇氏の指摘による。ここに記して謝意を表したい。

(14)『雪朝』一九二三年六月、上海商務印書館。初版および一九三三年三月版本を参照した。

(15)徐玉諾『將來之花園』一九二二年八月、上海商務印書館。本書では初版本および一九三一年五月五版本を参照した。一九二二年一月六日より五月一一日までに書かれた新詩九五題一一六篇を収める。

(16)聞一多「致梁実秋」(一九二二年一二月二六日、シカゴより)に次のような言葉が見える。「《未來之花園》在其種類中要算佳品。……《記憶》《海鷗》《雜詩》《故鄉》是上等的作品，《夜聲》《踏夢》是超等的作品。……徐玉諾是個詩人。」『聞一多全集』第一二巻(書信・日記・附録)(一九九三年、湖北人民出版社)、一二七頁。

(17)成仿吾「詩之防御戦」一九二三年五月『創造週報』一号。実は、この成仿吾の文章は魯迅の『野草』成立に直接関わった可能性がある。本書第十二章参照。

(18)ペンネームは通称(例えば「郎損」を「茅盾」)に改めた。

(19)王任叔のこの論評の末尾には、散文詩推進の中心人物鄭振鐸の附記があり、徐玉諾の詩をさらに強く推奨している。

(20)『魯迅全集』第四巻『南腔北調集』、四五五頁。

(21)『魯迅全集』第八巻『集外集拾遺補編』、三六一頁。

(22)魯迅「自言自語」一九一九年八月一九日~九月九日『国民公報』「新文芸」欄。署名は神飛。一九八〇年五月三日『人民日報』所載「新発見的魯迅〝五四〟時期的佚文」より。『魯迅全集』第八巻『集外集拾遺補編』、一一四頁。

(23)胡愈之「『枯葉雑記』訳者附記」一九二二年三月『東方雑誌』一九巻六号。

(24)孫玉石『「野草」研究』(一九八二年、中国社会科学出版社)、二〇二頁。

(25)日本逗留時期よりエロシェンコには「詩人」の呼称が与えられていた。直接には魯迅もそれを継承したと考えられる。前掲注(9)藤井『エロシェンコの都市物語』参照。

(26)前掲注(15)徐『將來之花園』、四一頁。

(27)前掲注(15)徐『將來之花園』、五九頁。

(28)張默生「記怪詩人徐玉諾」(『異行伝』(一九八七年、重慶出版社)、一一四頁)は、言行面から徐玉諾の「怪」を綴ったものである。その冒頭の一節はとりわけ象徴的である。「彼の生活すべては、一篇の極めて長い叙事詩だと言えよう」。

(29)周作人はこの文章を同年九月に出版した散文集『自己的園地』に代跋として収めており、さらに一九二八年出版『談虎集』にも再度収録している。ただ一つ注意したいのは、『晨報副刊』掲載期日よりわかるように、「尋路的人」は周作人が魯迅と終生の絶交を宣言（一九二三年七月一九日）してすぐに書かれたものだということである。ここに表白された激情は、魯迅との訣別と無関係ではありえないと推測する。

(30) 周作人『談虎集』後記」（一九二七年一一月執筆）『談龍集・談虎集』（一九八九年、岳麓書社出版）、三七二頁。

(31) 『魯迅全集』第一巻『墳』、二八二頁。

(32) 李景彬「両個尋路的人―魯迅和周作人比較論」（山西省社会科学院『晋陽学刊』一九八一年五期）参照。

(33) 例えば、李何林「『影的告別』試解」（『魯迅「野草」注解』（一九七三年、陝西人民出版社）、三五頁）には次のように記されている。「『野草』二十四篇（「題辞」を含む）の中でも、私はこの一篇が最も難解だと思う。かの「墓碑銘」すらこれには及ばない。」詳細について、本書第Ⅱ部「「影の告別」論」参照。

(34) 『詩』二巻二号には、引用の三篇の前に実はもう四篇、合計七篇の徐玉諾詩が掲載されており、第一篇「日落之後」の冒頭部分は次のようになっている。「太陽一閃閃的被黒暗趕下西山去，／霎時世界就被黒暗佔有了。／一般在光明裏活動的東西／現在伏在黒暗裏一動也不動，」ここに書き付けられる〝世界就被黒暗佔有了（世界は暗闇に占有された）〟は、魯迅「影的告別」の影の言葉〝那世界全属於我自己（かの世界はすべてわたし自身に属する）〟を彷彿させ、また、徐玉諾詩に描かれる〝光明〟と〝暗黒〟のあわいも「影の告別」の作品世界と重なり合う。

(35) 徐玉諾「恐るべき文字」前掲注（15）徐『將來之花園』、六二頁。「犬の反駁」と「恐るべき文字」の舞台設定に注目すると、前者は「夢境」、後者は「幻想」と似通っており、結末で現実世界に引き戻されるという構成も合致する。

(36) 「墓地之花」（前掲注（15）徐『將來之花園』、七五頁）、「在黒暗裏」（『將來之花園』、七六頁）等。詳細については、別稿にて考察したい。

(37) 一覧表中、『時事新報・学灯』原載の作品（多くは後に『雪朝』へ転載）および一九二八年以降北京『明天』旬刊掲載の数篇の未見作品については、前掲注（7）劉「徐玉諾年譜」および秦「徐玉諾年譜簡編」の記載によって補った。なお一覧表では一九二五年の作品発表はないが、一九二八年六月『語絲』四巻二五期掲載、心感（林憾。林語堂の兄）「漫話―懐玉諾」に、一九二五年三月に徐玉諾が廈門で書いたとの後記を附す二篇の詩「小詩」「我底心」が引用されている。また作品ではないが、同年五月には『時事新報・学灯』に「泉州旧存小説版刻目録」が掲載される。なお、一九三一年以降四九年に至るまで、徐玉諾は主に教員として河南や山東の各地を転々と渡り歩いており、中央の新聞雑誌への作品発表もほとんど見られない。

(38) 前掲注（37）に引く「漫話―懐玉諾」など。心感の文章は、詩人仲間として廈門で活動した想い出を綴り、離別後の三年間にわたって音信不通の徐玉諾を懐かしむ。

(39) 徐玉諾「私をどのように眠らせようか（教我如何睡去）」実際の執筆は一九二七年五月一九日と記されており、この詩自体は魯迅の『野草』題辞」発表（一九二七年七月二日発行『語絲』一三九期）に触発されて執筆されたわけではない。タイトル自体は、一九二六年出版、劉半農の詩歌集『揚鞭集（上）』収録詩「教我如何不想她」（一九二〇年、ロンドン留学時に執筆）に擬したものかもしれない。劉半農のこの詩は、著名な言語学者で音楽家の趙元仁が作曲し、当時、歌謡曲として爆発的にヒットしていた。

(40) 『野草』の執筆素材、他者との影響関係を論じたものとして、山田敬三「魯迅の世界―『野草』の実存主義」（『魯迅の世界』〔一九七七年、大修館書店〕、三〇一頁）、相浦杲「魯迅の散文詩集『野草』について―比較文学の角度から」（『国際関係の総合的研究（一九八二年度）』〔一九八三年、大阪外国語大学〕）他、中国では前掲注（24）孫『「野草」研究』中の指摘をはじめ、数多くの研究成果が報告されている。だが、そこに徐玉諾の名前は一切見られない。

(41) 魯迅「拿来主義」（一九三四年六月執筆）『魯迅全集』第六巻『且介亭雑文』、三八頁。魯迅は次のように結論づけている。「結局のところ、我々は持って来なければならない。（中略）持って来たものがなければ、文学芸術は、自ら新しい文学芸術になることはできない。」

(42) 魯迅「不是信」一九二六年二月『語絲』六五期。この部分は、魯迅の『中国小説史略』が塩谷温『支那文学概論講話』の剽窃であるとの陳源の中傷に対する反駁の中で述べられたもの。

(43) 魯迅「祝福」一九二四年三月『東方雑誌』二一巻六号。第二小説集『彷徨』（一九二六年八月）収録。

(44) 魯迅「『自選集』自序」（一九三二年一二月執筆）『魯迅全集』第四巻『南腔北調集』、四五五頁。

(45) 魯迅「一覚」一九二六年四月『語絲』七五期。

第2章　「犬の反駁」「論を立てる」の位置

序

魯迅の散文詩集『野草』は、一九二四年という中国近代詩の模索期に登場したが、五四退潮期という時代背景に加え、魯迅内部の複雑な生活環境、心理状態を反映して、〝散文詩集〟と言いながら、各篇の文体、性格は実に多様である。このため、全体としては〝魯迅芸術の最高傑作〟などと評されながらも、各篇に対する評価には一定の温度差がある。本章で取り上げる「犬の反駁」「論を立てる（立論）」は、その寓話的かつ単純な構成によって、簡潔に魯迅の意図を表現した佳作だとの見方もあれば、〝詩〟という意味で劣るとの意見もある。二作品の成立状況を整理、分析することで、魯迅の執筆意図および『野草』におけるその位置を検証したい。

一　従来の評価

まずは、従来の評価について簡単に整理しておきたい。竹内好は『野草』をその芸術性において高く評価するが、この二作品については簡単に次のように述べるだけである。

寓話的なものは、「賢人と馬鹿と奴隷」のほかに「立論」や「犬の反駁」がある。(1)

〝寓話的〟との腑分けが行われるのみで、無論貶《けな》す意図はないが、この簡潔な記述から恐らくはそれほど重要な作品と見なしていなかったことが窺える。より実証的に魯迅文学を捉える丸山昇は、さらに厳しい見方を提示している。

「過客（旅人）」「狗的駁詰（犬の反駁）」「立論」「這様的戦士（このような戦士）」「聡明人和傻子和奴才（利口ものとバカと召使い）」は表現も容易であり、意味もわかりやすいが、それだけにつまらないと言える。（中略）これらはいわば野草でなくても見られるものなのだ。すでに魯迅にとつては解決ずみのことを、「誇張していえば散文詩」である形式を用いて表現したものにすぎないと言つてよい。(2)

魯迅の個々の作品について〝つまらない〟とまで貶める言い方は、本土中国ではまず見られないが、これらの作品の〝わかりやすさ〟は当時の丸山には我慢がならなかったようだ。さらに下って、山田敬三の見解はより分析的である。氏は魯迅の『野草』を漱石の『夢十夜』と比較した文章の中で、この二作品を取り上げて次のように述べている。

魯迅の散文詩集にも、夢に仮託した七編の連作がある。それらの中には『犬の反駁』や『立論』のように、いちぢるしく詩情を欠く異物も混入しているものの、他はしかしいずれもすぐれて律動的である。(3)

〝詩集〟『野草』を重視する氏は、それを〝詩情を欠く異物〟として明確に排除している。このように、「我夢見（……）」で始まる夢連作（七篇）中の二篇「犬の反駁」と「論を立てる」は、日本の魯迅研究の中核において、『野草』のいわば異端児、傍流として冷めた取り扱いを受けてきた。では、なぜこの二作品が魯迅「らしくない」作品となったのか、その答えはいまだ見出せていないようだ。ただ、もちろんこれらの作品の価値が否定されたわけでは決してない。魯迅の精髄と称される『野草』の作品群として相応の配慮がなされており、批判的に論ずるものでも、それを『野草』というまとまりの中に何とか位置づけようとする熱意は伝わってくる。たとえば、日本における初めての『野草』研究専著たる片山智行『魯迅「野草」全釈』（一九九一年）は次のように解釈する。

もちろん『野草』のなかの諸篇は、高度に抽象化された普遍性のある芸術作品であり、かならずしもいちいちの作品について具体的背景を考える必要はない。しかし、この『犬の反駁』については、モチーフと章士釗のごとき人物の存在があったことを考慮に入れておくと、とりわけ理解がしやすくなるのも事実である。(4)

中国においても、「犬の反駁」「論を立てる」の二篇を寓話的同系列の作品として論ずる傾向は日本と同様である。例えば、一九五五年に書かれた馮雪峰「論《野草》」には、次のようにある。

「犬の反駁」と「論を立てる」は、その意味も簡単明瞭である。前者の内容はやや浅いが、後者が諷刺するところのものは、普遍性と深い社会的意義を有する現象である。(5)

「犬の反駁」を〝内容はやや浅いが〟と単刀直入に批評するところなど、魯迅をよく知る馮雪峰の早期における優れた『野草』論の面目躍如たるものがある。

次に、李国濤『苦悶的象徴──《野草》芸術談』(一九八二年)より引用する。

『熱風』の中には完全に散文詩に数えられる作品がまだ四篇存在する。(……)「事実は雄弁に勝る」は生き生きとした語り口でもって、事実を顧みようとしない論客の非を暴き出したもので、その筆法は「犬の反駁」もしくは「論を立てる」に極めてよく似ている。(……)この四篇の作品はすべて散文詩で、そこに溢れる興趣と言葉の美しさは決して『野草』に劣るものではない。だが情感の点ではいまだ隔たりがある。(6)

先に見た丸山や山田のように「犬の反駁」や「論を立てる」などの異分子を『野草』から排除するのでなしに、中国の研究者の姿勢には一貫して、『野草』ファミリーの一員として保護する様子が窺われる。最後に肖新如『《野草》論析』(一九八七年)より引用する。

「論を立てる」と「犬の反駁」はその構成と表現方法がとてもよく似ている。二篇とも短篇中に深い意義を有する点が顕著で、どちらも類似した寓話形式を採用し、対話をその中心とする。(7)

このように、総計二四篇(「題辞」含む)からなる『野草』の中でも、特にひとまとめにして取り扱われることの多いこの二篇の『野草』作品を、次節以降、それぞれについて詳しく見ていくことにする。

二 「犬の反駁」をめぐって

前章にて徐玉諾詩との比較でも参照した「犬の反駁」(一九二五年五月『語絲』二五期)の執筆意図については、

たとえば片山智行が記すように、〝犬にも劣る〟論敵たちに向けられたという解釈が一般的である。根拠として、「犬の反駁」執筆のまさにその前日、魯迅が許広平への手紙の中で当時の教育総長章士釗の悪口を辛辣に述べていることや、執筆の八ヶ月後に書かれた「〝フェアプレイ〟はまだ早い」の中で、「水に落ちた犬をたたけ」（とことんまで敵を許すな）論を展開し、当時の論敵であった陳源や胡適、章士釗などの『現代評論』派」を犬になぞらえて攻撃していたことなどが挙げられる。(8)

こうした、魯迅らしい〝戦闘（批判）性〟がこの作品の真骨頂だとする議論は枚挙にいとまがないが、この作品を高く評価する論拠としてもう一つ挙げられてきたのは、夢の中で犬に人を罵倒させるというその発想の新奇さ、芸術性である。『野草』出版（一九二七年）後のかなり早い時期からその点に注目した論考が発表されている。例えば一九三三年に書かれた石葦『小品文講話』「第三講 作法論 二 材料の運用と組織」は次のように書き付ける。

> 君は偶発的な事項や人物を材料として採用せねばならない。そのような意外な事物からこそ、様々な思想やきらめく情趣、或いは新鮮な感覚といったものが湧き出てくるのだ。（……）魯迅は権勢にへつらう犬を夢に見るやすぐに、さらに日和見でずる賢い人類のことを痛感した、これらはすべてその実例である。(9)

同じく一九三〇年代、魯迅の生前に書かれた好意的な評価は、孫玉石『《野草》研究』にも紹介されている。

この文章〔趙艶如「諷刺性に溢れる『野草』」（一九三二）〕の中では、「犬の反駁」「論を立てる」「このような戦士」を全文引用して、魯迅による諷刺の芸術に対して真摯なる称賛を送っている。また別の文章〔趙真「宝石をちりばめた『朝花夕拾』」（一九三二）〕でも、魯迅「犬の反駁」中のかの〝巧みな諷刺の筆調〟は、ただ魯迅〝老先生のみ描写可能であり、その辛辣な罵倒は実に痛快だ！〟と称賛する。(10)

時代が暗黒の様相を深めていく一九三〇年代には、反抗と諦観の交錯した諷刺、諧謔、ユーモアの文学が流行するが、そうした風潮をも反映してか、『野草』中の他作に比して後世に至るまでそれほど高く評価されることのない「犬の反駁」が意外に人気を博したのかもしれない。〝犬〟、つまり人間以外の動物に人間を罵倒させるという魯迅の採用したこの「新奇」なる手法の背景については、孫玉石自身が次のように説明している。

　この文章を書く少し前に、魯迅は一篇の小雑感の中で慨嘆して次のように述べていた。「古今の君子たちは禽獣でもって人をとがめたが、そのちっぽけな動物にこそ見習うべきところが多いことをまったく理解していなかったのだ。」（『華蓋集』「夏三虫」）こうした創見的思想が、魯迅をして「古今君子」の聖道古法と真っ向から対立させ、〝禽獣でもって人をとがめる〟のでなく、禽獣にも〝人よりすぐれる〟点があると認識させた。魯迅の書いた「犬の反駁」に描かれた人に対する反駁は、明らかにこの思考に基づいて構想された文学芸術である。[11]

孫によれば、魯迅はもともと動物の人に勝る性質を認識しており、「犬の反駁」はまさにその思想が創作において発露された作品であった。丸尾常喜は同様に〝禽獣〟の出現に注目するが、彼は孫の引く「夏三虫」に加えて「犬・猫・鼠」（『朝花夕拾』所収）を挙げている。

　「犬の反駁」は「獣から人へ」という図式そのものの相対化を諧謔とイロニイに託してなしとげようとしている作者の試みを示しているといえるであろう。（……）「夏の三虫」も、同様の動きの一環に属するが、ここでは翌年二月に書かれた一文「犬・猫・鼠」を引いて、魯迅の認識の新しい動き、「人」「獣」の転位の具体例を見ておくことにしたい。（中略）

猛禽や猛獣はより弱い者を餌食にし凶暴にはちがいないが、「公理」だの「正義」だのの旗を立てて、犠牲者に彼らが食われる間際まで、自分たちに感服、賛嘆をささげるようなことはしたことがないのである。人間が、直立できるようになったことは、むろん一大進歩である。話をするようになったこともまた一大進歩である。字を書き、文章をつづることができるようになったのもむろん一大進歩である。けれども、それは堕落でもあった。なぜならそのとき同時に空虚な話をするようになった。空虚な話をするのはまあいいとしても、甚だしくは自分でさえ意識しないで心にもないことをいうようになったのは、ただ吠えるしかない動物にたいして、全く「忸怩《じくじ》」たるを免れないのである。(12)

魯迅が『野草』執筆に重なる時期に書いた「犬・猫・鼠」（一九二六年）は、「犬の反駁」のモチーフに直接連なり、丸尾の引く「空虚な話」のくだりに至っては、「犬の反駁」と同系列の作品と見なされる「論を立てる」の主題にも関わる重要な参考資料と言えるだろう。

さて、夢の中で犬に人を批判させるという奇抜な手法は、魯迅独自の人獣観にも支えられて創造的な発展を遂げ、作品「犬の反駁」として開花した、という一般的な認識に対して、この「犬」の登場、ひいては「人と犬の対話」については、他の作品からの啓発を受けていたという指摘がある。魯迅の『野草』が連載されたのと同じ雑誌『語絲』（一九二五年二月二三日、一五期）から、魯迅が啓発を受けたというその作品、ボードレール散文詩「狗和罐子（犬と小瓶）」を引用してみる。詳細を検証するため、まずは中国語原文にて。

Baudelare 散文詩鈔　　張定璜譯

狗和罐子

「我的美狗，我的好狗，我的寶貝狗，來，來聞聞從城裏頭頂好的香貨店裏買來的道地的香味兒。」

搖搖他的尾巴――我以為那是這可憐的畜生代表歡笑的記號――走近來，好奇的把他那個濕鼻子放在那打開了的罐子口上；不一會兒，嚇得往後一退，他就帶怒罵的樣子向著我叫喚起來了。

「啊，沒出息的狗，如果我給了你一包糞，你大概就會歡天喜地的聞了他。並且或者呑光了他罷。所以連你，我困苦的生涯裏無用的伴侶，連你也像一般的民眾了；人家決不可以把微妙的芳香送給你們，因為那太刺激了，只可以送精選的汚糞。

（「可愛いわんわん、僕の大事な小犬君、ここへ来て、町で一番の香水店から買って来たこの素敵な香水を嗅いで御覧よ。」

そこで犬は尻尾を振りながら（思うに、人間に於ける笑い顔とか微笑とかに当る犬類の挨拶なのだろう）、近寄って来ると、その湿った鼻面を不思議そうに栓を明けた壜の上に置く。それから、びくっとしたように急にしりごみすると、まるで非難するように、私に向かって吠えかかる。

「おやおや、何てひどいわん公だ！　もし僕がくそを入れた袋でもくれて遣ったら、お前はきっと夢中になって嗅ぎ廻り、恐らくは貪り喰ったに違いない。思えばお前という奴は、僕の悲しい人生の、何と不甲斐ない道連れなのだ。お前はあたかもかの大衆のようなものだ。纖細微妙な香料などは遣っても憤慨するだけだから、大事に選んだ汚物をくれてやればそれで沢山なのだ。」）

（福永武彦訳『パリの憂愁（小散文詩）』『ボードレール全集Ⅰ』〔一九六三年、人文書院〕）

張定璜の訳で『語絲』誌上に紹介されるボードレール散文詩は引用作「狗和罐子（犬と小瓶）」を含めて全部で五篇（他の四篇は「鏡子（鏡）」「那一個是真的？（どれが本物？）」「窻子（窓）」「月兒的恩恵（月の恩恵）」）。なお、附記や解説のようなものは一切附されていない。もと魯迅の学生でのちに文学活動の同伴者となった孫伏園編集長のもと一九二四年一一月に発刊された文芸雑誌『語絲』には、当時まさに魯迅の『野草』が連載中で、このボードレール散文詩翻訳掲載の第一五期も、巻頭には魯迅の雑感文(時事評論)「再び雷峰塔の倒壊を論ず」を登載するが、ほぼ毎号に魯迅の文章が掲載されている。そして、件の「犬の反駁」が発表されるのはそれから約三ヶ月後、五月四日刊の二五期であった。魯迅がボードレールの散文詩を目にしていたのは疑いのないところであろう。ボードレールのこの作品と「犬の反駁」を最初に関連づけたのは、やはり『《野草》研究』の著者孫玉石であった。

「犬の反駁」は一九二五年四月二三日に書かれ、五月四日刊『語絲』週刊二五期に発表された。この散文詩を執筆する二ヶ月前の『語絲』誌上には、張定璜訳「犬と小瓶」が掲載されていたが、この散文詩が描くのもやはり人と犬の一段の対話であった。(……)作者は象徴的な物語を通して、資産階級に属する一人の詩人が民衆を蔑視する態度と心理を伝達している。このような散文詩を読むに当たり、人々はみな作者の傲慢と偏見の思想を明らかに感得することだろう。(中略)張定璜は魯迅とも付き合いの深い友人だったから、彼の訳したボードレール散文詩が魯迅も編集に加わっていた『語絲』に掲載されたことで、魯迅も散文詩「犬と小瓶」[13]を目にしたことに疑いの余地はない。彼が書いた「犬の反駁」がこの散文詩の啓発を受けていた可能性も高い。

我々が注意すべきは、魯迅がボードレールの「犬と小瓶」を目にしたときに、一方で人と犬の対話という構成の上での啓発を受けながら、一方ではまたボードレールの群衆への叱責を受け入れられなかったことである。彼はそれを参考にしながらも、人が犬を叱責するのでなく犬をして人に反駁させるという逆の発想を構築したのである。こうして、彼の芸術は新しい境地へと飛躍を遂げることとなった[14]。

このように孫玉石は、同雑誌に掲載された機縁や、人と犬の対話という内容的な相似から両作品の接近を重視する。「犬の反駁」という新奇な芸術作品を生み出すきっかけとして、張定璜訳ボードレール散文詩は大きな意義を有するというのだ。だが、孫の指摘する、ボードレール詩に描かれた資産階級詩人の発する民衆蔑視の視点に魯迅が反応して、犬が人を罵るという逆転の構図で反駁したのだという解釈は如何なものであろうか。やや政治に偏したステレオタイプの感が否めない気もする。

実はボードレールのこの犬の散文詩が翻訳されたのは、『語絲』誌上の張定璜訳が最初ではない。遡ること三年余り、一九二一年一一月二一日付『晨報副刊』に、この作品はすでに翻訳紹介されていた。訳者は周作人である。張定璜の翻訳は当然これを参照しているものと思われるが、『野草』との位置、魯迅・周作人兄弟の散文詩やボードレールとの関係等の点から本書ではこちらを重視する。その実際を比較するため、本文についてここではやはり中国語原文にて引用する。

散文小詩　　仲密譯

法國　波特來耳　原作

二　狗與瓶

「來，我的美狗；來，小汪汪，嗅這在市上優等香店裡買來的好的香水。」

於是那狗，搖著尾巴──這是一種記號，那可憐的東西替代大笑或微笑的──走近前來，好奇的將他的濕鼻子放在開口的瓶上；但他突然驚惶的退後，埋怨似的向著我低嗥。

「唉，可憐的畜生，倘我給你一塊排泄物，你會歡歡喜喜的嗅，或者吞嚥了。這樣便是你，我的不幸生活的不肖的伴侶，也正如民眾一般；決不可給與微妙的香，這反要激怒他們，除了隨時撿集的汚穢。」

以下は、周作人による「訳者附記」である。

ボードレール（Ch. Baudelaire 1821-1867）は一八五七年に詩集『悪の華』を発表することで、近代文学史上に一つの新時代を創出した。彼は同時期の高踏派が採った簡潔かつ洗練されたスタイルで、彼自身の幻滅した霊魂の体験を真実の筆で綴ったが、それは現代人の新しい心情を代表するに十分なものであった。彼は詩の中に自身の精神の陰影や、哲学の苦味、さらには絶望の沈痛を充満させた。彼の描く幻影は暗黒かつ恐るべきもので、著作の大部分は年若い或いは蒙昧な者の閲読にはまったく適さない。だが頭脳明晰なる読者はその詩の内奥から真の希有なる力を汲み取ることができるであろう。彼にはまた『散文小詩』一巻五〇章があり、原題を『パリの憂鬱』と言う。これも同様の深奥精緻なる文字である。現代散文詩の流行は、彼の影響によると断ずるも何ら問題はない。いま英国シーメンス等諸人の訳本により、あわせてドイツ人ボーロン訳全集を参考にして、六章を訳出する。

一九二一年一一月一三日附記。

周作人の翻訳は、六篇（「游子（異邦人）」「狗與瓶（犬と瓶）」「頭髮裏的世界（頭髪の中の世界）」「你醉！（酔いたまえ！）」「窗（窓）」「海港」）で、末尾には上記のごとく訳者附記がしたためられる[15]。張定璜が周作人訳から重訳したものは、「狗和罐子（犬と小瓶）」「牕子（窓）」の二篇である（張の〔改〕訳はより口語的だが、用語等に周訳参照の痕跡が窺われる）が、ボードレールに注目する周作人は、同じ『晨報附刊』の一九二二年四月九日にも、「散文小詩 二首」として「月的恩惠（月の恩恵）」を訳している（→張定璜訳「月兒的恩惠」）。張定璜が『語絲』に翻訳した五篇のボードレール散文詩は、そのうち三篇が周作人によってすでに紹介されていたことになる。「月的恩惠」にも、やはり訳者周作人による附記があり、そこでは、中国の新文壇に対する彼の感慨が述べられている。

ボードレールの散文詩は、昨年本紙上に六首を掲載したが、いままた旧稿より二首を抄出して発表する。翻訳を経ているため元来の味わいを多く失っているとは言え、そこに描かれた現代人の憂鬱の情調は明らかに看取できよう。現在、中国新文学は次第に興隆しつつあるが、まずは深奥なる文学境地に精通し、同時にドストエフスキーの愛の福音とボードレールの現代の憂鬱を理解できるように修養されんことを希望する。そのゆえに我々のボードレール紹介にも或いは多少の意義あらんことを。

一九二二年四月五日附記。

周作人は思いつきでボードレールを訳したわけではなかった。彼はこれ以外にも多くの文章の中でボードレールに触れている。その中から一つ引用しよう。彼自身初の長篇詩（散文詩）創作、「小河」に自ら附した序文である。

この詩はいったいどういう詩なのかと問う者がある。実は私自身ですらその答えを持ち合わせぬ。あるいはフランスのボードレール（Baudelaire）の提唱した散文詩に少しばかり似ているかもしれぬ。だが彼が用いたのは散文の様式だが、私のものは一行ずつ分かち書きである。内容は概ねヨーロッパの民謡を模したものと言えようか。だが民謡は本来押韻せねばならぬが、韻も踏んではおらぬ。詩には数えられないかもしれぬが、それも何ら問題にはならぬ。[16]

自作をボードレールになぞらえる辺り、周作人らしい強い自負と矜持の意識が顔を覗かせている。彼がボードレールに傾倒していたことを窺わせる一文である。実際この「小河」はのちに胡適らの讃辞を獲得して、周作人の詩の代表作と認識されていくことになる。

ではここで、魯迅のボードレール観にも触れておきたい。彼のボードレールに対する感想は、周作人と対照的に意外なほど冷淡なものである。一九二〇年代前半における新詩への取り組みそして散文詩への注目と、中国文壇におけるボードレール全盛当時においても、魯迅のボードレールへの言及は管見の限り全く見られない。三〇年代に入ってからようやく何度か言及しているが、詩人としての積極的な評価や讃辞は皆無で、ボードレールを革命に失望した文人として冷ややかにあしらうのみである。魯迅が一九三〇年に書いた「非革命的《の》急進革命論者」より引用しよう。

> フランスのボードレールは頽廃詩人としてよく知られている。ただ、彼は革命を歓迎しながら、革命が自分の頽廃生活を妨げるようになると、今度は革命を憎悪するようになった。したがって、革命前夜の紙上の革命家、それもとりわけ徹底した、激烈な革命家は、いざ革命にのぞむやそれまでの仮面――意識せざる仮面をかなぐりすてることがあり得るのである。[17]

資料的制約から、中国文壇におけるボードレール全盛期、また『野草』執筆当時の魯迅の抱懐を窺い知ることはできないので、魯迅のボードレールに対する評価の実際についてはひとまず課題とするほかはない。[18]〝散文詩〟集『野草』の筆を執った魯迅が、ボードレールに注目していたことは疑いないと考えるが、少なくとも三〇年代にいたり、文壇ひいては魯迅自身が文学から革命へと舵を切ったとき、すでにボードレールから心が離れていたことだけは確かなようだ。

見てきたように、周作人はボードレールの散文詩に早い段階から傾倒しており、『晨報副刊』上の翻訳は文学的実質を伴うものであったと見なせよう。当時周作人と手を携えて文学活動に取り組んでいた兄の魯迅もそのことを認識していたと推測される。それに対して、『野草』連載中に同じ『語絲』に発表された張定璜訳は、五篇の訳詩(うち三篇は周作人がすでに翻訳していたもの)が挙げられるのみで、訳者のポリシーや文学的考察は全く伝わってこないし、張定璜自身がボードレールを研究した形跡も見当たらない。魯迅に張定璜訳が啓発を与えたとするならば、それは以前『晨報副刊』に掲載された周作人のボードレール訳を想起させるという役割にとどまるのではないか。しかも、魯迅が繙いた『晨報副刊』には、張定璜訳ボードレール「犬と小瓶」よりもずっと「犬の反駁」に近い、ある作品が掲載されていた。

三 晨曦「新亡霊協会」

一九一九年七月三〇・三一日の二日間にわたり、『晨報副刊』紙上（「小説」欄）に晨曦「新亡霊協会（新鬼匯）」という文章が掲載される。その内容は大変奇抜なものである。主人公の男は、平素から亡霊（鬼《クエイ》）の存在など意に介さず、いたとしても人間様にかなうはずがないと高を括っていたが、ある日うとうとしていると、自分の家で飼っていた犬（の亡霊）がやって来て、なんと二本足で立ち人間の言葉を話している。すぐに叩き出してやろうと毒づきひっぱたくが、あに図らんや犬はひるむことなく反対に議論をしかけてきた。犬によれば、最近、数百の亡霊たちが集まって新しく協会を結成し、人間どもを駆逐して亡霊たちによる一大国家建設を目指すと言う。男が、数百やそこらの亡霊で人類を滅ぼすことなどできるものかと嘲笑すれば、犬は、現在の中国人は数億の人口で、亡霊など一ひねりだと威張っているが、実際にはすぐにも滅亡してしまうだろうとほくそ笑む始末。すったもんだするうちに、ふと背後で人の声がする。「もう朝ですよ。まだ起きないの。」そこでやっといま見たすべてが夢であったことに気付いた、というストーリーである。本書は、この短篇を「犬の反駁」の重要な直接材料の一つに位置づける。以下、主要部分を引用しておく。

ある晩、私はとても疲れたので、ベッドに横になってうとうとしていると、家の犬が突然入ってきた。体をピンと伸ばして、二本足で立ち、しかも人の言葉を喋るのだ。私は度胆をぬかれ、慌てて家の者を呼んで、犬を叩きだそうとして、毒づきひっぱたき、長いこと騒いでいたが、あにはからんや、その犬は一向に人を怖がりもせずに、相変わらずぶつぶつ言っている。私は家の者を制して、犬が何を言っているのか聞いてみた。口を開くや犬は言った、

「おれは今では新亡霊協会の一員で、おまえの家の飼い犬ではない。（……）生存競争だよ、優勝劣敗だろ。おれたち亡霊は、おまえら人類を殺さなきゃ、将来おまんまにありつけねえ。（……）おまえらを殺しつくしゃあ、おれたちゃ一大統一亡霊国家を建設して、悠悠自適の亡霊生活ってわけよ。」（中略）

笑わせるなと思いながら、腹も立つ。言い負かしてやろうと思ったその時、ふと背後で誰かが私を押しながら何か言っているのが聞こえる。

「もう朝ですよ。まだ起きないの。」私はそこで身体をそちらに向け、眼を開いて窺えば、床の前に立っているのは他でもない嫁さんである。私はそこでやっと、いま見たのはなんと一場の夢であったことに気付いたのだ。心を落ち着け、今しがた夢の中で犬と交わした怪しげな話を嫁さんに聞かせたところ、彼女が笑って言うには、

「夢にすらまともな人間には出会えないのね。今の中国は人の住むような場所ではないと、あなたが言うのも無理はないことね。」

魯迅の「犬の反駁」と比較すれば、両篇ともに人の言葉をしゃべる犬に出会い、はじめは嘲罵するが逆に遣り込められてしまうという筋書きが同一である。夢の中での出来事、そして最後に主人公が夢から醒めるという筋立てが一致していることは、特に注目される。

筋立て、構成の相似に加えて内容も極めて興味深い。当時の中国（人）の現実は、犬から皮肉たっぷりに嘲笑され、犬（亡霊）にも劣る人間はむしろ亡霊になった方がよっぽど賢いとまでこき下ろされる。挙げ句の果ては「今

の中国は人の住むような場所ではない」。つまりすでに亡霊世界同然にまで落ちてしまっていたのだ。この作品に魯迅が注目したとすればその理由は、犬の反駁という〝新奇〟な筋立てだけではなかった。彼の視線が捉えた中心は、中国の現実に対するこの痛烈な批判性、そこにすでに現出していた〝亡霊世界〟を描いた点だったのではないだろうか。実は魯迅自身、似たような感慨を随所で吐露している。『野草』執筆当時の文章から引用すると、例えば「壁にぶつかった後」（一九二五年六月一日『語絲』二九期）では、

中華の国は、たぶん地獄などではないのだが、それにしても、「境地は心がつくる」ものだから、私の目の前はいつも重なりあった暗雲にふさがれ、その中には、古い亡者、新しい亡者、浮遊する人魂、牛頭阿旁、畜生、化生、大叫喚、無叫喚がいて、私は聞いたり見たりするにたえられない。私は、聞きも見もしないふりをして、自分をだましておき、ともかく地獄を抜け出したことにしている。

段祺瑞政府が民衆を殺戮した「三・一八事件」に、そのうら若き命を奪われた女学生を追悼した「劉和珍君を記念して」（一九二六年四月一二日『語絲』七四期）には、

私は自分の住んでいるところが人の世ではないように思われてならない。四十数人の青年の血が私の周囲に満ちあふれ、苦しくて息もできず、見ることも聞くこともできない。（……）私はやがて、この人の世にあらざる漆黒の悲哀を深く味わうだろう。私の最大の悲痛でもってこの人の世にあらざる世界へ（……）

時代に翻弄され、人間性を失ってしまった人々。同胞に銃口を向ける中国人たち、魯迅の胸中でも、中国はすでに人の住む場所ではなくなってしまっていた。

孫玉石をはじめとする研究者が〝新しい創造的芸術〟と高く評価する「犬の反駁」だが、その四年前に『晨報副刊』に掲載された「新亡霊協会」の存在が明らかになったいま、改めて見直す必要があるのではないか。諸家の指摘する〝犬が人間の言葉を話して反論する〟という「犬の反駁」の特異、奇抜な筋立ては、おそらくは魯迅の独創ではなかった。

なお、「新亡霊協会」の著者、晨曦については、一九一九年の七、八月、同じ『晨報副刊』にトルストイ関連の文章を何篇か翻訳して載せている[19]ことから、ロシア関係の専門家かとも思われるが、一九二〇年三月には日本語からの翻訳活動の形跡[20]も窺え、魯迅同様に日本留学経験者であったやもしれない。新時代への期待を込めた〝晨曦（朝の光）〟という筆名から革新派であったという推測も成り立つかもしれないが、意外に魯迅と近い場所にいた人物かもしれない。

四　「犬の反駁」の素材

さて、魯迅の共鳴した〝亡霊（鬼《クェイ》）〟の世界、当時その世界を作品に縦横に展開して、文壇からもそして魯迅その人からも高く評価されていた詩人、改めて説明するまでもなく、それは徐玉諾である。戦乱の河南に生まれ、人と亡霊の交錯する世界を描いた異色作家、徐玉諾。現在、文学史の上ではわずかに触れられるに過ぎないが、当時の文壇では極めて強い存在感を示していた。魯迅当人が直接彼に働きかけ、強く意識していた様子はすでに前章にて考察を試み、また魯迅の「犬の反駁」執筆材料として、やはり主人公と犬が対峙する徐玉諾の散文詩「恐るべき文字（可怕的字）」を指摘した。犬に変わった文字が「人生の最後」という詩の最後の一文字だったという設定は、人死して後の〝亡霊（鬼《クェイ》）〟世界を一貫して作品に刻み続けた徐玉諾らしく、また五四退潮期という暗黒社会の中で希望を見出せずにもがいていた彼ら知識分子たちの苦しみが体現されていると読める。しかし、その「人生の最後」たる犬は、人に向けて激しく議論を挑みかけ、主人公を打ち負かしてしまう。逆説的な希望表現と読み解くべきか。作品は圧倒的な迫力で読む者の心を捉える。『晨報副刊』掲載の「新亡霊協会」の方は、犬の亡霊との対話という奇抜な設定や随所に織り込まれたユーモラスな描写が魅力の作品であったが、「恐るべき文字」にはそうした遊びは一切感じられない。戦乱の河南の地に生まれ常に死と隣り合わせに生きた徐玉諾の文学がそこに結晶している。

徐玉諾の「恐るべき文字」（一九二二年）と、「新亡霊協会」（一九一九年）を比較してみると、「新亡霊協会」の方が三年早く発表されている。実は徐玉諾自身、この『晨報副刊』が記念すべき文壇デビュー（一九二〇年、処女小説「良心」発表）の場所であり、魯迅が熱心に徐玉諾に小説集出版を勧めたのも、やはりこの『晨報副刊』に発表された十数篇の作品だった。「犬の反駁」に連関する（とおぼしき）作品が『晨報副刊』に集っていたことになる。

整理してみると、人間の言葉を話す犬が人間に反駁し、人間の方が逆にやり込められる、そしてそれは夢であった、という「犬の反駁」の〝新奇〟な筋立てのルーツは、まず『晨報副刊』上の「新亡霊協会」にたどることができる。その三年後に書かれた徐玉諾の「恐るべき文字」は、犬の反攻に加えて、（夢ではないが）家族の声で現実世界に引き戻されるという設定や、犬と人間の議論の応酬を中国語原文「和（與）〜理論（〜と議論する）」と表現している（「新亡霊協会」も同様）ことなど、やはり「新亡霊協会」が意識されていたと推理される。そして、その徐玉諾に遅れること三年後に発表された魯迅の「犬の反駁」（一九二五年）は、『晨報副刊』上の「新亡霊協会」、徐玉諾の「恐るべき文字」のいずれをも意識して執筆された可能性が高い。だが作品の体裁から見れば「新亡霊協会」は短篇と言うには長きに過ぎ、同じ散文詩を採用して長さもほとんど重なる「恐るべき文字」の方に連関がより強く感じられる。犬に対する主人公の悪意や、応酬の激しさなども魯迅「犬の反駁」によく似ている。魯迅の「犬の反駁」は、「新亡霊協会」の意匠を受け継ぎつつ、直接には「恐るべき文字」を下敷きにして書かれたと結論づけておく。徐玉諾「恐るべき文字」はそれを首肯させるだけの迫力と魅力を備えている。

ここで一点確認しておきたい。「新亡霊協会」の掲載など『野草』への貢献が注目される北京『晨報副刊』だが、そこに一九二〇年六月から一〇月にかけて「ツルゲーネフ散文詩」五〇篇が一挙に訳載されたことを忘れてはならない。この沈穎訳「ツルゲーネフ散文詩」が『野草』成立に当たって重要な意義を有すること等については、次章「北京『晨報副刊』」にて詳しく見ていくが、このツルゲーネフ散文詩（第四首）に、「犬（狗）」と題する一篇が含まれていたこと[21]は、注視しておく必要があろう。

犬が私の前にひざまずく……僕をじっと見つめながら。
僕も彼を見つめる。
彼は私同様に何か話したげな様子だ。彼は唖者《おし》で話せないし、自分のことを理解すらしていない――だが僕には彼のことがよくわかっている。

「私に何か話したげな犬」がすぐに「犬の反駁」に結びつくわけではないが、魯迅は確実にこの作品にも触れていた。早い時期から〝散文詩〟に注目していた魯迅は、ボードレールやツルゲーネフの散文詩を熱い想いで読んでいたのである。

五　「論を立てる（立論）」をめぐって

一九二〇年五月三・五日のやはり『晨報副刊』に、ツルゲーネフ散文詩の訳者でもある沈穎によって、ロシア作家イズマイロフ[22]の「奇異な少年」という文章が翻訳掲載されている。その前半部分を引用する。

以前一人の奇異な少年がいた。彼は天賦の美しい容貌と、すぐれた記憶力、そして探求心に富んだ智能を有し、誰もが彼をとても可愛がった。（……）多くの人が言葉を尽くして彼を褒め讃えた。「この少年は将来必ずや著名な学者になるだろう。そして科学の分野で新しい方法論を開拓するだろう。」別の一人がそれに反対した、「いや、彼は将来必ずや聡明な作家になるだろう、その人物描写がどんなに見事なものか想像もつかないほどだ！」（中略）

さて彼らはそこで論ずることをやめ、ただ黙って考えた、なぜならこの少年には何かしら感覚の欠乏したところがあることに気が付いたからである。

そして互いにこっそり囁いた、「この少年の智能は確かにすばらしいが、心があまりに狭い。」

この作品は、五月四日の五四運動一周年特集号を挟んで、『晨報副刊』「小説」欄に掲載された。引用部分以降は、知識を求めるばかりで情感に乏しい主人公の少年が、魅惑的かつ狡猾な女性に感情の扉を開かれるや、打って変わって異常に怯懦で感傷的な人物となり、両親や周囲の者たちからも蔑まれ、苦悩のなか寂しく死んでいくという、暗澹たる物語である。全体のストーリーは一概に魅力的とは言い難いこの作品、だが引用の冒頭部分は次に引く『野草』の「論を立てる」（一九二五年七月一三日『語絲』三五期）によく似ている。

わたしは自分が小学校の教室でちょうど文章を書こうとして、先生に論を立てる方法について教えを請う夢を見た。

「難しいな！」先生は眼鏡の縁越しに視線を斜めにぎらつかせ、わたしを見ながら、言った。「こんな話がある――

「ある家に男の子が生まれたので、家じゅう大喜びだった。満一ヶ月のお祝いのとき、抱いてきて客に見せた——たぶんもちろん何か縁起のよい言葉を手向けてもらおうとしたのだろう。

「ひとりが言った、『この子は将来きっとお金持ちになりますよ。』と。かれはそこでひとしきり感謝された。

「ひとりが言った、『この子は将来きっとお役人になりますよ』と。かれはそこで二言三言のお世辞を返された。

「ひとりが言った、『この子は将来きっと死にますよ。』と。かれはそこで寄ってたかって袋叩きにあった。

「死ぬ、と言うのは間違いないことで、富貴になる、と言うのは嘘かもしれない。だが嘘を言うものはめでたき報いを得、間違いないことを言うものは殴られるのだ。おまえは……。」

二つの文章の長さは全く異なるが、引用部分を比較すると、始めのうちは口を極めて子供を誉めるが、最後には一転して否定的な評価を下すという筋立てが一致している。子供の現在の優秀さを持ち上げるのではなく、将来の成功を予測することによって称賛している点が共通することは特筆されよう。細部に目を注げば、中国語原文「將來要作（将来きっと〜になる）」等の表現自体が一致することも興味深い。

『野草』中、まれに見る平明さを有する[23]」とも評される〝諷刺的寓話〟「論を立てる」は、解釈の上でもさしたる議論はなく、自分の意見を明確にせず笑ってごまかす日和見的処世哲学、所謂「ははは主義」を魯迅が諷刺した作品であるとの読みがほぼ定説となっている。[24]だが執筆素材の存在については、従来の『野草』研究の中に一度も指摘されたことはなかった。自身深く関わっていた『晨報副刊』に掲載されたこの「奇異な少年」は、「論を立てる」寓話の形成に関与していたのではないかと推測する。

両作品に再度注目すると、子供に対する最後の否定的評価の内容が異なっている。「奇異な少年」の方は、少年の天賦の知能に対して、将来は必ずや著名な学者や優れた作家となるであろうと称賛した後、その並外れた知能に比して精神面で問題がある（心が狭い）と否定的評価に帰している。その論理の流れは自然かつスムーズである。

対して魯迅の「論を立てる」はどうだろう。この子は将来必ずやお金持ちになるかお役人になるかと持ち上げた後で、最後の一人はなんと「将来必ず死にますよ」と宣《のたま》う。そして、真実を述べた者がかえってひどい目に遭う、つまりこの世は不合理だと結論づけるのである。だが少し冷静に考えれば、この話の流れの奇妙さに気付かされる。子供が生まれて一ヶ月（満月）のお祝いの席で「将来きっと死ぬ」などと言えば顰蹙を買うのは自明[25]で、そのようなことは言うべきでないと教師たるもの子供に教え諭すのが道理であろう。

　魯迅のこの強引な（あるいは皮肉な）理論の底には、彼自身の生き方への自問が込められていたのではなかったか。周囲の常識、場所柄を無視してわざと恨みを買うような、あるいは子供っぽいほどに執拗な攻撃を繰り返す彼自身の言動になぞらえ、自嘲の意味をも含めたのではないか。もしくは魯迅らしい洒落に過ぎなかったか。疑問とせざるをえない。確かに読み物（寓話）としては面白いかもしれないが、話自体がナンセンスであり、構想自体を他作から借りつつ、単なる戯れ詩に終わっている作品「論を立てる」は、やはり「犬の反駁」同様に、芸術的昇華を果たしているとは認めがたい気がする。そして、そのことは作者の魯迅自身やはり認識していたのではないだろうか。

『語絲』創刊に当たって、編集者として刻苦奮迅する弟子の孫伏園のためにも、恐らくは締め切りに追われながら〝搾り出した〟作品集『野草』。数多くの執筆素材が存在したことは、その事実を裏付ける。濫造ゆえの「駄作」が混じることも致し方なかったのかもしれない。

（1）「作品の展開　四『野草』」『魯迅入門』（一九五三年、東洋書館）、一八七頁。
（2）丸山昇「「野草」に於ける魯迅―野草総論に代えて」『魯迅研究　二四』（一九五七年一〇月）。
（3）山田敬三『魯迅の世界』（一九七七年、大修館書店）、三一〇頁。
（4）片山智行『魯迅「野草」全釈』（一九九一年、平凡社〔東洋文庫五四一〕）、一四八頁。

（５）『馮雪峰 論文集（下）』（一九八一年、人民文学出版社）、三六〇頁。
（６）『文学評論叢刊』第一一輯（一九八二年二月）、三〇七頁。
（７）肖新如『《野草》論析』（一九八七年、遼寧教育出版社）、一七二頁。
（８）多くの『野草』論における解説は似たり寄ったりだが、李天明『難以直説的苦衷―魯迅『野草』探秘』（二〇〇〇年、人民文学出版社）の「犬の反駁」解説は、林語堂の描いた「魯迅先生が狆《ちん》を打つの図」をめぐって陳源と魯迅が激しく罵倒合戦を繰り広げた様子を細かく引用するなど、創作背景について一歩踏み込んだ解釈を施している。
（９）石葦『小品文講話』（一九三三年、上海光明書局）、六六頁。
（10）孫玉石『《野草》研究』（一九八二年、中国社会科学出版社）、二九六頁。
（11）「撕下〝正人君子〟虚偽的假面―《狗的駁詰》和《死後》」前掲注（10）孫『《野草》研究』、一一四頁。
（12）丸尾常喜『魯迅『野草』の研究』（一九九七年、汲古書院）、二四八頁。
（13）前掲注（10）孫『《野草》研究』、一一八～一一九頁。
（14）孫玉石「重释《狗的駁詰》」（『魯迅研究月刊』一九九六年七期）、四一頁。
（15）この周作人訳ボードレール散文詩六篇は、一九二二年一月九日、上海『民国日報・覚悟』に転載されている。その際、周作人による「附記」が文末から文頭に移動されている以外は全く同一である。後に、周作人訳『陀螺』（詩歌小品集）（一九二五年九月初版、北京新潮社）に、「狗與瓶」を含む八篇（「外方人（游子）」「狗與瓶」「頭髪裏的世界」「窮人的眼」「你酔」「窗」「月的恩恵」「海港」）が収められる。
（16）周作人「「小河」序」、一九一九年二月一五日『新青年』六巻二号（巻頭に掲載）。
（17）「非革命的急進革命論者」一九三〇年三月一日『萌芽月刊』一巻三期。『魯迅全集』第四巻『二心集』、二二七頁。
（18）魯迅が終生毛嫌いした徐志摩が、魯迅のボードレール観に少なからぬ影響を与えた可能性がある。一九二四年一二月一日『語絲』三期に、徐志摩訳ボードレール『悪の華』「死体」が掲載され、訳者による長文のボードレール詩称賛文芸論が附載された。魯迅はすぐに反応し、同誌五期に「音楽？」を発表して、彼による徐志摩批判の他の文章同様、やはり過剰なほどの皮肉を書き連ねている。（本書第四章参照）。
（19）一九一九年七月二三日「トルストイの死生観」、一九一九年八月五、六日「トルストイの男女観」、一九一九年六月一四日「トルストイの汎労働主義」、一九二〇年二月一七日「悔改的罪人（トルストイ著）」。
（20）一九二〇年三月二八日「近代生活」〝「訳者序」この文章は、ある日本語の書物から翻訳したものだ、（……）〟。

(21)　北京『晨報副刊』一九二〇年六月一九日。

(22)　未詳。ロマン主義時代の小説家、寓話詩人として著名でジャーナリストとしても活躍したというイズマイロフ（一七七九－一八三一）が候補として考えられるが、この作品の執筆は確認できていない。（川端香男里編『ロシア文学史』〔一九八六年、東京大学出版会〕等参照）。九州大学大学院言語文化研究院の同僚でロシア近代文化・思想がご専門の佐藤正則氏よりご教示を得た。ここに記して謝意を表する。

なお、『小説月報』一二巻一一期（一九二一年一一月）巻末、沈雁冰「海外文壇消息」「(九九) ロシア文壇の現状―寓言小説の流行」に、「伊柴瑪洛夫 (Izmylov)」の名前が見えている。ここにも具体的な紹介はない。

(23)　前掲注(12)丸尾『魯迅『野草』の研究』、三〇六頁。

(24)　荊有麟『魯迅回憶』（一九四七年、上海雑誌公司、一〇二頁）に、魯迅が一九二四年の西安行において実際に「ははは主義」の人物に出会ったことをきっかけに「論を立てる」を書いたと話していたとの記述がある。閔抗生『地獄辺沿的小花―魯迅散文詩初探』（一九八一年、陝西人民出版社）の解釈はやや異なり、「論を立てる」は「ははは主義」の日和見主義を批判しているのではなく、「ははは主義」に走るほかない〝難於直説〟〝難於立論〟（直言、立論するのが困難）な社会自体に警鐘を鳴らした。つまり、魯迅は言論自由の獲得を掲げたのだとする。

(25)　同様の見解を表明する論考として、李天明『難以直説的苦衷―魯迅《野草》』（二〇〇〇年、人民文学出版社、九七頁）、賈放「《野草・立論》的語用策略闡釈及其他」（『応用言語学研究論集』〔金沢大学〕二〇〇九年三期）の二件が認められる。

第3章　北京『晨報副刊』

序

『晨報副刊』(1)紙上から、魯迅が『野草』を執筆する上での材料として用いたと目される記事を抽出整理すると、次頁の表のようになる。

同時期の同じ出版物の上に『野草』の材料が一つところにこれだけ固まって出現することに驚かされる。ここに挙げた「ツルゲーネフ散文詩」以外の四篇の作品、晨曦「新亡霊協会」、伊慈瑪伊羅夫《イズマイロフ》「奇異な少年」、散文詩「なぜ僕を愛するのか（你為甚麼愛我）」（この作品については、本書第五章参照）、与謝野晶子「野草」は、従来の『野草』研究において一度も取り上げられたことはないが、魯迅は『野草』執筆に当たって、いわば素材の供給源として当時の『晨報副刊』を改めて繙いていたのではないかと考える。本章では、これら『晨報副刊』材料群から、まずは「ツルゲーネフ散文詩」、特にその魯迅との接点の詳細について考察を試みたい。

『晨報副刊』紙上の魯迅『野草』材料

掲載年月日	材料	『野草』への反映
一九一九年七月三〇・三一日	晨曦「新亡霊協会」	「犬の反駁」
一九二〇年五月三日	伊慈瑪伊羅夫「奇異な少年」	「論を立てる」
一九二〇年六月一二日～一〇月九日	「ツルゲーネフ散文詩 五〇篇」連載　「乞食」	「乞食」
	「世界の末日」	「崩れた線のふるえ」
	「施こし」	「旅人」
	「老嫗」	「旅人」
	「浅藍的世界」	「美しい物語」
	「何を思うだろうか」	「死後」
一九二〇年一〇月二日	散文詩「なぜ僕を愛するのか」	「影の告別」
一九二〇年一〇月一六日	周作人訳、与謝野晶子「野草」	

一　「ツルゲーネフ散文詩 五〇篇」訳載

一九一五年七月一日『中華小説界』二巻七号誌上に、劉半農によって中国に初めて紹介されたツルゲーネフ作品は、名著と称えられ人口に膾炙する代表作『猟人日記』（一八五二年）でも『父と子』（一八六二年）でもなく、『散文詩』であった。新文学の産声も定かでない当時の中国文壇に向け、彼はその序文で次のように述べている。(2)

ロシア文学家ツルゲーネフ Ivan Turgenev はトルストイと名声を等しくする。トル氏の文章は平易なものが

> ほとんどで読みやすいために知っている人も多い。だがツル氏の文章は古雅でありしかも言わんとするところがトル氏ほど明解でないので知っている人は少ない。両氏を比較してみれば実際には甲乙つけ難いのである。ツル氏の著書は全部で十五集、その中には詩文と小説どちらも見えるが、小説の短篇ものは極めて少ない。ここに全集から四篇をとる。「乞食」「マーシャ」「あほう」「キャベツ汁」、これらはすべて晩年に書かれたものである（氏は一八一八年の生まれで、一八八三年没。この四篇は一八七八年の二月から五月の間に作られているが、この時すでに齢《よわい》六〇であった）。筆致も内容も、均しく悲惨で哀切で、情に耐えがたくさせる。私がこれまで読んだ小説の中でもこれはほとんど最高のものである。どうしてわが国の小説家諸氏に味わってもらわずにおれようか。

劉半農がここに訳出した「小説の短篇もの四篇」というのがつまり「散文詩」のことで、中国にはまだ「散文詩」というジャンル自体認識されていなかったのである。当時、散文詩の翻訳紹介が盛んに行われていたが、そこには理由があった。「散文詩型」は、「押韻せねば詩ではない」という旧套を切り崩すための新体詩派の急先鋒だったのである。その最も顕著な表れが一九二一年から二二年にかけて『時事新報・文学旬刊』誌上で展開された散文詩論争（本書第一章参照）であったが、その中でたとえば新体詩派に属する鄭振鐸の「論散文詩」でも次のようにツルゲーネフを取り上げている。(3)

> 散文詩の現在における根ばりはすでに安定したものとなった。一世紀前には散文詩は詩ではないという議論にまだ多くの人が賛成していたかもしれない。（……）数多くの散文詩作家の作品が「押韻せずんば詩にあらず」という信条を粉々に撃ち破ったのである。（……）ツルゲーネフ、ワイルド等の詩人の作品がまさか詩に数えられないということはあるまい？

旧体詩に対抗する手段として援用された側面は否めないが、彼らがツルゲーネフの「散文詩」と真剣に向き合っていた様子は随所に窺うことができる。一九二〇年六月から一〇月にかけてロシア語の原本から初めて五〇篇すべてを翻訳した沈穎は、『晨報副刊』連載初回（六月一二日）に置いた説明文にこう記している。

（ツルゲーネフの）作るところの文章は、陰鬱な意境ではあるが、芸術の美を極め、ロシア写実派小説家の中の最も優秀な人物に数えられ、トルストイと並び称される。（……）散文詩一巻がある。全部で五〇篇、「衰老」"Senilia"と名付けられ、それは彼の晩年の著作である。洗練された描写で、そこから彼の思想、感情を見いだすことができる。

また、一九二〇年一二月二〇日『時事新報・学灯』に自作の散文詩「冬」「彼女と彼」「女の死体」「大地の叫び」四篇を掲載するなど早い時期からやはり散文詩に取り組んでいた郭沫若も、一九二一年二月の同紙にツルゲーネフの散文詩「自然」を翻訳紹介し、その序文でこう述べている。

ツルゲーネフ氏の文芸作品はすでにわが国に紹介されたものも少なくない。私がここに訳すのは一八七八年から八二年の四年間に書かれた小品文で、雑誌『欧州報知』に連載された。「散文詩」の名は雑誌の編集者が初めてつけたものである。この詩集は最も人口に膾炙しているもので、ひょっとすると国内にも私の知らないところで翻訳が出ているかもしれない。だが私は重訳を恐れずに意をもってこれを翻訳しようと思う。翻訳にはそれぞれ長ずるところがあり、読者には選択の自由が与えられているからだ。

郭沫若の傾倒ぶりが窺えるが、ツルゲーネフの「散文詩」はこの他にも巴金や魯迅(4)をはじめとして中国の文壇に多大の影響を与えている。現在に至るまで絶えることなく翻訳、重訳が出ていることもそのことを傍証しよう。

「不思議なまでに『野草』と題材を同じくする」、山田敬三のこの言葉にも象徴されるように、従来、ロシア作家ツルゲーネフの「散文詩」と魯迅の散文詩集『野草』の相似に目を向けた論著は少なくない[5]。沈穎の引用文にも見えるように、ツルゲーネフの散文詩は晩年に書き綴られたもので、作者自ら「Senilia（老いたる言葉）」と名付けたその作品群は、死や運命といった暗いイメージが全体を覆っているが、魯迅の『野草』も中国社会が五四運動の退潮期から全面戦争へと突入していった時代を背景として、やはり死や暗闇のイメージに貫かれる結果となっている。しかも、題材の相同にとどまらず、夢境に設定された詩が多いことや軽妙な諷刺とかユーモアの要素を併せもつことなど、両者はまさに〝不思議なまでに〟似通っている。このように、散文詩集『野草』の上には「ツルゲーネフ散文詩」の反映が顕著に見られる。だが、両者の接点、つまり魯迅が『野草』執筆に当たって、どのような経路で「ツルゲーネフ散文詩」を目にしたかについて、従来の研究においては等閑視されてきた。このことについて魯迅自身は言明していないが、彼は極めて早い時期から英訳本や独訳本、さらには日本留学時代の和訳本を通じてツルゲーネフにも精通していたというのが一般的な見解である[6]。ロシア語にそれほど堪能でなかった[7]魯迅にとって、これら翻訳本からの恩恵を多く受けていたことは確かに想像に難くない。しかし本書ではこれら各国語訳よりもむしろ、魯迅が『野草』を執筆していた当時一九二〇年代の中国語訳に注目した。「ツルゲーネフ散文詩」の中国語訳は、『野草』との関連考察に当たっては完全に無視されてきたものである[8]。特に、前述の一九二〇年六月から一〇月にかけて一挙に五〇篇が訳載された北京『晨報副刊』紙上の沈穎訳「屠爾格涅夫《ツルゲーネフ》的《の》散文詩」は、看過できない重要な意義を有する。

二　魯迅と『晨報副刊』

さて、それでは魯迅は本当にこの『晨報副刊』を読んでいたのだろうか。彼は一九一二年から二六年にかけて役人として北京に居住しており、この北京『晨報副刊』は極めて身近な存在であった。彼は一九二一年九月に周作人に宛てた手紙[9]の中で次のように述べている。

　中秋節は月が出なかった。今日は『晨報』も休みだ。

この記述は「ツルゲーネフ散文詩」連載の一年後に当たるが、魯迅は『晨報』を目にしていたばかりでなく、ふと洩らされたこの言葉には、『晨報』に対する彼の思い入れさえも感じられる。

『晨報副刊』に掲載された魯迅の文章

掲載年月日	題目等
一九一九年三月	「狂人日記」（『新青年』からの転載）
一九一九年一二月	「小さな出来事」（小説）
〔一九二〇年六～一〇月〕	〔「ツルゲーネフ散文詩」五〇篇連載〕
一九二一年四月	森鷗外「沈黙の塔」翻訳
一九二一年五月	「〝生きては降るも死しては降らず〟」（雑文）、芥川龍之介「鼻」翻訳、「名前」（雑文）
一九二一年六月	芥川龍之介「羅生門」翻訳
一九二一年一二月～二二年二月	「阿Q正伝」連載

右に挙げたのは、「ツルゲーネフ散文詩」翻訳連載前後に同じく北京『晨報副刊』に掲載された魯迅自身の文章である。

「ツルゲーネフ散文詩」連載前後に魯迅もまた自分の著述または翻訳をこのように数多く同紙に掲載していた。彼はそこに処女作「狂人日記」を『新青年』から転載しており、さらに、代表作「阿Q正伝」の筆を執ったのもこの『晨報副刊』においてであった。魯迅が当時『晨報副刊』をいかに重視していたかが改めて窺われる。いまだ『野草』の具体的な構想も立っていない時点とは言え、該紙文芸欄の一大イベントたるこの「ツルゲーネフ散文詩」連載に魯迅は熱い眼差しを送っていたに違いない[10]。

晨報副鐫

一九二一年十二月四日

星期講壇

人生的價值

開心話

阿Q正傳

『晨報副刊』「阿Q正伝」初回掲載
（1921年12月4日第1面）

この『晨報副刊』上の四ヶ月にわたる「ツルゲーネフ散文詩」五〇篇一挙連載はまさに一つの壮挙であった。マルクス学説等の思想関係では長期にわたった連載も見られるが、一つの文学作品がこれほど集中的に取り上げられるのは稀で、『晨報副刊』の上でも際立っている。だがその反響はといえば、あまり芳しいものではなかった。当時「ツルゲーネフ散文詩」は特に詩の形式上の改革を推進するために導入された側面が強く意識され、内容自体に対する積極的な評価は認められない。文壇の冷淡な様子は、連載紙『晨報副刊』記者の次の言葉からも垣間見ることができる。

以前本紙にこの五〇篇の散文詩を掲載した時、一体何人いたかはわからないが、あるいは面と向かって、あるいは書面で、ある者は意味がわからないと控えめに言い、ある者はまったく価値がないと尊大ぶって言い、総じて言えば本紙に掲載したこの五〇篇の散文詩に対して絶対的な不満を表明したのである。(11)

死や暗黒にくまどられたペシミスティックな意境が、革命を叫ぶ青年たちの胸に訴えかけることは難しかったのであろうか。だが、このように「ツルゲーネフ散文詩」を白眼視した当時の文壇に対して、魯迅・周作人兄弟は一定の距離を保っていた。魯迅が初めて直接ツルゲーネフに言及したのは、『魯迅全集』で見る限り、一九二〇年一〇月三〇日、彼が『新青年』に訳載した同じロシアの作家アルツィバーシェフの小説「幸福」の訳者付記の中である。

(アルツィバーシェフは、)彼の「サーニン」への非難に対して、(……)このことを以前のツルゲーネフの「父と子」(に対する非難)に比しているが、私はそれは間違っていないと思う。(12)

魯迅は高く評価していたアルツィバーシェフをツルゲーネフと同じ立場と見なしているが、つまりツルゲーネフの卓越性は彼の中ではすでに前提となっていることが窺える。ここに「散文詩」の文字は見えないが、魯迅が初めてツルゲーネフに言及したこの一九二〇年一〇月三〇日とは、時まさに『晨報副刊』の「ツルゲーネフ散文詩」翻訳連載が完結したちょうど二週間後に当たっており、魯迅の脳裏から、ほんの二週間前に四ヶ月にわたる連載を終えたばかりの「散文詩」五〇篇の存在が消え去っていたとは考えにくい。また、周作人は一九二一年七月にやはりこの『晨報副刊』に掲載した雑感文「宣伝」(13)の中で次のように述べている。

進歩を促すような意見はすべて、大衆から非難されないものはない。(……)かつて『新青年』に掲載された一篇の小説「薬」や、本紙に掲載されたツルゲーネフ散文詩の中の「労働者と白い手の人」はその良い例である。

ここで周作人は魯迅の小説「薬」とツルゲーネフの散文詩を並列させ、強く推奨している。さらに、当時魯迅と周作人は北京に同居しており、生活上、文学活動上の両面で形影相随う存在であった弟周作人の思想は、あるいは魯迅の意見をも反映していると言えるかもしれない。(14) 次に挙げる引用はそうした推理を後押しするものである。魯迅の弟子でありかつ当時北京『晨報副刊』の編集者として魯迅に「阿Ｑ正伝」執筆を慫慂《しょうよう》したことでも知られる孫伏園は、魯迅の死後に次のように語っていた。

魯迅先生は私に言われたことがある、「西洋文芸の中にも「薬」に類する作品がある。（中略）ロシアのツルゲーネフの五〇篇の散文詩に「労働者と白い手の人」というのがあるが、そのモチーフはやはりよく似ている」、と。(15)

魯迅の小説「薬」には、処刑された革命家の血に浸した饅頭《マントウ》が肺病に効くと信ずる民衆の蒙昧が描かれているが、ツルゲーネフの散文詩「労働者と白い手の人」には、革命家の絞殺に使われた縄を手に入れれば幸福が訪れると信ずる労働者が描かれていた。この散文詩には労働者にかえって愚弄される革命家の姿が活写されており、自身、先覚者の悲哀を嘗め尽くした魯迅の共感を呼んだのであろう。孫伏園のこの記述からも、魯迅がツルゲーネフの五〇篇の散文詩に精通していた様子が確認される。また、『野草』ではないが、ここで自作と「ツルゲーネフ散文詩」のモチーフの相似に自ら言及していることも興味深い。

『晨報副刊』と魯迅といえば一般に一九二一年から二二年にかけての「阿Ｑ正伝」連載がすぐに想起される。だが魯迅の散文詩集『野草』執筆に当たって、この文芸紙は看過できない位置を占めていたのである。

三　与謝野晶子「雑草」掲載

四ヶ月にわたった「ツルゲーネフ散文詩　五〇篇」連載が完結したちょうど一週間後の一九二〇年一〇月一六日、同紙に与謝野晶子の詩が魯迅の弟周作人によって翻訳掲載された。「雑草こそは賢けれ、／野にも街にも人の踏む／路を殘して青むなり。」の書き出しで始まる、ひっそりと雑草のごとく掲載されたこの詩「野草（与謝野原題「雑草」）」（全篇および周作人の訳については、本書序章参照）は従来やはり何らスポットは当てられていない。魯迅の散文詩集『野草』と関連づけられたこともちろんない。しかし、これまで見てきたような散文詩集『野草』と『晨報副刊』との関係を前提に改めて考えたとき、「ツルゲーネフ散文詩」連載完結の一週間後に掲載された「野草」と題するこの与謝野の詩についても、魯迅『野草』との関連を無視することはできないのではないか。魯迅の散文詩集『野草』は野草と命名されていながら、詩各篇のうちには具体的に野草を詠み込んだものはない。しかし、この一連の作品は、一九二四年の雑誌『語絲』連載当初から一貫して「野草」の標題のもとに書き継がれたものであった。

詩「雑草」から窺えるように、与謝野晶子は生涯、雑草に特別な想いを抱いていた。短歌随筆を問わず、与謝野の作品に「雑草」が数多く詠まれていることもその事実を裏書きする。一九一六年に出版された評論集『人及び女として』にはやはり「雑草」と題する次のようなエッセーも書いていた。

雑草が庭に殖えて行く。私は一方の庭だけを雑草に任せて抜き取らずにある。そして毎朝顔を洗ひながら目を遣って居ると、雑草と云って疎《おろそ》かにして居たものがいろいろの意味で心を惹く。人に知られた木や草花は新しい刺戟に乏しいが、雑草は第一その名からして私には研究課目である。私は雑草の持って居る風情や姿態を歌って一冊の集にしたいと思って居る。(16)

魯迅の『野草』執筆の十年前に与謝野晶子はかく構想していたのである。この短文を収める与謝野の評論集『人及び女として』を周作人が購入していた記録が彼の日記に求められ、魯迅が散文詩集『野草』執筆以前にこの与謝野の短文「雑草」を目にしていた可能性も十分に考えられる。[17]のちに詩集『野草』を編むことになる彼はこの短文をどのような思いで読んでいたことだろう。従来、『野草』という題そのものの来源について確固たる論及はなされていないが、魯迅はこの『野草』という全体のモチーフそのものについても、『晨報副刊』の上にその着想を得ていたのではないだろうか。[18]

（1）一九一九年二月七日から一九二一年一〇月一〇日まで、日刊新聞『晨報』の第七版（面）に文芸欄『副刊』が設けられ、魯迅の教え子でもある孫伏園が編集に当たる。その『副刊』は一九二一年一〇月から冊子として独立発行されるようになり、新たに『晨報副鐫』の名称が与えられている。孫伏園は一九二四年にはこの『晨報副鐫』編集を離れ、文学研究会の新しい機関誌『語絲』週刊の編集へと移動し、教え子を支える意味もあって魯迅はこの雑誌『語絲』に『野草』を連載していくことになる。なお『晨報副刊』の誌名表記は、『晨報副鐫』『晨報附刊』『文學旬刊』とやや複雑である。本書での表記は、『晨報副刊』及び『晨報副鐫』に統一する。

（2）ツルゲーネフ受容の詳細については、拙稿「中国におけるツルゲーネフ受容―民国初期の文壇を中心に―」（一九九六年三月『高知女子大学紀要　人文・社会科学編』四四巻）を参照されたい。

（3）西諦（鄭振鐸）「論散文詩」一九二二年一月一日『時事新報・文学旬刊』二四期。二二年二月一日、同誌二七期掲載滕固「論散文詩」にも取り上げられている。

（4）巴金訳『散文詩』は、一九四四年に文化生活出版社より出版された。魯迅については拙稿「魯迅とツルゲーネフ」（一九九五年一〇月『中国文学評論』八号、三五頁）等参照。

（5）山田敬三「魯迅の世界―『野草』の実存主義―」『魯迅の世界』（一九七七年、大修館書店）、三〇一頁。山田論文の他、執筆に当たって参照した論著（「ツルゲーネフ散文詩」と『野草』の関係に言及したもの）は次の通り。溶「屠爾格涅夫和魯迅」一九三五年九月『天南』（上海）三期（一九八五年、中国文聯出版公司『魯迅研究学術論著資料匯編』第一巻所収、一一四一頁）。

孫玉石『《野草》研究』（一九八二年、中国社会科学出版社）、二一六頁。閔抗生「《求乞者》・《乞丐》・《施舎》──《野草》與屠格涅夫《散文詩》比較研究之一」『魯迅研究（双月刊）』一九八四年四期。閔抗生「《好的故事》與《蔚藍的国》比較賞析」『名作欣賞』一九八四年二期（『復印報刊資料・魯迅研究』一九八四年五期所収）。閔抗生「《希望》・《老人》──《野草》與屠格涅夫散文詩比較研究之三」『文科通訊』（淮陽教育学院）一九八四年一期（『復印報刊資料・魯迅研究』一九八四年八期所収）。黄健「《野草》與屠格涅夫的散文詩」『江西社会科学』一九八五年二期（『復印報刊資料・魯迅研究』一九八五年六期所収）。呉小美「《野草》與《愛之路》──対魯迅與屠格涅夫的幾点看法」一九八七年『文学評論叢刊』二九輯。王澤龍「屠格涅夫與魯迅散文詩的悲劇美」『外国文学研究』一九八八年二期。孫乃修『屠格涅夫與中国──二十世紀中外文学関係研究』（一九八八年、学林出版社）、一七四頁。

（6）「散文詩」の単篇の翻訳は一八九七（明治三〇）年北村透谷訳「麻雀」に始まり、詩集では一九一〇（明治四三）年草野柴二訳「散文詩」を嚆矢とする。魯迅は日本留学時代からツルゲーネフに注目していた。周作人「関於魯迅之二」に〃当時の日本ではロシア文学の翻訳はいまだ盛んとは言いがたい状況で、比較的早くそれなりの量が紹介された作家としてツルゲーネフが挙げられる。私たちは彼の作品を注意して集めたが、大事にしただけで何も翻訳までしようと思ったわけではなかった。毎月始めに各種の雑誌が発行されると、私たちはすぐに駆けつけて頁をめくり、もしもロシア文学の紹介や翻訳が一篇でも載っていようものなら必ず買い求め、切り抜いて保存した。〃とある。

（7）魯迅は日本留学時代にロシア人からロシア語を習ったことがあったが、結局身につけるまでには至らなかったようだ。周作人「関於魯迅之二」（一九三六年一二月一日『宇宙風』三〇期）に〃一九〇七年、何人かの友人と一緒にロシア語を習った。（……）教師の名前はKonde夫人（Maria Konde）と言い、神田に住んでいたが、恐らくは革命から逃れて日本に来ていた人であろう。（……）四人（の学生）はしばらくの間踏ん張ったが、最後は金も続かず解散してしまった。〃とある。

（8）『野草』との比較対照に当たって参照引用される「ツルゲーネフ散文詩」は、一九五〇年代の巴金訳か、そうでなければ八〇年代の翻訳である。

（9）魯迅「致周作人」（一九二一年九月一七日）『魯迅全集』第十一巻、四〇六頁。

（10）この時期に『晨報副刊』紙上にニーチェの紹介記事が大きく取り上げられていることは、魯迅のニーチェへの注目という点からも注目される。「ツルゲーネフ散文詩」連載開始の直前から連載と重複する時期（一九二〇年四月一五日～六月一七日）に、三十四回にわたって「尼采（ニーチェ）之一生及其思想」が連載され、さらに同年一一月四日から八日にかけては「尼采的超人思想」が掲載される。

（11）訳者の沈穎は当時『晨報副刊』を舞台に活躍していたロシア文学翻訳家で、ツルゲーネフ作品の翻訳以外にもプーシキンやチェーホフの作品を次々に訳出、発表していた。しかし彼はその中でもこの「ツルゲーネフ散文詩」訳載にはとりわけ自負するところがあった。連載の初回に自ら序文をしたため、さらにこの訳業に限って特に「ロシア語原文により訳した」と注記までしている。だがその結果は、記者の言葉に見られる通りであった。あれほど精力的に訳業に励んでいた沈穎は、「散文詩」連載終了後、わずかに一篇の小説を翻訳しただけで姿を消している。

(12) 魯迅「アルツィバーシェフ「幸福」訳者付記」(一九二〇年一〇月三〇日筆)、一九二〇年一二月『新青年』八巻四号。

(13) 子厳(周作人)「宣伝」『晨報副刊』一九二一年七月一五日。なお、参照した一九八〇年、人民出版社影印版『晨報』では、残念ながら七月一五日から三一日までが欠けている。『周作人散文全集』第二巻(二〇〇九年、広西師範大学出版社)、三七五頁。

(14) 周作人は二一年一一月にはやはり『晨報副刊』にボードレールの「散文小詩」六篇を訳載しているが、『晨報副刊』以外にもこの時期の彼の新詩ひいては散文詩への傾斜を『新青年』や『小説月報』の上に跡づけることは難しくない。もともと彼は「ツルゲーネフ散文詩」が紹介される以前の最も早い時期から劉半農等とともに散文詩に取り組んでおり、彼が魯迅に与えた影響は看過できないと考える。(本書第五章参照)。

(15) 孫伏園「魯迅先生的小説―談「薬」―」一九三六年一二月一日『宇宙風』三〇期。

(16) 与謝野晶子「雑草」『人及び女として』(一九一六年、天弦堂書房)、六一頁。一九一九年に出版された第七評論集『心頭雑草』は、標題から見れば与謝野の「雑草集」構想の一つの実現と言えるかもしれない。だがその内容は当時の社会批評中心であって、彼女の愛した雑草を歌ったものではない。

(17) 中国において、与謝野晶子は歌人もしくは詩人としてより、むしろ女性解放の思想を封建中国にもたらした文人として著名である。『晨報副刊』紙上の詩「野草」掲載に遡ること二年あまりの一九一八年五月、『新青年』四巻五号に掲載された与謝野晶子「貞操論」(周作人訳、原題「貞操は道徳以上に尊貴である」)は、文壇に甚大なる反響を呼んだ。これに呼応して七月発行の五巻一号には胡適の「貞操問題」が掲載され、それ以後、婦人解放論議が急速に盛んになってくるのである。この「貞操論」を訳載した周作人の兄魯迅もやはり与謝野の主張に強く共鳴した一人であった。彼も「貞操論」掲載に直ちに呼応して五巻二号に「我之節烈観」を発表し、与謝野の論を敷衍して婦女子を食い物にしてきた中国社会の現実を暴露した。この「貞操論」、つまり「貞操は道徳以上に尊貴である」は詩「雑草」を収める評論集『人及び女として』収録作であった。

(18) 魯迅と与謝野晶子の関係については、本書第七章参照。また、散文詩集『野草』の命名については、本書第十二章参照。

第Ⅱ部　「影の告別」論

散文詩集『野草』の中でも、「影の告別」（一九二四年一二月『語絲』四期）は魯迅の内面世界を綴った特に難解と評される重要な作品である。一九三三年に刊行された『魯迅自選集』にも採られていることから[1]、魯迅自身、自負するところがあったようだ。李何林『魯迅《野草》注解』（一九七三年）は、『野草』研究史上特にすぐれた業績の一つとして高く評価されるが、その「《影的告別》試解」では、次のような感慨が洩らされている。

私が感得するところの全篇の大意は以上のごとくであるが、おそらく正しくはなかろう。『野草』二十四篇（「題辞」を含む）の中でも、私はこの一篇が最も難解だと思う。かの「墓碑銘」すらこれには及ばない[2]。

〝おそらく正しくはなかろう〟とはいかにも不安げである。現在に至るまで数多の『野草』研究が出され、「影の告別」の読みは深められたが、いくつかの問題は未解決のままに残されている。

（1）『魯迅自選集』一九三三年三月、上海の天馬書店より出版。『野草』からは七篇採られ、「影の告別」以外の六篇は、「美しい物語」「旅人」「失われたよき地獄」「このような戦士」「利口ものとバカと召使い」「淡い血痕のなかで」である。

（2）李何林『魯迅《野草》注解』（一九七三年、陝西人民出版社）、三五頁。

第4章　タゴール、徐志摩の影響

一　「インドを除く」——タゴール排斥の意味——

本章では、アジア最初のノーベル（文学）賞作家タゴールや、魯迅の論敵としても名高い徐志摩が北京『晨報副刊』に掲載した作品等、これまで全く閑却されていた視角から「影の告別」の世界について再考を試みる。

＊

魯迅の「青年必読書」（一九二五年）に、次のような記述が見えている。

私は中国の書物を読むと、どうも気分が沈静して、実人生とかけ離れていく感じがする。外国の書物——ただしインドを除く——を読むと、いつも人生とふれあい、何か仕事をしてみたいという気になる。(1)

中国でなく外国の書物を多く読むようにと述べた魯迅の有名な文章である。ここに、いかにも不自然かつ嫌みたっぷりに挿入された、〝インドを除く〟の文字。ほかでもない、一九二四年に中国を訪れた、アジア初のノーベル賞作家、タゴールを揶揄しての言であった。魯迅は生涯、タゴール、そしてその取り巻きたる徐志摩[2]らの新月派に対して口を極めての悪罵を浴びせている[3]。例えば、晩年に近い魯迅の文章「罵り殺すことと担ぎ殺すこと」（一九三四年）には次のようある。

人が近くて事の古きものとして、私はタゴールを思い出す。彼が中国に来て、壇に登って講演したとき、人は彼のために琴をならべ、香を焚き、左に林長民[4]、右に徐志摩がいて、それぞれインド帽をかぶっていた。詩人徐が紹介を始めた。「オホン！　ペチャクチャ、白雲清風、銀磬《ぎんけい》（……）カーン！」と、彼をまるで生き神様のごとく述べた、そこでわれら地上の青年たちは失望して、離れてしまった。神様と凡人では、離れないわけにはいくまい[5]。

魯迅はなぜ、タゴールを、そして徐志摩をはじめとする新月派のメンバーを目の敵にして罵倒し続けたのであろうか。そこにはまず、〝欧米〟と〝日本〟という二つの分岐が存在している。日本留学生の魯迅や周作人らに対して、新月派の徐志摩や胡適、聞一多らはいずれも欧米留学生であった。いわば〝安近短〟の日本留学を選択した魯迅たちに比べて、欧米留学生たちはほとんどが有産階級の出身であり、その文学も彼らの出自を反映してお洒落でスマートなものであった。政治的主張が異なるのも自然の成り行きであったと言えよう。

インドの富豪の家系に生まれたタゴールもまたイギリスへの長い留学経験を持つ。詩集『ギーターンジャリ』によって獲得した、一九一三年度ノーベル文学賞の授賞理由に次のようにある。

because of his profoundly sensitive, fresh and beautiful verse by which, with consummate skill, he has made his poetic thought, expressed in his own English words, a part of the literature of the West[6]

受賞理由のこの言葉は、アジア人でありながら、タゴールもまたいかに西洋文学に親しみ、取り込んでいたかを端的に伝えている。英語で綴られ、「西方文学の一部分」と〝賞賛〟されたタゴールの作品に対して、少なくとも表面的に、魯迅の方から歩み寄ることは一切なかった。

＊

タゴールが初めて中国にやってきたのは、一九二四年のことである。四月一二日に上海から入り、南京を経て北京に約一ヶ月滞在、香港を経て五月三〇日には次の訪問地日本へと旅立った。その間、ずっと徐志摩が通訳として随行（日本へも同行）している。中国の文芸界はこの東洋の偉人タゴール来訪を大々的に歓迎する。[7]一九二一年に結成された文学研究会も、機関誌『小説月報』（当時、鄭振鐸主編）一四巻九号（一九二三年九月）と一〇号（一〇月）に、連続二号にわたる特集「太戈爾《タゴール》號」を組んでいるし、[8]その他の多くの新聞雑誌でもタゴール関係記事、作品翻訳が誌面を賑わせている。

『晨報副刊』紙上にも、タゴール関係記事が数多く掲載されている。[9]管見の限り、最初に登場したのは、一九二一年二月二七・二八日、瞿世英・鄭振鐸「太戈爾研究」。これは、二人の往復書簡の形でタゴールの思想、文学等について論じたものである。冒頭に、文学研究会におけるタゴール討論会の開催を歓迎する言葉が見え、この文章が、成立（一九二一年一月）直後の文学研究会の活動の一環であることを窺わせる。タゴール文学の中国への翻訳、紹介についての議論も見えている。[10]同年三月一六日には、初めてのタゴール作品の翻訳が掲載される。甄甫「タゴール訳詩二首『園丁集』第三　第五八」である。これ以後、タゴールの作品が紙面を賑わせていくことになる。

魯迅の「影の告別」が執筆されたのは、一九二四年九月二四日。タゴールは五月末に中国を去っているから、その間わずかに四ヶ月足らず。タゴール訪中前後は、文壇全体がタゴール熱に浮かされており、この作品は、まさにタゴール来華の余韻醒めやらぬさなかに書かれたものとも言えるだろう。そして興味深いことに、「影の告別」と中国に翻訳紹介されたタゴールの詩篇は、いくつかの点でその要素を共有しているのである。以下、両者を具体的に比較しながら検討してみたい。

最初に引用するのは、一九二一年五月三一日掲載、「別れ」である。

愛しいお母さん、僕を行かせて、……ああ！　僕を行かせて！

（中略）

夜のとばりが深く暗く降りていく――
　あなたは浅い眠りから覚めてまた愁いに沈む、

（中略）

もしもあなたのまぶたが永遠にそれだけしか開かれないのなら――
　僕はまるで夢の中のそのように現れて、
あなたを愛する、あなたが深い眠りに落ちるまで。
そうすれば、あなたは驚いて目覚めるだろう、
　そして僕がベッドの中にいると感じるだろう――
でも僕はもういない、僕がどこにいるか誰にもわからない。

魯迅「影の告別」も、影がやってきて別れを告げるという、別れをモチーフとした作品であったが、この詩における「別離」は母との別れであり、影とは関係がない。だが、作品全体を彩る夜の暗闇、そして夢の中に出現する

主人公は、「ひとが時を覚えぬほどの深い眠りに墜ちたとき、きまって影がやって来て別れを告げる」影の形象と相重なる。この詩「別離」の主人公も結末で〝消滅〟してしまっているが、「影の告別」の影も、結末では暗闇に沈められて消えてしまっていた（「わたしだけが暗闇に沈められ、かの世界はすべてわたし自身に属するのだ」）。やはり興味深いのは、どちらも悲しく消えていくにもかかわらず、そこに不思議な安寧と満足を得ていることである。また、翻訳紹介されるタゴールの作品には、〝夜〟〝暗闇〟そして〝別れ〟を詠み込んだものが極めて多いことも注目される。

次に、魯迅が「影の告別」を執筆したのと同じ一九二四年に『晨報副刊』に掲載された作品から、タゴールの作品を抜粋してみよう。一月五日『晨報副鐫』(11)、欧陽蘭訳「歧路選譯（五〇）」である。

> 道中、僕は群衆とともに行くが、
> 道の終点にたどり着くや、僕はひとりで君と共にいることを感じる。
> 僕にはわからない、白日がいつ黄昏へと移りゆくのか、相棒がいつ僕から離れていくのか。
> 僕にはわからない、君のドアがいつ開かれ、僕が立ったまま僕自身の心の調べを攻撃するのか。
> だが、一粒一粒の涙の痕は、相変わらず僕の瞳の中にあるのか？　ベッドはきちんと整え、灯りも点してあるというのに、君と僕は、孤独なのだけれども？

やはり抽象的な作品で、「僕」と「君」が誰であるかも知らされることはないが、傍線部分に見える、「僕はひとりで君と共にいて」「白日が黄昏へと移りゆき、相棒が離れていく」そうした存在はまさに〝影〟の形象を彷彿させる。

タゴールの詩を彩る暗闇の形象は、無論、中国とは異なるものである。肉親や愛する者たちと次々に離別、死別するというタゴール自身の経験、そして夫人殉葬のサティに象徴されるような伝統的な習慣・風習などインド社会自体の問題、さらには一九四七年まで二世紀にも及んだ、イギリス植民地として蹂躙される国家全体の暗黒、閉塞感がタゴールの文学全体を貫いている。(12) だがそれは、抜き難い封建道徳と抗い、アヘン戦争以来、欧米列強さらには日本から侵略される当時の中国の現実にそのまま重なるものであった。翻訳に携わった鄭振鐸や王統照、そして徐志摩や魯迅ら中国の文人たちは、そこに強く共感するとともに自己を投影したことであろう。

魯迅がタゴールの詩篇に注目したと考えられる要素については、そのイメージ、内容ばかりでなく、その詩形にも注意を払う必要がある。それはすなわち、〝散文詩型〟である。タゴールの詩はもともとベンガル語で書かれ、それを自身で英語に翻訳する過程で散文詩型を採用した。当時、中国に翻訳紹介されたものはその英語訳からの重訳である（文意が取りにくいのも、おそらくはそうした複雑な成立過程が関与していよう）。(13) 見てきたように、魯迅もまた散文詩に注目、重視していた一人であった。彼の最初（かつ最後）の詩集たる『野草』が散文詩型を採用していることがそのことを端的に物語るが、彼は革新的な新体詩、散文詩に強く注目していたのである。タゴール来華の前後、つまり魯迅が散文詩集『野草』の筆を執る直前に、極めて多くのタゴール詩篇が翻訳されていたが、そのほとんどはまさにその散文詩であった。魯迅がタゴールの作品に対して〝熱い〟眼差しを注いでいた可能性は否定できないだろう。だが冒頭に見たような、タゴールに対する魯迅の徹底した非難と排斥の言葉に接するとき、不可思議の念にとらわれざるをえない。

二　〝詩人〟徐志摩と魯迅

さてここで、タゴールから目を転じて、タゴール来華の際の通訳を務め、タゴール同様、やはり一貫して魯迅の謾罵を浴び続けた、詩人徐志摩に着目する。これまで見てきたタゴール詩の掲載と時を同じくして、同じ『晨報副刊』に徐志摩の「夜」という作品が掲載されたのは、一九二三年一二月一日のことであった。

夜よ、包み込まぬものなき夜、僕はおまえを賛美する！

（中略）

夜よ！　おまえはどこにいる？
光よ、おまえはどこにいる？
私はここにもいなければ、あそこにもいない、だが実は自由にどこにでも私はいる。

「怖がらないで、私は目の前にいる。」誰かの声がした。
「あなたは誰？」
「尋ねなくてよい、私についてくることは決して間違っていない。私は宇宙の中心で、私は光の淵源なのだ。私は神聖なる衝動で、私は生命の生命なのだから。心配することはない、私は詩魂の案内人で、私についてくることは決して間違っていないのだから。」

（中略）

私はここにもいなければ、あそこにもいない、だが実は自由にどこにでも私はいる。仮にこの世の森羅万象がすべて空虚で幻影だとしても、私は永遠に移ろうことのない心理であり実在なのだ、

（中略）

おまえが真の幸福を望むならば、真の痛みを嘗めねばならぬ、
おまえが真の実在を望むならば、真の空虚を悟らねばならぬ、
おまえが真の命を望むならば、最も危険な場所を訪れねばならぬ、

おまえが真の天国を望むならば、地獄を守らねばならぬ
その方向こそがすなわちおまえなのだ。
これがわたしの話、私の与えたもう教訓、私の啓示である。
私はいますでにおまえをおまえの好奇心の源まで連れてきた、おまえの興味を喚起する夜の中へと、
見よ、それは露を湛えた緑草、従順なるケム川ではないか？　二度とおまえがいらぬ猜疑心にさいなまれぬよう、
私に従っていれば間違いはないのだ――私は永遠におまえのそばにいる。

志摩

一九二二年七月　ケンブリッジにて

志摩のこの長詩は、ある種の新しい様式と芸術を確かに創出した、読者諸君注目あれ！　記者

徐志摩は一九一八年に渡米、最初は歴史学、経済学などを学ぶが、一九二〇年に渡英して本格的な文学創作へと移行する。一九二二年一〇月の帰国三ヶ月前に在学中のケンブリッジ大学で書かれたこの詩は、中国にあって五四退潮期の暗黒の中で挣扎《もが》いていた魯迅たちとは遠くその背景を異にする。だが、魯迅の「影の告別」と比較してみたとき、両者は極めて興味深い相似をなす。

まずタイトルは、志摩の〝夜〟に対して、魯迅は〝影〟といずれも暗闇の象徴である。また、仔細に比較してみると、部分部分の内容、表現はきわどく重なり合う。

志摩「夜」から、

「怖がらないで、私は目の前にいる。」誰かの声がした。
「あなたは誰？」

「尋ねなくてよい、私についてくることは決して間違っていない。（……）」

魯迅「影の告別」から、

ひとが時を覚えぬほどの深い眠りに墜ちたとき、きまって影がやって来て別れを告げ、こんな話をする――

（中略）

友よ、わたしはおまえについて行きたくなくなった、

〝夜〟は、〝影〟と同じように私に語りかける。擬人化された両者は、興味深いことに私に対して正反対の態度を示す。志摩の〝夜〟は私と一緒にいるよう慫慂するが、魯迅の〝影〟は、私から離れることを宣言するのだ。だが、別れを告げる〝影〟も、実際には夜と同様、私から決して離れることは（でき）ない存在である。

志摩「夜」から、

夜よ！　おまえはどこにいる？
光よ、おまえはどこにいる？
僕はここにもいなければ、あそこにもいない、だが実は自由にどこにでも僕はいる。
（中略）私は永遠におまえのそばにいる。

魯迅「影の告別」の結末部分から、

わたしはひとつの影に過ぎぬ、（……）だが暗闇がまたもわたしを呑み込むだろう、だが光明がまたもわたしを消し去るだろう。（中略）
わたしは結局は明と暗の狭間にさまよう、わたしには黄昏であるのかそれとも黎明であるのかわからぬ。
（……）わたしだけが暗黒に沈められ、かの世界はすべてわたし自身に属するのだ。

暗闇と光明のあわいに、消えゆく存在。だがいずれも、消えることすなわち、すべてを所有したのに等しいことを誇示する。志摩「夜」の結末の一句でも、〝夜〟は私に、「私は永遠におまえのそばにいる。」と語りかけていたが、私自身、引用文の冒頭ですでに、「夜よ、包み込まぬものなき夜、僕はおまえを賛美する！」と、すべてを包み込む夜に対して讃辞を贈っていた。

次に、形式の相似に注目したい。志摩の〝夜〟は、私に進むべき方向を語り聞かせる。

おまえが真の幸福を望むならば、真の痛みを嘗めねばならぬ、
おまえが真の実在を望むならば、真の空虚を悟らねばならぬ、
おまえが真の命を望むならば、最も危険な場所を訪れねばならぬ、
おまえが真の天国を望むならば、地獄を守らねばならぬ

魯迅の〝影〟は、彼自身の進むべき方向を自問自答する。

わたしの意に添わぬものが天国にあるのなら、わたしは行きたくない。

わたしの意に添わぬものが地獄にあるのなら、わたしは行きたくない。
わたしの意に添わぬものがおまえたちの未来の黄金世界にあるのなら、わたしは行きたくない。

ここでは、いずれも進むべき方向について、まず前提条件を提示してそれに対する答えを表明する、という同じ構成になっていることや、その中に〝天国〟と〝地獄〟という同一語を含むことなど内容上の対応をも考え合わせたとき、やはり興味は尽きない。もしかすると魯迅はあえて徐志摩の詩を下敷きにして、魯迅独自の詩境を構築せんとしたのではなかったか。

志摩の詩「夜」の末尾に付された「志摩のこの長詩は、ある種の新しい様式と芸術を確かに創出した。読者諸君注目あれ！」との賛辞は、当時『晨報副刊』の編集者を務めていた文学研究会会員の王統照によるもの(14)だが、この詩に注目した人間が魯迅ばかりではなかったことが垣間見られる(15)。だが、志摩の〝夜〟のあっけらかんとした〝明るさ〟に対して、魯迅の〝影〟はどこまでも陰鬱でしかも「ひねくれ」ている。二人の詩がそのまま両者の性格を表出するなどと断じては、（魯迅に）怒られそうだが、将来への希望に溢れていた欧米留学中の徐志摩と、暗黒の中国で掙扎《もが》いていた魯迅の状況が反映していることは言うまでもないだろう。そしてその距離は、実際の関係の上でも、文学の上でも少なくとも表向きには終生縮まることはなかった。

徐志摩の「夜」に関連して、もう一点だけ指摘しておきたい。同日（一九二三年一二月一日）の『晨報副刊』、つまり同じ紙面に、ボードレールの散文詩が掲載されている。ここに、題と書き出しの部分だけを引用する。

フランス　ボードレール著「月の恩恵　散文詩」焦菊隠訳

君が揺りかごの中で眠りにつく頃、あの見えたり隠れたりする月が窓の上から中を覗いている、（……）

魯迅の散文詩「影の告別」と接近すると言うほどのものではないが、あえて挙げるならば、夜の象徴たる〝月〟を詠んだ詩であること、書き出しが、「影の告別」同様、夜、主人公が夢境にあることが共通している。だがここで注目したいのは、徐志摩の「夜」と同紙の同頁に〝ボードレールの散文詩〟が掲載されているその事実自体である。フランスの悪魔派詩人ボードレールの作品は、早くから近代中国文壇に紹介され、散文詩家としての名声もすでに極めて高かった。早い時期から散文詩に注目し、自身、散文詩連作を発表するほどだった魯迅は、わざわざ「散文詩」だと注記されたこのボードレールの詩にも目を留めていた可能性は高い。そして、その同じ頁には徐志摩のやはり散文詩「夜」が掲載されていた。それは魯迅が「影の告別」を執筆するわずか数ヶ月前のことであった。

本章が注目する『晨報副刊』と徐志摩の両方に、魯迅が直接言及した興味深い文章がある。一九二六年六月一〇日『莽原』掲載、「いま一度」から。

この文は一九二三年九月に書き、『晨報副刊』に載せられたものだ。その頃の『晨報副刊』は、編集長がタゴール先生のおそばに侍ったことがあるという「詩哲」ではなく、他人をせめ殺し、自分をひねりつぶす使命もまだ負っていないなかったので、ときには、私のような俗人の文書も載ることがあった。(16)

徐志摩は、魯迅の学生でもある孫伏園が一九二一年から二四年末まで務めた『晨報副刊』の編集職を去った後、一九二五年の一〇月に『晨報副刊』の編集長に就任している。孫伏園編集の下では、「阿Q正伝」が連載されるなど、魯迅と『晨報副刊』の関係は極めて良好なものであったが、徐志摩編集の下ではそういうわけにはいかなかった。タゴールを引き合いに出しながら、「詩哲」徐志摩を揶揄することからもそのことは明らかである。

徐志摩は、一九三一年に不慮の飛行機事故によって三十四歳という若さでこの世を去るが、魯迅は彼の没後ですら、その批判の手をゆるめることはなかった。「『集外集』序」にも次のように記される。

詩人と称される人が現れてからは、手を引いて作らないことにした。そのうえ、私は徐志摩のような詩を好まなかったのだが、彼はやたらと、あちこちに投稿するのが好きだったから、『語絲』が出版されると、彼もすぐ投稿してきた。彼を評価する人がいて、誌上に登載されたが、私は雑感文を一篇書き、彼を引き合いに出してからかい、投稿できないように仕向けたところ、果たして原稿を送ってこなくなった。これが、私が後年の「新月派」と積年の仇敵となる第一歩であった。(17)

ここでは、はっきりと徐志摩の詩を否定している。辛辣な揶揄は、徐志摩の死後も一向に衰えることはない。魯迅の執念を感じさせる文章である。だが、徐志摩は魯迅より十五歳も年少である。文壇の大御所たる魯迅が、そんな〝ひよっこ〟にこうまでヒステリックに刃を向ける必要があったのか。一顧だにしない、歯牙にもかけないことは、徐志摩への侮蔑、嫌悪の至高の表現であった。魯迅が徐志摩の文学を具体的に批評した文章はほとんど見当たらない。しかし、魯迅ほどの理論家であれば、こんな感情的な攻撃ではなく、完膚無きまで理論的に打ち負かすことができたのではないか。それをしなかったのはなぜか。……おそらく魯迅にはそれができなかったのではないか。魯迅は徐志摩の詩が嫌いだった、認めたくはなかった。だが、そこに自分とは異なる、認めざるをえない確かな〝詩〟が成立していることを強く認識していた。つまり、徐志摩の文学に、魯迅を本気にさせる何らかの要素が存在したのではないか。そして、おそらくそれは、〝詩人〟の天性であった。徐志摩の詩「夜」に、次のような一節があった。

尋ねなくてよい、私についてくることは決して間違っていない。私は宇宙の中心で、私は光の淵源なのだ。私は神聖なる衝動で、私は生命の生命なのだから。心配することはない、私は詩魂の案内人で、私についてくることは決して間違っていないのだから。

徐　志　摩

魯迅になかった（と自身が強く認識していた）もの、それがこの〝詩魂〟であった（本書第Ⅳ部「「詩人」魯迅」参照）。徐志摩が天真爛漫に書き付けた〝詩魂の案内人（詩魂的向導）〟、この言葉は、魯迅の心に強く響いたに違いないと考える。徐志摩を表面的には徹底して排除しながら、否定すればするほどにかえって、相手を意識してやまなかった魯迅の哀しさが透けて見える気がする。

徐志摩の詩「夜」にも、魯迅との共鳴を聴くことができたように思うが、魯迅と徐志摩は実際にはお互い暗に共感するところがあったのではないだろうか。魯迅が「影の告別」を執筆（一九二四年九月二四日）する直前、一九二四年六月二一日のやはり『晨報副鐫』に、「北戴河海浜の幻想[18]」と題する、徐志摩の散文（詩）が掲載されている。

幻想の消滅は人生に運命づけられた悲劇だ。さらに青年の幻滅は、悲劇中の最高の悲劇で、夜と同じく暗く深く、しかも死のごとくに凶悪である。

（中略）

過去の実在が、次第に膨張して、徐々に曖昧になり、次第に見分けられなくなる。現在の実在が、次第に収縮し収縮し、一本の意識の糸となる。その極めて細く狭い糸が、また裂けて無数のバラバラの黒い点となる（……）黒い点はまた徐々に隠れゆき影となり、魔術のように消えてしまう、消えてしまう、一つの恐ろしい暗闇の空虚（……）

ここに吐露された徐志摩の〝暗闇〟への深い思索には、魯迅とも通底するものが感じられる。現実に対する絶望、幻滅の念は、当時の魯迅自身が一貫して表示していたものであり、散文詩集『野草』はその思いを詩芸術に託した結晶であった。また、過去に抱いていた期待や信念が次第に模糊としたものとなり、現在はさらに収縮していき、線から黒点に、そしてそれも消えてしまい暗黒の空虚だけが残ったという若き徐志摩の絶望は、当時の魯迅の境地にそのまま通ずると同時に、十五歳年上の魯迅が、やはり青年時代に感じた絶望をも彷彿させる。日本留学時代、魯迅は文学による啓蒙運動に身を投じることを決意し、仲間とともに雑誌『新生』発行を計画したが、いざ出版するとなったとき、経費の負担などの問題から仲間は一人去り二人去り、結局発行は実現しなかった。

魯迅は「『吶喊』自序」（一九二三年）の中で、当時の状況を次のように回想している。

『新生』の出版期日が近づいたが、まず原稿を引き受けていた数名が姿を消してしまい、続いて資本にも逃げられて、結局一文無しの三人だけが残った。（……）およそ人の主張は、賛同を得られれば、その前進が促されるし、反対されれば、その奮闘が促される。ただ見知らぬ人々のなかで叫びを上げても、人々が反応を示さず、賛同するでも、反対するでもない、という場合、それはまったくはてもない荒野に身を置くようなもので、どうにもしようがない。これは何たる悲哀だろうか。そこで私は自分の感じたもの、これが寂寞なのだ、と思った。

この寂寞はさらに日一日と成長し、大きな毒蛇のように、私の魂にからみついた。(19)

希望に燃えて留学から帰国した徐志摩が、現実の中で味わわねばならなかった挫折は、まさに魯迅自身の過去と重なって見えたことだろう。後進への思い遣りと援助にかけては人後に落ちなかった魯迅のこと、徐志摩の気持ちに全く同情しなかったとは思えない。だが、裕福な家庭に育ち、欧米留学生として恵まれた環境を享受し、新月派という魯迅の対立陣営の急先鋒だった徐志摩に対し、魯迅が優しい言葉をかけることはありえなかった。極めて激しい攻撃に終始したこと、見てきた通りである。

三　西洋との出会い

魯迅の「影の告別」や徐志摩の「夜」に通ずる〝暗闇〟のモチーフに注目するとき、忘れてならないのは、タゴール（詩）の存在である。執筆に直接の影響を与えたか否かを即断することはできないが、タゴールの詩篇が彼らの意識下に存在していたことは否定できないと考える。タゴールの文学に注目し、もしもそこから影響を受けていたとしても、魯迅がそれを素直に語ることは、やはりありえなかった。しかしタゴールに傾倒していた徐志摩は、タゴールの詩が中国文壇に与えた影響について次のような興味深い言葉を残している。一九二三年九月『小説月報』「タゴール号（上）」掲載、「タゴール来華[20]」から、

タゴールが中国を訪れたとき、その名前が全国に轟いたのみでなく、各界からの尊敬と敬仰を浴びることとなった。（……）新詩の世界においては、その風格から精神に至るまでそっくり真似たタゴールに私淑する何人かの弟子を除いても、一〇篇の作品のうち少なくとも八か九篇は彼から直接間接の影響を受けていた。これはまったく驚くべき状況である。ひとりの外国詩人が、これほど広範な魅力を発揮し得ようとは。

「一〇篇のうち八、九篇はタゴール詩の影響を受けていた」というのは誇張に過ぎようが、徐志摩自身、そして、表面的にはタゴールを否定し続けた魯迅もまた、タゴールの散文詩から某かを感得していたかもしれない[21]。その結

果、「志摩のこの長詩は、ある種の新しい様式と芸術を確かに創出した、読者諸君注目あれ！」と王統照が書き付けたように、徐志摩の「夜」は当時の文壇に新風を送り込み、その半年後に書かれた魯迅の「影の告別」も、魯迅文学芸術の枠として現在に至るまで読み継がれることとなった。

タゴールと徐志摩、そして魯迅。文学史の上では、敵対関係の最たるものとして、その文学上の交流などについてはほとんど顧みられることはなかった。だが、極めて複雑な様相を呈しながらも両者の間には一定の反応関係が伏在していたと考えている。タゴールとは、東洋と西洋が文学の上で初めて交差した一つの象徴であった。徐志摩のような欧米留学生と、魯迅のような日本留学生、近代文学創出の過程で、それぞれが果たした役割の違いをたどることも興味深い研究課題であろう。

その上で、北京『晨報副刊』の存在を忘れることはできない。引用したタゴールのそして徐志摩の詩はすべて『晨報副刊』に掲載されたものであった。魯迅の散文詩集『野草』の成立において、この文芸誌はやはり重要な役割を果たしていたと考えられるのである。

インド社会の暗黒を陰に陽に告発したタゴールの文学が当時の中国に受け入れられた意味は、無論、彼が東洋で最初にノーベル賞を受賞したことだけではなかった。魯迅や徐志摩は言うに及ばず、見よう見まねでタゴールの詩をなぞった駆け出しの作家たちも含めて、文壇のすべての者たちが、何とかして中国の暗黒を克服したいと切に願っていたからに他ならない。そんなタゴールへの期待が、タゴール到着歓迎臨時増刊を組んだ、一九二四年四月一〇日発行の『小説月報』一五巻四号、「タゴール先生を歓迎する」（署名は「記者」）に書き付けられている。

彼は東方の文明と東方の精神を勇敢に発揮し、周囲の物質的、現実至上的、商業的な文明と精神に対抗した。彼は静寂かつ美しい夜が、現代の混乱した世界の昼を必ずや覆い尽くすであろうこと、国家的な自分本位の精神が滅ぶであろうことを予言した。東方の文明はいままさに忍耐の暗闇の渦中にありながら、その黎明、白く輝く静寂を現すべく胎動しているのだ。

（1）魯迅「青年必讀書—應『京報副刊』的徴求」一九二五年二月二一日『京報副刊』。『魯迅全集』第三巻『華蓋集』、一二頁。

（2）参考「徐志摩略歴」
一八九七年一月一五日、浙江省海寧の富裕な商人の家に生まれる。

一九一五年、杭州一中を卒業後、上海の滬江、天津の北洋、北京大学の三大学で法律を学ぶ。

一九一八年、アメリカ留学。クラーク大学、コロンビア大学で政治学を修める。

一九二〇年、渡英。ロンドン大学で政治経済学を学ぶが、のちにケンブリッジ大学に移り、文学（詩作）に転ずる。

一九二二年一〇月、帰国。北京、清華、平民大学で英文学を教えながら、新詩を次々に発表。

一九二三年、胡適らと北京で新月社を興す。社名はタゴールの詩集『新月集』によるという。

一九二四年、タゴール来華の通訳を務める。

一九二五年一〇月、『晨報副刊』主編。この年、第一詩集『志摩的詩』出版。

一九二八年、日本、アメリカ、欧州、インドなどを歴遊。

一九三一年一一月一九日、飛行機事故で没す。享年三十四歳。

（3）魯迅がタゴールおよび通訳兼随行者の徐志摩を激しく攻撃していることについて、魯迅が正当との立場から論じたものは多いが、秦弓「魯迅与《と》泰戈尔《タゴール》」（『魯迅研究月刊』二〇〇二年五期）は、資料の詳細な再検討と新月派と魯迅の関係などの要素を読み解くことによって、タゴール批判の多くが魯迅の誤解に基づくものであったことを明らかにしている。

（4）林長民（一八七六—一九二五）福建閩侯の人。日本留学生。北洋政府司法部総長、福建大学学長などを歴任する。一九二〇年、国際連盟協会の中国代表としてロンドン滞在中に、徐志摩と知り合う。星野幸代「徐志摩とケンブリッジ—ロジャー・フライとの交流を中心に—」（二〇〇四年『言語文化研究叢書三』）等参照。

（5）魯迅「罵り殺すことと担ぎ殺すこと（罵殺與捧殺）」一九三四年一一月二三日『中華日報・動向』。『魯迅全集』第五巻『花辺文学』、五八五頁。

（6）『ノーベル賞名鑑』（一九九二年改訂二版、名鑑社）、八〇七頁。

（7）一九二四年のタゴール初来華は、あたかも一九一六年のタゴール初来日の事情を彷彿とさせる。タゴール来日直前までに、『ギーターンジャリ』をはじめとするおもな英文作品の翻訳は出そろい、多くの評論が書かれ、雑誌は競って特集記事を組んだ。そして、徐志摩ら新月派をはじめとする文学者や仏教界のタゴール信奉者と、対抗する魯迅ら批判的知識人たちの反目状況も、やはり来日時と同様である。一九一六年六月、タゴールへの熱烈歓迎に対し、岩野泡鳴は「タゴール氏に直言す」と題してこう記していた。

最後に君、僕等のまた別な注意を受けよ―君の周圍には佛教家にせよ、畫家にせよ、その他にせよ、時代後れの舊式家どもばかりがつきまとつているやうだ。そして君の訪問しに出る人々は、大隈伯の如き、原某氏の如き、政權家や富豪ではあらうが、碌に思想的修養もなく、現代の深い問題には殆ど全く無關係なものばかりだ。それで日本を知つたと思つて歸ればおほ間違であらう。（一九一六年六月一七日『読売新聞』）

岩野の言葉は、魯迅が「罵り殺すことと担ぎ殺すこと」に書き付けた批判と通底する。中国、日本ともに、西洋の圧力に抗して近代化への脱皮を図ろうとしていた時期であり、イギリス植民地インドという逆境から輩出されたアジア初のノーベル賞受賞作家タゴールに対する期待の大きさは当然の反応であった。だが、タゴールは本来詩人であって社会活動家ではなく、改革思想の披瀝を求めた多くの意気軒昂たる青年たちの渇を癒すことはできなかった。タゴールの来日事情については、丹羽京子「タゴールと日本」（『タゴール著作集　別巻　タゴール研究』〔一九三三年、第三文明社〕）等参照。

（8）鄭振鐸および文学研究会を中心としたタゴール受容、特に『小説月報』詩上のタゴール紹介の実際については、芦田肇「鄭振鐸とタゴール文学―文学研究会結成前後における文学意識の一面―」（一九八九年三月『東洋文化研究所紀要』第一〇三冊）に詳細な調査・分析がある。

（9）一九二四年タゴール訪中の受け皿となった講学社は、梁啓超ら研究系と同系列の組織であり、研究系の機関誌たる『晨報副刊』にタゴールに関する記事が多いのは必然の成り行きであった。タゴール文学の翻訳以外に、訪中消息なども逐一掲載されている。

（10）孫伏園に代わり、一九二五年一〇月から『晨報副鐫』編集の任に当たったのは徐志摩であった。

（11）この号は、『晨報附刊・文学旬刊』と題する。

（12）タゴール文学全体を考えるとき、伝統的宗教や西洋文学の影響も無論看過されるべきではない。参考まで、K・クリパラーニ（森本達雄訳）『タゴールの生涯（上）』（一九七八年、第三文明社、六一頁）より引用する。「ラビンドラナートの詩的発展には、サンスクリット文学と、中世ヴァイシュナヴァ派の詩と、西洋文学の三つの大きな文学の影響が認められるといわれている」。

(13) 『タゴール著作集 第一巻 詩集Ⅰ』（一九八一年、星供社）の森本達雄「解題」に、次のようにある。「その多くが歌としてうたわれているベンガル語の原詩を、メロディーやリズムを抜きにして訳出することは、訳者のおぼつかない語学力では遠くおよばぬところであり、それこそ色香のぬけた花を呈することになるであろう。タゴール自身、だれよりもそのことを知っていたために、英文詩集では自分の歌を読まれる詩として散文詩に書き改めたのである。」（傍点原文）。

(14) 王統照は、詩の翻訳紹介を熱心に行うなど、タゴールに強く傾倒していた。詳細については、戴煥「「新文学」の構想 詩と詩人の存在意味―王統照とタゴール―」（二〇〇二年二月、『比較文學研究』〔東大比較文学会〕七九号）参照。

(15) タゴール（詩）に対して、懐疑的な意見を表明した者もあった。中でも、徐志摩と同じ新月派に属する詩人聞一多が、タゴールの詩を根底から否定していることは注目される。彼は一九二三年一二月三日『時事新報・文学副刊』に、「泰果爾《タゴール》批評」と題して次のように記す。「かのノーベル文学賞受賞作『ギーターンジャリ』並びに同様に有名な作品集『採果』、そこに詩人的理智の概念はいくらか見られるようだが、情感を透過した意識の覚醒といったものは全く認められない。そこに詩が存在しないことは確かだ。」（孫宜学編『詩人的精神 泰戈尓《タゴール》在中国』〔二〇〇九年、江西高校出版社、二三〇頁〕等を参照した）。

(16) 魯迅「再来一次」一九二六年六月一〇日『莽原』半月刊一一期。なお、文中の「詩哲」とは、「詩聖」タゴールにかこつけてこう呼ばれた徐志摩を揶揄した言い方。

(17) 魯迅「『集外集』序言」（一九三四年）一九三五年三月五日『芒種』半月刊一期。『魯迅全集』第七巻『集外集』、四頁。

(18) この徐志摩「北戴河海濱的幻想」が掲載された同じ一九二四年六月二一日『晨報副鐫』には、「泰戈爾《タゴール》在漢口輔徳中學校之講演」（王鴻文記）というタゴール来訪の実況報告記事も掲載される。（タゴール中国滞在は四月一二日～五月三〇日）。

(19) 『魯迅全集』第一巻『吶喊』、四一七頁。

(20) 一九二三年九月『小説月報』一四巻九号「太戈爾號（上）」。

(21) タゴール詩の影響について、張娟「泰戈尓散文詩対〝五四〟新詩体式的影響」（『斉魯学刊』二〇〇九年六期）は、次のように分析する。「タゴールの翻訳者や模倣者は夥しい数に上ったが、玉石混淆の状況だった。とりわけ中国の一般読者は往々にして、タゴール散文詩の内包する情趣や深い思想まで見通すことはできなかった。その詩の精髄を把握できない状態で、彼らが模倣、受容したのはほとんどがその散文式の外観だけだったので、できあがった作品も詩の味わいやリズムに欠けたものばかりであった。」また、孫宜学『泰戈尓与中国』（二〇〇五年、広西師範大学出版社、一二〇頁）は、やはり徐志摩の言葉に注目しながらも、徐志摩とは全く異なる次のような結論を導き出す。「実際には冰心を除いて、当時タゴールからそれほど大きな影響を受けたと見なせる者はいない。」

最後に、周作人「自己的園地　三　国粋與歐化」（『晨報副鐫』一九二二年二月一二日）より引用する。「我々は古人を模倣することに反対し、西洋人を模倣することにもむろん反対する。反対するのは模倣そのものであり、中外古今への区別や先入観があるわけでは決してない。杜甫あるいはタゴールの模倣、蘇東坡あるいは胡適の模倣、すべて我々の賛成するところにあらず。だが彼らの影響を受けることは問題ない。それはやはり有益なことだ。これがすなわち私の欧化問題に対する態度である。」なお、この文章のすぐ後ろには、「阿Q正伝」最終回「第九章　大団円」が掲載されている。

＊　タゴール来訪についてはは別稿にていささかの考察を行ったことがある。拙稿「タゴール受容の諸相—日本、中国そして魯迅」（『異文化を超えて—〝アジアにおける日本〟再考』〔二〇一一年、花書院〕所収）参照。

第5章　周作人の影

序

散文詩集『野草』に関する膨大な研究の中に、弟周作人の関与、影響を論じた専論は管見の限り見当たらない。詩作は極めて少なく、散文家、エッセイストとして著名な周作人と〝詩〟が容易には結びつかないことがその最大の原因であろうが、一九二三年に突如訪れた兄弟二人の決定的な断絶の翌年から書き継がれた魯迅の『野草』が、いっそう周作人から遠いものと意識されるのも当然の成り行きであろうか。また内容的にも、魯迅の『野草』の深淵に周作人は到底およびえないとの研究者の認識が介在するようだ。例えば『野草』のモチーフとなっている〝死〟に対する意識について、銭理群『周作人論』（一九九一年）は、周作人の〝死〟への意識は、そこから逃避して享楽を愉しむものであり、魯迅には遠く及ばないと断ずる(1)。

兄弟二人の関係については、未解決の問題が少なからず残されている。竹内好はその著『魯迅』「伝記に関する疑問」に次のように書き付けた。

彼（魯迅）と周作人とは、共同の著書を出したり著書に名を貸したりして、世間並の兄弟より遥かに近接した関係にあったただけに、死ぬまで解けぬ不和を結ぶに到った事情には、やはり普通の肉親間の感情よりは深いわだかまりがあったのではないだろうか。魯迅と周作人とは、表現は極端にちがうが、ある意味ではお互が相手を影にもつほど本質的に類似している。思想的にそうであるばかりでなく、気質的にもそうである。(2)

竹内の盟友、武田泰淳も「周作人と日本文藝」（一九四四年）の中で次のように述べている。

この二人の兄弟の態度は、正反對であつたの如く考へられがちである。しかしそれは陰陽兩性ともいふべき身の處し方の相違だけで、二人の裏を見、表をながめて行くうちに共通する精神のしこりに到達し得る、さうした兩面なのである。(3)

本章では、『野草』「影の告別」を一つの軸としながら、二人の関係について新たな視点から考察してみたい。「影の告別」が書かれた一九二四年はいわゆる五四退潮期で、〃いつも「暗黒と虚無」のみが「実在」であると感じ、しかも、どうしてもそれらに対して絶望的な抗戦をやる〃（のちに妻となる許広平への書簡集『両地書』〔「四」、一九二五年三月〕に見える魯迅の言葉）、作品にもそうした魯迅自身が深く投影されている。

一　『野草』とエスペラント

一九二〇年一〇月二日北京『晨報副刊』に、周作人訳「散文詩二篇」が掲載されているが、その第一篇「君はなぜ僕を愛するのか（你爲甚麼愛我）」は、次のような作品である。

君がまさに夢想しているそのとき、一人で君の耳元へ来てささやくの？
僕には何もない、花もなければ、愛撫もなければ、口づけもない。（……）ない、僕には何一つないんだ！
（……）
僕が愛するのは暗闇と孤独だ。僕は永久に旅をしていたい、（……）僕はきっとそこで朽ち果てる、孤独にそして忘れ去られて。

（中略）

君はどうして僕を、病に倒れた人間を愛するのか？　君は立ち去っていいのだよ。――君の行くその世界では花が咲き誇り、人々は生活に満足して、愛情を渇望している。花を手折り、歌を歌う、――そこで君は君の春を手に入れる。

◇訳者序
ここに挙げた二篇の詩は、愛斯普列忒（欧人名か。未詳）編、エスペラント『万国小文選』[4]の中から選んで訳したものだ。私のエスペラントはいまだ初学者のレベルなのでおそらく誤りもあるだろう。識者に教示を仰ぎたい。実は原作は詩とは書かれていないが、私がその性格から散文詩と見なして、このように標題を加えた次第である。

原詩は、バルト三国の一つラトヴィア人作家のもので、周作人が訳者附記で説明するように、エスペラント（原文「世界語」）のアンソロジーから翻訳されたようだ。内容は、戦争に赴く男の、愛する女性に向けた悲しい告別の歌であろうか。彼は告げる、「僕には何もない。暗闇と孤独を愛し、永久にさまよい、朽ち果てるのみ。[5]」と。魯迅の「影の告別」と比較してみると、〝夢の中での対話〟という設定自体、〝暗闇（と孤独）のあわいをさまよう〟

主人公の存在、〝私には与えられる何物もない〟、だが結末では〝不思議な安寧を得て終わる〟等、類似点が指摘できる。

魯迅の『野草』執筆から四年を遡る、一九二〇年という極めて早い時期に、あえて〝散文詩〟との標題をつけた周作人の散文詩に対する明確な強い意識は注目される。散文詩に対する中国の文壇の動向としては、一九二二、二三年に至って文学研究会を中心とした「散文詩論争」が繰り広げられるなど、従来の格律詩の旧套を破るものとして重視されることになるが、一九二〇年の段階では、その存在すらまだほとんど認識されていなかったのである。魯迅も周作人同様に極めて早い時期から散文詩に注目していたことを考え合わせれば、周作人の訳詩と魯迅の散文詩集『野草』が、内容の相似に加えて、〝散文詩〟という詩形式を共有していることもやはり興味深い。この周作人のエスペラント訳詩が掲載された同時期の同じ『晨報副刊』紙上に「ツルゲーネフ散文詩 五〇篇」が連載されていた（一九二〇年六月一二日～一〇月九日）ことも見逃せない。ツルゲーネフ散文詩をはじめとする『晨報副刊』掲載作品群が、後の『野草』執筆において重要な位置を占めていたことは、本書第三章「北京『晨報副刊』」にて考察した通りである。魯迅と周作人は当時北京で同居し、ともに文学活動に熱心に取り組んでいたことを考え合わせるに、二人がともに早期から散文詩へ注目していたことも決して偶然の一致ではなく、二人共同で進められた研究成果と呼ぶべきかもしれない。

では、なぜラトヴィアの文学を選んだのか。小国家ラトヴィアについて、鈴木徹『バルト三国史』（二〇〇〇年）は、「第一章 被支配民族の歴史」の中で、次のように述べる。

> ドイツ人騎士はバルトドイツ貴族として支配層を形成する一方で、バルト原住民族の統合が進み、ラトヴィア人やエストニア人は被支配層として農民階級を形成することになった。（……）社会では農奴制の導入によってドイツ貴族がエストニア人、ラトヴィア人を農奴として支配する体制が確立した。そしてこの支配関係は、

第一次世界大戦後エストニアとラトヴィアの両国が独立するまで、実に四〇〇年近く継続することになった。（……）バルト三国がロシアと欧州の狭間に位置するという地政的条件は、いつの時代も変わらない。ロシアと欧州が対立する歴史において、この地域的位置が、バルト三国に大きな災禍と苦難を強いていた(6)

志摩園子（二〇〇四年）も、次のように指摘している。

第一次世界大戦中、バルト海東南岸の諸民族の中で、地域内外の諸勢力にもっとも翻弄されたのがラトヴィア人かもしれない。ラトヴィア人の居住区域がドイツとロシア、そしてボリシェヴィキの最前線であったからである。(7)

周辺の強国に翻弄される「被支配」民族。それはまさに当時の中国の状況、魯迅や周作人をはじめとする知識人たちの危機意識と重なるものであった。そうした被圧迫民族の文学を集めて『域外小説集』（一九〇九年初版）として出版したことは、魯迅・周作人兄弟の提出した一つの解答であった。周作人によるラトヴィア詩の翻訳も、そうした活動の一環として位置づけることができよう。そして当時、こうした小国の文学を紹介する上で有効に機能したのが、世界に広がるエスペラント運動であった。中国におけるエスペラント普及活動には、特に周作人が積極的に取り組んだが、魯迅もシンパの役回りながら積極的に関与している。以下、二人の〝エスペラント〟への取り組みを繙くことによって、二人の意識に迫りたい。

侯志平『世界語運動在中国』（一九八五年、中国世界語出版社）は、中国におけるエスペラント活動の歴史を端的かつ詳細にたどることのできる労作であるが、まずはそこに付された「中国世界語運動年表」より、周作人・魯迅兄弟とエスペラントに関する項目を抽出してみよう。

（一九〇八年）四月、劉師培、何震（劉師培妻）、張継が無政府主義の宣伝誌『衡報』（Egaleco）を日本で刊行し、世界各国の革命家が世界語をもって互いに気脈を通じ理解し合うための道具とすべきことを主張、『衡報』こそはアジアで最も早く世界語を提唱した雑誌であると声明した。何震は日本で『天義報』（Justeco）も主宰し、世界語に関する記事や学習材料を恒常的に掲載した。（……）張継は東京『民報』社において世界語講座を開設、宋教仁、章太炎、朱執信、魯迅、周作人、湯増壁、蘇曼殊が参加した。

（一九二二年）北京世界語学会成立、周作人が会長に選出される。

三月、エロシェンコが蔡元培の招請に応じ北京大学世界語科目講師に就任する。

『エロシェンコ童話集』が出版され、魯迅はその印税をすべて上海世界語学会に寄付した。

（一九二三年）蔡元培、呉稚暉、陳声樹らが北京世界語専門学校（Pekina Esperanta Kolegio）を創設、魯迅は招かれて理事に就任するとともに、同校にて『中国小説史略』を講義することを承諾、一九二五年三月まで従事する。

（一九二四年）五月、北京集成国際言語学校が世界語科目を開設。魯迅は同校にて短期ながら教鞭を執り、世界語への支持を表明した。(8)

日本留学時代からすでにエスペラントに接していた二人は、エスペラント語講座にも出席して研鑽を積み、一九二〇年代に至って中国国内でも運動が盛んになると、周作人が北京世界語学会会長に選出されるなど、積極的に関与していた様子が垣間見られる。(9)

魯迅は、一九一八年に「渡河與《と》引路 Esperanto」と題して、次のように記している。(10)

私の考えでは、人類はどうしても一つの共通語を持つべきだろう、だから、Esperanto に賛成だ、というだけのことです。将来通用するのがEsperantoであるかどうかは、断定のしようもありません。（……）ただ現在は、このEsperantoしかないのですから、まず、このEsperantoを学ぶしかありません。（中略）しかし、私はいま一つ、意見を持っています。Esperantoを学ぶのも一つですが、Esperantoの精神を学ぶのもまた一つです。——白話文学もこれと同じです。——思想がもとのままなら、看板をかえただけの元の木阿弥です。

エスペラントの是非についての討論のさなか、『新青年』「投稿欄」に掲載される魯迅の銭玄同への手紙に引かれるこの「Esperantoの精神」とは、必ずしも先の引用にも見えるような無政府主義を指向するわけではなくて、思潮の流行にばかり汲々とする当時の知識界に向けて発せられた言葉であろう。魯迅らしい透徹した思惟が窺われて興味深い。そしてその思惟は周作人にも共通する。「緑洲《オアシス》 十二「世界語読本」」（一九二三年）より。

いまでは誰でも世界語の存在を知っているが、世界語にはある種の主義が含有されていることを知るものは極めて少ない。世界語は人為的な言語で、各国間の貿易に供することができるばかりでなく、それは世界主義（実現できるかどうかは別として）の生み出したものであり、この主義を離れては、世界語もまた生命のない木偶の坊に過ぎない。(11)

文学に引きつけた魯迅の言葉に比して、周作人の思想はより全般にわたった謂いに見えるが、そこに武者小路の「新しい村」運動に強い共感を表明する彼の立ち位置を確認することもできようか。世界語学会会長に任じた彼の言葉としても妥当なものであろう。いずれにしろ、エスペラントにその工具としての意義だけでなく、〝主義・思想〟を盛り込むことを重視する態度は二人に共通している。

さらに、魯迅がエスペラントを世界文学紹介における重要な媒体と考えていたことは、一九二九年七月、雑誌

『奔流』月刊二巻三期に掲載された次の公開書簡からも窺える。[12]

逢漢先生

訳詩ともなればいっそう困難で、全体の調子や押韻に気を配らなければならないために、どうしても原詩にある字句を削ったり増やしたりしなければなりません。エスペラントの翻訳本でもだいたいそのようになります、もしも訳したものが、やはり詩の形式であって散文でないとすれば。しかし、わたしたちは一部の名士たちが口にするのも潔しとしない東欧や北欧の文学を紹介したいと思っているのですが、原文のわかる人がほとんどいないために、しばらくは重訳を使わざるを得ないのです。とりわけ、バルカンの小国の作品の場合はそうです。本来の意図は、実のところ、ないよりはましだというにすぎず、まずは読書界に、いわゆる文学者というのは、世界には賞をもらったタゴールや美しいマンスフィールドのような人たちだけではないのだ、ということを知ってもらうところにあるのです。

魯迅。六月二五日、上海にて。

『奔流』編集部に送られてきた読者からの手紙に、当時主編を務めていた魯迅が丁寧に答えたものである。相変わらずタゴールやマンスフィールドを取り上げて徐志摩を揶揄していることも興味深いが、エスペラントを活用して、あまり知られない特に東欧や北欧の小国の文学を紹介したいという魯迅の強い意志が看取される。それは、小節の冒頭に引いた周作人の訳業の意図とまさに一致するものであった。

さて、「中国世界語運動年表」にも見えるように、魯迅と周作人のエスペラントとの関わりを論ずる上で忘れてならないのは、ロシアの盲詩人エロシェンコの存在である。[13]日本を追放されたエロシェンコを魯迅・周作人が八道湾の自宅に同居させ、魯迅は彼の作品を翻訳して中国に紹介するとともに、「あひるの喜劇」(一九二二年発表、小説集『吶喊』所収）などの作品に登場させているし、周作人は北京大学でのエロシェンコの講義の通訳まで務めて援助したことは周知の事実である。すでに語られ尽くした感のあるエロシェンコの問題について、ここでは、周作人の回想および年譜からその事実を確認するにとどめたい。周作人『知堂回想録』「一三六　西山養病」に、次のようにある。

私が西山に滞在したのはあわせて五ヶ月ほどだったが、その間病気の療養に努めながら、仕事に従事したとも言えようか。だがそれも何か重要な仕事というわけではなく、世界語を学習したり、あまり人目につかないような作品をいくつか訳したに過ぎない。後になって『小説月報』に発表した世界語から訳した小説は、つまりこの時期の成績というわけだ。しかしより重要なのは後にエロシェンコが行った世界語による講演の通訳をつとめたことだろう。(14)

一九二一年に、肋膜炎と診断された周作人は六月二日、北京郊外西山の碧雲寺に転地療養、九月二一日に帰宅する。この間、兄の魯迅が身の回りのことから読む本の世話まで親身に思い遣っており、二人の良好な関係が垣間見られるが、家族として居をともにしながら、文学的活動にも手を携えて積極的に取り組んでいたのである。そしてその半年後、二人は当のエロシェンコを迎えることになる。『周作人年譜』「一九二二年二月二四日」より。

ロシアの盲目詩人エロシェンコは鄭振鐸、耿済之に付き添われて周家にやって来た。エロシェンコが日本から北京に来たのは、北京大学の招聘に応じ、世界語を教授するためである。蔡子民は魯迅、周作人の家でエロシェンコを世話するよう託したのだった。（中略）その後の一定期間、エロシェンコが各地で講演する時には必ず世界語を用いたが、多くの場合周作人が通訳と紹介役を務めた。(15)

魯迅周作人兄弟のエスペラントとの関わり、散文詩への注目等に鑑みるに、本節の冒頭に引いた周作人によるエスペラント訳詩「散文詩二篇」の『晨報副刊』への掲載自体に、魯迅も関係していたのではないかとの推測が成り立つかもしれない。一九二〇年という、散文詩がまだ中国の文壇でほとんど注目されていなかった時期に、あえて〝散文詩〟の題目を冠して『晨報副刊』にひっそりと発表された周作人のエスペラント訳詩。四年後に魯迅が自身初めての詩集『野草』の形式をやはり〝散文詩〟と定めたとき、この周作人の訳詩が脳裏に去来したとしてもあながち不自然ではあるまい。

二　『野草』とボードレール

周作人によるエスペラント訳詩掲載から一年後、一九二一年の一一月二一日に、同じ『晨報副刊』にボードレールの作品が掲載される。訳者はやはり周作人で、翻訳のタイトルも「散文小詩」とされている。

一　異邦人（原題「游子」）

教えておくれ、謎めいた人よ、君の最愛の人は誰？　君の父親、君の母親、それとも君の兄弟姉妹なの？

「僕には父親も、母親も、兄弟姉妹もいないよ。」

それでは、君の友人なの？

「君の用いるその文字は、今の私には何の意味もない。」

（中略）

では、黄金は？

「僕はそいつを君たちが君たちの神を憎むがごとくに憎悪する。」

それでは、不思議な旅人よ、君は何を愛するの？
「僕はあの雲を、—あの過ぎ去った雲を、—かなたの、—その神秘なる雲を。」

二　犬と瓶（原題「狗與瓶」）

「おいで、僕の可愛い犬よ、ワンワン！　町の高級ブティックで買ってきたこの香水を嗅いでごらん。」（後略）

周作人訳になるボードレール詩六篇の冒頭に掲げられた「異邦人（游子）」を、魯迅『野草』「影の告別」と比較してみると、そこには一定の相似が認められる。まず、「私」と〝奇異〟なる「游子」との対話形式となっていることは、「私」と「影」との対話で進行する「影の告別」と同様の構成となっている。また、〝何も持たない〟〝何も愛さない〟「游子」が、唯一愛すると告白する〝雲〟に安らぎを寄託する結末は、〝何処にも行きたくない〟〝何も与えることはできない〟とむずかる「影の告別」の「影」が最後に〝暗闇〟に安らぎを寄託する結末と似ている。細かいところでは、〝友人（朋友）〟、〝黄金〟などの用語の一致はやはり注目されよう。無論、その〝散文詩〟形式の意義については繰り返すまでもない。

さらに、「異邦人」に続く第二篇の「犬と瓶」は、本書第二章「「犬の反駁」「論を立てる」の位置」でも取り上げたように、やはり魯迅の『野草』との連関が想起される作品であった。実は仔細に繙けば、魯迅の散文詩集『野草』の各篇は、この「異邦人」を含むボードレールの散文詩集『パリの憂鬱』（一八五五～六九年）全体から、その素材、意境、プロットに至るまで多大な影響を受けていた可能性が高い。魯迅は、散文詩集を編むに当たって、世界文学史上、散文詩を文学の一ジャンルとして確立したと評される『パリの憂鬱』をごく自然に参照していたのである。[16]

さて、周作人はこのボードレール「散文小詩（六篇）」を訳載したわずか六日前、一九二一年一一月一四日の同じ『晨報副刊』紙上に、「三人の文学者を記念して（三個文學家的記念）」と題して、フローベール、トルストイと並べてボードレールを論じていた。

> ボードレールは（一八二一年）四月九日の生まれ。彼の十年に及ぶ著作のうち、評論、翻訳以外は、詩集 悪の華一巻と、散文小詩および人工の楽園各一巻を数えるのみ。彼の詩には病的な美が充満しており、それはまるで貝の中の真珠のようなものだ。彼は後に出現する頽廃派文人の創始者で、（……）トルストイは社会主義者の視点から、少しも理解することのできない作家と彼を評した。彼の緑色に染められた頭髪と変態的な性欲について、我々はそれを一種の伝説(Legend)としか認め得ない、彼が確かに精神病院で亡くなったとしても。我々が完全に認めさらには一種の親近感さえ覚えるのは、彼の「頽廃的」心情とその心情を表現するに足る文章芸術である。（中略）いわゆる現代人の悲哀とは、その猛烈なる生への希求と現在の不如意なる生活のせめぎ合い、つまり〝掙扎《もがき》〟である。この〝掙扎〟を表現することは種種の改造主義ともなり得るし、文芸上ではフローベールの芸術主義、あるいはドストエフスキーの人道主義、そしてボードレールの頽廃的「悪魔主義」ともなり得るのである。
>
> （一九二一年一一月一一日、北京にて[17]）

おそらくは欧米あるいは日本の研究書などを参考に書いたのではないかと推測されるが、周作人は翻訳に従事する傍ら自己の著作の中でたびたびボードレールに言及しており、彼の傾倒、憧憬の深さが窺える。ここに、「掙扎」の語が見えていることも興味深い。「掙扎《もがき》」とは、竹内好がその著『魯迅』（一九四四年）の中で、魯迅の生き様を最もよく表すものとして提起した、魯迅文学を象徴する一語であった。

周作人のボードレール観を探る上で、注目される文章をもう一つだけ引用したい。やはり同じ『晨報副刊』に、訳詩掲載四ヶ月後の一九二二年三月二六日に書かれた「沈淪」と題する評論文である。それは、大胆な性の渇望と中国の弱体ぶりへの嘆きを赤裸々に綴った、郁達夫の問題作「沈淪」に対する囂々たる非難に抗してしたためられたものであったが、この郁達夫擁護の文章の最後にボードレールが登場している。

最後に当たり、私は真摯に声明したい、『沈淪』は一篇の芸術作品であると。だがそれは〝受戒者の文学〟(Literature for initiated) であって、一般人の読み物ではない。ボードレールの詩をこう評した者があった。「彼の幻影は暗く恐ろしい。その著作の大部分は若者や無知なる者が読むに適さないが、賢明なる読者はこの詩から稀なる真実の力を得ることだろう」と。この言葉はまさにこの作品に適用できる。[18]

〝頽廃的「悪魔主義」〟の評語を追認しながらも、周作人がいかにボードレールを高く評価していたか、力強く表明されている。[19]

それでは、魯迅はどう考えていたのであろうか。第二章でも見たように、彼の文章に登場するボードレールへの言及は、極めて冷淡なものであった。一九二〇年代前半にボードレールが流行した当時においても、魯迅のボードレールへの詩人としての積極的な評価はほとんど見られない。革命に失望した文人として、冷たくあしらわれるのみであった。魯迅がビアズリーを紹介した文章「『ビアズリー』小引」（一九二九年）の中でも、次のように触れられるだけである。

ビアズリーは諷刺家である。彼は Baudelaire のように、ただ地獄を描くことができるだけで、現代の天国の反映を少しも示していない。これは、彼が美を愛したがために、美の堕落が彼につきまとって離れなかったからである。[20]

「地獄を描くだけで、天国を示さない」とは、あたかも現代中国におけるステレオタイプの文芸評論を繙くようだが、そこに魯迅におけるボードレールが端的に示されている。いかに言葉で表された芸術性が高くとも、そこに文学的「共鳴」が生じようとも、懶惰と放蕩、頽廃の人生に寂しく散ったボードレールという表れを、魯迅は本質的に好きにはなれなかったのかもしれない。

三　佐藤春夫「形影問答」

一九二二年一月八日付『晨報副刊』に、周作人の翻訳により佐藤春夫「形影問答」が掲載される。前節にて言及したボードレール散文詩が同紙に掲載されたのが一九二一年一一月二〇日であったから、その一ヶ月半後ということになる。また、同紙には魯迅（署名「巴人」）の「阿Q正伝」が連載中であり、一月八日、この佐藤春夫「形影問答」の同紙面には、「第五章　生計問題」が掲載されている。ここでは、佐藤の原文から挙げておく。

> 「見知らない筈だ、私は月から來た者だから。」／と、その見知らない、青ざめた額の人が、私にむかつてさう言つた。／（中略）／（……）私の故郷には未だないところの病氣——孤獨と退屈との研究といふ、私にはいかにもふさはしい題目を持つて。それ故、私はひとりで來た。（中略）／われわれは燈臺の下のところで別れた。別れぎわに、その人は私に次のやうに言つた、／「私の友達よ。私は、私の孤獨と退屈との研究録を君に讀んでもらひたいと思ふ。」／（中略）／
>
> 「どうです、私の友達。君に約束した私の研究録は。面白いか？　つまらないか？」不意に、私のうしろから昨夜の人の聲がした（……）／そこには、腰かけてゐる私のうしろに、床からかけて花模様のある壁の上に、いびつに踞《かが》んでうつつた私自身の影があつた。／私は、考へ込みながら答へた。／「私の友達よ、（……）おれの欲しいのはそんな古臭い憂愁ぢやない。生きた樂しみだ！　生きた力だ！　去れ！　私の影！」

「訳者附記」

佐藤春夫は一八九一年生まれで、現代日本における詩の小説家である。著書に『田園の憂鬱』など五種がある、（中略）フランスボードレールの散文小詩の中に「月の恩恵」一篇があるので（私の翻訳が訳詩および小品集『我的華鬘』に収められ、この春には出版の予定）、参照されたい。

一九二二年一月五日附記。

佐藤春夫の「形影問答」は、一九一九（大正八）年四月一日発行『中央公論』三四年四号に、「寓話二つ」の標題で「薔薇と詩人との話」とともに掲載され、その後、単行本『美しき町』（一九二〇年一月、天佑社）に「形影問答」単独作品として収録されている。

作品のタイトル「形影問答」が、魯迅「影の告別」を彷彿させることからして興味を引くが、両作品のその内容、描写が随所できわどく重なり合うことに驚かされる。影を擬人化して、自己を透視させる手法、設定に加えて、影との〝別れ〟や細部の相似が指摘できる。

実は、従来の魯迅研究において、荘子（寓言篇）の「影問答」や陶淵明「形影神」が『野草』へ影響を及ぼしたという指摘はなされている。だがそれらはいずれも、影が人と対話するという設定の相似を取り上げたものであるが、作品内容自体の近接はほとんど感じられないので、魯迅の古典への造詣の深さから、「影の告別」執筆に何らかの示唆を与えた可能性を提起するにとどまっている。[21]

佐藤の「形影問答」は、全体の長さから言えば「影の告別」よりもやや長く、散文詩と言うよりは短編小説といった趣きで、その主人公は、文学者としての自己の生活（およびその創作）を、影によって揶揄されるが、青ざめた、いびつな影の形象それこそが自己の現実であることに気付かされるというストーリーである。宇宙人が登場し、ＳＦの要素を取り入れるなど佐藤らしいロマンチックな情調に彩られてはいるが、彼自身（作家として）の孤独や、沈悶といった内奥を解剖した意欲作、佳作と読める。だが実際には、佐藤春夫の作品の中でも著名なものには到底数えられず、少なくない佐藤春夫研究、日本近代文学研究においても、現在に至るまでこれを取り上げるものは管見の限り認められない。魯迅の『野草』「影の告別」と関連づけられたこともちろんなかった[22]。

周作人の翻訳になるこの佐藤の「形影問答」が掲載された『晨報副刊』の同紙面に、魯迅の「阿Q正伝」が掲載されていたことからも、それが魯迅の目に触れていたことに疑問の余地はないが、実は、この佐藤の「形影問答」は、さらに近いところで魯迅・周作人兄弟と結びついていた。『晨報副刊』掲載の一年あまり後、魯迅・周作人共訳の『現代日本小説集』（一九二三年六月）に、この作品も収録されているのである。そしてそれは、魯迅が『野草』執筆を開始するちょうど一年前のことであった。周作人の訳になるとは言え、共に『現代日本小説集』の収録作品を詳細に検討していた魯迅の脳裏に、佐藤春夫の「形影問答」が影を留めていただろう可能性は極めて高い。

また、「訳者附記」の中で、周作人が佐藤の作品理解への参考としてボードレールの散文詩を挙げていることも、前節での考察とも関連して、興味深い点と指摘できよう。ここで佐藤のことを〝詩の小説家〟と呼んでいることから、周作人は佐藤のこの作品をも散文詩と位置づけていたのかもしれない。そして、魯迅はどう見ていたのだろうか。魯迅（ならびに周作人）と佐藤春夫の関係については、本書第八章「佐藤春夫」にて詳しく取り上げる予定であるので、ここでは、一九二一年に『晨報副刊』に掲載され[23]、その後一九二三年に魯迅周作人が協力して編んだ『現代日本小説集』にも収録された佐藤春夫の「形影問答」が、一九二四年に執筆された魯迅『野草』の「影の告別」と一定の相関関係を有する可能性を確認するにとどめておく。

さて、ここで改めて整理するならば、本章各節において『野草』「影の告別」との関連を考察してきた以上三篇（エスペラント、ボードレール、佐藤春夫）の外国作品は、『野草』執筆直前の一九二〇年代初めにすべてが『晨報副刊』という同じ文芸誌に集中的に翻訳掲載されたものである。そしてその翻訳を担当したのはすべて、魯迅の弟、周作人であった。

四　詩人としての周作人

一般的に「小品」作家と称される周作人だが、長い文学生涯に一冊のみ、詩集をものしていた。タイトルは『過去的《の》生命』、一九一九年から二一年の創作を中心に三十数篇にまとめたもので、一九三〇年に『苦雨斎小書』五として、北新書局から刊行されている。そしてそれはほかでもなく、〝散文詩集〟であった。序文に、彼は次のように書き付けている。

「『過去の生命』序」（一九二九年八月一〇日筆）

ここに収録した三十数篇のものは、私が書いた詩のすべてである。私はそれを呼んで詩となすが、それはこれらの書き方が私の普通の散文とはいささか異なると感じるからだ。中国の新詩はいったいどうあるべきなのか私にはわからないが、わかっているのは私はどうあっても決して詩人ではないということだ。いま〝詩〟の文字を使うのは借りてきたままでで、いわば一種の商売用語に過ぎない。

（中略）

これら〝詩〟の文句はすべて散文のものであって、含意もきわめて平凡だ。よって真正なる詩として遇すれば無論大いなる失望を来すことになる。だがもしもそれを別種の散文小品と見なすなら、その時々の感慨を表現することが

周作人（1943 年）

できるはずで、それすなわち過去の生命であり、私の書く普通の散文と何ら変わらないのだ[24]。

小品、あるいは散文作家としての周作人の矜持が見て取れる。彼は自己の文学を〝散文〟と位置づけ、そこにこそ自分の生命を感じることができた。それはあたかも魯迅が、〝雑文〟に生きたのと同様であった（本書第十一章参照）。そして、ふと漏らされた「わかっているのは私はどうあっても決して詩人ではないということだ」との言葉は、〝詩〟あるいは〝詩人〟から終生自己を遠ざけようとした魯迅の態度と符合する（本書第十章参照）。翻ってみれば、魯迅にしても膨大な著作の中でも詩集の出版は一冊だけで、しかもそれが散文詩集（『野草』）であった。兄弟とはかくも似るものであろうか。

最後に、この詩集『過去の生命』より、周作人の詩を一篇引用したい。この詩もやはり『晨報副刊』（一九二一年三月七日）に掲載されており、タイトルは「夢想する者の悲しみ」という。

〝私の夢は多すぎる〟
ドアをノックする音が、
折よく私を夢から目覚めさせた。
なんと冷酷な音よ、
私に暗夜へさまよい出ろというのか？
ああ、夜明けの光はどこなんだ？
私の力はあまりにも小さくて、
暗夜の中で発狂してしまいそうで恐ろしいのだ！（後略）

一九二一年三月二日病後[25]

誰知れぬ相手に夢から目覚めさせられたこの詩の主人公（周作人）も、「影の告別」の〝影〟（魯迅）同様に、暗闇と光明のあわいに彷徨する。詩境の相似はすなわち、本章の冒頭に引用した、「お互が相手を影にもつほど本質的に類似している」との竹内好の言葉をはからずも裏打ちしている。

（1）銭理群『周作人論』（一九九一年、上海人民出版社）、七七頁。

（2）竹内好「伝記に関する疑問」『魯迅』（一九四四年、日本評論社）に収録。一九八一年、筑摩書房『竹内好全集』第一巻、四五頁。

（3）武田泰淳「周作人と日本文藝」方紀生編『周作人先生のこと』（一九四四年、光風館）。

（4）現在の日本で最大のエスペラント団体「財団法人 日本エスペラント協会」（東京都新宿区早稲田町）に赴き、一万冊を超えるエスペラント蔵書の中から、一九〇八年出版の『国際文学選集』など貴重な書物、およびその内容を実際に確認することができたが、該書並びに周作人の訳した「散文詩二篇」を探し当てることはできなかった。ザメンホフの故郷ポーランドや、エスペラント活動の盛んなオランダなどへ探索の範囲を拡げる必要がありそうだ。エスペラント協会事務局長（当時）の石野良夫氏には大変お世話になった。謝意を表したい。

（5）〝朽腐〟の語は、『野草』「題辞」にも繰り返し用いられる。魯迅ら旧世代の人間の〝朽腐〟が、新世代の生長をもたらすという想いが込められた重要なタームの一つと見なせよう。「我希望這野草的死亡與朽腐，火速到來。要不然，我先就未曾生存，這實在比死亡與朽腐更其不幸。」（一九二七年七月二日『語絲』一三八期）。

（6）鈴木徹『バルト三国史』「第一章 被支配民族の歴史」（二〇〇〇年、東海大学出版会）、一一〜一六、一九九頁。

（7）志摩園子『物語 バルト三国の歴史』（二〇〇四年、中央公論社〔中公新書一七五八〕）、一四二頁。

（8）エスペラントに〝世界語〟との訳語を当てることについて、銭玄同が「駁『惑世界語的一封信』」（呂蘊儒編〔刊期等不明〕『世界語論文集』〔緑葉社叢書之二〕、四七頁）に次のように述べている。「玄同が考察するに「世界語」という名詞は、Esperanto の原義によるのでなく、日本にて創出された訳し方であった。十年前に呉稚暉氏、李石曾氏などがフランスで刊行していた『新世紀週報』の中では、「万国新語」と訳している。実際には「世界語」「万国新語」いずれも適当な訳語とは言えず、私たちは便宜的にそれを用いているに過ぎないのだ。」本書の刊年は不明であるが、呂序に、「世界語紀元三八年一〇月二日 編於北京」と見えることから（ザメンホフが最初にエスペラントを提唱した一八八七年を元年とすれば）一九二四年に当たる。なお、「エスペラント」の原義は「希望する者」である。

（9）魯迅の方は、エスペラント自体を習得するまでには至らなかったようで、「一九三〇年一一月二三日 至孫用」（『魯迅全集』第十二巻『書信』〔二〇〇五年、人民文学出版社〕、二四八頁）には、「『文学世界』はおそらく私には援助できないだろう。私はエスペラントを解さず、ただ estas の一語を知るのみだから。」と書き付けている。全集原注に、「『文学世界』はエスペラントの文学月刊誌で、一九二二年一〇月にハンガリーのブタペストで創刊された。「estas」とはエスペラントで「〜である」の意味。」とある。

（10）魯迅（唐俟）「渡河與引路 Esperanto」（一九一八年一一月四日『新青年』五巻五号「通信 銭玄同宛」）。『魯迅全集』第七巻『集外集』、三四頁。

（11）周作人「緑洲 十二「世界語讀本」」（一九二三年五月二五日筆）。一九二三年六月五日『晨報副刊』「雑感欄」。『自己的園地』所収。

（12）魯迅「往復書簡」一九二九年七月二〇日『奔流』月刊二巻三期。『魯迅全集』第七巻『集外集』、一二九頁。逢漢先生とは張逢漢（未詳）のこと。徐志摩は『小説月報』一四巻五号（一九二三年五月）に評論「マンスフィールド」を執筆してその艶麗さを称揚している。

（13）藤井省三『エロシェンコの都市物語 一九二〇年代 東京・上海・北京』（一九八九年、みすず書房）など参照。

（14）周作人『知堂回想録』「一三六 西山養病」（一九六〇年代に執筆。『周作人自編文集』〔二〇〇二年、河北教育出版社〕〔下〕四六一頁）。同じ『知堂回想録』「一三五 在病院中」に次のようにある。「（一九二一年）六月二日、西山の碧雲寺般若堂にて療養生活に入った。九月二一日には下山して帰宅した。（医者によれば肋膜炎だということだ）」。

（15）『周作人年譜』「一九二二年二月二四日」（二〇〇〇年、天津人民出版社、一九六頁）。

（16）ボードレールと魯迅の関係について、先行研究も少なくない。最新の成果として、小川利康「周氏兄弟的散文詩―以波特来爾《ボードレール》的影響為中心」（『中山大学学報（社会科学版）』二〇一五年一期）が注目される。特に『野草』との関係を中心に、別稿にて検討したいと考えている。

（17）周作人（仲密）「三個文學家的記念」一九二一年一一月一四日『晨報副鐫』。『談龍集』所収。

（18）周作人（仲密）「沈淪」一九二二年三月二六日『晨報副鐫』。『自己的園地』所収。

(19) 周作人による郁達夫擁護の背景について、尾崎文昭「陳獨秀と別れるに至った周作人―一九二二年非基督教運動の中での衝突を中心に」(一九八三年一〇月、『日本中国学会報』第三五集)を参照した。周作人のボードレール受容については、伊藤徳也が「啓蒙主義的現代儒家、かつ中国式頽廃派―周作人における「凡人」と「生活の芸術」―」(二〇一一年三月『東洋文化研究所紀要』一五九冊)等一連の研究で追究している。同『「生活の芸術」と周作人―中国のデカダンス=モダニティ』(二〇一二年、勉誠出版)参照。

(20) 魯迅「《比亞茲萊》小引」『比亞茲萊畫選』(一九二九年四月、朝花社)に原載。『魯迅全集』第七巻『集外集拾遺』、三三八頁。

(21) 工藤貴正「もう一人の自分、「黒影」の成立(上)」(一九九五年一月『学大国文』三八号)、劉増人「植根于深厚的民族文化伝統―《野草》芸術溯源之一」(『牡丹江師院学報』一九八二年三期)など。須田千里「佐藤春夫と中国文学(下)」(二〇〇二年五月、岩波書店『文学』三巻三号)は、「形影問答」のモチーフとして李白とその詩「月下独酌」に見える「対影成三人」句などを挙げている。

(22) 二〇一三年に至り、中国の若い研究者の専著がその関係に言及した。張潔宇『独醒者与他的灯―魯迅『野草』細読与研究』(二〇一三年、北京大学出版社)、五六頁。

(23) 『晨報副刊』(一九二二年一月八日)掲載の、周作人訳「佐藤春夫「形影問答」」は、一週間後、上海『民国日報・覚悟』(一九二二年一月一五日)に転載されている。さらに、前掲「游子」を含む周作人訳「ボードレール「散文小詩(六篇)」」も、『晨報副刊』(一九二二年一一月二〇日)から、上海『民国日報・覚悟』(一九二二年一月九日)に転載されている。『野草』「影の告別」との影響関係が注目される二篇が、同じ新聞副刊に集中して(一週間のうちに)転載されたことを記しておきたい。なお、この上海『民国日報・覚悟』には、一九二二年九月から一〇月にかけて「屠格涅夫《ツルゲーネフ》散文詩集」も転載されている。

(24) 魯迅「致董永舒」(一九三三年八月一三日)に、「今後創作しようとするなら、第一によく観察すること、第二に他人の作品を読むべきだ。ただし、一人の人の作品ばかり読んではいけない。その人に束縛されてしまうことのないようにし、多くの作家のものを広く読んで、そのすぐれたところをとり、そうしたあとで初めて独立できる。私が学んでいるのは、大抵、外国の作家である。」とある。

(25) 「病後」二文字は原載紙に見えず、周作人自編文集版『澤瀉集　過去的生命』(二〇〇一年、河北教育出版社)による。なお、文頭に「ベーベルの『婦人論』を読みて作る」との序を附す。

第6章　「行く」か「留まる」か

一　「住」の翻訳から

まずは「影の告別」の冒頭部分（原文）を引用する（原載誌『語絲』ではなく、『魯迅全集』版に拠る）。

人睡到不知道時候的時候，就会有影來告別，説出那些話——

有我所不樂意的在天堂裏，我不愿去；有我所不樂意的在地獄裏，我不愿去；有我所不樂意的在你們將來的黄金世界裏，我不愿去。

然而你就是我所不樂意的。

朋友，我不想跟随你了，我不愿住。

我不愿意！

嗚呼嗚呼，我不愿意，我不如彷徨於無地。

本章で特に注目するのは、傍線部分、特にその最後の「我不愿〝住〟」である。『野草』の翻訳は多くの研究者によって試みられているが、解釈の違いを端的に示すために、代表的なものについて該当箇所の翻訳を以下に列挙してみよう。


友よ、私はもうお前につき随はうとは思はない、私はとゞまることを願はない。

（一九三六年、改造社版『大魯迅全集』。鹿地亘訳①）

友よ、私は君に従いたくない。留るのがいやだ。

（一九五三年、竹内好訳②）

友よ、おれは君について行くのがいやだ。とどまることが。

（一九七六年、竹内好新訳）

友よ、おれはお前に添うて歩くのがいやになった、こいつはもうたくさんだ。

（一九六三年、木山英雄訳③）

友よ、私は君について行きたくない。留まっていたくもない。

（一九六七年、高橋和己訳④）

Friend, I'll no longer follow you; I **do not want to stay here.**

（一九七六年、外文出版社『WILD GRASS』⑤）

友よ、おれは君についていたくない。おれはここに居たくない。

（一九七八年、駒田信二訳⑥）

友よ、わたしはおまえについて行きたくない。そこに留まるのはいやだ。

（一九八五年、学研版『魯迅全集』。飯倉照平訳）

友よ、おれはおまえについて行くのがいやになった。おれはおまえのもとにいたくない。

（一九九七年、丸尾常喜訳⑦）


代表的なものと言いながらも多いが、これでもすべてを挙げたわけではない。「朋友，我不想跟随你了，我不愿住。」というたった一文の読みがこれほど多岐にわたることからも、魯迅ひいては『野草』に対する先達の熱き思いを改めて感じ取ることができよう。前半部分「不想跟随你了」に注目すると、まず「跟随」を「ついている」とする駒田訳が気になるが、やはり「付き従う」「ついて行く」にとりたい。最後の「了」を訳出するかどうかで二種に大別できるが、変化の「了」であるからやはり「……になった」「no longer……」と訳すべきと考える。

さて、ここで問題にするのは後半の一文「我不愿住」である。特に、最後の一文字「住」については解釈が大きく分かれている。そもそも魯迅の原文がかなり唐突である。「もはや君について行きたくなくなった」と言った後に、「〝住〟したくない」と来て、「どうして」とも「どこに」とも具体的な説明はないのである。最初の『大魯迅全集』とそれに続く竹内好の訳はいわば直訳であり、もちろん誤りはない。だが考えようによっては「住」の解釈を避けたと言えるかもしれない。その後の研究者たちはこの「住」をきちんと解釈しようとした。木山の「こいつはもうたくさんだ」は、表面的には一番避けているかの印象を与えるが、無論そうではない。そのことはまた後で取り上げることにして、それ以外の解釈は「住」する場所をどこに定めるかによって、大きく三種に分類できるようだ。「ここ」か「君（おまえ）のもと」か、「それ以外」もしくは「はっきりしない」の三種である（原文にないものを付加することに議論はあろうが）。日本の研究に数倍する中国の『野草』研究をたどっても、やはり日本同様「住」の解釈は一定しない。誤解を恐れずに言えば、この部分の解釈についてはあえて問題にしないものが多いのである。

二　「住」か「往」か

「影の告別」は、一九二四年一二月八日『語絲』四期に初めて掲載されるが、この原載誌の当該部分を確認すると、驚くべきことに、これまで見てきた「朋友，我不想跟随你了，我不愿〝住〟。」の「住」は「往」となっている（次頁写真参照。右から五行目）。つまり、「友よ、僕はもう君について行きたくなくなった」、「僕は行きたくない（我不愿〝往〟）」となっているのだ。

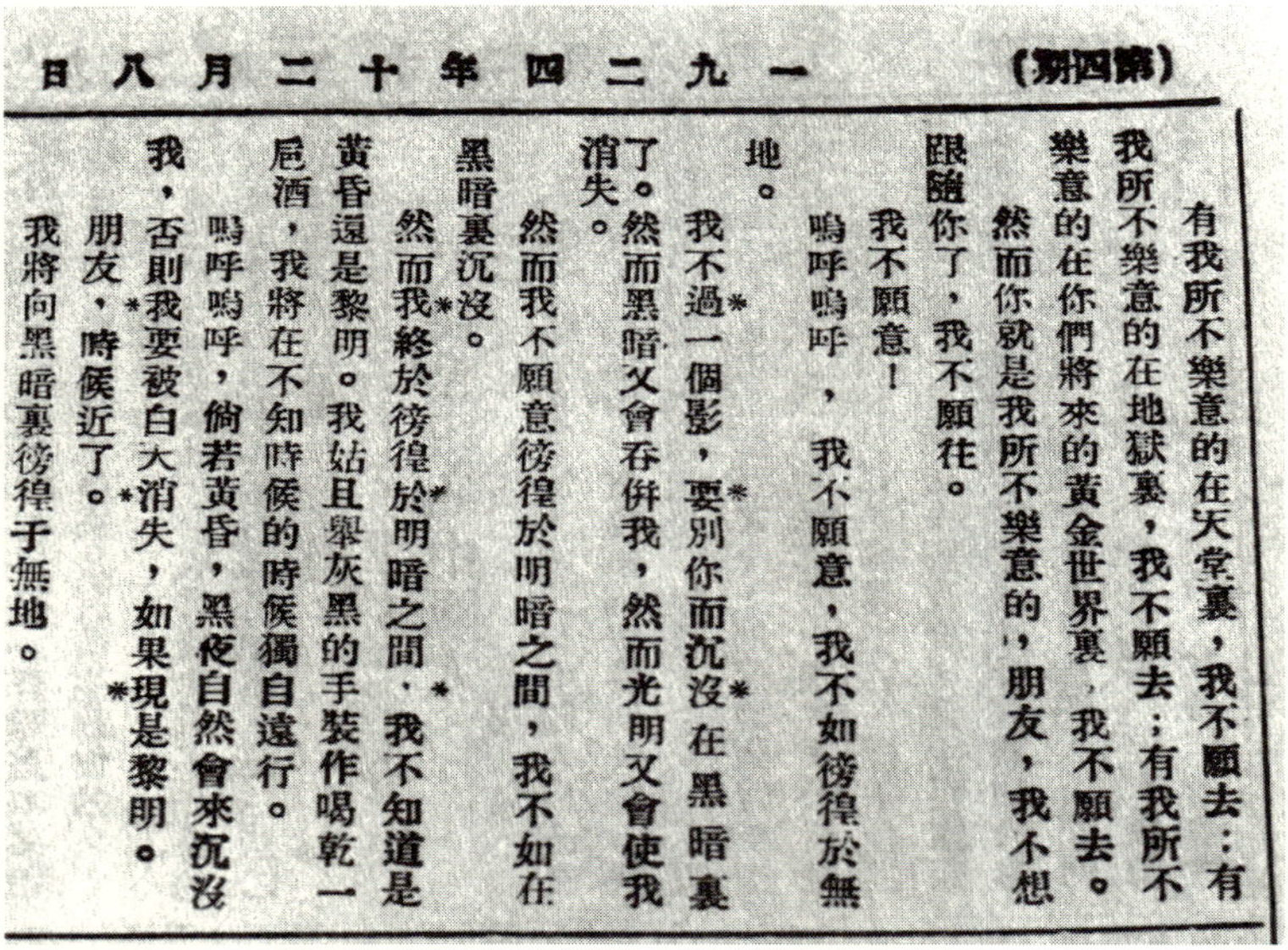

（第四期）　一九二四年十二月八日

有我所不樂意的在天堂裏，我不願去；有我所不樂意的在地獄裏，我不願去；有我所不樂意的在你們將來的黃金世界裏，我不願去。

然而你就是我所不樂意的；朋友，我不想跟隨你了，我不願往。

我不願意！

嗚呼嗚呼，我不願意，我不如彷徨於無地。

我不過一個影，要別你而沉沒在黑暗裏了。然而黑暗又會吞併我，然而光明又會使我消失。

然而我不願意彷徨於明暗之間，我不如在黑暗裏沉沒。

然而我終於彷徨於明暗之間，我不知道是黃昏還是黎明。我姑且舉灰黑的手裝作喝乾一巵酒，我將在不知時候的時候獨自遠行。

嗚呼嗚呼，倘若黃昏，黑夜自然會來沉沒我，否則我要被白天消失，如果現是黎明。

朋友，時候近了。

我將向黑暗裏彷徨于無地。

『語絲』週刊第四期原版（1924年12月8日）

この異同については、管見の及ぶ限り従来の研究の中で指摘されたことはない。見てきたように数多の『野草』研究、翻訳に際して参照されるテキストはすべて「不愿〝住〟」に作る。可能性としては、明らかな誤植と判断されあえて無視されたか、あるいは見落とされたかの両方が考えられるが、多くの研究は（あるいは資料的制約から）原典の『語絲』にまで遡っておらず、そもそも異同に気付いてはいないと考えられる。また、「住」と「往」は字形が極めてよく似ており、一九二〇年代の雑誌『語絲』に印刷された文字は小さい上に鮮明とは言えない状態で、見落としの可能性も十分にありえよう。丸尾常喜『魯迅『野草』の研究』（一九九七年）には、各篇の注釈の後に「校異」の欄が設けられ、初出誌『語絲』と一九八一年人民文学出版社版『魯迅全集』との異同を丹念に拾っているが、「往」と「住」の記載はない。(8)

一方、明らかな誤植と認識され無視された向きも否定できないと考える。ただ、「不愿住」の「住」の解釈がこれだけ揺れていることや、「不愿〝往〟」と置き換えても意味が通じることを考え合わせるに、従来の研究の上に、異同について一度として言及がないのは物足りなさを感ずる。字形は極めて似ていながらも意味は正反対の「住」と「往」の二文字、一般的にはどちらかが誤りですぐに解決しそうなものだが、文意は当然全く異なりながらも、どちらの字を当てはめても文脈をなすこと自体、とてもミステリアスである。魯迅の仕掛けた悪戯かとも疑ってしまいそうなこの問題、一考の価値はありそうだ。

＊

孫玉石は「《野草》重釈」(一九九六年)の中で、この部分について次のように述べている。

「影」は「形」—つまり「きみ」や「きみたち」について進みゆくことを願わなくなったのだ。彼には自身の行動を支配する自己の哲学があるから。(9)

(傍線部原文「〝影〟不愿跟随〝形〟—〝你〟或〝你们〟而前往了。」)

孫は無論「不愿〝住〟」をテキストとしているので、ここで言う「(不愿)前往」は、「不愿〝住〟」の解釈ではない。原文の「不想跟随你了(おまえについて行きたくなくなった)」をこのようにやや広げて説明されていることは了解される。ただ、『《野草》研究』(一九八二年)でもこの『重釈』でも、「不愿住」についての具体的な言及は全く見当たらない。この後の部分では、影がなぜ「君に随って」天国、地獄、黄金世界へ行きたくないかの理由が詳細に述べられている。

中国における『野草』研究の蓄積から、もう一例参照しよう。石尚文・鄧忠強『《野草》浅析』(一九八二年)の「《影的告別》浅析—毅然向旧我訣別」には、次のようにある。

「影」はあのかつて生活した暗闇の現実を決然として捨て去ると同時に、その現実と深い関係を有する古い私──「おまえ」に対して毅然たる別離を宣告せざるを得ない。「おまえこそがすなわちわたしの意に添わぬものだ」「わたしはもはやおまえについて行きたくない」。「影」は「地獄」へ赴くことを願わぬし、古い私──「おまえ」に同行することも願わない。結果として「道なきところを彷徨する」ことすら厭わぬ。こんなにもその決意は固い(10)。

（傍線部原文「〝影〟不愿到〝地狱〟和不愿与旧我──〝你〟同往，」）

ここでも、比較的理解の容易な「不想跟随你了」を説明されるばかりで、「不愿〝往〟」についての具体的な説明は行われていない。

だが、以上の例からも確認できるのは、テキストが仮に本来「不愿〝往〟」（「朋友，我不想跟随你了，我不愿〝往〟。」）であったとしても解釈に窮するほどの矛盾は感じられないことである。かえって表面上の意味はとりやすいかもしれない。「跟随」「往」とすれば、動線の流れもスムーズである。影が君について行くことを拒否する目的地として、天国や地獄や黄金世界を想定することは従来の研究においてほぼ一致している。「友よ、僕はもう君について行きたくなった、僕は（天国や地獄や黄金世界のような所には決して）行きたくないんだ」となろうか。孫玉石の説明にある「彼には自身の行動を支配する自己の哲学があるから」によっていささか拡大解釈するならば、影の意図する方向はもう少し広がりを持つと考えた方がいいかもしれない。

この「往」について、魯迅の他の著作の中から、類似する用例、例えば「跟随」と「往」が連続して出現する箇所等がないか探してみたが、同様の例は見つけることができなかった。参考まで、やや似た表現を紹介しておくと、一九三四年五月一六日付「鄭振鐸宛」書信の中に、「私は『野草』の中で、一男一女が、刀を持って曠野の中に対立し、つまらぬ連中が競ってあとをついて行き、事件が起こるぞ、暇つぶしになるわいと思っている、（我在《野草》

中，曾記一男一女，持刀対立曠野中，無聊人競随而往，以為必有事件，慰其無聊，）」との言葉が見える。同じ『野草』の「復讐」について述べた一節である。また、魯迅が「影の告別」を『語絲』に掲載したちょうど半年後の一九二五年六月、『莽原』周刊八期に「田園思想」と題して掲載された往復書簡の、魯迅から青年に宛てた手紙の中に、〝もしも人を前に引っぱってゆこうという者がいるなら、本人が願いさえすれば、そのあとからついて行っても、一向に構わないはずです。しかしこういう先頭部隊は、おそらく中国ではまだ見つからないでしょう。（倘有領人向前者，只要自己愿意，自然也不妨追踪而往，但這樣的前鋒，怕中国現在還找不到罷。）〟とあり、この用例は「愿意」との絡みも含めて内容的にも接近している。[11][12]

ここで、試みに魯迅の文章に出現する「往」を機械的に拾い出してみると、日記、書信を除く全作品集中に五〇八例認められ、うち約半分は「往往」（二四一例）で、「往昔」「已往」など過去を表す語彙（五六例）、「往来」「過往」などの行き来の意味（五一例）、その他「神往」「勇往」等（五三例）、残りが介詞または動詞として「〜へ」「行く」の意味である（一〇七例）。その中でも「行く」の意味で単独動詞として「往」が使用される例は少数で、「去」の方が圧倒的に多い。[13]仮に、魯迅が「我不想跟随你了，我不愿〝去〟。」とせずにあえて「不愿〝往〟」に作ったとすれば、その前の部分で「不愿〝去〟」を三度連続して使用しているので重複を避けたことや、何らかの意識が働いていたと推測される。

さて、初出誌『語絲』が「不愿〝往〟」と作ることに則して考察を進めてきた。この発見によって「影の告別」の難問が一つ解消できるならば嬉しいが、ことはそう簡単ではない。以下、「往」のアドバンテージを脅かすいくつかの問題を提示する。

まず最大の脅威は、押韻の問題である。『野草』のある部分に押韻が意識されていることについてはすでに指摘がある。李国濤「苦悶的〝象徴〟——《野草》芸術談」（一九八二年）では、まさに「影の告別」が対象とされている。

彼は『野草』において、その声調、押韻にも細心の注意を払っている。たとえば「影の告別」からその押韻部分を子細に検討してみるなら、

我不愿意！
嗚呼嗚呼，我不愿意，我不如彷徨于無地。
我独自遠行，不但没有你，并且在没有別的影在黒暗裏。只有我被黒暗沈没，那世界全属于我自己。[14]

引用部分、「影の告別」末尾四行について、下線太字はすべて韻尾「i」で押韻されている。押韻を考慮しつつ、「朋友，我不想跟随你了，我不愿住（往）。」の聯に注目すれば、「去」「去」「去」「的」「住」「意」「地」と、すべて去声音で統一されていると読める。「往」は介詞（～に向かって）ならば去声に読めるが、動詞は上声に読むのが正音である。時代は近代でしかも散文詩なりとは言え、これはかなり「往」の旗色が悪い。

もう一点は初出誌『語絲』および版本に関わる問題である。前出、孫玉石『《野草》研究』「附録一」「《野草》修改蠡測」から引用する。

集にまとめて出版するとき、魯迅は『語絲』に発表した多くの文章について、いくつかの有意義な手直し、加工、潤色を行った。『野草』全体でその改訂はほぼ二百箇所にも及ぶ。これら改訂は、大体四種に分けられる。一、『語絲』発表時の誤植を訂正したもの。（……）[15]

管見の限り、『野草』の版本は、初出誌『語絲』を除いてすべて「不愿〝住〟」となっている。孫の言に拠れば、『語絲』よりも単行本の方が信憑性は高いということになろう。多くの版を重ねた『野草』にもしも誤植があれば、その時点で魯迅が訂正しない筈はない。ただ、孫の記述をもう一箇所借りると、

『野草』は『語絲』に発表されたとき、いくつかの誤植や脱落が確かに存在した。そのうち明らかな誤りについては、魯迅は訂正を施している。たとえば「美しい物語」が最初に発表されたとき、そこにはいくつもの脱落があった。『語絲』の次号には、以下のような【訂正】が掲載されている。

「美しい物語」正誤表：十二行目「烏」の下に「柏」脱落、十五行目「槳」は「漿」の誤り、二十六行目「縷」の上に「如」脱落、最後の行「的」の下に「夜」脱落。

【訂正】に並ぶ内容は、『野草』出版に際してすべて訂正が施された。ただ「(如)縷縷的臙脂水」の句の「如」字は依然脱落して現在にまで至る。こうした例は魯迅自身の見落としであろう。

『語絲』の上に、「朋友，我不想跟随你了，我不愿〝往〟。」についての〝更正〟記事は見当たらない。しかしすべての誤植がアナウンスされているわけではないから、魯迅が「往」を問題なしと認めたことには必ずしもならないだろう。あるいは魯迅が『語絲』編集部に渡した原稿は間違いなく「不愿〝往〟」であったが、その後『野草』を出版するに当たって魯迅自身が「不愿〝往〟」に改めたとの推理が成り立つかもしれない。いずれにしろその後の改版でもずっと「不愿住」のままであるところに、魯迅の意図、つまり「不愿住」を最終的には選び取ったと見るのが自然であろうか。初出誌がなぜ「不愿〝往〟」と作るかの真相については謎とせざるをえない。

三 「不愿住」の解釈について

ここで改めて「不愿〝住〟」を前提に、冒頭で触れた各氏の解釈を検討しつつ考察していきたい。

「住」の解釈として最も理解しやすいのは、丸尾訳に代表される「君(おまえ)のもと」説であろう。「おれはおまえについて行くのがいやになった。おれはおまえのもとにいたくない。」である。押韻の指摘でも参照した李国濤論文「苦悶的〝象徴〟――《野草》芸術談」は、明確にこの「身上」説を打ち出している。

「友よ、わたしはもはやおまえについて行きたくない、わたしは留まりたくない。」この言葉は「周囲の者を追い払い」たいことを表明している。つまり「二度と現れて欲しくない」のだ。ここで、「わたしは留まりたくない」とはどういう意味だろう？　この句についてはこれまでほとんど言及されたことがない。留まりたくないとは、止まっていたくないの意味である。どこに止まっていたくないのか？「朋友」の体に止まっていたくないのだ。

このように「住」を「おまえ（朋友）のもとに留まる、一緒にいる」と意味を補足しつつ解釈すれば、前の部分「不想跟随你了」と何ら矛盾しないことになる。

「住」を「君（朋友）のもとに留まる」と解することは、影本来の姿へ回帰させる道筋でもある。王瑤が「論《野草》」（一九六一年）の中で、「形と影とは本来分離すべきものではないが、あろうことか影の方から別れたいというのだ[16]」と言うように、影はそもそも自分で行動する存在ではないのだ。詳細は後述するが、動詞「住」は魯迅の文章の中でも「住む」の意味で登場することが圧倒的に多く、「住」をいわゆる〝留まる〟の意味で単独の動詞として魯迅が使用した例はほとんど見当たらない。影のあり方から考えれば、「君に〝留まる〟」と訳さずとも「君に〝住む〟」でもよいのではないか。参考まで、「〝君のもとに〟住」説にくみする他の日本語訳を挙げておくと、片山智行『魯迅「野草」全釈』（一九九一年）が、〝おれはいっしょにいたくない。〟とし[17]、工藤貴正論文も、〝おまえに留まりたくない。〟と訳している[18]。

次に、本章冒頭で保留にしていた木山英雄訳、「こいつはもうたくさんだ」を確認しておきたい。木山は『魯迅研究』二五号（一九六〇年一月三一日）に、「野草」会読記録として次のような説明を書いている。

☆（朋友、我不想跟随你了。）我不愿住：「住」は本と一つの場所に留まる意味だが、こゝでは一つの状態を持続する意味で、「（友よ、私はお前について行きたくないのだ）そういう状態を続けるのはもう沢山だ。」ということになる。「お前と今まで一緒に来たがもうついて行きたくない。といってこの地点にひとり留まっているのもいやだ」とする異説も出たが、私は決してそんなことはないと思う。

論旨は明快である。〝「お前について行く」状態を続けるのが嫌〟なのだ。とすれば、「〝君のもとに〟留まる」説にほぼ通ずる解釈とみてよさそうだ。だが魯迅の「住」の用例から考察すれば、木山説は語法的にはやや無理がある。例によって、魯迅の作品集中に出現する「住」を拾い出してみると、全部で六〇四例を数える。そのうち、動詞「住む」の意味で用いられるもの（「居住」「安住」等の熟語動詞、「住址」「住所」等の名詞化されたものを含む）が二一六例を数えるが、多数を占めるのは「住む」ではなくて、木山の提示する「状態の持続」もしくはいわゆる「安定、固着」の意味で、総数三六一例にのぼる。ただし、その三六一例はすべて「抓住」「站住」「記住」のように結果補語として動詞の語尾に付随して出現するのである。「住」一文字で動詞として用いられるのは前述のごとくほとんどが「住む」であり、ごく少数の「やめる、停止する」の意味の動詞も見える。ただそれも「一件小事」の〝風全住了，路上还很静。〟や、『集外集』に収める詩「他」の、〝太陽去了，「知了」住了（セミが鳴きやんだ）〟等、数例を数えるのみ。「住」一文字で「状態の持続」を表す用例は、管見の限り一例も確認することができなかった。詩の訳であるから、杓子定規に考えてはいけないかもしれないが。

さて、次に考察するのは、「〝ここに〟留まる」説である（木山はこの説についてはキッパリと否定している）。「ここに」説は実は少々複雑で、一括りに解釈することはできそうにない。まず冒頭に引用した例を確認しておくと、

友よ、私は君について行きたくない。留まっていたくもない。

（一九六七年、高橋和己訳）

Friend, I'll no longer follow you; I **do not want to stay here.**（一九七六年、外文出版社『WILD GRASS』）

友よ、おれは君についていたくない。おれはここに居たくない。（一九七八年、駒田信二訳）

加えて二例を挙げてみる。

友よ、私はお前さんについて行こうとは思わない、私は**止**《とど》まりたくない。（一九五三年、小田嶽夫・田中清一郎共訳[19]）

友よ、おれは君の後について行こうとは思わぬ。おれは**止**まりたくはない。（一九八三年、相浦杲訳[20]）

まず、駒田訳は「ついていたくない」と訳すことに特徴があるが、もしそう読むなら、「君」は停止した存在とみることができ、「〝ここ＝君のもと〟にいたくない」折衷説ということになる。あるいは駒田訳は、「不愿住」を「ここに居たくない」と訳した時点で、「不想跟随你了」との齟齬が気になり、それに合わせる形で「不想跟随你了」を「君についていたくない」と訳してしまったのかもしれない。

高橋訳は、「ついて行きたくない」と宣言した上で、「留まること〝も〟したくない」と言っているのだから、「ついていく」と「留まる」は切り離されたものと解釈できる。だがこの〝も〟を単なる強調ととれば「（君のもとに）留まっていたくなんかないんだ」ともとれよう。前後の高橋訳を確認すると、「さて君こそが私のいやなものだ。／友よ、私は君について行きたくない。留まっていたくもない。／私はいやだ。／ああ、ああ、私はいやだ。虚空を彷徨っていたほうがましだ。」私見であるが、最後の〝虚空（原文〝無地〟）〟に注目し、君について（向こうへ）いくことも、（ここに）留まることもしたくない。だから影にはいる場所がなくなる。つまり虚空を彷徨うことになると読んでおく。

新たに挙げた二例は、いずれも「止まりたくない」であるから、「君のもと」と言うよりは「ここに」の方が自然であろうか。また英訳は、明らかに「ここに留まりたくない」と読める。「follow you」も動きを表すと考えて問題ないだろう。(21)

高橋訳のところでも触れたが、「〝ここに〟説」では、「不想跟随你了」から「不愿住」への流れがスムーズにいかない。「〝君のもとに〟説」が丸く収まるのに比べると、かなり厄介だ。「君について行きたくなった」と「(ここに)留まりたくない」、意味的に相対するものを何の説明もなく並べれば違和感が生ずるのは当たり前である。高橋和己訳が「〝も〟」を挿入することによってかろうじて意味上の並列関係を表したように、原文にも「可是(だが)」や「也(も)」などの説明装置を挿入するのが自然ではないか。こうした文章上の問題点からも、「〝ここに〟説」を採用しない方が〝スムーズ〟である。

だが、高橋訳を検討したところでも書いたように、「〝ここに〟説」にも見るべきはあると考える。「〝君のもとに〟説」では、「君につき随ってずっと君のもとにいる」ことを願わないのであるから、逆に言えば「君と一緒にいさえしなければそれでいい」とも読めることになる。つまり留まってここにいてもいいし、影の存在できる場所が残されているわけだ。しかし、「朋友，我不想跟随你了，我不愿住。」と宣言した後で、影は言う、「我不如彷徨于无地(地の無いところを彷徨うほうがましだ)」と。「さまようべき場所はない」のである。影はあえて退路を断ったと考えた方が妥当ではないか。

実はつとにこのように考えた人が、先の木山と同じ魯迅研究会のメンバーにいた。それは竹田晃である。『魯迅研究』二四号(一九五七年一〇月二〇日)掲載、「さまよえる精神のつぶやき―「影の告別」と「希望」から」より引用する。

「影の告別」の中には、人間として、常識的に選択できる二つの命題を、共に否定し去つて、その中間にさまよう心があつかわれている。「天国」と「地獄」。「ついてゆくこと」と「留ること」。「自分を呑んでしまう暗闇」と「自分を消すかもしれぬ光明」。結局そのいずれをも選ばぬ魂に残された場は「無地」でしかない。「影」（魯迅）の自分でも捉え難い矛盾した感情、錯綜した心理をより如実にあらわすのは「〝ここに〟説」の方かもしれない。推測の域を出ないが、普通でない文章表現もあえて狙ったものかもしれない。

さてここで、『故事新編』「鋳剣」（一九二六年）から、〝黒い男〟が眉間尺に向かって、自分に仇討ちを任せるかどうか選択を迫る言葉を引用する。

〝你不要疑心我將騙取你的性命和宝貝。〟暗中的聲音又厳冷地説。〝這事全由你。你信我、我便去。你不信、我便住。〟[22]

（「おれがお前の命と宝を騙し取るなどと疑うな。」闇の中の声が、また突き放すように言った。「事はすべてお前しだいさ。お前が信ずるなら、おれは行く。お前が信ぜぬなら、おれはやめる（留まる）。」）

〝信ずるなら（王を殺しに）行くし、信じないなら俺はやめる（留まる）〟。「行く」か「やめる（留まる）」か。二律背反の構図はあたかも「〝ここに〟説」で見た〝影〟が「おまえについて行く」か「（ここに）留まる」かの構図によく似ている。そのすぐ後で〝你的就是我的（おまえの〔仇〕はすなわち俺の〔仇〕だ）〟と宣う〝黒い男〟はある意味眉間尺の分身でもあるのだ。それはまさに〝影〟のごとき存在である。[23] この部分、「影の告別」と、興味深い相似をなしている。

最後に「〝はっきりしない〟説」について。飯倉照平の訳「〝そこ〟に留まるのはいやだ」は一見曖昧である。だが、「そこ」であるから既出の部分、つまり「君」および君を取り巻く（未来をも含んだ？）環境を指していると解釈できそうだ。「〝君のもとに〟説」の拡充版と理解しておきたい。『大魯迅全集』や竹内好の直訳が〝はっきりしない〟ことについては、何も言うすべはない。まさに原文の通りである。いかに優秀な意訳も直訳にはかなわない。

四　〝異端〟の説

「不愿住」の解釈について、〝異端の説〟とも呼べる少数派の意見も紹介しておきたい。まずは、閔抗生『地獄辺沿的小花—魯迅散文詩初探』（一九八一年）から引用する。そのユニークな視点で定評のある該書は、実は「不愿住」に初めて明確な説明を与えていた。

「影」は、昏睡状態から滅亡に至ることを願わない、それゆえ今まさに安眠をむさぼり昏睡する者に向けて「別れを告げる」のである。

友よ、わたしはもはやおまえについて行きたくない、わたしは留まりたくない。

「留まりたくない」とはすなわち昏睡したくない、停頓を望まないの意味だ。「影」は「明と暗の狭間」に不安を抱くがゆえに、昏睡状態にある人々からおさらばしたいのだ。ここにはブルジョア階級革命の不徹底さが招いた社会の停滞状況に対する魯迅の不満が色濃く反映されている。(24)

「影の告別」の冒頭句、「ひとが時を覚えぬほどの深い眠りに墜ちたとき、きまって影がやって来て別れを告げる」に基づき、〝おまえと一緒に寝ているわけにはいかないんだ〟とは、前後のつながりが少々気になるものの斬新な解釈である。「『吶喊』自序」の鉄の部屋の故事に着想を得ているのかもしれない。

さて、最近の流行はやはり〝恋愛〟ネタである。その傾向の研究書が二〇〇〇年から立て続けに三冊出ている。先鞭を付けたのは、カナダ在住の中国人研究者、李天明の『難以直説的苦衷―魯迅《野草》探秘』(二〇〇〇年)であった。

散文詩中の「友よ、わたしはもはやおまえについて行きたくない、わたしは留まりたくない」と「けっしておまえの心を占有しない」の二句は高度にプライベートな内容を含む。とりわけその「住(留まる)」の一字には、魯迅は決して「影」ではなく、血肉を有する「人」であることが吐露されているのだ。

以上の分析に鑑みて、私は「影の告別」を魯迅が潜在意識下に妻への別れを告げた作品だと解釈する。[25]

はからずもこの説はかなり大きな影響力を有する。劉彦栄『奇譎的心霊図影―《野草》意識与無意識関係之探討』(二〇〇三年)という亜流を生み、また胡尹強『魯迅：為愛情作証―破解《野草》世紀之謎』(二〇〇四年)では、「告別」の対象は朱安ではなく、許広平以外にありえないことを「極めて緻密に」論証しており、[26]題名に負けることなく相当「面白い」。歩く人が多くなればこれもまた道になるのであろうか。

＊

本章では、諸説紛々たる「影の告別」の読みの可能性について、従来の研究に見落とされてきたテキストの問題を端緒として考察を試みた。初出誌『語絲』と単行本『野草』の間の〝往〟と〝住〟、わずか一画の相違は、実は極めて象徴的な意味を有している。〝行く〟か〝留まる〟かの問題は、逡巡する影のありようそのものなのだ。それはすなわち当時の魯迅自身の姿であった。

（1）改造社版『大魯迅全集』に訳者名の注記はない（『野草』「解題」は鹿地亘による）。竹内好は『ユリイカ』一九七四年四月号の橋川文三との対談の中で、鹿地訳に疑問を呈している。「訳すのは多分鹿地さんでなくて誰かが下訳をやってるとわたしは推察しますね。鹿地さんにしろ、当時の鹿地さんの奥さんである池田さんにしろ、中国語が訳せるとは思えない、当時この二人の名で出ているのはひどいものだった。だから、これは誰かがやってると思う。」丸山昇「魯迅と鹿地亘」（一九九六年三月『桜美林大学中国文学論叢』二一号。『魯迅・文学・歴史』〔二〇〇四年、汲古書院〕に再録）は、鹿地亘『中国の十年』（一九四八年、時事通信社）の記述等により、鹿地訳の背景には、内山完造の仲介で、当時『上海日報』政治部主任であった日高清磨瑳、さらに魯迅自身、のちには胡風の献身的な協力があったことを紹介している。

（2）竹内好旧訳は、『魯迅作品集』（一九五三年、筑摩書房）、『魯迅選集』第一巻（一九五六年、岩波書店）、『魯迅作品集2』（一九六六年、筑摩書房〔筑摩叢書六五〕）いずれも同じだが、初出の一九五三年『魯迅作品集』だけは、「留る」にルビ「とどま」がつかない。新訳は、『魯迅文集』第二巻（一九七六年、筑摩書房）。

（3）木山英雄訳『中国文学選集第2巻　魯迅巻』（一九六三年、平凡社）、一三六頁。一九七一年再版本『中国の革命と文学　魯迅集』も同じ。

（4）高橋和己訳『世界の文学四七　魯迅』（一九六七年、中央公論社）、一六四頁。

（5）英語訳『WILD GRASS』「影的告別」は、「The shadow's Leave-Taking」と訳される。なお、一九七六年版は完全な英語版だが、同じ外文出版社の二〇〇〇年初版、漢英対照本も該当部分は全く同じ。楊憲益・戴乃迭訳。

（6）駒田信二訳『集英社版　世界文学全集七二』（一九七八年）、九八頁。

（7）丸尾常喜訳『魯迅『野草』の研究』（一九九七年、汲古書院）、五五頁。

（8）「校異」の欄では、例えば第一篇「秋夜」の中で正しくは「砍斷」を初出の『語絲』が「吹斷」としたり、「失掉的好地獄」で「地上」を「地土」と作る明らかな誤植や、「過客」における「驚懼」（『語絲』初出）と「驚惧」（人民文学出版社一九八一年版『魯迅全集』）の字形の違い、さらには句読点の異同、改行の有無に至るまで綿密に校訂されていることからも、やはり見落とされたのではあるまいか。

（9）孫玉石『《野草》重釈　関於《影的告別》』（一九九六年二月『魯迅研究月刊』）。『現実的与哲学的—魯迅《野草》重釈』（二〇〇一年、世紀出版集団上海書店出版社）、二九頁。

（10）石尚文・鄧忠強『《野草》浅析』（一九八二年、長江文芸出版社）、一九頁。

（11）「致鄭振鐸」（一九三四年五月一六日）『魯迅全集』第十二巻『書信』、四一五頁。

(12)　「田園思想」『魯迅全集』第七巻『集外集』、八八頁。

(13)　日記に目を転ずると、逆にほとんどの場合「行く」の意味で「往」を用い、「去」はごく少数である。また、文章の性格上、「往」は皆無となる。日記中に出現する「往」は三四一六例！で、北京時代には「往瑠璃廠」「往大学講」、上海時代には「往内山書店」「同広平往」等、頻出する。

(14)　李国濤「苦悶的〝象徴〟―《野草》芸術談」一九八二年二月『文学評論叢刊』一一輯。同『《野草》芸術談』（一九八二年、山西人民出版社）所収、九七頁。その他、『野草』の押韻について指摘するものに、張徳強「《野草》与象徴主義」（浙江魯迅研究学会編『魯迅研究論文集』〔一九八三年、浙江文芸出版社〕、四四四頁）、李国棟「《野草》与《夢十夜》」（『魯迅研究資料　一二』〔一九八九年一〇月、中国文聯出版公司〕、二九九頁）がある。

(15)　孫玉石『《野草》研究』（一九八二年、中国社会科学出版社）、三四五～三四六頁。なお、標題の「蠡測《れいそく》」とは貝殻で海水を量るの意で、見識が狭いことを喩える。謙譲表現。

(16)　王瑤「論《野草》」（一九六一年執筆）『魯迅作品集』（一九八四年、人民文学出版社）、一三五頁。

(17)　片山智行『魯迅「野草」全釈』（一九九一年、平凡社〔東洋文庫五四一〕）、三四頁。

(18)　工藤貴正「もう一人の自分、「黒影」の成立（上）―魯迅『鋳剣』の形成に至る「復讐」「預言」の具象性と「影」の心象性について―」（一九九五年一月『学大国文』三八号）、二九〇頁。

(19)　小田嶽夫・田中清一郎共訳『魯迅選集　創作集1』（一九五三年、青木書店）、三九頁。

(20)　相浦杲「魯迅の散文詩集『野草』について―比較文学の角度から―」（一九八三年筆）。同『中国文学論考』（一九九〇年、未来社）、一一三頁。

(21)　英訳と言えば、魯迅自身が序文を書き、一九三二年に出版予定であった『《野草》英訳本』が想起されるが、日本の侵略戦争たる一・二八上海事件の戦火のもと商務印書館とともに灰燼に帰したことは残念である。魯迅も確認したであろう英訳は「不愿往」をどう訳していたであろうか。

(22)　『魯迅全集』第二巻『故事新編』、四二六頁。

(23)　工藤貴正「魯迅『鋳剣』について―「黒色人」の人物像に見る「影」のイメージ」（『相浦杲先生追悼中国文学論集』〔一九九二年、東方書店〕所収）および、前掲注（18）に連なる同氏の研究から教示を得た。

(24)　閔抗生『地獄辺沿的小花―魯迅散文詩初探』（一九八一年、陝西人民出版社）、二五頁。

(25)　李天明『難以直説的苦衷―魯迅《野草》探秘』（二〇〇〇年、人民文学出版社）、一二三頁。

(26)　胡尹強『魯迅：為愛情作証―破解《野草》世紀之謎』（二〇〇四年、東方出版社）、五九～六四頁。

＊　第Ⅱ部「影の告別」論では、「影の告別」の周辺について考察してきたが、この作品とモチーフを共有する文章の多いことに正直驚かされる結果となった。引用した相似作品はすべて「影の告別」以前に書かれたものであり、それらすべてを魯迅の執筆素材と見なすこともできると考えるが、一方で、それらの作品に共通して描かれた「暗闇（黒暗）」の世界は、中国ひいてはその時代全体を象徴する共通の用語であって、多くの詩（詩人の思惟）の上に自然と表出したものとも見なせよう。

第Ⅲ部　『野草』と日本文学

第7章　与謝野晶子

一　周作人訳「貞操論」

次に引くのは、満州事変翌年の一九三二年、日本軍による中国侵略の本格的発動となった上海事件を嘆じ、中国の文人たちに遥か思いを馳せて詠んだ与謝野晶子の詩である。

　　上海事件
魯迅と、郭沫若と、
胡適と、周作人と、
かれらとわたしらのあひだに
塹壕は無いのだけれど、
重砲が聾《つんぼ》にしてしまふ。(1)

与謝野晶子と中国の関係はここに始まったわけではない。それどころか与謝野晶子は、日本の近代文学者の中で最も早く中国に紹介された一人であった。与謝野は、一九一八年五月『新青年』四巻五号誌上で初めて中国の文壇に登場する。『新青年』自体が、中国に近代文学の幕開けを告げたと位置づけられるが、とりわけこの四巻五号は紙面全体に口語を採用したことで画期的な号であった。そこには、近代文学作品の実質上の第一作とされる魯迅の「狂人日記」が掲載され、また、魯迅が初めて発表した白話詩三篇（「夢」「愛之神」「桃花」）も載っていたが、その同じ号に与謝野晶子の「貞操論（原題「貞操は道徳以上に尊貴である」）」[2]が、魯迅の弟、周作人の翻訳によって掲載されるのである。周作人によって付された序文を見てみよう、

与謝野晶子は日本の著名な詩人与謝野寛の夫人である。以前は専ら短歌を作り、初の女性詩人と称される。（……）その後は評論を執筆したが、その識見、議論はすべて公正をきわめ、われわれの見る限り、まさしく現在の日本随一の女流批評家である。

最初に紹介されたのが「貞操論」であったことに象徴されるように、中国においては、与謝野晶子は歌人もしくは詩人としてより、むしろ女性解放の思想を封建中国にもたらした文人として著名である。「貞操論」掲載は、文壇に甚大なる影響を与え、これに呼応して七月発行の五巻一号には胡適の「貞操問題」が掲載され、これ以後婦人解放論議が急速に盛んになってくるのである。与謝野晶子の翻訳紹介は以後も継承され、『現代婦女』や『婦女周報』等の女性誌を中心にその様子をたどることができる。[3]そしてその集大成として、一九二六年には、上海開明書店から婦女問題研究会叢書の一冊として『与謝野晶子論文集』[4]が出版される。中国における与謝野晶子の受容傾向を端的に表現したものとして、その目次をここに列挙してみよう。

「聡明な男性諸君へ」「女子の理性の回復」「女子の活動領域」「〝女らしさ〟とは何か」「女子の知力の向上」「婦人と自尊」「新道徳の要求」「婦人と新生活」「人として生きる」「女子の自修自学」「女子と高等教育」「文学を志す若き女子へ」「婦人と文学」「生活の変化」「婦人の禁酒運動に反対する」「都会にあこがれる女子たちへ」「女子よ道徳的であれ」「結婚の三つの目的」「恋愛と性欲」「私の備忘録」「神戸の貧民窟を訪問して」「貞操論」「女子の経済的独立と家庭」

『新青年』に「貞操論」を訳載して中国の文壇に初めて与謝野晶子を紹介した周作人の兄、魯迅もやはり与謝野の主張に強く共鳴した一人であった。彼も「貞操論」掲載に直ちに呼応して五巻二号に「私の節烈観」を発表し、与謝野の論を敷衍して、婦女子を食い物にしてきた中国社会の現実を暴露した。そのタイトルに注目すれば、実は与謝野晶子にも「私の貞操観」(5)（一九一五年）、「私の恋愛観」(6)（一九一七年）と題する評論があり、そこには魯迅らしい〝洒落〟が感じられる。

このように、一九一八年、魯迅が文壇に本格的に足を踏み出した当初から、すでに魯迅の中で与謝野晶子は意識されていた。だが従来、魯迅と与謝野晶子を扱った論考に、以上の事実関係を逸脱したものはないようだ。第一部『野草』論」では、『晨報副刊』掲載作品を中心に、『野草』と与謝野晶子の接点に触れたが、本章では新たに魯迅と与謝野晶子を「草」という共通項で論じてみたい。

二　共有する「草」への情感

当時の資料を繙けば、魯迅よりもやはり弟の周作人の方に、与謝野晶子との関連を示す資料は圧倒的に多い。周作人は一九四三年に与謝野晶子の評論「雑記帳」を紹介した文章「女子と読書」の中で、次のように述べている。

（与謝野晶子の）感想文集は十四冊あるが、そのほとんどすべて続けて入手した。[7]

評論「雑記帳」を収めるのは、一九一一年に出版された与謝野晶子の第一評論感想集『一隅より』である。周作人がいかに早い時期から与謝野晶子に注目していたかが窺われよう。周作人が与謝野晶子に言及した文章は数篇にとどまらない。一九一九年四月発行『新青年』六巻四号の「討論」欄の「周作人答藍志先書」の中では、一九一七年出版の『我等何を求むるか』、同じく一九一七年出版の『愛、理性及び勇気』そして一九一八年出版の『若き友へ』の三冊を評価している。また一九二三年七月一五日付『晨報副刊』に掲載された「緑洲十六『愛的創作』」は、三ヶ月前の一九二三年四月に出版された評論集『愛の創作』の紹介文である。遠く隔たった日本での出版物であるにもかかわらず、周作人のその反応の早さは特筆すべきであろう。実際に彼は与謝野晶子の本が出版される毎にすぐさま日本の本屋から購入していた。その様子を、「周作人日記」の上に実際に跡づけることができる。

「一九一八年三月三一日」『人及ビ女トシテ』を中国語に訳す。十二時に至り寝る。夜風。

「一九一八年九月六日（日本滞在中）」申江堂、日本堂でニイチエの『超人ノ哲学』『我等何ヲ求ムルカ』等四冊購入、それから買い物をして帰る。

「一九一八年九月三〇日」午後学校に行き、中西屋より一三日に送られた小包を受け取る、中に『若キ友へ』等二冊あり。

「一九一九年三月二二日」中西屋より五日に送られた小包を受け取る、中に『心頭雑草』等二冊あり。[8]

マスコミが現代のように発達していない、しかも日中関係険悪な当時にあっても、周作人が常に日本の文壇、そして与謝野の動向に目を注ぎ続けていたことは、一九三五年四月三日に与謝野寛の死を悼んで書かれた散文「与謝野先生紀念」が物語る。与謝野寛逝去はそのわずか一週間前の、三月二六日のことであった。

明治四〇年頃東京に留学していたが、与謝野先生夫妻お二人の書を読んでいただけで、一度もお目にかかったことはない。(9)

ところで、周作人と与謝野晶子の関係が論ぜられるとき、それはやはり魯迅との関係同様、女性解放問題という視座を逸脱するものではない。だが、周作人は「貞操論」翻訳の二年後、一九二〇年一〇月一六日『晨報副刊』、そして一九二一年八月『新青年』九巻四号と、二度にわたって与謝野晶子の新体詩「雑草」(10)を訳載していた（中国語訳は「野草」）。同じ詩を当時の文学運動の中核たる文芸誌二誌に掲載したのだから、周作人は「雑草こそは賢けれ、／野にも街にも人の踏む／路を殘して青むなり。」に始まるこの詩がよほど気に入っていたに違いない。

本書第三章「北京『晨報副刊』」三「与謝野晶子「雑草」掲載」にてこの詩を取り上げ、魯迅の散文詩集『野草』執筆の一つのモチーフ、ひいては魯迅がそれを『野草』と命名する直接のきっかけとなった可能性を述べたが、周作人がこの詩を好んだことも、どうやら偶然ではないようだ。というのは、周作人の著述をたどっていくと、彼が日頃から草、植物を好んだ様子が容易に窺われるからである。それはいわば彼の性癖とも呼ぶべきものであった。たとえば「二本の木―草木虫魚の三」と題された随筆には次のようにある。

私は植物の方が動物より好きだ。そのわけは私がものぐさで、たかが視聴の楽しみのために日に三度三度餌をやって飼養、世話するなどといった気持が起こらないばかりでなく、私はまた「鳥は身自ら主たり」という迂論を多少信じているので、彼ら生きものを捕えてきて囚徒や奴隷にするのは、別段愉快なことではないと思うからだ。これがもしも草木だとそんな面倒はなくて済むし、それをそこに直立させたままで置いても、彼ら自身不自由を感じないばかりか、ほんとうに根を生やして動こうともしないのだ。そうかといって、樹木や草花を眺めるためにはぜひとも自分の家の中に植えて、門を閉ざして独り賞《め》でなければならぬ、ということもない。それが野外の路傍や、あるいは他家の白壁の内にあったとしても一向差支えない。ただ私が偶然通りすがりにチラと見ることができれば、それだけでもう十分に欣ばしく、こよなき満足を覚えるのである。[11]

彼は例えば「野草の俗名」[12]と題して名もなき草の解説を行ったりと、積極的に「草」に取り組んでいる。その性癖について周作人は一九三三年執筆の「猪・鹿・狸」の中では、幼時の読書と次のように関連づけている。

私は小さい時分から草木虫魚と多少縁があると見えて、『毛詩草木鳥獣虫魚疏』『南方草木状』ないし『本草』『花鏡』はみな私の愛読書であった。[13]

ここに引かれている書物は実はそのまま、兄魯迅も愛した書であった。『毛詩草木鳥獣虫魚疏』は魯迅日記に付された自筆の購入書目録[14]にその名が見え、周作人『魯迅の故家』[15]などの回想録によれば、魯迅は特に好んだ『南方草木状』等の書を整理して出版する計画であったという。また、自身の回想『朝花夕拾』「阿長と『山海経』」には「当時最も愛したのは『花鏡』であった、挿絵がたくさん載っていたから」と記している。

与謝野晶子を日本に紹介した当時、魯迅周作人兄弟は北京の紹興会館に住みながら、手を携えて文学啓蒙活動に取り組んでいた。外国文学の翻訳紹介の面でもそれは顕著で、一九二〇年には西欧文学の共訳『域外小説集』（初版は一九〇九年。一九二〇年に増訂二版）を、また、一九二二年には同じく共訳の『現代小説訳叢（第一集）』、さらに一九二三年には『現代日本小説集』[16]を上梓している。文学活動を共にしていたとは言いながら、この二人がその性癖まで共有していたというのはにわかには首肯しがたい気がする。だが、「植物」もしくは「草」に注目してみたとき、この二人はやはり兄弟だなと思わせる顔を我々に見せてくれる。

三　魯迅の愛した〝植物〟

魯迅の著作を丹念に読んでいくと、意外に多くの場面で「草」が登場することに気付かされる。彼はちっぽけな草に対して常に温かい眼差しを注いでいるのだ。例えば散文詩集『野草』の「秋夜」には、次のように書いている。

(夜空は) 深い霜をわたしの庭の野の草花に降り注ぐ。
わたしはそれらの草花がほんとうは何という名なのか、ひとがそれをなんと呼ぶのかをしらない。わたしはその一つがごく小さなピンクの花を咲かせたのを覚えている。[17]

また、魯迅の「草」の特徴として、多くの場合、その草が文学作品に擬せられていることが挙げられよう。詩集『野草』はその代表に数えられるが、その他にも例えば一九二九年に魯迅が柔石らと共に翻訳出版した『近代世界短編小説集』の「小序」には次のようにある。

一輪の花でも咲かせることができるなら、いずれは朽ちて腐草となったとしても、まあ悪くはあるまいという思いがないわけではない。その上、ちっぽけな小品を一冊にまとめておけば、少しは散逸しにくくなるだろう。

一九三四年出版の『無名木刻集』「序」にも同様に、

これらの作品は、もちろんささやかな萌芽にすぎない。しかし、茂った林、よき草花が存在するためには、まずその萌芽がなければならない。[18]

また、一九三六年三月、魯迅逝去の半年前に書かれた「『訳文』復刊の言葉」では、次のように書き付けている。

この、世と争わぬ、ささやかな定期刊行物は、ついに、昨年九月、「終刊号」でもって人々に別れを告げなければならなかった。野に咲く花、小さな草であるけれども、移植、栽培、水やりなどの労力を少なからず費やしたことがあったから、当然、ひそかに残念に思わずにはいられなかった。[19]

直接に「草」とは言わないまでも、魯迅と植物の関係に言及した論著は、『魯迅全集』第十八巻『古籍序跋集』（一九八五年、学習研究社）の伊藤正文による解説など、これまでに数例を数えるが、[20]その中で魯迅の植物への指向を形成した原点として引き合いに出されるのが、彼の育った紹興の実家の庭「百草園」である。魯迅は一九二八年に出版した回想集『朝花夕拾』に「百草園から三味書屋へ」と題して次のように述べている。

我が家の裏に代々、百草園と呼ばれてきた広い庭があった。とうの昔に家屋もろとも朱文公の子孫の手に渡ってしまい、最後に対面してからでさえ、もうすでに七、八年にもなるが、たしか、そこにあったのは雑草（原文「野草」）ばかりだったような気がする。そうではあったが、当時は私の楽園であった。

魯迅の伝記中、次に「草」にスポットが当てられるのは、日本留学から帰国後、故郷での教員生活時代である。一九〇九年から一九一二年にかけて、浙江両級師範学堂および紹興府中学堂の教職にあった魯迅は、「辛亥游録」

（一九一一年）の中で次のように書いている。

この山、甚だしくは高からず、松杉ならび立ち、灌木の茨に棘ありて、衣を刺す。さらに登りゆけば茨の類も漸くに少なくなりて、ただ草花のみとなる。みな通常の品種なれど、二種を採集す。（……）一人の木こりの来たる有りて、しきりに、何をなすかと問う。（植物採集などという）難しき言葉は解する能わず、乃ちいつわりて「薬草を求む」と言う。[21]

この「植物採集」について魯迅自身は多くを語っていないが、周囲にいた同僚や学生たちは彼の孜々《しし》として興じる様子を生き生きと回想している。当時、魯迅は中国語を解しない日本人教員が担当していた植物学講座の通訳を務めており、しばしば植物採集の実習に出かけていた。当時の同僚教師、楊乃康口述記より引用する。

「魯迅の浙江両級師範学堂時代　植物標本の採集と加工」

魯迅が通訳を担当していた植物学のクラスでは、隔週で野外実習に出た。（……）学生が、採取した植物が何科の何目に属するかわからないときは、すぐに魯迅先生に尋ねたが、彼はいつも必ず詳細にかつ辛抱強く説明して聴かせた。

「魯迅と自然科学　植物標本の採集と加工」

魯迅は杭州と紹興にて教鞭を執っていた時も、依然として植物学に対して非常に関心を持っていた。ひまが有りさえすれば、すぐに郊外へ出かけていって植物の標本を採集し加工したのである。楊乃康先生によれば、魯迅が杭州で教えていた時に、この広範な調査研究の基礎に基づいて、『西湖植物志』を編纂しようと考えていたという、（……）学生を連れて遠足に出かける時でも、魯迅はやはり植物標本を採集する機会を逸したことはなかった。紹興府中学堂の学生呉耕民さんは次のように回想している（……）「魯迅先生は列の先頭に立っておられたが、やはり肩の上には日本から持って帰った緑色のブリキの標本箱と一本の日本製の剪定ばさみを背負っていた。道すがらなにがしかの植物を見つけると、彼はすかさずその剪定ばさみでもって切り取り標本箱の中へと放り込んだ[22]。」

魯迅と共に日本に留学し、当時やはり教員として同僚であった親友の許寿裳も当時の様子を回想して次のように述べている。

彼は杭州にいる時、日曜日は同僚と植物標本を採集しに行くのが好きだった、呉山聖水の間を徘徊したが、物見遊山のためではなくて科学研究のためであった。毎回、彼は収穫を満載して帰り、それをすぐに整理すると、押して平らにし、張り付けて名前を記す、これらの作業を見ていると、「これを楽しみて疲れを知らず」といった様子、部屋の中は標本が積もり積もって山のようで、まさに「逸品ぞろいの展覧会」だった[23]。

また、許寿裳の回想を裏付けるように、魯迅は当時（一九一〇年一一月一五日）、次のような手紙を彼にしたためていた。

ぼくはとことん無精になって書物を手にすることもありませんが、ただ植物採集は昔どおり、また類書をくっては、古逸書数種を蒐集しました。これは学問をするのではなくて、酒や女の代わりです。

「酒や女の代わり」とは少々筆が滑り過ぎであろうが、当時の魯迅がいかに植物と、分かちがたく結びついていたかが如実に窺われる。

最後に、魯迅の二番目の弟で後に科学者となった周建人の回想「魯迅と植物学」から引用しよう。

魯迅先生は幼い頃より非常に植物が好きだったが、彼が植えたのはそのほとんどが普通の草花で、何か「有名で貴重な」とか珍奇なといった植物ではなかった。このことは彼が本当に植物を愛していたことをよく物語っている。(24)

一九一二年、魯迅は辛亥革命によって成立した中華民国の教育部官吏（社会教育司第一科科長）として北京の政府に奉職することになるが、そこで彼が起草して抱負を述べた「美術普及に関する意見書」の中でもやはり「草」を忘れてはいなかったようだ。

一、保存事業

林野　各地の優美なる林野を調査し、保護を加え、伐採を禁じ、あるいは地勢を検討し工事を行いて公園となすべし。優美なる動、植物につきてもまた然り。(25)

魯迅の性向から鑑みるに、「優美なる」とは、「すぐれた」「特定の」という意味でなく、「動、植物」そのものへのオマージュであったろうこと想像に難くない。

いま一つ、魯迅の植物への指向を跡づける資料として、彼の蔵書、購入書を指摘することができよう。一九五九年七月刊、北京魯迅博物館編『魯迅手蹟および蔵書目録（内部資料）』(26)を繙けば、中国古典書『花鏡』や『野菜博録』のほか、輸入書籍にその傾向は特に顕著で、日本書では、仲摩照久編『植物の驚異』（一九三三年）、石井勇義『〔原色〕園芸植物図鑑』（〔六冊〕一九三〇～三四年）、牧野富太郎『牧野植物学全集』（〔七冊〕一九三四～三五年）など五種あり、また、洋書でも植物学関係の書籍は十一種存在する。魯迅は牧野富太郎の業績には特に注意を払っていたようで、日記および自分で書き付けた書帳（購入書目録）に、逐一記録を留めている。

一九三四年一〇月三一日（……）晩、内山書店に行き、『モリエール全集』（一）、『牧野植物学全集』（一）各一冊、計九元を買う。

一九三五年四月五日（……）午後、内山書店より、『牧野植物学全集』中の『植物随筆集』一冊、五元届く。

一九三六年五月一〇日（……）午前、内山書店より、牧野氏『植物分類研究』(下)、『近世錦絵世相史』(六)、『チェーホフ全集』（十七）各一冊、計十一元二角届く。

四　魯迅と与謝野晶子

与謝野晶子と言えば、『みだれ髪』（一九〇一年）によって日本の新体詩に絢爛たる新しい風を吹き込んだ歌人として、また、日露戦争当時、旅順の最前線にあった弟宗七を案じて詠み、反戦詩と非難されるなど物議を醸した「君死にたまふことなかれ」（一九〇四年）の時代性、そして本章の冒頭に見たような女性解放運動の先鋭としての顔があまりにも強烈で、彼女の書いた膨大な数に上る口語詩、評論についてはは研究対象としてほとんど手がつけられていないのが現状である。(27)中国における現在の与謝野晶子評価も日本の学界の動向をそのまま受け継いでおり、例えば『中国大百科全書　外国文学』「与謝野晶子」でも、『乱髪（みだれ髪）』「你不能死去！（君死にたまふことなかれ）」のほかは、短歌詩人として紹介されるに過ぎない。(28)こうした状況下、周作人が好んだ詩「雑草」に見たような与謝野晶子の「草」に注意が払われないのは極めて自然な成り行きである。だが、彼女が終生「草」を愛したことは、その著述の随所にちりばめられている。詩歌集のタイトルとしても『毒草』（鉄幹と共著、一九〇四年）、『さくら草』（一九一四年）、『草の夢』（一九二二年）など、また、各雑誌上に掲載された表題にも「――草」が散見される。ここで改めて注目したいのは、与謝野晶子が、「草」の中でも特に「雑草」には特別な思い入れがあったことである。一九三一年に書かれた「雑木の花」と題する随筆から引用する。

支那の歴史に精兵の勝ち誇った事を敍する度に、「衆、鼓躁して城に入る」と云ふ句があるが、殊に雑草の芽の盛んに萌え出す勢ひは、さながら鼓躁して更新して來るのが感ぜられる。顧慮する所無しに進出する若い元氣の美しさ、けなげさ、それを見ると、芝に交った雑草をも踏んだり抽いたりする氣にはなれない。古くから「草堂」と云ふ漢語がある。草葺の意味であらうが、庭を雑草の生えるに任せた家の意味にも用ひられないであらうか。

自然を偏愛した萬葉集以來の歌人も、雑草までを愛する歌を遺さなかった。北原白秋さんの散文に雑草を讃美する一篇があるのは珍しいと云はねばならない。(29)

短歌、口語詩を問わず詩作の上でも彼女は生涯、「雑草」を詠んだ作品を数多く残している。例えば、『婦人倶楽部』一九二一年一二月号には「雑草と女」と題して、短歌一〇首が収められている。そのうちの一首。

　　雑草とひとしなみには枯れねども秋の女は哀れなりけれ

一九二七年発行『文芸春秋』八月号にもやはり「雑草」と題して十五首掲載される。そのうちの二首。

飽きはてぬ靴の底縫ふ針たらん草の葉のごと生きてこしかど
夜明くれば雑草の身にかへり行く月見草かな鳥屋のかたはら

さらに、次に挙げる口語詩「我は雑草」(一九一六年『舞ごろも』所収)に描かれた「雑草」は、魯迅『野草』「題辞」に登場する「野草(日本語訳「雑草」)」にも通ずる力強さを有している。

森の木蔭は日に遠く、/早く涼しくなるままに、/繊弱く低き下草は/葉末の色の褪せ初めぬ。/(……)/我は雑草、しかれども/猶わが欲を煽らまし、/もろ手を延べて遠ざかる/夏の光を追ひなまし。/(……)/死なじ、あくまで生きんとて、/みづから恃むたましひは/かの大樹にもゆづらじな、/われは雑草、しかれども。

また、与謝野晶子の中国デビューとなった、周作人訳「貞操論」の原文「貞操は道徳以上に尊貴である」を収める評論集『人及び女として』(一九一六年)にはやはり「雑草」と題された短文が収められ、「雑草が庭に殖えて行く。私は一方の庭だけを雑草に任せて抜き取らずにある。(……)人に知られた木や草花は新しい刺戟に乏しいが、雑草は第一その名からして私には研究課目である。私は雑草の持って居る風情や姿態を歌って一冊の集にしたいと思って居る。」と記されることは、第三章「北京『晨報副刊』」でも考察したが、彼女のこうした思い入れは、四女、与謝野宇智子の追想記「両親と私」の次の一節にも顕著である。

私は植物採集が好きで、関西に勤めていた頃は日曜ごとに、六甲を色々な方向から、生駒から信貴へと、尾根づたいなど、方々動き廻った。家へ戻ってからも近辺の山や野原に草を求めて歩いた。そんなときには、母は私の採集品が待ちきれないほどで、無邪気なまでの顔をして私の話を聞いてくれた。母は雑草に近いオシロイバナが好きで、自室の窓の下にも植えて楽しんだ。牧野富太郎博士と植物対談までした。[30]

採集品を前に無邪気な顔を見せる与謝野晶子の面影は、魯迅とも相通じて感慨深いが、二人が共に遠く離れた異国の地において、日本の地方都市高知出身の牧野博士の『植物図鑑』をめぐっていたというのも微笑ましい。

魯迅と与謝野晶子は表面的には何の繋がりもないようだが、共通の趣味「(雑)草」で結ばれていたと言えるかもしれない。二人にとっての「草」の意味はもちろん一概に論ぜられるものではない。与謝野晶子が「雑草」に傾倒した意味を考えたとき、それは彼女の出生の不幸(望まれない女子として生後すぐに里子に出されたこと等)からくる払拭しがたい劣等感、一生を突っ張って生き抜いた彼女の深層に潜む屈折した愛情思慕などが根底に位置するように思われるし、対して魯迅の「草」は戦闘者としての剣の意味をも有していた。一本一本のもしくは一叢一叢の「草」に託された思いは、描かれた当時の状況によって様々な解釈が可能であろう。だが二人とも、「草」に文学作品を投影し、そしてそこに自分自身の姿を照射したことでは共通していた。

この二人はお互い同士への言及が極めて少ない。与謝野晶子の方から魯迅を指名したのは、管見の及ぶ限り本章冒頭に掲げた詩のみである。魯迅の方では、与謝野に傾倒していた弟周作人の影響もあり、比較的多く与謝野晶子の著述を眼にしていたはずである。与謝野晶子の著作が「草」を一つのモチーフとしていたことは恐らく了解していたのではないか。

だが公刊された文章を見る限り、魯迅は生涯に一度も与謝野晶子の名前を書き記したことはない。その『全集』に唯一、与謝野の名前が登場するのは、『両地書』つまり後に魯迅の伴侶となる彼の学生許広平から魯迅に宛てた一九二六年一二月一二日付の手紙である。

いつも上海から書物をお取り寄せになりますが、私のために『文章作法』一冊、開明書店出版、価七角、を買っていただけませんでしょうか。それからもう一冊、『与謝野晶子論文集』が買えたらもっとよいのですが。

中国で唯一刊行された与謝野晶子の著作集を、出版後すぐに買い求める許広平の振る舞いからは、与謝野が当時の中国でいかに歓迎されていたかが垣間見られよう。魯迅は如何なる心情にてこの著作集を手にしたことであろうか。

＊

冒頭の詩「上海事件」から窺える与謝野晶子の思想は極めて正常なものだが、日露戦争当時、危険をも顧みずに書いた詩「君死にたまふことなかれ」（一九〇四年）に見られた純粋な精神も、尊皇思想に次第に覆われていく。上海事変の直後一九三二年五月には、もはや時代の趨勢に抗うことなく、「支那の近き将来」と題して与謝野は次のように書いていた。

日本の國民は支那の國民を侮蔑する心が無いのみならず、彼等が勤勞に精勵する國民であることを敬讃し、永く善隣として親交を續けたいと思ってゐる。此度の上海事變が起っても、それが彼國の軍閥政府と一部の學生との排日思想と排日行爲とに本づくことだと知ってゐるから、日本の國民は支那の國民に對して憎惡を生じるに到らない。從って在留の支那人に對して危害を加へるやうな事實が少しも發生しない。横濱其他各地の支那人は安心して業に就いてゐる。また支那本國に於ても彼の國民は日本國民を敵視してゐない。(31)

人間の眼を耳を塞いでしまう戦争の恐ろしさを、この一文は我々にあまりにも饒舌に語りかけている。

（１）与謝野晶子「上海事件」初出不明。『定本与謝野晶子全集』第十巻（一九八〇年、講談社）、四四四頁。この講談社版『全集』には唯一、「『冬柏』昭七・五」と初出が明記されているが、そこには見当たらない。なお、『与謝野晶子全集』第七巻（一九七六年、文泉堂出版社）、三九六頁では、この詩を連作『花と雑草』に収める。

（２）与謝野晶子「貞操は道徳以上に尊貴である」『人及び女として』（一九一六年、天弦堂書房）、一六三頁。

（３）該誌中の与謝野晶子翻訳一覧を挙げる。『現代婦女』（上海『時事新報』副刊）八期（一九二二年一一月）「結婚的三種目的」、『婦女周報』（上海『民国日報』副刊）一五期（一九二三年一一月）「破貞操的是男子」、三八期（一九二四年五月）「超越性別的必要」、九四期（一九二五年七月）「女子理性的恢復」、九七期（一九二五年七月）「提高女子的智力」、九八期（一九二五年八月）「婦女与文学」、九九期（一九二五年八月）「給有志文学的女青年」、一〇〇期（一九二五年八月）「反対婦女的禁酒運動」。以上、『五四時期期刊介紹』第二集（一九五九年第一版、一九七九年第一次印刷、生活・読書・新知三聯書店）所収目録による。なお、以下の論考を参照した。南雲智「雑誌『婦女評論』について—附目録—」（一九七九年三月『桜美林大学中国文学論叢』七号）、木原葉子「周作人と与謝野晶子—「貞操論」・「愛の創作」を中心に」（一九八七年九月『東京女子大学日本文学』六八号）、張競「五四運動前後の中国における西洋文化の受容と日本—与謝野晶子の「貞操論」をめぐって—」（一九九一年一一月『比較文学研究』六〇号）、劉岸偉『東洋人の悲哀—周作人と日本—』（一九九一年、河出書房新社、二二四頁）。

（４）張嫻訳『与謝野晶子論文集（婦女問題研究会叢書）』一九二六年六月、上海開明書店。『中国近代現代叢書目録』（一九八〇年、商務印書館香港分館）によれば、一九二九年四月に再版されている。

（５）与謝野晶子「私の貞操観」『雑記帳』（一九一五年、金尾文淵堂）、六三頁。

（６）与謝野晶子「私の恋愛観」『我等何を求むるか』（一九一七年、天弦堂書房）、八五頁。

（７）周作人「女子与読書」一九四三年一二月三〇日執筆。『苦口甘口』（一九四四年、上海太平書局）所収。

（８）『魯迅博物館蔵 周作人日記（影印本）』（一九九六年、大象出版社）、「上冊」七四二、七七〇、七七六頁。「中冊」一八頁。なお、「周作人日記」は紆余曲折を経て一九八三年『新文学史料』（人民文学出版社）四期に初めて公開されるが、その経緯について同誌に解説がある。『新文学史料』上の引用当該箇所は、「一九八三年四期」二〇〇、二〇六、二〇七頁、「一九八四年一期」二一三頁。

（９）周作人「与謝野先生紀念」一九三五年四月三日執筆。一九三五年四月二四日『益世報』文学副刊八期。『苦茶随筆』（一九三五年、上海北新書局）所収。

（10）与謝野晶子「雑草」『若き友へ』（一九一八年、白水社）、二〇九頁。（初出は一九一八年二月二四日『横浜貿易新報』）。なお、デンニッツァ・ガブラコヴァ『雑草の夢―近代日本における「故郷」と「希望」』（二〇一二年、世織書房）は、拙稿も引用しながら与謝野の「雑草」に注目すると同時に、「雑草」と「野草」を切り口に日本近代文学を論じている。

(11) 周作人「二本の木―草木虫魚の三」一九三〇年一二月執筆。翻訳は松枝茂夫訳『周作人随筆』（一九九六年、富山房）による。

(12) 「野草的俗名」一九三七年六月執筆。一九三九年七月一六日『宇宙風』乙刊一〇期。『薬味集』（一九四二年、北京新民印書館）所収。

(13) 「猪鹿狸」一九三三年九月二三日『大公報』文芸副刊一期。『夜讀集』（一九三四年、上海北新書局）所収。翻訳は松枝茂夫訳『周作人文芸随筆抄』（一九四〇年、富山房）による。

(14) 「魯迅日記　一九二一年書帳」『魯迅全集』第一四巻『日記』、四三九頁。

(15) 周作人『魯迅的故家』「五三　抄書」一九五三年、上海出版公司。張能耿『魯迅早期事跡別録』（一九八一年、河北人民出版社）にも同様の記述がある。「校嶺表録異」（一八三頁）。

(16) 周作人編訳『現代日本小説集』「周作人序（一九二二年五月二〇日、於北京）」（一九二三年六月、商務印書館、『世界叢書』の一冊）に以下の説明がある。「この中の夏目、森、有島、江口、菊池、芥川ら五人《ママ》の作品は、魯迅君の翻訳になり、その他は私の訳したものである。」（その他とは、国木田独歩、鈴木三重吉、武者小路実篤、長与善郎、志賀直哉、千家元麿、江馬修一、佐藤春夫、加藤武雄）。

(17) 『野草』「秋夜」一九二四年一二月一日『語絲』三期。

(18) 『無名木刻集』一九三四年、無名木刻社。『魯迅全集』第八巻『集外集拾遺補編』、三六五頁。

(19) 『「訳文」復刊の言葉』一九三六年三月、上海『訳文』月刊新一巻一期復刊号。『魯迅全集』第六巻『且介亭雑文末編』、四九一頁。

(20) 飯倉照平「魯迅と植物」『魯迅全集』第十八巻（一九八五年、学習研究社）附冊、四頁。中川道夫「伍舎を上からながめる」（一九八一年七月『魯迅の会会報』三号、二五頁）、伊藤正文「『古籍序跋集』―魯迅古典研究の一側面―」『魯迅全集』第十二巻（一九八五年、学習研究社）「解説」、五七一頁、等。

(21) 「辛亥游録」『魯迅全集』第八巻『集外集拾遺補編』、四二頁。なお、魯迅の近親者による回想などの存在については、伊藤虎丸氏の訳注より教示を得た。

(22) 前掲注（15）張『魯迅早期事跡別録』、八一、一八二頁。

(23) 許寿裳「『民元前的魯迅先生』序」『我所認識的魯迅』（一九五二年、人民文学出版社）、八〇頁。

（24）周建人「魯迅先生和植物学」『略講関于魯迅先生的事情』（一九五四年、人民文学出版社）、三三頁。
（25）「儗播布美術意見書」『魯迅全集』第八巻『集外集拾遺補編』、四九頁。
（26）清水賢一郎氏より貴重な該書のコピーを提供して頂いた。ここに記して謝意を表する。
（27）『近代文学研究叢書』第四九巻（一九七九年、昭和女子大学近代文化研究所）等を参照した。
（28）『中国大百科全書　外国文学』「与謝野晶子」（一九八二年、中国大百科全書出版社）、一二二五頁。
（29）与謝野晶子「雑木の花」『街頭に送る』（一九三一年、大日本雄弁会講談社）所収。
（30）与謝野宇智子「両親と私」『むらさきぐさ――母晶子と里子の私』（一九六七年、新塔社）所収。
（31）与謝野晶子「支那の近き将来」（一九三二年五月五日）『優勝者となれ』（一九三四年、天来書房）所収。

第8章　佐藤春夫

一　従来の認識

魯迅と佐藤春夫の実際上の関係は、一九三二年一月一日『中央公論』（四七年一号）に佐藤の翻訳による魯迅の小説「故郷」が掲載されたことに由来する（同誌七月号には、同じく小説集『彷徨』に収める「孤独者」訳も掲載）。この佐藤の訳業について、丸山昇は「日本における魯迅」（一九八六年）の中で次のように述べている。

各種の（佐藤以外による魯迅の）訳は、ごく限られた範囲でしか読まれなかった、といってよかろう。それが、すでに第一線の作家として地位を確立していた佐藤春夫によって、代表的総合雑誌『中央公論』に翻訳されたことの持った意味は大きかった。これ以後、魯迅の名は、ようやく日本の文化界に知られるようになった。(1)

だが、満州国建国に沸き立つ一九三二年当時において、「得体の知れない」現代中国作家を紹介するという佐藤の行動は好意的に受け取られるはずもなかった。同年四月の『新潮』（二九年四号）に、彼は「「個人的」問題」と題して次のような文章を寄せている。

「新潮」二月號の「文藝ノート」中、「ヂャーナリズムに於ける創作の位置」なる項目の下に、僕が中央公論に魯迅の翻訳を出した事に就て、一言述べてある。即ち、筆者XYZ氏の言葉を、其のまま茲に引用すれば、

――「中央公論」など、魯迅とかの飜譯を載せたり――魯迅の飜譯なんか、譯者佐藤春夫氏にはどれくらゐ個人的興味があるか知らないけれども、一般的に、こんな飜譯に興味を寄せたり關心を持つたりする人々が、どれくらゐあるだらう。云々。

之を書いた人は、誰であるかは判らない。併し「魯迅とか」と稱して、魯迅を知らないのは、其の人の無智を示すより以外の、何ものでもあり得ない。魯迅は、とかと云ふやうな曖昧な呼び方で呼ばれなければならないほど、えたいの知れない作家ではない。（……）國人の隣邦に對する無理解を憂ふべしとして、今少しく別な角度から新興国としての支那を見直す事を要求する一助にもと、試みた次第である。斯う云ふ場合を、個人的などとは、決して云はないものであらうと思ふ。念のため一言しておくが、僕は決して支那で生れた人間ではない。さうして個人的に云へば、僕は魯迅には不幸にも未だ一面の識も持たない(2)。

佐藤は、『中央公論』掲載の「故郷」翻訳の後記にも、「以て戦争の相手として以外にもこの隣国に注目を怠らざる可き即ち中華民国にも優秀なる新文明あるの事実を知ることを喜ぶ筈の諸君子に拙訳一篇を捧げんとするのである」と記す。郭沫若や田漢、郁達夫ら後に著名な文学者となった留学生たちとの交流などを通じて、佐藤春夫が現代中国の真実に迫りえた希有な日本文人であったことはよく知られる。現代中国語をそれほど解さなかった佐藤の

魯迅理解が果たして幾ばくであったか疑問も残るとはいえ、時局に鑑みても彼の言動は確かに正当かつ勇敢なものであったと言えよう。

さて、魯迅を日本に紹介する上で、翻訳から中国文学の基礎知識に至るまで佐藤春夫を陰で支えた増田渉の存在を忘れることはできない。彼の「魯迅を憶う」（一九七〇年）から引用する。[3]

文学者（作家）として、また中国文化界での指導的な役割りをもつ人として、彼の存在が日本にもやや広く知られるようになったのは、昭和六年のころ、佐藤春夫が紹介し（当時、上海にいた私は魯迅のことを佐藤氏にいろいろ通信した）、また同氏の骨折りで私の『魯迅伝』が雑誌『改造』に掲載されたこと等によるものが多かったかと思う。そのころまた松浦圭三訳、および林守仁（山上正義）訳の『阿Q正伝』も出版された。（中略）魯迅のことを書いて、まだほとんど日本には知られていない彼のような人間が我々の隣国、中国にいることを紹介し、あわせて彼のような人間の生きた近代中国のことを考えてみたいと思い、とりあえずその伝記の面のみをまず書いて佐藤春夫氏に送り、雑誌への紹介を頼んだ。

東大支那文学科の授業に失望し、学生時代から佐藤春夫に師事した[4]増田渉は、一九三一年二月、佐藤の内山完造宛紹介状を手に上海に渡る。魯迅の『中国小説史略』や文学作品を日本へ翻訳紹介する希望を熱く語る増田に、魯迅はそのまま約一〇ヶ月にわたって自宅で直接講義を授けることになる。帰国後、増田は「魯迅伝」執筆などに取り組み、一九三五年には佐藤春夫との共訳で『魯迅選集』を岩波文庫より出版、魯迅の名前は確実に日本に定着するに至るのである。二人の魯迅紹介についてまとめておこう。

佐藤春夫、増田渉による、魯迅紹介（とその反響）抜粋

年月日	魯迅紹介状況
（一九三一年三月～一二月）	（増田渉、上海にて魯迅から作品講釈を直接受ける。）
一九三二年一月	『中央公論』佐藤春夫訳「故郷」、「原作者に関する小記」
↓　二月	『新潮』「文芸ノート」XYZ「ヂャーナリズムに於ける創作の位置」
四月	『改造』増田渉「魯迅傳」
七月	『中央公論』佐藤春夫訳「孤獨者」
一九三三年三月	佐藤（実際には増田）訳『世界ユーモア全集第十二巻　支那篇』（改造社）出版。「阿Q正伝」「幸福な家庭」収録。
一九三五年六月	佐藤・増田共訳『魯迅選集』（岩波文庫）出版。
一九三五年一〇月	増田渉訳『支那小説史』（サイレン社）出版。[5]
一九三六年九月	佐藤編『世界短篇傑作全集第六巻　支那印度短篇集』（河出書房）出版。「眉間尺」収録。佐藤解説「支那短篇小説管見」を冠す。

日本におけるこうした動きに対して、魯迅自身は当然のことながら強い関心を持ち、逐一注意を払っていた。まずは魯迅が増田渉に宛てた手紙からその様子を窺ってみたい（以下、魯迅の日本人宛の手紙はすべて原文日本語）。

「一九三二年一月五日」

一月の改造には某君の伝が出なかった。豈に文章の罪であるか？　某君が尖端の人物でないからです。証拠としては Gandi ははだかでも、活動写真にでました。佐藤様は「故郷」訳文の後記にも一生懸命に紹介して居

りましたが、どーなるでしょー。(6)

増田の書いた（日本で最初の）「魯迅伝」がなかなか掲載されないことを揶揄する口調からも、二人の関係の深さが垣間見られるが、魯迅が佐藤「故郷」の「訳者附記」にまで細かく目を配っていることは特に注目される。次も増田渉へ宛てたもの。

「〔一九三三年〕一二月一九日夜」

井上氏訳の『魯迅全集』が出版して〔されて〕上海に到着しました、訳者からも僕に一冊くれました、ちょっと開けて見ると其誤訳の多〔の〕に驚きました。あなたと佐藤先生の訳したものをも対照しなかったらしい、実にひどいやりかただと思ひます。(7)

魯迅の言からは、井上紅梅訳『魯迅全集』（一九三二年一一月、改造社。『全集』と銘打つが収めるのは『吶喊』『彷徨』全訳と巻末「魯迅年譜」のみ）は惨憺たる仕事のように想像されるが、実際に比較対照してみれば、英語訳を媒介にした佐藤訳や、増田訳にもそれほど劣るものではない。(8) つまり魯迅は故意に佐藤らの仕事を持ち上げているると読める。

次に引くのは、佐藤春夫訳「故郷」の『中央公論』掲載後まもない時期に、魯迅から内山完造に宛てられたものだが、佐藤春夫への感謝の気持ちが強く直接的に表現されている。

「一九三二年四月一三日」

日本に行ってしばらくの間生活する事は先から随分夢見て居たのですが併し今ではよくないと思ひましてや

めた方が善いときめました。第一、今に支那から離れると何も解らなくなって遂に書けなくなりますし、第二には生活する為めに書くのですから屹度「ジャナリスト」の様なものになって、どちにも為めになりません。その上佐藤先生も増田様も私の原稿の為めに大に奔走なさるのだろーのですから、そんな厄介なものが東京へ這入込むと実によくないです。（……）皆様の御好意は大変感謝します。増田君の「アドレス」が知らないから御伝言を願ひます。殊に佐藤先生に。私は実に何と云って感謝の意を表はす可きか知らないほど感謝して居ります。[9]

魯迅が日記以外で佐藤春夫に言及したのは、管見の限り書信中にのみ七例、すべて一九三二年以降、つまり佐藤による魯迅作品翻訳を契機としたものである。その内容も、自作を翻訳紹介してくれたことや日本への療養旅行などの佐藤の心遣いへの感謝表明に終始し、佐藤の文学に対する考察は窺えない。唯一、山本初枝宛の手紙（一九三四年七月二三日付）には、「『陣中の竪琴』は（……）立派な本ですがもし私が歌をよくわかるならもう一層面白いだろうと思います。」とある。佐藤著『陣中の竪琴』（一九三四年六月、昭和書房）は、一九三四年三月一日『文藝』（二巻三号）原載時に「森林太郎の「歌日記」に現れた日露戦争」と副題されるように、鷗外の日露戦従軍詩集『歌日記』に対する佐藤なりの注釈といった作品である。[10] そこには戦意を鼓舞するような国家思想の横溢が見られ、日露戦争最大の被害者たる中国人の一人としても、魯迅が佐藤のこの作品を心から評価したとは考えにくい。ここでもやはり本気で佐藤文学に取り組む様子は窺えないようだ。

従来、魯迅と佐藤春夫と言えば、日中関係が険悪な中で勇気を持って進められた感動的な交流ばかりが取り沙汰されてきたが、果たして魯迅は佐藤を、翻訳紹介してくれた大切な友人として認識するだけで、文学上の交流は存在しなかったのだろうか。実は同様の疑問を呈したのが、本章冒頭にも引いた丸山昇であった。彼は「座談会　佐藤春夫と中国」（一九八六年）の中で、次のように述べていた。

佐藤春夫の文学そのものに対して、魯迅が何か論じている例というのは、私は記憶していないんですけれども、あるいはもし何か思いつかれることがあったら、御指摘願いたいと思います。[11]

二 「影の告別」と「形影問答」

魯迅「影の告別」（一九二四年一二月『語絲』四期）と佐藤春夫の「形影問答」（周作人の翻訳が一九二二年一月八日『晨報副刊』に掲載）、タイトルの相似からして極めて興味深い両者が、影を擬人化して自己を透視させるという極めてユニークな手法や全体の設定等々、その内容、描写を共有することは、第五章「周作人の影」にて考察した通りである。

『現代日本小説集』表紙
（1923 年，商務印書館）

また、この佐藤「形影問答」は、周作人訳が『晨報副刊』に掲載された一年余り後、魯迅周作人共訳『現代日本小説集』（一九二三年六月）に再び収録されていることも極めて注目される。周作人と共にその収録作品を詳細に検討していた[12]魯迅は、ここで改めて「形影問答」を含む佐藤の作品を強く意識したことだろう。この『現代日本小説集』準備の過程で魯迅が周作人に宛てた手紙に、興味深い言葉が見えている。

『日本小説集』の目録はこれでよいが、あと数人の数篇を推薦できるかもしれない、例えば加能など。また佐藤春夫ももう一篇別のを加えるべき

ではないか。(13)

魯迅はここで、佐藤の収録作品を増やすよう積極的に進言している。最終的に収録された佐藤作品四篇のどの作品に当たるのかは知るよしもないが、魯迅の佐藤春夫重視の様子は確かに跡づけることができよう。魯迅は一九三〇年代初頭、自作を翻訳紹介してくれたことによって初めて佐藤春夫に注目したのではなく、ごく早い時期から確実に注意を払っていたのである。『現代日本小説集』出版は一九二三年、つまり散文詩集『野草』執筆の前年であるから、そこに『野草』「影の告別」と要素を共有する佐藤「形影問答」が収録されていることはやはり気にかかる。時間的関係を少し整理しておこう。

佐藤「形影問答」（と魯迅「影の告別」）

年月日	「形影問答」と「影の告別」
一九一九年四月一日	佐藤「形影問答」、『中央公論』三四年四号。 単行本『美しき町』（一九二〇年一月、天佑社）に「形影問答」として単独収録。
一九二二年一月八日	『晨報副鐫』周作人（仲密）訳、佐藤「形影問答」掲載。 （周作人に拠れば、翻訳底本は『美しき町』。同紙面に魯迅「阿Q正伝」掲載。）
一九二三年六月	『現代日本小説集』佐藤「形影問答」収録。
一九二四年九月	魯迅「影の告別」執筆。(14)

さて、『現代日本小説集』末尾に附された「附録 作者に関する説明」の佐藤春夫の項は、周作人が『晨報副鐫』「附記」に基づき改めて書いたものと推定されるが、次のようにある。

佐藤春夫（Sato Haruo）は一八九二年生まれで、現代における詩の小説家である。芥川龍之介は次のように書いている、「佐藤春夫は詩人である、（……）それゆえに彼の作品の特色もまた詩というこの一点にある。／佐藤の作品のうちには、道徳を諷するものなどは見えないが、だからといって哲学的なものが全く存在しないわけではない。だが彼の思想を装うのは常に一脈の詩情である。／佐藤の詩情は世間にいわゆる世紀末の詩情と最も近いようだ、繊細艶麗かつ幽邃の趣を有する。」

佐藤の生年を訂正（初出の『晨報副鐫』では一八九一年とする）し、新たに芥川「佐藤春夫氏の印象 何よりも先に詩人」（一九一九年六月『新潮』三〇巻六号）を引用するが、周作人の佐藤に対する評価がその「詩人」にあることは明白である。佐藤の「憂鬱」を、世紀末の「頽廃派」散文詩人ボードレールになぞらえることも一貫している。魯迅もそうした動向に必ずや注意を払っていたことだろう。では、実際に佐藤春夫は如何なる「詩人」だったのだろうか。佐藤自身の言説からたどってみよう。

「叙事散文詩的の作品」（一九一八年一二月『新潮』二九巻六号）

私の書いたものは、どれもこれも、所謂「小説」とは言ひにくいやうなものばかりです。（……）私の書いたものは今までのところ、大部分、散文詩のやうなものです。或は叙事散文詩と言つてみたいやうな氣もします。

「詩人に就て」（一九一九年一〇月『文章倶楽部』四巻一〇号）

散文は出發點がある、目的地がある。詩は出發點がやがて目的地で、それは行き着くといふことを目的にしてゐない。故に散文は實用的で、詩は無用である。それ丈け詩はロマンティックである。

「僕の詩に就て　萩原朔太郎君に」（一九二五年八月『日本詩人』五巻八号）

實に僕は古典派の詩家である。（……）自由で溌溂とした精神を詩人たる僕は受入れない。（中略）昨日の思ひ出に僕は詩人であり、今日の生活によつて僕は散文を書く。詩人は僕の一部分である。散文家は僕の全部である。

佐藤春夫に見る「詩」の意味について、河野龍也は「佐藤春夫の詩情とハーン[15]」の中で、次のように分析する。

文壇デビューの翌年、すなわち大正八年に到って、春夫は新進作家としての気負いに満ちた芸術態度論の数々を発表している。それは谷崎潤一郎との交流の深化を物語るように〈芸術至上〉主義を謳い上げたものだったが、そこには実に頻繁に〈詩〉や〈詩人〉といった言葉が登場してくる。（中略）「個」の特殊性を宇宙的な普遍性へと開いて行くという芸術活動の極致、またその極致に達することのできる理想的存在を、春夫は〈詩〉や〈詩人〉という語で比喩的に表現していた（……）。

佐藤が「詩」文体への強い拘りを見せる一九一〇年代の終わりとは、時あたかも中国における近代文学の曙光が萌した時期であり、魯迅や周作人も白話文学、新詩創作に熱心に取り組んでいた。前述のごとく、魯迅は一九一九年にすでに『野草』の萌芽たる「自言自語」（『国民公報』「新文芸欄」）を書いたし、周作人の新詩代表作「小河」（一九一九年一月『新青年』六巻二号）も発表されている。当時彼らが「詩人」としての佐藤春夫に注目するのも自然の成り行きであったと言えよう。だが佐藤の「詩」に関する言説は、引用以外にも、「多面な詩といふ寶石／只飽くまでも詩であれ。美であれ。」（一九二四年「探偵小説小論」）、「詩情をつまり幼心を」（一九二七年「文學的素質」）、「放蕩も一つの詩的な生活態度である」（一九三四年「最近の谷崎潤一郎を論ず[16]」）等々、多分に「芸術的」かついささか感傷的なものである。また、中国古典詩から欧米の詩、『万葉集』から日本近代詩まで幅広く渉猟研究していた佐藤であるが、彼の所謂「詩」「詩人」とは自らに向けられ、彼の抜きがたい選民意識を裏打ちする。『座談会　大正文学史』（一九六五年、岩波書店）で、寺田透は次のように述べていた。

佐藤さんは自分は醇乎たる詩人ないし文人と思っている。そういうことがただとおりいっぺんの言葉をつかった表現では分ってもらえない。そのため、自分が異人であるゆえんを、自分から身を乗り出して表現のなかで説明する[17]

佐藤春夫に注目していた周作人そして魯迅も、恐らくはそのことに気付いていたのではないか。特に、周作人とも異なり、魯迅にとっての「詩人」像とは、日本留学中に書いた「摩羅詩力説」（一九〇八年二・三月『河南』月刊二・三号）に登場するバイロンや、『野草』「希望」に引いたペテーフィなどに象徴される、民衆を革命に導く英雄であった。

（詩人達は、）みな、世に諂う安逸の歌は歌わず、彼らが高らかに歌えば、聞く者は奮い立ち、天と争い世俗と闘うのだ。かくて詩人の精神はまた後世の人の心を深く揺り動かし、その感動は綿々として尽きぬのである。[18]

こうした「詩」「詩人」に対する想いは、その後も彼の著作の随所に伏在する。魯迅にとっての「詩人」とは常に社会と対峙した存在であり、「民族の独立を達成するには民族性そのものの変革が不可欠であり、そのために詩があり詩人がいる[19]」、こうした詩人像は、純粋に文学（的ロマンティシズム）を追究した佐藤とは全く異なるものであった。魯迅が佐藤の文学をほとんど論じない背景には、こうした本質的な問題が横たわっていたのではなかろうか。……だが魯迅は、確かに佐藤の文学に惹かれていたのである。

三　佐藤春夫「私の窓」と掲載誌『中央文学』

一九一九年一一月、春陽堂発行の文芸誌『中央文学』に、「私の窓（頭の悪い日に書かれた断片）」と題する佐藤の短篇が掲載されている。

私の窓は墓場の方へ向いてゐる。[20] 私はその墓場に向いてゐる窓をだんだんと好きになつて来た。それは有名なお寺の墓場で墓場の墓石は何れも大きく古い。（……）その墓場の隅々にあるさまざまな雑草などである。それが何れも私の目に親しく懐しいものになつて來た。（中略）

死滅した人たちの庭を照すには死滅した世界である月からの光が最もふさはしい。その時この銀色の広場は一つの壮大な幻になつて私の目の前にひろがる。それぞれの立派な古風な墓石はその時「置かれた物」ではなく「立つて居る者」のやうに並ぶ。時には私の愛犬の「豹」がその間をほの白く縫ひ歩ひてゐることもある。さうして彼等の上にはうつろな空や、或はボオドレエルに依つて限りなく愛せられた雲のある空が、何か愛撫の親しみをもつてかぶさつてゐる。さういふ夜には私は何もせずに私の窓に對して座つて、その圓い小さな月が空の眞中に昇つてくるころまで樂しむのである。何を樂しむのであるか。それは私にもわからない。ともあれ、私は電燈を消して、月の光を浴びながら座る。さうして音樂に聞き入る人のやうに樂しむ。私は死の静けさを思ひ、或はまた死なない命と靈とを思ふ。（中略）

一たい、ここの墓場の墓石のうちには昔の大地震で、そのつみ累ねられた石の全部、或は一部が崩れ落ちて、それが皆そのままに殘されてある。私の窓の直ぐ前に、ここから手のとどきさうなところにさういふのが一つある。[21]

この作品、一読して、全体の意境から具体的な描写に到るまで随所に魯迅『野草』との類似点が認められる。まずは書き出し「私の窓は墓場の方へ向いてゐる」の部分。「失われたよき地獄」や「死」など各篇に見える直接的な描写以外にも、魯迅の『野草』が死や鬼に彩られることは周知の事実だが、特に「墓碑銘」（一九二五年六月二二日『語絲』三二期）はまさに「墓」、「墓石」との対話を描いた作品である。「夢に墓石（墓碑銘）と向かい合う」主人公は、崩れ朽ちた墓石の間から鬼に遭遇する。

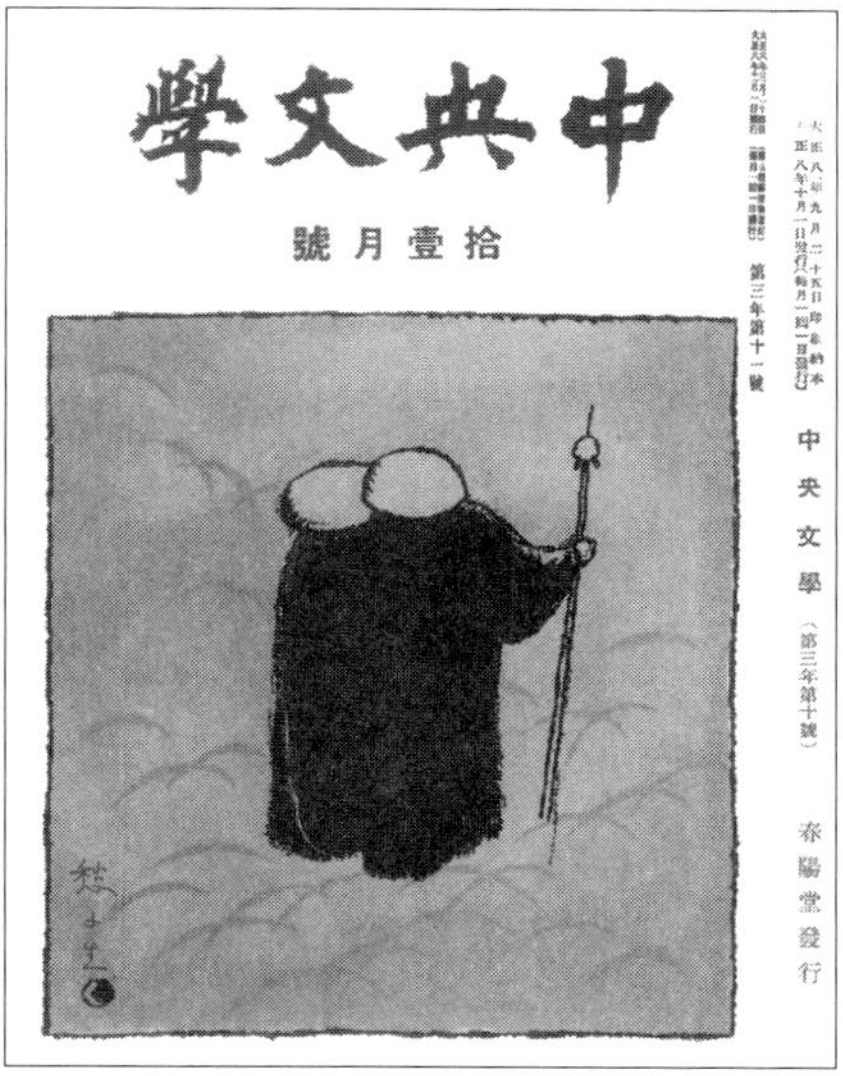

『中央文学』1919年11月号表紙

我夢見自己正和墓碣對立，讀著上面的刻辭。那墓碣似是砂石所制，剝落很多，又有苔蘚叢生，僅存有限的文句——

（……）於浩歌狂熱之際中寒；於天上看見深淵。於一切眼中看見無所有；於無所希望中得救。（中略）

我繞到碣後，才見孤墳，上無草木，且已頹壞。即從大闕口中，窺見死屍，胸腹俱破，中無心肝。而臉上卻絕不顯哀樂之狀，但蒙蒙如煙然。

（わたしは自分が墓碑と向きあって立ち、碑面に刻まれた銘文を読んでいる夢を見た。その墓碑は砂岩でできているらしく、剝落《はくらく》がひどく、（……）墓碑の後ろへ回り、やっと孤墳を見つけたが、上には草木も生えず、すでに崩れ落ちていた。（……））

この佐藤「私の窓」には、ボードレールの登場や、犬、植物（雑草）への視線など、魯迅『野草』との関連で注目される要素がその他にも少なからず含まれている。[22]もう一点だけ魯迅の『野草』と具体的に比較するならば、佐藤の「私は電燈を消して、月の光を浴びながら座る。さうして音樂に聞き入る人のやうに樂しむ。私は死の静けさを思ひ、或はまた死なない命と靈とを思ふ。」この部分は、『野草』最終篇「目覚め」（一九二六年四月一九日『語絲』七五期）の次の一節を想起させる。

是的，青年的魂靈屹立在我眼前，他們已經粗暴了，或者將要粗暴了，然而我愛這些流血和隱痛的魂靈，因為他使我覺得是在人間，是在人間活著。

（わかものの霊魂はわたしの眼の前にそびえ立つ、（……）わたしはこれらの血を流しながらも痛みに耐えている霊魂を愛する。なぜならそれはわたしにこの世に存在していること、この世に生きていることを感じさせてくれるから。）

雑文集『墳』（一九二七年）等に幾度となく語られるこうした「死の自覚」に基底を置くいわゆる「終末論」的思考は、伊藤虎丸がつとに指摘する[23]ように魯迅文学を形成する主たる要素と見なせよう。革命に殉じた多くの青年たちを弔うとともに、そこには中国の現実に対峙する魯迅の強い決意が込められていた。

＊

次に、大木雄三という作家の「大地のうなり　或る曉の夢」という作品を取り上げる。一九一九年一一月発行『中央文学』掲載。つまり、この作品は佐藤春夫の「私の窓」と同誌同号に収められている。[24]

夢であつた。いまゝでの、緊張しきつたあのことを一生懸命な自分は、夢であつた。

何だか、あれほどのことが夢であつたのが惜しい気がする。實際私の現在にありさうな、夢としてはあまりに事實らしい夢であつた。（中略）

（〔夢の内容梗概〕共に雑誌を発行している仲間が集まって議論している。彼らの雑誌が異常な人気を博し、門の前では、発行の遅れている雑誌を求める群衆が溢れんばかりに押し寄せている。主人公は群衆のなだめ役を買って出た。）

「諸君。静かにして呉れ給え、われ〳〵は決して諸君の要求を拒絶しやうとはしない。」私はある限りの聲と出來るだけのしつかりした身の構えとに據つてこれだけ言つた。

――すると妙に首のあたりが窮屈になつたので、手をやつて拂ひ除け様とした――私の意識はこゝからだん〴〵覚めて來た　布團の襟が重く首から顔へ深く落ちかゝつてゐたのであつた。（……）

私はしづかに眼を開いた。

「夢であつた。（……）實際私の現在にありさうな、夢としてはあまりに事實らしい夢であつた」。印象的な書き出しである。実は、主人公は現実世界でも同じ雑誌を仲間達と発行しているのだが、そちらは全く売れない。まさに夢のような話である。そして、最後の場面、主人公が夢から覚めるくだりもまた非常に印象的である。実はこの目覚め方、魯迅『野草』中の夢連作の一、「崩れた線のふるえ」（一九二五年七月一三日『語絲』三五期）とよく似ている。「崩れた線のふるえ」もやはり「夢を見た」で始まるが、その夢は「自分が夢を見ているのを夢に見た」と、夢連作の中でも特に凝った設定となっていた。

我夢見自己在做夢。自身不知所在，眼前卻有一間在深夜中緊閉的小屋的內部，但也看見屋上瓦松的茂密的森林。（中略）

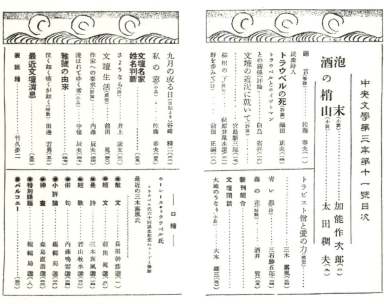

『中央文学』1919年11月号目次

我夢魘了，自己卻知道是因為將手擱在胸脯上了的緣故；我夢中還用盡平生之力，要將這十分沉重的手移開。

（わたしは自分が夢を見ているのを夢に見た。

（中略）

わたしはうなされた、胸の上に手を置いていているせいだと自分でもわかっていた。わたしは夢のなかでなおも渾身の力をふりしぼって、このひどく重い手を払いのけようとした。）

夢への仮託、その夢自体の特殊性、その目覚め方、筆者はこの作品「大地のうなり」を『野草』「崩れた線のふるえ（頽敗線的顫動）」成立に直接的な位置を占めるものと考える。夢の「内容」にも改めて目を注げば、若き日の日本留学時代、文学を志し最初に夢を託した雑誌『新生』発行の無惨な失敗を通じて、深い挫折を味わった魯迅が共感した意味も理解できる気がする。

さて、その誌面にてとりわけ精彩を放つ、佐藤春夫「私の窓」と大木雄三「大地のうなり 或る曉の夢」は、興味深いことに、同じ一冊の雑誌の上でも、見開き一枚を挟んだだけのごく近い場所に掲載されている。また、その対応作品たる「墓碑銘」と「崩れた線のふるえ」は、『野草』の中で第十五篇と第十六篇と連続した作品であり、魯迅はこの二篇を一九二五年の六月一七日と二九日に極めて接近した日程で書いていた。魯迅が日本の文芸誌にこのように細かく目を配っていた事実は、周作人の回想「(魯迅は)当時、日本文学に対しては少しも注意せず」(一九三六年「関於魯迅之二」)等の認識とは裏腹に、魯迅と日本近代文学の関わりがいかに深いものであったかを改めて物語る。

佐藤春夫作品の中で、魯迅『野草』との関連が推測されるのは、以上述べたものだけではない。例えば、『野草』執筆開始前年の一九二三年に『文章倶楽部』(新潮社)に発表された、「私は途に澤山の人間が死んで行くのを見た。」というショッキングな書き出しの「死を見た話(震災余話)」[25]はイメージおよび構成プロットがやはり『野草』(「死火」など)を彷彿させる作品である。佐藤春夫と近代中国文学との関係については、佐藤「アジアの子」(一九三八年、『日本評論』)をめぐる郁達夫との確執などは繰り返し論じられてきたが、文学交流の実際についての研究はと言えば寂寥の感を拭いえない。検討の余地がありそうだ。

＊

増田渉は『魯迅の印象』に収める「佐藤春夫と魯迅」という文章の中で、次のような回想をしたためていた。

私は中学生のころ文学青年であった。その当時、中学生くらいの文学好きの読む雑誌には、新潮社から出ていた『文章倶楽部』や春陽堂から出ていた『中央文学』というのがあり、それよりやや大人びていたものに博文館の『文章世界』、新潮社の『新潮』があった。私はそんな雑誌を手あたりしだいによんでいた(中略)

やがて『殉情詩集』や『わが一九二二年』（？）といったものが出て、私は詩人としての氏に魅せられるようになった。（中略）

大学の教室が、どうにも非文学的で、というよりは現代ばなれがしていて、私がかねて描いていた中国文学の夢とはおよそ違いすぎる世界、漢学的な世界であって、（……）学校ではみたされないものを、佐藤氏の応接間でうけとるようになった。知識はあまり受けとらなかったが、感覚的にとらえられる個性的な観察や理解が、私には生新で、有益であった。私はやがて佐藤氏の中国小説翻訳の下訳をしたり、必要な資料をさがして提供したりするようになった。(26)

ここに増田が「死を見た話」の掲載誌『文章倶楽部』と、「私の窓」「大地のうなり」両篇の掲載誌『中央文学』を挙げていることは、魯迅との関連からも注目される。だが、増田が上海で魯迅から講釈を受けたのは一九三一年で、魯迅の『野草』執筆よりも後のことだから、増田の媒介でこうした日本の雑誌が魯迅の執筆に関わったということはないが、一年近くに亘り毎日のように文学談義を繰り広げた中で、日本の文壇や、増田自身の文学遍歴に話が及んだこともあったと想像される。また、増田と佐藤春夫との関係に着目すれば、最後の部分、「私はやがて佐藤氏の中国小説翻訳の下訳をしたり、必要な資料をさがして提供したりするようになった」との言葉には、佐藤署名の翻訳の少なくない部分を実際には増田渉が担っていたという事実などが垣間見られるし、またさりげなく、「（佐藤から）知識はあまり受けとらなかったが」と書いていることも興味深いところである。

ところで、増田が「詩人としての氏に魅せられるようになった」きっかけとして挙げる佐藤春夫の第一詩集『殉情詩集』（一九二一年、新潮社）は重要な詩集である。佐藤と親しく接し、浅からぬ文学上の交流を有する島田謹二も、この詩集が「詩人」佐藤春夫の形成に大きく寄与したことを次のように明言する。「佐藤春夫が詩人として認められたのは、一九二一年以後のことである。つまり『殉情詩集』が出てからである。それまでにだって氏はかなり多くの詩を公にしているが、一部の人に認められていただけで、広く一般に喜びむかえられたというのではない。[27]」

実はこの詩集は、早くから中国にも紹介されていた。一九二四年、中国で最初にこの詩集に誌面を割いたのは文芸誌『語絲』、その第六期に『殉情詩抄』と題して「海辺的恋愛」「断章」の二篇がひっそりと翻訳掲載されている（訳者は張定璜[28]）。ほかでもなく『語絲』は、魯迅や周作人が中心となって編纂し、魯迅の散文詩集『野草』が連載された当の雑誌である。さらに注目されるのは、佐藤の『殉情詩集』が初めて翻訳掲載されたその第六期とは、まさに魯迅『野草』連載の最中だったことである。『語絲』誌上へのこの『殉情詩抄』掲載は、魯迅が『野草』執筆の参考資料として佐藤春夫の作品に思いを馳せる一つのきっかけとなったのかもしれない。（本章で佐藤春夫の作品と比較・検討した「墓碑銘」「崩れた線のふるえ」「死火」などはすべて『殉情詩抄』掲載後の執筆）。

『野草』作品、『語絲』掲載状況（『殉情詩抄』掲載前後に限る）

年月日	期	作品
一九二四年一二月一日	第三期	「秋夜」
一二月八日	第四期	「影の告別」「乞食」「ぼくの失恋」
一二月二二日	第六期	佐藤春夫『殉情詩抄』掲載
一二月二九日	第七期	「復讐（一）」「復讐（二）」
一九二五年五月四日	第二五期	「死火」
六月二二日	第三二期	「墓碑銘」
七月一三日	第三五期	「崩れた線のふるえ」

四　〝詩人〟佐藤の終焉

魯迅没（一九三六年一〇月）後の一九三七年二月より、改造社は日本で初めての本格的な魯迅翻訳集『大魯迅全集』を出版する（編集責任、増田渉）。その第一回配本『第一巻　小説集』附録『大魯迅全集月報　第一号』の巻頭を飾るのは、佐藤春夫の「魯迅文學入門指針」であった。そこにおいて佐藤の所謂「詩人」は魯迅の上に次のように融合、体現されている。

> 魯迅は鋭い眼光を以て、自國の文明と同時代とを見盡した。（……）支那の現代文明と民族性との批評であつた。過去を冷嘲した彼は現代を熱罵した。愛するが故に憎んだ。（……）彼は自ら啓蒙の文學で人生のための文學者として美は目的としないやうな事を言つてゐるが、彼の生れながらの詩魂は、彼の作品のいたるところに詩を見せてゐる。詩とは何か、高い心情を以て見られた世界の美しさである。

日中全面戦争の直前に編まれた、時流に抗うような現代中国文学者個人全集の出版、それは魯迅という光を解き放つことに一縷の希望を寄せた文学界からの吶喊であり、佐藤はその牽引役の一端を確実に担っていたのである。また、開戦後の一九三八年四月に書かれた〔新刊批評〕（菊池寛『日本文学案内』）でも、佐藤は次のように述べている。

> 世界各國の文學を説いて一言の支那文學に及ぶところのないのは聊かもの足りない。せめては白話文學運動やその成功の結果に表れた魯迅位は言ふべきではなかつたらうか。今日の時勢だけに必要であつたらうと感ぜら

れる上に、著者にもその考へさへあれば簡単な常識位得られないものでないだけに惜しまれるのである。[29]

佐藤は日中関係険悪なりし一九三〇年代以降、古典から近代まで中国（支那）文学の翻訳・紹介を数多く手がけるが、特に魯迅を繰り返し取り上げ、鷗外や二葉亭に匹敵するとして[30]その先進性を積極的に宣伝している。文学からの日中関係改善の切り札として、佐藤が一貫して魯迅を念頭に置いていたさまが窺われる。だが戦時下、佐藤は帝国日本に迎合することで真の中国理解から遠ざかる道筋をたどった。次に引く日本浪漫派、保田与重郎の評論（一九四〇年）からは、佐藤らの努力によって魯迅が着実に日本の文壇に根付いた痕跡をたどることができようが、自派顕彰の文脈に立脚したその評価は必ずしも正当なものとは言い難いようだ。

東洋文人の最後の最大の傳統として、私は魯迅などよりも、今日の日本の規模に立脚して、むしろ佐藤春夫を考へるのである。（……）日本の文人として、東方の詩人として、この二つの本質の上に加へてさらに我々の新時代の課題とした近代ヨーロッパ的感覚の詩人として、かういふ三つの地域と歴史をもつ文藝の種々相を具現した一個のほゞ完全の詩人は、佐藤春夫の像である。[31]

「詩人」の美称は、この時すでに佐藤の身上にこそ最も相応しいものであった。黄泉の底から魯迅は如何なる感慨をもって、日中戦下に翻弄される両国の文壇を眺めていたことだろう。

（１）『近代文学における中国と日本』（一九八六年、汲古書院）、四二八頁。
（２）佐藤春夫「「個人的」問題」一九三二年四月一日『新潮』二九年四号。
（３）増田渉『魯迅の印象』（一九七〇年、角川書店〔角川選書三八〕）、二一八頁。なお、同様の記述が、岩波書店『図書』（一九六四年四月）にも、「佐藤春夫と魯迅」と題して掲載されているが、内容はやや異なる。ここでは、一九七〇年版『魯迅の印象』から引用した。

（4）以下、『西学東漸と中国事情』（一九七九年、岩波書店）の片山智行「編者あとがき」に引く増田渉「自筆伝記」より。「大正一二（一九二七）年四月　旧制松江高等学校（文科乙類）入学　芥川龍之介、佐藤春夫ノ作品ノ影響ニヨリ次第ニ中国ト中国文学ニ傾心／大正一五年四月　東京帝国大学文学部支那文学科入学（……）学外デ佐藤春夫ニ師事、マタ中国小説ノ翻訳ヲ手伝フ／昭和四（一九二九）年　同大学卒業　卒業後モ佐藤春夫ノ中国小説翻訳ヲ手伝フ」。

（5）『魯迅　増田渉　師弟答問集』（一九八六年、汲古書院）、中島利郎「解説」参照。

（6）『魯迅全集』第十三巻『書信』、四六九頁。

（7）前掲注（3）増田『魯迅の印象』、一六〇頁。

（8）この問題について、勝山稔「井上紅梅訳『魯迅全集』をめぐる評価について—魯迅による紅梅批判の分析を中心として」（二〇〇八年一二月『国際文化研究科論集』一六号）など、氏の一連の研究に詳しい。また、佐藤翻訳における英文訳の介在について、佐藤自身が「魯迅の「故郷」や「孤獨者」を譯したころ」（『魯迅案内』〔一九五六年、岩波書店〕、八九頁）に次のように書いている。「魯迅の短篇集二巻を手に入れて歸り、それから英文と對照して飜したものである。由來わたくしの英語は半人前だと自分で思つてゐる。さうしてわたくしの漢文の讀書力も半人前を以て自認している。この二つの半人前を合してわたくしは一人前の飜譯をした」。

（9）『魯迅全集』第十三巻『書信』、四七五頁。

（10）山崎一穎「佐藤春夫と森鷗外」（『国文学　解釈と鑑賞』二〇〇二年三月号）等参照。

（11）前掲注（1）『近代文学における中国と日本』、六〇六頁。

（12）例えば、魯迅日記「一九二一年八月二九日」、「晴。（……）晩、三弟、西山より戻り、二弟の手紙と原稿一篇、小説目録一枚を受け取る。夜、返信。」『魯迅全集』附注「〔小説目録〕周作人と共編の『現代日本小説集』収録作品暫定目録を指す。魯迅はまた増補を提案した」。『魯迅全集』第十五巻『日記』（二〇〇五年、人民文学出版社）、四四一頁。（この附注は、一九八一年版全集〔十四巻、四二六頁〕には附されていない。）

（13）『魯迅全集』第十一巻『書信』、四一三頁。

（14）魯迅「影の告別」のモチーフとして陶淵明詩「形影神」「閑情賦」等がすでに指摘される（丸尾常喜『魯迅『野草』の研究』〔一九九七年、汲古書院〕、Vuilleumier Victor (2006), "Intertextual Comparison between LuXun and Tao Yuanming: A Rewriting of Classical Poetry in Modern Chinese Prose Poetry", *Issues of Far Eastern Literatures, Book of papers of 2nd International scientific conference Volume1,*

Saint-Petersburg, pp. 181-196, 工藤貴正『魯迅と西洋近代文芸思潮』（二〇〇八年、汲古書院）等）。実は佐藤も陶淵明を極めて重視しており、例えば小説「小草の夢」（一九四九年）にはこの「形影神」が直接引用され、またそこには「雑草の王」と名乗る詩人や「草の精」が登場する。魯迅『野草』を佐藤自身がどう読んでいたか等、問題も含めて興味深い。Vuilleumier Victor 論文の存在について、長堀祐造氏からご教示を得た。

（15）河野龍也「佐藤春夫の詩情とハーン──「田園の憂鬱」と〈詩人〉ハーンのアニミズム」二〇〇四年一〇月『国文学 解釈と教材の研究』四九巻一一号。

（16）順に、「探偵小説小論」一九二四年八月五日『新青年』夏期増刊（五巻一〇号）。「文学的素質」一九二七年一一月一日『文章倶楽部』一二巻一一号。「最近の谷崎潤一郎を論ず──「春琴抄」を中心として──」『閑談半日』（一九三四年、白水社）〔一九三四年一月一日『文藝春秋』一二年一号原載〕。

（17）柳田泉・勝本清一郎・猪野謙二編『座談会 大正文学史』（一九六五年、岩波書店）、四五一頁。

（18）『魯迅全集』第一巻『墳』、六六頁。『魯迅全集』第一巻『墳・熱風』（一九八四年、学習研究社）、北岡正子訳による。

（19）藤井省三『ロシアの影──夏目漱石と魯迅──』（一九八五年、平凡社）、一二九頁。

（20）当時の佐藤宅（本郷区駒込）の書斎が実際に墓場に面していたことは、『文章倶楽部』（一九一九年九月、四巻九号）「新進作家訪問記（５）」などにも見えており、佐藤は記者に次のように語っている。「いゝ風が吹く。毎日この窓からあの墓場を見てゐると面白い。（……）僕はね「狂人の窓」といふ小説を書かうとしてゐる。」

（21）一九一九（大正八）年一一月一日『中央文学』三年一一号。単行本収録なし。

（22）「草（野草、雑草）」への強い意識も、佐藤と魯迅を連接する一つの要素ではなかったか。雑草を詠じた詩「秋の歌」（一九一一年一一月『三田文学』）から、全編が草に彩られる詩集『抒情新集』（一九四九年）など、「草」はやはり一貫して佐藤文学における一つのモチーフをなす。

（23）伊藤虎丸『魯迅と終末論──近代リアリズムの成立』（一九七五年、龍渓書舎）、二一一頁。終末論との関連等について、代田智明氏からご教示を得た。

（24）『復刻版 中央文学 解説・総目次・索引』（二〇〇五年、雄松堂出版）によれば、一九一七年四月から一九二一年一二月まで発行された月刊『中央文学』の上に、佐藤春夫の文章は十二篇、大木雄三（一八九五─一九六三。群馬県生まれ。児童文学作家。無産派児童文学統一団体結成に参加した経験を持つ）の方は「大地のうなり ある暁の夢」が唯一の掲載である。なお、雑誌『中央文学』と魯迅（あるいは周作人）との接触を跡づける手がかりは今のところ皆無の状態。管見の限り、中国の図書館蔵書、魯迅蔵書（北京魯迅博物館編『魯迅手跡和蔵書目録』、一九五七年）、魯迅「日記・書帳」、『周作人日記（影印本）』（一九九六年、大象出版社）「読書・購入書目」などにも、当該雑誌を確認することはできない。待考。

(25) 一九二三（大正一二）年一一月一〇日『文章倶楽部』八年一一号。関東大震災直後の東京を描いた地獄絵巻。獣のように飢えて彷徨する人間たちの描写に、魯迅は当時の中国を重ねたのではないだろうか。「死屍運搬車」に取り残される主人公の男など、「死火」に連なるプロットを有する。

(26) 前掲注（3）増田『魯迅の印象』、二六五頁。

(27) 島田謹二「『佐藤春夫詩集』解説」（一九六八年一月執筆）一九五一年初版、六八年改版、新潮社〔文庫〕。「日本文学と外国文学との交流を論じた章などは、全部といっていいくらい、私の研究をもとにして話された。」（二三九頁）など、興味深い逸話が記されている。

(28) 小川利康氏から、訳者の張定璜が京都大学英文科留学当時に厨川白村門下であったことやボードレールなど頽廃派への傾斜との関連の可能性等々、ご教示を得た。

(29) 佐藤春夫〔新刊批評〕「日本文學案内（菊池寛著、モダン日本社發行）」一九三八年四月一日『新日本』（新日本文化の會）一巻四号。

(30) 「『支那文学選』解説」（一九四〇年、新潮社『新日本少年少女文庫』第一四篇収録、三七八頁）、「必読の書　最適の訳者」（一九五六年、岩波書店『魯迅選集』内容見本）等。

(31) 保田与重郎『佐藤春夫』（一九四〇年、弘文堂書房）、六七頁。

＊『周作人日記』「読書・購入書目（一九二三年一一月）」に、佐藤春夫の詩集『我が一九二二年』（一九二三年、新潮社）が見えている。「さんま、さんま／さんま苦いか鹽っぱいか。」の句で有名な「秋刀魚の歌」を冒頭に配するこの詩集は、魯迅が『野草』の筆を執る前年に出版されていたが、そこには例えば「浴泉消息」と題して次のようにしたためられている。

秋になつたら／小さな家を持たう、／（……）／童子を置いて住まう、／童女でも惡くはない、／さうだ、それよりさきに／一度、上海へ行つて／支那の童女を買つて來よう、／十四ぐらゐのがいい、／木芙蓉の莟のやうな奴はいくらぐらゐするだらう？

（一九二二年九月一日『明星』二巻四号原載。『我が一九二二年』〔一九二三年二月一八日初版、新潮社〕、二七頁。）

丸山昇は、「座談会　佐藤春夫と中国」にて佐藤の所作について次のような発言を行っていた、「あそこでやっぱり救いがないと思うのは、見方が一人間的に汚らしいんですよね、郁達夫と郭沫若との不和のあたりの理由づけがね、どうしてああいうものが出てきたのか、本当に目を覆うばかりというしかないんだな。」戦争、民族、女性観等における佐藤の筆致は時に理解し難いものがある。近代中国（アジア）から佐藤春夫へ注がれた視線を考察する上で、その事実を滅却することはできないだろう。祖父江昭二「日本文学における一九三〇年代」（『文学』一九七六年四月号原載。同『近代日本文学への探索』〔一九九〇年、未来社〕、一八四頁）等参照。

第9章　芥川龍之介

一　二人の出会い

武田泰淳は、「魯迅とロマンティシズム」（一九五三年）の中で次のように述べている。

彼（魯迅）の散文詩『野草』の方は、その暗さが怪奇な相貌で読者を驚かすほどむき出しであるのに較べ、彼の小説には、暗さを包む、いかにも創作されたものといえるさまざまな短篇形式上の技巧が見えます。（……）数の少いわりに彼の作品はかなり異った装いで、私たちの眼をまどわします。その点、芥川龍之介的でさえあります。(1)

魯迅への日本文学からの影響については、周作人が「関於魯迅之二」(2)（一九三六年）で言及していた。

（魯迅は）当時、日本文学に対しては少しも注意せず、森鷗外、上田敏、長谷川二葉亭など、殆どその批評や訳文のみ重んじた。ただ夏目漱石は俳諧小説『吾輩は猫である』を作って有名だったので、予才（魯迅の字《あざな》）はそれが単行本になって出るごとに買って読み、また『朝日新聞』に連載中の『虞美人草』を毎日熱心に読んでいた。しかし島崎藤村の作品は全然顧みず、自然主義盛行時代にも、田山花袋の『蒲団』を一読したきり、あまり興味は感じなかったらしい。

魯迅をはじめとする日本留学生の目的は日本そのものにはなかった。文学に対する冷淡な姿勢も何ら怪しむには足らない。だが、周作人の言葉に反して、魯迅は実際には多くのものを日本文学から吸収していたのである。しかも漱石にとどまらず、芥川龍之介には特に注目していた。冒頭に引いた武田の言は多分に示唆的である。

魯迅と芥川は直接会ったことはない。だが、彼らの文学上の邂逅は、極めてドラマティックであった。一九二一年三月三〇日、大阪毎日新聞社の海外視察員として、彼にとって初めての中国、上海に上陸した芥川は、同年六月一四日に北京に入城するが、奇しくもその到着当日、魯迅によって翻訳された芥川の「羅生門」が、北京『晨報副刊』に掲載されたのである。魯迅は芥川の来訪以前から『煙草と悪魔』（一九一七年）、『鼻』（一九一八年）等の芥川の短篇小説集を入手して読むほど彼の文学に魅かれており、芥川の来訪にピタリと合わせて翻訳掲載したという事実は、魯迅の思い入れの強さを雄弁に物語っている。いかにも魯迅らしい歓迎の仕方である。当時『北京週報』記者だった丸山昏迷は「周作人氏の「現代日本小説集」(3)（一九二三年）の中で次のように回想する。

芥川龍之介氏が來遊してゐた當時、同氏の羅生門の譯文が晨報に掲載されてゐたが、氏はそれを讀んで、（……）これには自分の心地がはつきりと現れてゐると云つて喜び驚いてゐた

魯迅からの熱いメッセージは一方通行に終わることなく芥川に届いていたのである。

本章では、魯迅の散文詩集『野草』を中心に、魯迅と芥川龍之介の文学交流について考察を試みる。

二　魯迅『野草』と芥川『わが散文詩』――「秋夜」と「秋夜」「椎の木」――

魯迅の散文詩集『野草』の第一篇は「秋夜」(4)である。関連部分を引用する。

わたしの裏庭から、土塀の外に二本の樹が見える。一本は棗《なつめ》の樹で、もう一本も棗の樹だ。

（中略）

棗の樹、かれらはほとんど葉を落とし尽くした。以前には、まだ二、三人のこどもがやって来て、他の人が取りこぼした棗の実を打ち落としたが、いまはもう一つも残っていない、葉さえも落とし尽くした。かれは小さなピンクの花の夢を知っている、秋の後にはきっと春がやって来ると。またかれは落葉の夢をも知っている、春の後はやはり秋だと。かれはほとんど葉を落とし尽くし、ただ幹だけを残す。だが枝じゅう実と葉でたわわだった頃の窮屈さから解放されて、ここちよげに背伸びをしている。しかし、幾本かの枝はなおも低《た》れたままで、かれらが棗打ちの竿の先で受けた皮膚の傷をかばっている。だがまっすぐに伸びたいちばん長い幾本かの枝は、不気味で高い大空を黙々と鉄のように貫き通し、大空をきらきらとひどく瞬かせている。大空の真ん丸い月を突き刺し、月を当惑して青ざめさせている。

ひどく瞬いている大空はますますその青さを増し、不安になり、この世を離れ、棗の樹を避けたがっているようだ、ただ月だけを後に残して。だが月もこっそり東の方へ隠れてしまった。だが何ひとつ持たない幹は、不気味で高い大空を相変わらず黙々と鉄のように突き刺し、ひたむきにその死命を制しようとする、空がどん

「秋夜――野草之一――」

なに多くの魅惑的な眼を瞬かせようとも。

ギャアとひと声、夜遊の悪鳥が飛び去った。

わたしは突如真夜中の笑い声を耳にした。クックッと、眠りについた人を驚かせたくないようだが、周囲の空気はことごとくその声に呼応して笑っている。真夜中、他に誰もいない、わたしはすぐさまこの声が自分の口から出ることに気付き、やはりすぐにこの笑い声に追いたてられて、自分の部屋にもどる。（……）

一九二四年九月一五日。


実は芥川にも、『わが散文詩』と名付けられた六篇から成る散文詩小集があるが、その第一篇も同じく「秋夜」と名付けられている。ここでは、第一篇「秋夜」に続く二篇目「椎の木」と題された散文詩を、一九二三年に出版された芥川の短篇集『春服』より引用する。


（「一　秋夜」）

「二　椎の木」


椎の木の姿は美しい。幹や枝はどんな線にも大きい底力を示してゐる。その上枝を鎧《よろ》つた葉も鋼鐵のやうに光つている。この葉は露霜も落すことは出來ない。たまたま北風に煽られれば一度に褐色の葉裏を見せる。さうして男らしい笑ひ聲を擧げる。

しかし椎の木は野蠻ではない。葉の色にも枝ぶりにも何處か落着いた所がある。傳統と教養とに培はれた士人にも恥ぢないつつましさがある。槲《かし》の木はこのつつましさを知らない。唯冬との鬩《せめ》ぎ合ひに荒荒しい力を誇るだけである。同時に又椎の木は優柔でもない。小春日と戯れる樟《くす》の木のそよぎは椎の木の知らない氣輕さであらう。椎の木はもつと憂鬱である。その代りもつと着實である。

（中略）

椎の木の姿は美しい。殊に日の光の澄んだ空に葉照りの深い枝を張りながら、靜かに聳えてゐる姿は壯嚴に近い眺めである。雄雄しい日本の古天才も皆この椎の老い木のやうに悠悠としかも嚴肅にそそり立つてゐたのに違ひない。その太い幹や枝には風雨の痕を殘した儘。（……）

芥川の散文詩小集『わが散文詩』は、まず一九二二年一一月『詩と音楽』（アルス）一巻三号に『わが散文詩』の総題で「秋夜」「椎の木」「虫干」の三篇が、一九二三年一月『女性』（プラトン社）に「線香」「日本の聖母」「玄関」の三篇がそれぞれ掲載され、一九二三年五月、第六作品集『春服』（春陽堂）に、『わが散文詩』の総題でこの順序のまま収められた。ここに引用した詩「椎の木」のような、自己の内面を見つめた作品から、日常に取材した回想記等、内容は雑多である。

さて、引用詩、魯迅『野草』の「秋夜」と芥川『わが散文詩』の「秋夜」「椎の木」について両者を対照しつつ見ていきたい。『野草』の第一篇「秋夜」は、その棗の木の形象が旧社会との抗いに屹立する魯迅自身の「寂寞」や孤立感を体現しており、またその象徴性、詩芸術についても極めて高い評価を与えられる重要な作品である。従来、その創作における素材の存在は一切提起されたことはないが、ここに引いた芥川の「秋夜」「椎の木」と比較してみると、その相似に目を奪われる。まず両者の主人公たる「木」の形象。棗と椎という全く異なる木でありながら、どちらも擬人化されて静かに聳え立つ「戦士」たる風格を備えている。だがただ鯱張《しゃちこば》って居丈高に聳えているわけではない。双方、硬派の中にも伝統と教養に培われたつつましさや、花や落ち葉の夢を知る優しささえも湛えているのである。細かい点に目を注ぐと、まず、「秋夜」の棗の木が「不気味で高い大空を黙々と鉄のように貫き通し」と描かれているが、芥川の「椎の木」にも「枝を鎧つた葉も鋼鐵のやうに光つている」「日の光の澄んだ空に葉照りの深い枝を張りながら、靜かに聳えてゐる」との描写が見える。また「秋夜」から、「幾本かの枝はなおも低れたままで、かれらが棗打ちの竿の先で受けた皮膚の傷をかばっている」の部分[5]に注目すると、「椎の木」には、「その太い幹や枝には風雨の痕を殘した儘」とある。どちらも逆境にも挫けない力強さを象徴的に表現したものである。「秋夜」のこの部分が当時の魯迅の状況を端的に表現していることは評者の一致するところであるが、芥川の「椎の木」において、それが「雄々しい日本の古天才」の表象とされていることも興味深い。

次に、両詩に登場する「笑い声」に注目したい。「椎の木」は「男らしい笑ひ聲を擧げる」。「秋夜」では「わたしは突如真夜中の笑い声を耳にした」。芥川の方は、その「笑い声」は椎の木自身が発したものであった。「木」が「笑う」という発想は唐突でまたいかにもユニークであり、読者の目を強く惹き付けるものとなっている。魯迅の「秋夜」においてもこの「笑い声」は唐突かつ難解である。しかも魯迅はこの「笑い声」を、棗の木が発したものとはせずに、「真夜中、他に誰もいない、わたしはすぐさまこの声が自分の口から出ることに気付き」と、宛《さなが》ら推理小説のように仕立てている。魯迅は「笑い」に如何なる意味を持たせようとしたのか。散文詩集『野草』全体を見渡すと、「秋夜」以外でも「旅人」「死火」「犬の反駁」「論を立てる」等の各篇で「笑い」が効果的に使用されていることに気付く。中でも「希望」[6]に登場する笑いは、「秋夜」とも近いものである。

> わたしはわが青春のすでに過ぎ去ったことに早くから気付いていたが、ただ身外の青春は確かに存在すると思っていたのだ。星、月光、ぴくりとも動かぬ蝶、暗がりの花、ふくろうのいまわしい鳴き声、ホトトギスの血を吐く叫び、笑いの消えゆく響き、愛の翼打つ舞い（……）。

捉え所のない「笑い」は当時の魯迅の心境を反映してか、決してストレートには出て来ない。だが、『野草』作品群の最後に書かれた「題辞」[7]に登場する笑いは唯一高らかに発せられている。「だがわたしは、心おおらかであり、心たのしい。わたしはおおいに笑い、歌をうたうだろう。」と。「秋夜」と「題辞」は散文詩集『野草』の最初と最後に書かれたもので、タイトルの「野草」が実際に登場する点など内容的にも似通っており、魯迅の意識の中で両篇は呼応していたと考えられる。「秋夜」の「忍び笑い」は「題辞」に至り「高らかな笑い」に昇華しているが、そこに、彷徨を突き抜けて更なる戦いに身を投ぜんとする魯迅の決意が読み取れる。結果として、魯迅は「男らしい笑ひ聲」を挙げる芥川の「椎の木」の世界へ回帰したとも言えようか。

さて、「希望」でも「笑い」の前に「ふくろうのいまわしい鳴き声」が登場しているが、「秋夜」の「ギャアとひと声、夜遊の悪鳥が飛び去った」の解釈についても議論が分かれる。ただこの一行が詩全体の中で前半から後半への転換点たることについて異論はないようだ。主人公の私は、悪鳥の登場そして深夜の笑い声に追われて自分の部屋に戻り、そこで情景はがらりと変わる。棗の木に象徴される勇壮さ凛々しさは影をひそめ、作者の視線は草花や虫たちへと大きく転回しており、まるで別の作品が交錯しているかの錯覚さえ生ぜしめる。だが「秋夜」と芥川の「椎の木」を比較対照して読んでみると、実際にそこで二作品が交錯していたことが了解される。

丸山昇はこの「秋夜」の二面性について次のように指摘した。

> 重要なのは、魯迅が秋の夜空に何か底知れぬ怪しいものを見、草花の夢も落葉の夢も知りつくし、自分の傷をかばいながら、この怪しい夜空に小ずるいまたたきをさせ、月を当惑のあまり青ざめさせるまでに、「黙々として鉄のように」立つものを棗の木に感じたということ、あるいは秋の空、棗の木をそういう観念と結びつけるなにものかが、彼の内部にあり、彼がこの時点でそれに形を与えようとしたということである。この場合、野草の夢、落葉の夢の持つ意味はこの《詩》の中ではむしろ副次的であり、中心は、棗の木がその両方を知りながらそのいずれにも与し得ないというところに位置を定め、そのことでいっそうただ一人怪しくも高い空をひたすらに突き刺すことになる、その運動と作者との一種の共鳴関係にある。(8)

「棗の木をそういう観念と結びつけるなにものか」は、彼の内部にあったと同時に実は彼の外部にもあった。魯迅の散文詩集『野草』の「散文詩」という形式自体、また冒頭に位置する「秋夜」の題名から内容の精髄に関わる部分までを、『野草』執筆の約一年前に発表された芥川龍之介の『わが散文詩』に着想していたとすれば、『野草』「秋夜」について新たな読みが可能になるかもしれない。『わが散文詩』は「わが」と銘打った芥川の自負にもかかわらず、発表当初から現在に至るまでなんの反響もなく、日本文学研究史上でも、ほとんど取り上げられたことはなかった。だが芥川唯一の「散文詩集」は、彼の愛した杜甫や白楽天の血を受け継ぐ魯迅の心に深い共感をもたらしていたのである。

三　魯迅『野草』と芥川『春服』——「旅人（過客）」と「往生絵巻」——

さて次に、魯迅『野草』第十一篇「旅人（過客）[9]」より抽出して引用する。

老人　娘や。おい、娘や！　なぜ止まってしまったのかね？
少女　（東の方を眺めて）誰かやって来るわ、ちょっと見てみましょう。
老人　そのひとを見るには及ばぬ。手を貸しておくれ、家に入ろう。陽がもうすぐ沈むから。
少女　わたし、——ちょっと見てみるわ。
老人　やれやれ、おまえという娘は！　毎日空を見、土を見、風を見ているのに、まだ見たりぬのか？　それより美しいものは何もないのに。おまえはただもう誰かを見たいばかり。陽が沈むころ現れるものが、おまえに何か良いものをもたらすはずがない。……やはり家に入ろう。
少女　でも、もう近づいて来たわ。あらあら、乞食だわ。

老人　乞食？　そうとも限るまい。

（旅人が東の方の雑木林のあいだからよろよろと歩み出で、しばらくためらったあと、ゆっくりと老人に近づいてゆく）

（中略）

老人　ふむふむ。それでは、おまえさんはどこから来られたのかね？

旅人　（ややためらって）わかりません。記憶にある限り、わたしはただこうして歩いています。

老人　そうか。それでは、どこへ行くかお尋ねしてもよろしいかね？

旅人　むろんかまいません。——でもわたしは知りません。わたしはやはり記憶にある限り、わたしはただこのように歩いて、ある場所へ行こうとしており、その場所は前方にあるのです。わたしは長い長い道を歩き、いまここにやって来たことしか覚えていません。わたしはひき続きあちらの方へまいります、（西を指す）、前方へ！

（中略）

旅人　（……）わたしはすぐに前方へまいります。ご老人、あなたはたぶん長らくここにお住まいでしょう、あなたはきっと前方がどんなところかご存じでしょう？

老人　この先？　この先は、墓じゃ。

旅人　（訝《いぶか》しげに、）墓？

（中略）

老人　それでは、おまえさんは、（首を振って）おまえさんは行くほかあるまい。

旅人　そうです。わたしは行くしかないのです。そのうえある声が常に前方からわたしを急き立て、わたしに呼びかけ、わたしを休ませてはくれないのです。恨めしいことにわたしの足はもうとっくに駄目になってしまい、いちめん傷つき、多量の血が流れました。

（中略）

老人　それでは、さよなら。ご機嫌よう。（立ちあがり、少女へ向かって）娘や、手を貸して家に連れて入ってくれ。ごらん、陽はとっくに沈んでしまった。（身を返して戸口の方を向く）

旅人　ありがとうございました。あなたがたもどうぞご機嫌よう。（徘徊し、思いに沈み、急にハッとして）、いや、できない！　行くしかない。わたしはやはり行く方がよいのだ……。（すぐに頭をあげ、奮然と、西へ向けて歩み去る）

一九二五年三月二日。

前節で取り上げた芥川の『わが散文詩』が収録される一九二三年出版の作品集『春服』には、戯曲風の短篇「往生絵巻」も収められている。

童　やあ、あそこへ妙な法師が來た。みんな見ろ。みんな見ろ。

鮓《すし》賣の女　ほんたうに妙な法師ぢゃないか？　あんなに金鼓をたたきながら、何だか大聲に喚いてゐる。……

薪賣の翁　わしは耳が遠いせいか、何を喚くのやら、さつぱりわからぬ。もしもし、あれは何と云うておりますな？

箔打の男　あれは「阿彌陀佛よや。おおい。おおい」と云つてゐるのさ。

（中略）

その伴　どうだ、あれは？　跛《びっこ》の乞食が駈けて行くぜ。

牟子《ぼうし》をしたる旅の女　私はちと足が痛うなつた。あの乞食の足でも借りたいものぢや。

（中略）

物詣の女房　御覧なさいまし。可笑しい法師が参りました。
その伴　ああ云ふ莫迦者は女と見ると、悪戯《いたずら》をせぬとも限りません。幸ひ近くならぬ内に、こちらの路へ切れてしまひませう。

（中略）

五位の入道　阿彌陀佛よや。おおい。おおい。
暫時人聲なし。松風の音。
五位の入道　阿彌陀佛よや。おおい。おおい。
再び松風の音。
五位の入道　阿彌陀佛よや。おおい。おおい。
老いたる法師　御坊。御坊。
五位の入道　身共をお呼びとめなすつたかな？
老いたる法師　如何にも。御坊は何處へ御行きなさる？
五位の入道　西へ参る。
老いたる法師　西は海ぢや。
五位の入道　海でもとんと大事ござらぬ。身共は阿彌陀佛を見奉るまでは、何處までも西へ参る所存ぢや。
老いたる法師　これは面妖な事を承るものぢや。では御坊は阿彌陀佛が、今にもありありと目のあたりに、拝ませられるとお思ひかな？
五位の入道　思はねば何も大聲に、御佛の名なぞを呼びは致さぬ。

（中略）

五位の入道 ――や、とかうするうちに、もう日暮ぢや。途中に暇を費してゐては。阿彌陀佛の御前も畏れ多い。では御免を蒙らうか。――阿彌陀佛よや。おおい。おおい。

老いたる法師 いや、飛んだ物狂ひに出合うた。どれわしも歸るとしよう。

波の音 時に千鳥の聲。

五位の入道 阿彌陀佛よや。おおい。おおい。――この海邊には舟も見えぬ。見えるのは唯波ばかりぢや。阿彌陀佛の住まれる國は、あの波の向うにあるかもしれぬ。もし身共が鵜の鳥ならば、すぐに其處へ渡るのぢやが、（……）しかしあの講師も阿彌陀佛には、廣大無邊の慈悲があると云うた。して見れば身共が大聲に、御佛の名前を呼び續けたら、答位はなされぬ事もあるまい。されずば呼び死に、死ぬるまでぢや。

芥川の「往生絵巻」は、一九二一年四月発行の雑誌『国粋』二巻四号に発表され、『わが散文詩』と同じく、一九二三年五月出版の第六作品集『春服』（春陽堂）に収録されている。

さて、魯迅の「旅人」と芥川の「往生絵巻」とを比較すると、まず注目されるのはどちらも戯曲の形式を採用している点である。「旅人」のこの形式については、『野草』の中でもその独創性を際立たせるものとして高く評価されてきた。芥川の「往生絵巻」は、『今昔物語集』巻一九「讃岐国多度郡五位聞法即出家語第一四」の翻案であることが、一九四二年に吉田精一によって指摘されている。(10)「往生絵巻」を原典の『今昔物語集』と比較してみると、内容的にはかなり似ているが、『今昔』の方は戯曲形式ではなく、この形式については芥川のオリジナルであることがわかる。

「旅人」と「往生絵巻」の内容については、いくつかの類似点が指摘される。まず登場人物として、主人公の旅人と五位の入道、それに老人と老いたる法師が対応する。細かなところでは、主人公の登場の仕方もよく似ている。「旅人」では、少女が「誰かやって来るわ、ちょっと見てみましょう。」と喚起するが、「往生絵巻」でも、童が「やあ、あそこへ妙な法師が來た。みんな見ろ。みんな見ろ。」と呼ばわる。登場してきた主人公に対して警戒を呼びかけるセリフも似通っている。「乞食」の文字が見えることも共通点である。その他、情景描写に似通った点が見られることは引用の通りである。

「旅人」と「往生絵巻」を読み比べて最も注目されるのは、歩み続ける主人公の目指す方向、行く先、そしてその理由である。方向については、両者とも明確に「西」を目指す。従来の『野草』研究においては、「旅人」がひたすら前方を目指すことについて、そこに魯迅自身の不撓不屈の精神が重ねられてきたが、この「西」という方向についてはあまり論ぜられていない。「西」は日が沈む方向であり、旅人の行く先が墓であることから死者の世界がイメージされる。そしてその死者たちとは革命に倒れていった戦士たちであり、竹内好の言葉[11]を借りれば、魯迅は自分が「死に遅れた」ことに罪を感じていたために、その呼び声にせき立てられ歩みを止めることはできないのである。だが芥川「往生絵巻」の方の「西」は、それとは全く異なるものであった。五位の入道がひたすら求めたのは「極楽往生」つまり阿弥陀仏の在す「西方浄土」、その方向性は至極明快である。

「旅人」は、行く先もわからないまま、墓つまり「死」に向かってひたすら歩みを進めたが、「往生絵巻」の五位の入道にしても極楽「往生」とは言いながら、やはりその目的地は同じく「死」であった。実は「往生絵巻」の原典『今昔物語集』では、五位の呼びかけに対して阿弥陀仏が「此に有」と答えているのだが、芥川は自作ではあえて阿弥陀仏に答えさせることなく五位を「呼び死に」させている。結局答えを与えられることがなかったこの二つの作品に、歩む道は異なりながらも安楽の地を探し当てることができずに、同じく抗いもがいていた二人の文学者の姿を重ねることができるように思う。

　ところで、『野草』の代表作「旅人」については多くの論考があり、従来からその素材についても推理がなされてきた。なかでもニーチェの『ツァラトゥストラかく語りき』は、その筆頭に位置する。作品の規模から言えば比較にならないが、両者を詳しく読み比べてみると、登場人物の形象から細部の描写に至るまで、いくつかの点でかなり似通った要素を見出せる。また、『ツァラトゥストラかく語りき』の中には、「旅人」にとどまらず、「犬、乞食、墓、神」など『野草』の他作品に通じるモチーフが多く見られることも特筆される。魯迅は『野草』執筆以前に『『ツァラトゥストラかく語りき』序説』を二度にわたって翻訳していることからも、確かに『野草』のイメージの源泉の一つに数えられよう。[12] 芥川と同じ日本文学からの影響として漱石『夢十夜』の指摘も興味深い。その「夢連作」や「黒、暗、闇」を基調とする同一性も、『野草』へ強く接近させる要素と見なせよう。「旅人」との関連では、「第七夜」で主人公が「西方へ向かう船に乗っており、行く先も曖昧」である点等が指摘されているが、[13]『野草』の直接の材料と見なすには少し弱い気がする。さらに、一九六三年に福島吉彦「〈過客〉考—魯迅の寂寞—」によって提起された芥川の「さまよへる猶太人」（一九一七年）があるが、それはすでに、藤井省三（「魯迅と芥川龍之介—「さまよえるユダヤ人」伝説をめぐって」、一九九一年）によって詳細に論証されている。[14] イエスに対して犯した罪によって永遠に彷徨うべく呪いを受けたユダヤ人の伝説は、「旅人（過客）」との関係を考える上で示唆的である。キリストを描いた芥川晩年の評論「西方の人」等の存在も忘れてはならないだろう。ここで提起する「往生絵巻」と考え合わせるに、仏教とキリスト教という東西の異なる思想に根ざす作品が、ともに芥川の作品を介して魯迅の「旅人」執筆に関わっていた事実は、近代における日本と中国双方の文学を考察する上でも極めて興味深い。

さて、「往生絵巻」について、芥川自身は次のようなコメントを残している。

國粋いろいろ御手數をかけ感佩します僕の小説は駄目、急がされた爲おしまひなぞは殊になつてゐなさそうです

（一九二一年三月四日「小穴隆一宛書簡」[15]）

「急がされた」とは、当時芥川が特別契約社員であった大阪毎日新聞社から、同月半ばに海外視察員として中国特派される話が決まったことによる。だが口ではそう言いながら、プライドの高い芥川のこと、作品に対する自負

はあったに違いない。宮本顕治「「敗北」の文学―芥川龍之介の文学について―」[16]は次のように指摘する。

この「往生繪巻」はユーモラスな形式の下に、笑ひ切れない求道者の姿を書いてゐる。(……)作者は「五位の入道」を愛してゐる。憐愍を越えて、まじめに愛してゐるのだ。(……)心から詩的な頌辞を最後に手向けてゐるのである。

『野草』執筆当時の魯迅は、五四退潮後の暗黒と、文学自体に対する価値観の揺らぎの中にあって、自己否定の危機に晒されていた。だが、芥川が五位の入道を愛したように、自己の分身たる「旅人」に手向けられた魯迅の「詩的な頌辞」は、行間からひしひしと伝わってくる。旅人は「罪」を背負い、抗いながらも決して歩みを止めることはないのである。

さて、散文詩集『野草』の中でも「秋夜」と「旅人」の二篇は、表面的に全く異質でありながら、実際にはその根底において通じ合った作品と言える。丸尾常喜は『魯迅『野草』の研究』(一九九八年)の中で次のように述べている。

「秋夜」は『語絲』に発表されたとき、すでに『野草』の第一作であることが明示されていたが、そこに(……)『野草』全体をささえる柱が出そろっているのを見出すことは感慨深いことである。「秋夜」の世界を構成するもろもろの表象をまた、たとえば棗が歩きだすことによって「旅人」(「過客」)となり、(……)「このような戦士」の前身でもある。(……)『野草』を魯迅における「自己解剖」の試みと見る場合、きわめて重要な意味をもっている。[17]

『春服』初版表紙（1923 年，春陽堂）

孫玉石『《野草》研究』でも、「第二章　強靭な戦闘精神の頌歌」の中で「秋夜」と「旅人（過客）」を一系列の作品として論じている。「この旅人の形象の上に、魯迅の筆下に描かれた棗の木のいくつかの特徴の影を認めることは難くない[18]」と。この二作品はどちらも『野草』の中でも、その地歩がとりわけ魯迅自身に近く、彼の内面世界が珍しくストレートに表現されたものであり、まさに「『野草』を魯迅における「自己解剖」の試みと見る場合、きわめて重要な意味をもっている」。「秋夜」と「旅人」の二篇がどちらも、一人の日本人作家、芥川龍之介の作品から多くを得ているとすれば、その意味は小さくない。

ここでもう一点、『野草』の「秋夜」と芥川の作品集『春服』を結び付ける手掛かりを提示したい。芥川の代表作の一つ「藪の中」は、複数の作品集に収められるが、さきに引用した『わが散文詩』の「秋夜」「椎の木」や「往生絵巻」と同じく作品集『春服』にも収められていた。ミステリー仕立ての「藪の中」より、その最後の陳述「巫女の口を借りたる死霊の物語」から引用する。

盗人は妻が逃げ去つた後、太刀や弓矢を取り上げると、一箇所だけおれの縄を切つた。「今度はおれの身の上だ。」――おれは盗人が藪の外へ、姿を隠してしまふ時に、かう呟《つぶや》いたのを覚えてゐる。その跡は何處も静かだつた。いや、まだ誰かの泣く聲がする。おれは縄を解きながら、ぢつと耳を澄ませて見た。が、その聲も氣がついて見れば、おれ自身の泣いてゐる聲だつたではないか？

魯迅が『野草』「秋夜」に登場させた奇異なる「笑い」、実は自分の口から出たものであったが、この印象深い筋立ても芥川の作品中ですでに使用されていたのである。

芥川の作品集『春服』は一九二三年五月一八日に出版されている。魯迅の散文詩集『野草』第一篇「秋夜」が一九二四年九月一五日に書かれているから、その間一年余り。時期的にみても『春服』から『野草』への流れは実にスムーズに見える。しかし残念ながら芥川『春服』の痕跡は、魯迅の言及はおろか、日記、書帳、蔵書目録[19]にも一切見出すことができない。『わが散文詩』、「往生絵巻」等の個々の作品についても同様である。また、従来の魯迅研究の上にも、『野草』研究に限らず、やはり一度も光を当てられたことはない。だが以上の考察から、芥川龍之介『春服』は魯迅『野草』執筆の主要な素材の一つであったと結論づけたい。

四　魯迅の芥川評価をめぐって

芥川の文学に関する魯迅の言説は、一九二一年五月と六月に、北京『晨報副刊』にそれぞれ「鼻」と「羅生門」を訳載した際の「訳者附記」二回と、一九二三年六月に周作人と共同で出版した『現代日本小説集』の末尾に置かれた「附録（作者に関する説明）」の二箇所に限られる。しかも『現代日本小説集』に収録された芥川の作品は、やはり「鼻」と「羅生門」であり、「附録（作者に関する説明）芥川龍之介」も、『晨報副刊』の「訳者附記」二回分をまとめてさらに書き加えたものである。両者は表面的にはほぼ同じ文脈であるが、仔細に読むと、両者の間にはいささかの相違がある。まず『現代日本小説集』より引用する。

芥川龍之介は一八九二年に生まれ、東京大学英文学科の出身。田中純は彼を評して、「芥川君の作品には、作者の性格の全体を以て、材料を支配し切つて居る様子が見える。この事実は、この作品が常に完成して居ると云ふ感じを、我々に起させる」と語っている。彼の作品にとられている主題で最も多いものは希望が達せられた後の不安か、あるいはいままさに不安におののいているときの心情である。彼はまた旧い材料を多用し、ときには物語の翻訳に近くなっている。だが、昔のことをくり返すのは単なる好奇心だけからではなく、より深い根拠に基づいてのことである。彼はその材料に含まれている昔の人々の生活から、自分の心情にぴったりし、それに触れ得る何ものかを見出そうとする。だから、昔の物語は彼によって書き改められると、新たな生命が注ぎこまれ、現代人と関係が生じてくる。彼は小説集『煙草と悪魔』（一九一七）の序文で自己の創作態度を説明し、こう語っている。

「材料は、従来よく古いものからとった。（……）が、材料はあつても、自分がその材料の中へはいれなければ、――材料と自分の心もちとが、ぴつたり一つにならなければ、小説は書けない。（……）」

（中略）

「鼻」は小説集『鼻』（一九一八）の中に見え、またローマ字小説集にも収められている。内道場供奉禅智和尚の長い鼻の話は、日本の古い伝説である。[20]

魯迅の芥川龍之介紹介文は、冒頭の生年学歴および末尾の作品解説を除けば、藤井省三も指摘するように、一九一九年一月に雑誌『新潮』掲載の田中純「芥川龍之介氏を論ず」[21]をまさにモザイク的に切り貼りしたものである。魯迅の書き方では引用部分はほんの数行のように見えるが、実際に照合してみると、その後も所々表現を変えながらの引用で、「『煙草と悪魔』序文」も、ほぼ田中純論文の孫引きである。[22]

では次に、一九二一年五月一一日『晨報副刊』掲載の「「鼻」訳者附記」より、特に『現代日本小説集』との相違部分を引用する。

芥川氏に不満なのは、およそ次の二つの理由からである。一つは旧い材料を多用し、ときには物語の翻訳に近いこと。一つは手慣れた感じがあまりにもありすぎて、読者がなかなかおもしろいとは思わないことである。この意味でも本篇は格好の見本といえよう。

内道場供奉禅智和尚の長い鼻の話は、日本の古い伝説で、作者はそれに新しい装いを施してみせたにすぎない。

同じく田中評を使用しても、一九二一年『晨報副刊』掲載時と一九二三年『現代日本小説集』収録時とでは、その論調は同一ではない。どちらも芥川の作品が「旧い材料を多用し、ときには物語の翻訳に近い」事実を述べても、一九二一年の時点では「芥川氏に不満なのは」と、最初から否定的であるのに対して、一九二三年に至ると、その「不満」は完全に消失している。それどころか熱心にそのことを弁護しているのだ。「鼻」の解説にしても、一九二一年には「作者はそれに新しい装いを施してみせたにすぎない」とかなり辛辣に批判していたのに、一九二三年の段階では丁寧にその部分を削除していることからも魯迅の意図が窺われる。その理由を慮るに、『現代日本小説集』という正規の出版物に纏めるに当たり、収録作品を推賞せねばという気持ちもあったに違いない。だが、芥川の論理を祖述するだけでは首肯できない気がする。『晨報副刊』掲載の文章の方がずっと魯迅らしく精彩があると感じられるからだ。『現代日本小説集』出版の一九二三年、魯迅の執筆はその前後に比して明らかに少ない。その原因について例えば吉田富夫は魯迅の「まよい」を指摘した。

一九二二年に『吶喊』と題して一冊にまとめた後の魯迅には、これからどうしようかというまよいが起ってきたと思う。魯迅は、自己の内面に蓄積された過去に光をあてるようにして小説を書いてきただけに、掘り起すべき過去をある程度発掘し終ったとき、小説發想の基盤を今後どこに求むべきかについての不安は當然起って

きたろう。(23)

ただ、片山智行も指摘するように(24)、『中国小説史略』の出版に加え、周作人との不和や引越等による身辺雑事、体調不良等の要素も無視できないだろう。翌一九二四年から執筆が開始される散文詩集『野草』に芥川の作品を溶かし込んでいることから芥川批判の筆鋒が鈍ったなどとの判断は短絡に過ぎようが、あるいは当時、魯迅の中に「旧い材料を多用」する創作方法への傾きが胚胎していたのであろうか。いずれにしろ、魯迅にとって『現代日本小説集』のための日本文学整理再読は、時期的にも内容的にも、『野草』執筆に少なからざる影響を与えたのではないかと推測される。

ところで、当の芥川自身は、彼の作品に対する「旧い材料を多用し、ときには物語の翻訳に近い」との批評を非常に気にしていた。魯迅が『野草』を執筆していたちょうどその頃、一九二四年に芥川は「僻見」と題して次のように書いている。

何びとも模倣するためには模倣する本ものを理解しなければならぬ。たとい深浅の差はあるにしろ、とにかく本ものを理解しなければならぬ。その理解の浅い例は猿の人真似である。その理解の深い例は芸術の士のする模倣である。すなわち模倣の善悪は模倣そのものにあるのではない。理解の深浅にある筈である。（……）便宜上もう一度繰り返せば、芸術上の理解の透徹した時には、模倣はもうほとんど模倣ではない。むしろ自他の融合から自然と花の咲いた創造である。(25)

つまり、自分の模倣は「芸術の士のする模倣」であるから「花の咲いた創造」だというわけだ。いかにも芥川らしい自信に満ちた堂々たる論法である。彼の模倣正当論は、『文芸的な、あまりに文芸的な』（一九二七年）中の「模倣」「独創」をはじめとする評論や、「戯作三昧」等の小説の中で何度も語られる。だが彼がそれを強調すればするほど、哀しいかな、そこに彼の拭いがたいコンプレックスを露呈する結果になる。吉田精一『芥川龍之介』では次のように断罪されている。

彼の好学の賜物といふか、讀書の成果を利用し盡したものであり、さうした作品が、彼の實際體驗にもとづくものよりも成功してゐることは、疑ひ得ないのである。たゞ我々がその出典を知ると、彼の切りとった構圖の巧みさ、思いつきの秀跋さにも係はらず、幾分樂屋を知つたあとの不滿が生じるのは、如何ともし難いのである。

芥川の理論を魯迅が認識していたかどうか定かではないが、彼は一九三四年に「子供の写真のことから[26]」の中で次のように述べている。

彼ら（日本）の出版物と工業品を見ただけでも、つとに中国の及ぶところではなく、「模倣に長ずる」こと必ずしも欠点ではないことがすぐにわかる。我々はまさにこの「模倣に長ずる」ことを学ぶべきである。「模倣に長じた」上に創造を加えれば、いっそう良いことではなかろうか。

芥川の悲壮さに引き比べて魯迅は淡々と中国の現状に即して発言している。「持って来い主義（拿来主義[27]）」（一九三四年）の結語でも、その信念は披瀝される。

持って来たものがなければ、人は自ら新しい人間になれない。持って来たものがなければ、文学芸術は、自ら新しい文学芸術になることはできない。

ただ、魯迅が文学創作について、「模倣」を推賞していたかと言えば、決してそうではなかった。『中国小説史略』が、東大支那文学科教授、塩谷温の『支那文学概論講話』の剽窃であるとの、陳源の批判に反駁する文章「手紙にあらず（不是信）[28]」（一九二六年）の中で、彼は次のように書いていた。

詩歌や小説は、同じく天才であるならば、見解がほぼ同じで、書いたものが互いに似ていても差し支えないと言う人もあるが、しかし私は、結局はやはり、独創が尊いと考える。

五　二人の「詩人」

魯迅と芥川龍之介は、両者とも生涯ただ一度だけ「散文詩集」創作を試み、そしてどちらも自作に対していささか自負を有していた。魯迅は、蕭軍に宛てた手紙の中に、「私の『野草』は技巧はそれほど拙くない[29]」と書き記しているし、芥川も、藤澤清造宛の手紙の中で、「別封『わが散文詩』さし上げ候少々短けれど出たらめの作にては無之候[30]」と得意気である。だが、二人の「詩」に対する言動を追ってみると、不思議な感慨に囚われる。芥川は、「或阿呆の一生[31]」（一九二七年）の「人生は一行のボオドレエルにも若かない」や、「文芸的な[32]」（一九二七年）の「僕は（……）畢竟ジャアナリスト兼詩人である（中略）一行の詩の生命は僕等の生命よりも長いのである」等の言葉に象徴されるように、生涯にわたり徹底して「詩」を賛美し続け、自身「詩人」たることに執念を燃やした。次に引く萩原朔太郎の回想「芥川龍之介の死[33]」は印象的である。

彼は、聡明なる「詩の鑑賞家」である。どれがよき詩であり、どれが悪しき詩であるかについて、彼は正しく判別批判する。しかしながらそれだけである。彼自身は詩をもたない。彼自身は詩人でない。（……）

「芥川龍之介——彼は詩を熱情してゐる小説家である。」（中略）
芥川君が訪ねてきた時、私の顔を見るとすぐに叫んだ。「君は僕を詩人でないと言つたさうだね。どういふわけか。その理由を聞かうぢやないか？」語調も見幕も荒々しかつた。電燈の暗い入口であつたけれども、かう言つて私に詰め寄つた時の芥川君の見幕は可成すさまじいものであつた。たしかにその時、彼の血相は変つてゐた。かくし切れない怒気が、その挑戦的な語調に現はれてゐた。

対して魯迅の方は、「詩歌の敵」[34]（一九二五年）の中の、「不幸なことに、私は詩についてはあいにく素人なのである」の言葉や、雑誌『新詩歌』の編集者であった竇隠夫への手紙（一九三四年一一月一日）に見える言葉、

詩について論ぜよとは、天文について話せ、と言うようなものだ。どのように述べたらよいのか、苦しむところだ。実際、平素から研究していないから、空空如なのだ。（……）わたし自身、本当に作ることができないので、議論を発するよりほかはない。

このように、不自然と感じられるほどに一貫して「詩」もしくは「詩人」から自身を排斥しようとする。芥川と魯迅の態度は対極に位置するが、両者ともに「詩」に対して強いこだわりを有していた点では一致している。また魯迅も芥川も「詩人」の称号を贈られてきたことでも共通する。

だが実作の面から見れば、二人とも「いわゆる詩人」でないことは明らかである。芥川の詩作は新体詩については五、六〇篇を数えるがほとんど無視され、折々に詠まれた俳句短歌作品の一部が芥川の経歴に照らして評価されるに過ぎない。魯迅にしても、生涯の膨大な著述の中で、詩の創作は、散文詩集『野草』を含めても約三〇篇の新詩とそれに五〇篇の旧詩を数えるだけである。彼らの生活、著作の行間に「詩的精神」の迸《ほとばし》りを認めた文壇の評価

はそれはそれで正当であろう。そして芥川はむしろそこにこそ救いを求めたが、厳格な現実主義者であった魯迅はしっくりとしないものを感じていたのではないだろうか。

本書の第一章で見たように、魯迅が注目した青年作家に「詩人」徐玉諾がいた。徐玉諾の親しい友人で作家の葉聖陶は、徐玉諾唯一の散文詩集『将来之花園』(35)（一九二二年）の巻末に寄せた解説「玉諾の詩」で次のように述べている。

思うに彼はいつも詩の中にまるで花が咲きこぼれんばかりの見事な文句を充満させているが、ほかでもない、それは実に彼がずば抜けて霊妙な感覚を有していることによる。彼は決してことさらに作ろうとして作るのではなく、感覚のあるがままに書き付けるだけだ。（中略）彼の原稿にはしょっちゅう多くの誤字脱落が存在する。いつだったか彼にどうしてもう少し気を付けて書かないのかと尋ねたことがあったが、彼が言うには、「僕はこんな風に書いていても、まだ僕の指が思うように動かないことがもどかしいんだよ。気を付けて書いたりすれば、僕の中のものはみんなすぐに逃げて行ってしまうよ。」時に彼の詩の構造が粗雑であったり、修辞がおおまかな理由はここに尽くされていよう。だが同時に彼の詩がそれ故にこんなに自然で、飾り立てた痕跡が一切なく、こんなに真実で、少しも無理な呻吟が感じられない理由も明白である。

魯迅は少なくとも徐玉諾のような「詩人」とは、本質的に異なることを自覚していたのではないか。晩年、山本初枝に宛てた手紙の中でふと洩らされた「私は散文的な人間ですから……」との言葉(36)には、彼の偽らざる表白が読み取れる。

文学上の魯迅と芥川は、異質でありながらもいくつかの点で重なり合う。二人とも新詩よりもむしろ伝統詩の方に筆が立ったことや短篇作家であったこと、創作においてはいずれも技巧派でかつ素材を多く求めたことなどは彼らの資質に直接関係する要素と言えよう。内容的にも両者の作品はある部分でかなり接近すると考えるが、例えば、作中で「死」を取り扱うことの多かったことなどは興味深い相似である。
『野草』執筆当時の魯迅は、『『吶喊』自序』[37]に吐露された「寂寞」の淵に彷徨していた。

およそ人の主張は、賛同を得られれば、その前進が促されるし、反対されれば、その奮闘が促される。ただ見知らぬ人々のなかで叫びをあげても、人々が反応を示さず、賛同するでも、反対するでもない、という場合、それはまったくはてもない荒野に身を置くようなもので、どうにもしようがない、これはなんたる悲哀だろうか。そこで私は自分の感じたもの、これが寂寞なのだ、と思った。この寂寞はさらに日一日と成長し、大きな毒蛇のように、私の魂にからみついた。

魯迅が芥川に共感した意味を考えるとき、芥川の『わが散文詩』第一篇「秋夜」の中の次のような一節が思い出される。

古い朱塗の机の上には室生犀星の詩集が一冊、假綴《かりとじ》の頁を開いてゐる。「われ筆とることを憂しとなす」――これはこの詩人の歎きばかりではない。今夜もひとり茶を飲んでゐると、しみじみと心に沁みるものはやはり同じ寂しさである。

「孤独地獄」に苛まれ続けた芥川の「寂しさ」は、当時の魯迅の心に強く響いたに違いない。[38]それは人と亡霊の交錯する『野草』世界のイメージの底流に深く脈打っている。
一九二七年七月二四日、芥川龍之介は自宅の書斎で服毒自殺をはかる。享年三十五歳。一人の「詩人」が名実ともにこの世から消え去ったのである。奇しくもそれは、魯迅が「詩人」から「戦士」へと大きく一歩を踏み出した宣言書「『野草』題辞」を書いたわずか三ヶ月後、そして魯迅が散文詩集『野草』を世に問うたまさにその同じ年の同じ月であった。[39]芥川は魯迅の散文詩集『野草』の存在すら知りえなかったが、目にしていれば、北京にて「羅生門」の訳文を読んだ時以上の感慨を抱いていたに違いない。二人の文学上の出会いとそして別れは、その作品同様、ピタリと重なっていたのである。

(1) 一九五三年一二月『中央公論』。『武田泰淳全集』第十二巻（一九七二年、筑摩書房）、三〇八頁。
(2) 周作人「関於魯迅之二」一九三六年一二月『宇宙風』三〇期。三七年三月『瓜豆集』所収。
(3) 一九二三年九月二三日『北京週報』（極東新信社）八一号。
(4) 『野草』「秋夜」一九二四年一二月『語絲』三期。
(5) 杜甫の詩「秋野五首」（全唐詩巻二二九）「其一」に次の句が見える。「棗熟して人の打つに従ひ、葵は荒れて自ら鋤かんと欲す」。
なお、この二句を芥川はエッセイ「漢文漢詩の面白味」（一九二〇年一月『文章倶楽部』）の中で引用している。
(6) 『野草』「希望」一九二五年一月一九日『語絲』週刊一〇期。
(7) 「『野草』題辞」一九二七年四月二六日作。七月二日『語絲』一三八期。
(8) 丸山昇『魯迅―その文学と革命』（一九六五年、平凡社〈東洋文庫四七〉）、一八五頁。
(9) 『野草』「過客」一九二五年三月九日『語絲』週刊一七期。
(10) 吉田精一『芥川龍之介』一九四二年、三省堂。魯迅は当時、原典の存在は知らなかった可能性が高い。
(11) 竹内好「「狂人日記」について」一九四八年四月『随筆中国』三号。『竹内好全集』第一巻（一九八〇年、筑摩書房）所収。
(12) 魯迅におけるニーチェ受容についてはすでに数多くの研究がある（研究史について、張釗貽『魯迅：中国「温和」的尼采』〔二〇一一年、北京大学出版社〕参照）。日本においても、尾上兼英「魯迅とニーチェ」（一九六一年『日本中国学会報』一三集）がつとにその『野草』との関係を仔細に論じていたし、近年でも、藺明「山と谷の間に漂う〝冷気〟―魯迅「死火」におけるニーチェ受容―」（二〇〇二年三月『和光大学表現学部紀要』一号）、鄧捷「魯迅「野草・影的告別」におけるニーチェの影響：翻訳とテクスト分析から考える」（二〇一一年一二月『神話と詩：日本聞一多学会報』一〇号）などの研究が提出されている。

(13) 檜山久雄『魯迅と漱石』(一九七七年、第三文明社)。「過客」については、林叢『漱石と魯迅の比較文学研究』(一九九三年、新典社)等参照。

(14) 「さまよへる猶太人」一九一七年六月一日『新潮』。同年一一月に新潮社より出版された第二短篇小説集『煙草と悪魔』に収める。福島吉彦〈過客〉考—魯迅の寂寞—」一九六三年九月『OUTLOOK—視界』四巻一号。藤井省三「魯迅と芥川龍之介—「さまよえるユダヤ人」伝説をめぐって」『月刊しにか』一九九一年九月号。同『現代中国の輪郭』(一九九三年、自由国民社)収録。

(15) 『芥川龍之介全集』第十一巻(一九七八年、岩波書店)、一三四頁。

(16) 宮本顕治「「敗北」の文学—芥川龍之介の文学について—」一九二九年八月『改造』一一巻八号。

(17) 丸尾常喜『魯迅『野草』の研究』(一九九八年、汲古書院)、五〇頁。

(18) 孫玉石『《野草》研究』(一九八二年、中国社会科学出版社)、二四頁。

(19) 『魯迅手蹟和蔵書目録』(内部資料、一九五九年、北京魯迅博物館編)には、以下三種の芥川龍之介著作が収載される。『支那遊記』(一九二五年、改造社)、『澄江堂遺珠』(一九三三年、岩波書店)、『芥川龍之介全集』(一〇冊、一九三四〜三五年、岩波書店)。

(20) 『現代日本小説集』「附録」および『晨報副刊』「訳者附記」は、『魯迅全集』第十二巻『古籍序跋集・訳文序跋集』(一九八五年、学習研究社)の小谷一郎訳によった。この章の初出たる拙稿が二〇〇〇年度の『日本中国学会報』に掲載されて後、中国側から反論が提出された。それは、魯迅が芥川の作品を参照していたという事実は拙論の発見により動かしえないとしても、魯迅が自己の模倣を契機に芥川の模倣作法を擁護するようになったという論点には決して同意できぬというものだ。論拠として、この『現代日本小説集』「附録」を書いたのは編者の周作人であるから魯迅とは無関係であると主張する。私見では、『晨報副刊』にすでに魯迅が書いていた芥川の紹介文を、周作人が書き直すことはありえないと考える。実際に『現代日本小説集』出版は準備段階から収録作の決定に至るまで二人で詳細に検討していたことが明らかになっており、魯迅の親筆であることはまず間違いあるまい。

(21) 田中純「文壇新人論—其一—芥川龍之介氏を論ず」一九一八年一月『新潮』三〇巻一号。

(22) この「序文」については魯迅の引用の方が若干長いことから、魯迅は芥川の原文に当たっていることがわかる。

(23) 吉田富夫「魯迅「野草」論」一九六二年四月『中国文学報』(京都大学)第一六冊。

(24) 片山智行『魯迅「野草」全釈』(一九九一年、平凡社〔東洋文庫五四一〕)、二五三頁。

(25) 「僻見 一 斉藤茂吉」一九二四年三月一日『女性改造』。前掲注(15)『芥川龍之介全集』第六巻、三五三頁。

(26)「従孩子的照相説起」一九三四年八月二〇日『新語林』半月刊四期。『魯迅全集』第六巻『且介亭雑文』、八〇頁。
(27)「拿来主義」一九三四年六月七日『中華日報』副刊『動向』。『魯迅全集』第六巻『且介亭雑文』、三八頁。
(28)「不是信」一九二六年二月八日『語絲』週刊六五期。
(29)「致蕭軍」(一九三四年一〇月九日)『魯迅全集』第十二巻『書信』、五三一頁。
(30)「藤澤清造宛」(一九二二年一〇月一四日)前掲注(15)『芥川龍之介全集』第十一巻、二五三頁。相手の藤澤は私小説作家で、当時、雑誌『女性』記者であった。
(31)「或阿呆の一生 一 時代」遺稿。一九二七年一〇月『改造』。
(32)「文芸的な余りに文芸的な 十 厭世主義」。一九二七年四月『改造』。
(33)萩原朔太郎「芥川龍之介の死」一九二七年九月『改造(芥川龍之介特集)』。
(34)「詩歌之敵」一九二五年一月一七日『京報』附録版『文学週刊』五期。『魯迅全集』第七巻『集外集拾遺』、二三五頁。
(35)徐玉諾『將來之花園』一九二二年八月、商務印書館〔文学研究会叢書〕。
(36)「致山本初枝」原文日本語。一九三五年一月一七日付。
(37)魯迅「『吶喊』自序」一九二三年八月、北京『晨報』「文学旬刊」。
(38)魯迅と芥川に共通する孤独感について、つとに竹内好「魯迅の死について」(一九四六年八月執筆。前掲注(11)『竹内好全集』第一巻所収)に指摘がある。
(39)『野草』一九二七年七月、北新書局。

第Ⅳ部　「詩人」魯迅

第10章 「詩」への想い

一 魯迅の「想い」

魯迅にとって「詩」は如何なるものとして認識されていたのであろうか。彼は日本留学時代に書いた初期の論文「摩羅詩力説」（一九〇八年）で次のように述べていた。

> いま、あらゆる詩人のうち、反抗を決して行動を起こし、かくて世人に疎《うと》まれたものすべてをここに含め、始祖バイロンよりマジャル（ハンガリー）の詩人（ペテーフィを指す）に至るその言行、思惟、流派、影響を伝えようと思う。およそ、これらの詩人達は、外観はまるで異なり、それぞれ自国の特色により輝いているが、大体帰着するところは一つである。みな、世に諂う安逸の歌は歌わず、彼らが高らかに歌えば、聞く者は奮い立ち、天と争い世俗と闘うのだ。かくて詩人の精神はまた後世の人の心を深く揺り動かし、その感動は綿々として尽きぬのである。[1]

「摩羅詩力説」全篇にわたって熱いヒロイズムに彩られ、当時の魯迅の気概が伝わってくるが、詩人の役割についても、強大な影響力を有する存在として描かれている。「詩」あるいは「詩人」に対するこのような初期魯迅の意識については、例えば伊藤虎丸・松永正義「明治三〇年代文学と魯迅―ナショナリズムをめぐって―」（一九八〇年）等にすでに詳しく論証されている。(2)詩人は魯迅の中で永遠のヒーローではありえなかったが、「詩」「詩人」に対する熱き想いは、その後も静かに彼の意識下に伏流していた。「詩歌之敵」（一九二五年）でも彼は次のようにしたためている。

詩は哲学や知力によって認識することはできない。従って、感情が既に凍りついてしまっている思想家は、詩人に対してしばしば誤った判断や冷淡な揶揄を加える。（……）彼らは限られた視野においてこと細かく研究しているので、全人間界を感じとり同時にまた天国の至福と地獄の大苦悩を理解する豊かな詩人の精神と、決して通じ合うことができないからである。(3)

「詩は、哲学や知力によって認識することはできない」との言葉には、詩に対する魯迅の崇敬の念さえ感じられる。また、「詩と予言」（一九三三年）と題する文章において、彼は次のように書いている。

予言はすべて詩である。そして、詩人の大部分は予言者である。しかし、予言が詩に過ぎないのに反し、詩は往々にして予言よりもよく当たる。（……）詩の中においてこそ、極めて深刻な予言が含まれている。(4)

詩人の役割が、「摩羅詩力説」に見た実践者から「予言者」つまり傍観者へと徐々にその位置を移してはいるものの、「詩」そのものを尊重する気持ちは魯迅の中で終生衰えることはなかった。「詩」に対する彼の意識は引用文以外にも著作の随所に垣間見ることができる。

さて、こうした彼の「詩」に対する熱い想いも、彼自身に関連づけて述べる際には極めて屈折した表現をとって現れる。前述したように、魯迅は徹底して「詩」「詩人」から自己を遠ざけようとするのである。例えば、先に引いた「詩歌之敵」の冒頭で、彼は次のように宣言する。

さきおととい、初めて「坊や詩人」にお目にかかり、話しているうちに『文学週刊』に何か寄稿してもよいという話になった。(……)幸いなことに、「坊や詩人」から詩のことを思いついた。だが不幸なことに、私は詩についてはあいにく素人なのである。

次に引く「不是信」(一九二六年)は、北京女子師範大学改革事件をめぐって対立していた陳源との論争の文章であるが、魯迅はその中で次のように述べている。

私は「ある学生が沫若の数句の詩を剽窃した」ということについて、なお少し述べておきたい。「罵りようときたら、骨身にしみる厳しさであった」と言うのは、どうも私のことではなさそうだ。と言うのは、私はこれまで、詩には注意を払わなかったので、「沫若の詩」も読んだことがない。だから、他人の剽窃の有無までは、なおさらわかるはずもない。(5)

魯迅が郭沫若の詩を読んだことがない、というのはかなり怪しいが、「詩に注意を払わない」との言葉を魯迅は折りに触れて執拗に繰り返す。蕭軍宛の手紙(一九三四年一〇月九日)の中でも、私に送られた便りは受け取った。徐玉諾の名前はよく知っているが、彼に会ったことはないようだ。なぜなら、彼は詩を作る人だが、私は詩には注意を払わないから、必ずしも会っているとは限らない。今ではもう久しく彼の作品を見かけなくなったが、どこへ行ったのだろう。(6)

これも、持って回った何とも奇妙な文章であった。この手紙については、第一章「徐玉諾と魯迅」にて考察したように、言葉と裏腹に魯迅は実際には徐玉諾に会っていたことが判明しており、事実との乖離が彼にかように曖昧で屈折した表現を生ませたと考えられる。ここにもやはり「詩」に対する魯迅の複雑な思いが吐露されていると見なせよう。

竇隠夫宛の手紙（一九三四年一一月一日）の中では、魯迅は完全に脱帽して見せていた。

詩について論ぜよとは、天文について話せ、と言うようなものだ。どのように述べたらよいのか、苦しむところだ。実際、平素から研究していないから、空空如なのだ。（……）考えるに、内容はさておき、新詩は世間で覚え易いよう、口ずさみ易いよう、唱えるよう、まずリズムを持ち、大まかに接近した韻を踏むべきだ。しかし、口語で韻を踏み、しかも自然であるのは、なかなか容易なことではない。わたし自身、本当に作ることができないので、議論を発するよりほかはない。(7)

「詩」「詩作」に対する魯迅の感慨は生涯一貫したものだった。彼の晩年、左連五烈士の一人として生涯を閉じた白莽（殷夫）の詩集『孩児塔』に寄せた序文（一九三六年）の中でも、魯迅は次のように記している。

私は全然詩がわからないし、詩人の友人もいないことが悩みであった。一人いたとしても、最後は喧嘩別れしていたろう。ただ、白莽とは喧嘩しなかった。彼の死があまりにも早過ぎたからだろうか。いま、彼の詩については、私は一言も言わない―私にできないからだ[8]。

魯迅の詩への「謙遜」を挙げれば切りがない。「詩には注意を払わない」「詩がわからない」と、魯迅は不自然なほど頑なに「詩」から自己を排除し、そのことを強く表明する。だが強く表明すればするほどに、魯迅という一人の中国文人の「詩」への飽くなきこだわりの情がかえって露呈されることになる。一般の評者から見れば、こうした「謙遜」は文学者魯迅ひいては「詩人」魯迅の風格を一層高める重要な要素であるが、実際に詩作のほとんどない魯迅の正直な気持ちが吐露されていると受け取ることもあながち間違いとは言えないだろう。だが、魯迅は表面的には「詩」に興味がないような素振りを見せながら、実際には自己のルーツたる中国の古典詩から、洋の東西を問わず外国の詩まで広く渉猟しており、著述の随所に「詩」に対する深い考察が窺われる。「詩に注意を払わない」は明らかに魯迅の「うそ」であった。ではなぜ彼はこのような不自然な態度をとったのであろうか。

そこには直接のきっかけ、要因が存在した。まず、先に引いた陳源との論争文「詩歌之敵」と同じ頃に書かれた「お節介・学問・灰色のことなど」（一九二六年）より引用する。

今はもう書く気がしなくなったので、これで終わりとしよう。要するに、『現代評論増刊』をちょっとくってみたところ、色とりどりの華やかさで、いつか広告に書きつらねられた執筆者の名前を見たときと同じ気持ちだった。例えば李仲揆教授の「生命の研究」だとか、胡適教授の「訳詩三首」だとか、徐志摩先生の訳詩一首とか、（……）だ。しかし、頁をくっていくにつれ、なぜか私の眼には灰色に見えてきた。そこで放り出してしまった[9]。

次に、「罵り殺すことと担ぎ殺すこと」（一九三四年）と題された回想文から、魯迅の情念がストレートに表現された箇所を、いま一度引用してみる。

人が近くて事の古きものとして、私はタゴールを思い出す。彼が中国に来て、壇に登って講演したとき、人は彼のために琴をならべ、香を焚き、左に林長民、右に徐志摩がいて、それぞれインド帽をかぶっていた。詩人徐が紹介を始めた。「オホン！　ペチャクチャ、白雲清風、銀磬《ぎんけい》（……）カーン！」と、彼をまるで生き神様のごとく述べた、（……）学者あるいは詩人の看板で、一人の作者を批評あるいは紹介すると、最初は大いに他人を欺くことができるのだが、他人がこの作者の真相を見極めたときには、彼自身の不誠実、あるいは学識の不足が残るだけである。けれどももし真相をはっきり指摘する他人がいなかったら、その作家は以後、担ぎ殺され、何年後になって本然の姿に返るかわからない。(10)

『集外集』序言」（一九三五年）でも、当時の状況を次のように回想している。

それから後は古い碑文を書き写していた。それに次いで書いたのは、口語文である。幾首か新詩も作った。実は私は新詩を作るのが好きでなかった――かといって旧詩を作るのも好きではなかったが――ただ当時は詩壇が寂寞としていたので、端から太鼓を打ち鳴らして、にぎやかに景気づけをしようと期待したのである。詩人と称される人が現れてからは、手を引いて作らないことにした。(11)

わざとはぐらかすような魯迅らしい表現の中にも、彼の真意の一端が垣間見られる。インドのノーベル賞詩人タゴールが中国を訪れたのは、一九二四年のことだった。文壇のある人々はタゴールを「詩聖」と崇拝し、またタゴールにいつも寄り添っていた徐志摩のことを「詩哲」と呼んだ。胡適や徐志摩らを中心とする現代評論派、新月派と呼ばれるグループと魯迅は、この後も北京女子師範大学の民主化運動などを通じて激しく論争を繰り広げることになるが、引用文に見えるように当時の魯迅の言説の中には、彼らに対する嫌悪感が強く滲み出ている。そして彼らが「詩人」と称する、称されることは、「詩人」という称号そのものに対する魯迅の反発へとつながっていった。謂わば、徐志摩のような「詩人」と一緒にされることは魯迅のプライドが許さなかったのである。魯迅に嫌われたことで後世の中国における徐志摩評価が、彼の実際の詩作の価値と乖離したものとなったことは、「詩人」徐志摩の悲劇と言わざるをえないが、それは魯迅のあずかり知らぬこと。以後、多くの場面で、魯迅は、上っ面で内容のない文学、文学者の形象をこの「詩人」の言葉でもって揶揄していくことになる。

このような文壇の論争相手との確執が、魯迅が「詩人」を敬遠する直接のきっかけとなったのは見てきた通りだが、魯迅が徹底して自己を「詩」や「詩人」とは相容れぬものだと言い張ったのは、それだけが原因であるとは到底思えない。革命家、文学者を志した初期の段階から一貫して極めて重視してきた「詩」から自身を排除するに至った経過においては、より根元的な強い意識が働いていたに相違ない。以下、そのことについて検討したい。

一九一八年に「狂人日記」を発表して、まだ作家としてのデビューを飾ったばかりの頃、一九一九年に魯迅は次のように述懐している。

> 私は自分で本当のところは作家でない、とわかっています。今あれこれ、とやかく言っているのは、幾人かの新しい作家をつくり出し、――私は中国には天才がいるはずで、ただ社会にもみ倒されていると思っているのですが、――中国の寂寞を破ってやろうと思っているからです。[12]

「阿Q正伝」の成り立ち」(一九二六年)では、次のように述べている。

いつも言うように、私の文章は、湧き出てくるのではなく、搾り出したものである。それを耳にした人は、よく謙遜だろうと誤解するのであるが、それが実状なのである。私には言わねばならないこと、書かねばならない文章など何もない。ただ私には、自分で自分に爪を立てるようなところがあって、時には吶喊をあげて人々に景気をつけてあげたくなる。たとえて言えば、一頭の疲れた牛のようなものだ。大して役に立たないことはわかっているのだが、廃物を利用しない手はない。(13)

作家としての魯迅の苦しみは、先に見た葉聖陶の文章に見える徐玉諾の作法「彼は決してことさらに作ろうとして作るのではなく、感覚のあるがままに書き付けるだけだ。」とまさに対極にあるが、実は魯迅自身がそのことを強く認識していたのである。「革命時代の文章」(一九二七年)では、そうした文学の本質について感慨を記している。

立派な文学作品は、これまでその多くが他人に命令されたり、利害を顧みたりせず、あるがままに心の中から流れ出たものであるからです。もしもある題目をまず掲げておいて文章を作るのならば、八股文と少しも変わらず、文学としては何の価値もない、まして、人を感動させ得るだろうかなどと言えるわけがありません。(14)

次に引く、魯迅の小説「幸福な家庭」(一九二四年、『彷徨』所収)は、許欽文「理想の伴侶」という小説をヒントに書かれたものであるが、作品の冒頭部分で、魯迅は主人公に次のような言葉を吐かせている。

「……書く書かないは自分次第だ。書きたくて書いた作品、つまり、鉄と石とを打ちあわせて出す火打ち石の火なんぞではない、無限の光源から湧き出てくる太陽の光のような、そんな作品でなきゃ、真の芸術じゃない。そんな作者でなきゃあ、真の芸術家じゃない。――するとおれは……いったい何者なんだろう?……」(15)

この言葉は、「『阿Q正伝』の成り立ち」（一九二六年）にしたためられた「私の文章は、湧き出てくるのではなく、絞り出したものである。」ともオーバーラップするが、それを魯迅自身の叫びと捉える論考は見ない。中国近代文学史における魯迅の存在はあまりにも偉大である。この「謙遜」こそは偉大な文学者魯迅の真骨頂だと解釈されるのも当然の成り行きであろう。だが、魯迅はあまりにも「謙遜」し過ぎる感が否めない。一九二八年に書かれた翟永坤宛の手紙の中でも、次のように書いている。

現在は翻訳をいくつかやっているだけです。一つには付き合い、二つには食いつなぐためです。創作となると、一字も書けません。(16)

さらに一九三四年、晩年に近いこの時期に、魯迅は「我が身の例から考えること」と題する文章の中で、やはり次のように述べている。

去年、何人かの有名作家の文章に、批評家の漫罵は、出てくるはずのよい作品を引っこませ、文壇をさびれた寂しいものにしてしまう、とあった。もちろん私はこれもその通りだと思った。私も作家になりたいと思っている人間である。そして確かに作家ではあるが、まだ罵られる資格を獲得していないと思っている。なぜなら、まだ創作をしたことがないからである。引っ込めてしまったのではなく、まだひねり出せないのだ。(17)

こうして見てくると、魯迅の「謙遜」は、一貫して「創作」に対するものであることが明らかになる。つまり彼は「創作」コンプレックスの固まりなのである。

「文学者」魯迅は生涯にわたって膨大な量の文章をものしたが、その文筆活動のほとんどは、時事評論たる「雑感文」執筆と、海外文学の翻訳である。それは確かに魯迅の言葉通り、純粋な文学「創作」と呼ぶことはできないものであったかもしれない。瞿秋白が『魯迅雑感選集』序言」(一九三三年)に書き付けた「雑感というこの種の文体は、魯迅によって文芸的論文の代名詞に変わろうとしている。無論、これは創作に取って代わることはできないが、(……)」[18]の言葉が思い出される。だが、割合から見れば少ないとは言え、『吶喊』『彷徨』に代表される小説執筆等の「創作」があり、しかもその成就が中国近代文学の濫觴として揺るぎない位置を占めることも顕著な事実である。しかし、魯迅自身の中で、事はそれほど簡単ではなかった。「摩羅詩力説」等、魯迅の初期の論文が日本をはじめとする多くの著書からモザイク的に引用して書かれたものであることは今や周知の事実だが、実は彼の小説をはじめとする「創作」にも、執筆のための多くの材料が存在したことが、近年の研究を通して次第に明らかになっている。つまり、多いとは言えないその創作すらも、魯迅の言に見えるような、「湧き出て」来たものと呼べるような代物ではなかった。後世の人がいくら、「狂人日記」を、「阿Q正伝」を、散文詩集『野草』を口を極めて賛美しようとも、当の魯迅自身にとって、それを「真の芸術」だと認めることが憚られたのではなかったか。魯迅の苦渋の表情は見てきた通りである。魯迅の「謙遜」は、実際には「本音」であったと考えるのが自然な気がする。もちろん、「一字も書けません」などの表現は、魯迅らしいウィットと解すべきであろうが。

そして、その「創作」の中でも、魯迅にとって最も高尚なる文学芸術と考えられていたのが、「詩」であった。自分のことを「詩人」どころか「作家」とさえも正面から認めようとしない魯迅の意識の根底には、自分には「詩」をはじめとして「真の創作」と呼べるものがほとんどなかったことが、重く影を落としていた。彼の「創作」の中心たる散文詩集『野草』をめぐる問題については、これまで論じてきたのでここでは触れない。偉大な文学者魯迅も、一人の作家として人並みの苦しみを味わっていたのである。

二　芥川の「想い」

芥川龍之介もまた、「詩」を愛してやまない文人であった。遺稿「或阿呆の一生」（一九二七年）の冒頭の一篇「時代」に書き付けられた言葉はとりわけ印象的である。

彼は梯子の上に佇んだまま、本の間に動いてゐる店員や客を見下した。彼等は妙に小さかつた。のみならず如何にも見すぼらしかつた。

「人生は一行のボオドレエルにも若かない。」

彼は暫く梯子《はしご》の上からかう云ふ彼等を見渡してゐた。[19]

「詩人」と終生自称して憚らなかった芥川が、自己を詩集『悪の華』（一八五七年）の詩人ボードレールの側に置いて発したと考えれば何とも傲慢な言葉であるが、文学芸術に、そして芥川にとってその精髄たる「詩」に生涯を捧げた一個の文人の感慨は強烈である。同じく晩年の文章「文芸的な、余りに文芸的な」[20]でも、

僕は（……）本質的にはどこまで行つても畢竟ジャアナリスト兼詩人である。（中略）一行の詩の生命は僕等の生命よりも長いのである。僕は今日もまた明日のように「怠惰なる日の怠惰なる詩人」、——一人の夢想家であることを恥としない。

彼は生涯にわたり徹底して「詩」を賛美し続け、自身「詩人」たることに執念を燃やした。芥川の詩への想いは、

著述の随所に散りばめられている。だが、実作の成就においては「詩人」と呼べるほどの作品をものすことは叶わず、また詩人の友人たちからも「詩人」と認められることはなかった。萩原朔太郎は芥川を次のように解剖した。

芥川君の悲劇は、彼が自ら「詩人」たることをイデアしながら、結局気質的に詩人たり得なかつたことの宿命にあつた。（中略）

彼の詩文学は、生活がなくて趣味だけがあり、感情がなくて才気だけがあり、ポエヂィがなくて知性だけがあるような文学なのだ。そしてかかる文学的性格者は本質的に詩人たることが不可能である。詩人的性格とは、常に「燃焼する」ところのものであり、高度の文化的教養の中にあつても、本質には自然人的な野生や素朴性をもつものなのに、芥川氏の性格中には、その燃焼性や素朴性が殆んど全く無かつたからだ。そこで彼が自ら「詩人」と称したことは、知性人のインテレゼンスに於てのみ、詩人の高邁な幻影を見たからだつた。それは必しも彼の錯覚ではなかつた。だがそれにかかわらず彼の宿命的な悲劇であつた。[21]

また、同じく友人の室生犀星は、芥川に詩人風の気質を認めてはいたが、「芥川龍之介と詩」と題して次のように書いている。

詩人といふものは殊に少し抜けたやうな人間がそれに相応しい。あるひはもつと適切にいへば少しくらゐ馬鹿な人間がかく詩が面白いのであつて、詩には聡明とかりこうとか、智恵をかがやかすことや学問の深い人間には必要がないし、詩の魂もそんな人間を避けて宿るものらしいのである。芥川君が詩人ではあつたが、詩はこの人に幸ひせずして別れてゐたのである。[22]

経歴の面で芥川と対極に位置する犀星の言葉に、自他共に認める「秀才」芥川に対するある種の屈折を見ることもできるかもしれない。だが、芥川も尊敬した「詩人」犀星もやはり彼に「詩」を見ることはできなかったのである。

しかし「詩人」ではないと言われれば言われるほど、芥川の詩人への執念は激しさを増した。自己を詩人に列しようとする彼の努力は並大抵のものではない。同じく「文芸的な、余りに文芸的な」から引く。

新聞文芸の作家たちはその作品に署名しなかったために名前さえ伝わらなかったのも多いであろう。現に僕はこう云う人々の中に二三の詩人たちを数えている。僕は一生のどの瞬間を除いても、今日の僕自身になることは出来ない。こう云う人々の作品も（僕はその作家の名前を知らなかったにしろ）僕に詩的感激を与えた限り、やはりジャアナリスト兼詩人たる今日の僕には恩人である。

同じく、

僕の作品を作っているのは僕自身の人格を完成するために作っているのではない。況や現世の社会組織を一新するために作っているのではない。唯僕の中の詩人を完成させるために作っているのである。あるいは詩人兼ジャアナリストを完成するために作っているのである。

いかにも大上段に構えた芥川らしい言葉である。こうした彼の姿勢に対する冷ややかな目も少なからずあったに違いない。そして、彼の中のもう一人の芥川はそのことも強く自覚していたであろう。数ヶ月後に自死を遂げる芥川の、まさに終焉に向かってひた走る様子がここにも活写されている。

さて、芥川の「詩」への想いが具体的にそして最も端的に披瀝されたのは、次に見る遺稿「小説作法十則」（一九二七年九月一日『新潮』）であった。抜粋して挙げてみよう。

一、小説はあらゆる文芸中、最も非芸術的なるものと心得べし。文芸中の文芸は詩あるのみ。即ち小説は小説中の詩により、文芸の中に列するに過ぎず。

（中略）

三、小説家は彼自身暗澹たる人生に対することも常人より屡々ならざるべからず。そは小説家自身の中の詩人は実行力乏しきを常とすればなり。もし小説家自身の中の詩人にして歴史家乃至伝記作者よりも力強からん乎、彼の一生は愈《いよいよ》出でて愈悲惨なるを免れざるべし。

（中略）

附記。僕は何ごとにも懐疑主義者なり。唯如何に懐疑主義者ならんと欲するも、詩の前には未だ嘗《かつて》懐疑主義者たる能はざりしことを自白す。同時に又詩の前にも常に懐疑主義者たらんと努めしことを自白す。

（大正一五・五・四）

小説「作法」と言いながら、自己解剖、自己の理論付け、自己表白に終始している。ただ、「小説」を見下し否定する言辞の底に「小説家」としての自覚が垣間見られることは興味深い。彼はまさに「詩を熱望した小説家」[23]であったのだ。[24]

三 二人の遺した「詩」

さて、見てきたように、魯迅と芥川龍之介の「詩」に対する言動をたどってみると、不思議な感慨に囚われる。表れは異なりながらも両者ともに「詩」に対する強いこだわりを有していたことは共通している。実作の面から見れば「詩人」とは到底呼べない二人が終生執拗に「詩」を意識したことは、中国と日本の文人のあり方について考察する上でも某かのヒントを与えてくれるのではないか。

彼らはどちらも生涯ただ一度だけ「散文詩集」創作を試みていた。魯迅の『野草』(一九二七年)と、芥川の『わが散文詩』(一九二三年)である。両者の間に実際上の交流関係が存在したことは前章にて考察した通りだが、魯迅は遥か芥川の文筆活動に注視の眼差しを向けていた。また両者ともに自分の「散文詩集」に対していささか自負を有していた。魯迅は、蕭軍に宛てた手紙の中に、「私の『野草』は技巧はそれほど拙くない」(25)と書き記しているし、芥川も、藤澤清造宛の手紙の中で、「別封『わが散文詩』さし上げ候少々短けれど出たらめの作にては無之候」(26)と得意気であった。だが、魯迅は自作の散文詩集『野草』に対してはやはり一貫して謙虚であった。彼は「『自選集』自序」(一九三二年)で次のように述べていた。

少し感じるところがあると、短文を書いた。やや誇張して言えばすなわち散文詩である。のちに一冊の本として出版し、『野草』と名付けた。(27)

「『野草』英訳本の序」(一九三一年)では、「散文詩」とは呼んでいない。

この二十数篇の小品は、それぞれの末尾に注記してあるように、一九二四年から二六年にかけて北京で作ったもので、定期刊行誌『語絲』に次々に発表したものである。ほとんどは、その時々のちょっとした感想にすぎない。当時は直言しにくかったので、時として物言いが曖昧になった。(28)

魯迅の「詩」に対する複雑な感情がここにも顔を覗かせている。彼は散文「詩」と正面切って言わずに、「やや誇張して言えば」とはぐらかし、また、「詩」ではなく「小品」と神経質に言い換えている。興味深いことに、芥川も同じく自己の「散文詩集」を、「小品」と呼び換えていた。同じく藤澤清造に宛てた別の手紙から、

「わが散文詩」の名は「詩と音楽」のに用ひました　今後同じ題であんなものをいくつか書かうとした為でありますす　併しお店の意見も御尤も故　題はかへてもよろしい　但し「肉慾」を題にするなどは貴説通りいけません　そんな事を云うやつは生カシテハオケン位です　まあ強ひてつければ「澄江堂小品」とでもしたいと思ひます。(29)

芥川は自作に対する謙遜から「小品」と呼び換えたわけではない。先に雑誌『詩と音楽』に送った三篇に「わが散文詩」の名前が使われているので、同じく「わが散文詩」の題で『女性』に送った次の三篇に異なる題を請われたのである。だが、のちに全篇まとめて第六作品集『春服』(一九二三年)に収める際には「わが散文詩」の総題にきちんと戻してあるところに芥川のこだわりを窺うことができる。しかし、そもそも「〝わが〟散文詩」と誇示せねばならなかったところに芥川のコンプレックスが垣間見られるかもしれない。同じ頃、芥川は弟子の堀辰雄に向けて次のように書き送っていた。

詩二篇拝見しました　あなたの芸術的心境はよくわかります　或はあなたと会つただけではわからぬもの迄わかつたかもしれません　あなたの捉え得たものをはなさずにそのままずんずんお進みなさい（但しわたしは詩人ぢゃありません　又詩のわからぬ人間たることを公言してゐるものであります　ですからわたしの言を信用しろとは云ひません　信用するしないはあなたの自由です）(30)

漱石に「鼻」を激賞された時と同様の口振りで今度は後進を励ます、芥川の得意満面な様子が覗かれるが、一方で、ここには魯迅の言と見まごうほどの、「詩」に対する謙虚な芥川がいる。自分を「詩人」と信じて慕って来る相手に対して「私は決して詩人ではない」と念を押すところはまさに魯迅のそれである。魯迅と反対に「詩人」を標榜していた芥川がなぜここで急にこのように述べたか不可解だが、虚勢を張る程の相手でもないことから来る余裕であったか。あるいは「そんなことはありません」との相手の反応を楽しんだ戯《ざ》れ言《ごと》であったか。……魯迅、芥川がそれぞれ唯一の「散文詩集」に強い自負を抱きながらも申し合わせたように「小品」と言い換える、そこにはやはり二人の「詩」に対する複雑な想いが交錯していたようだ。

「『阿Q正伝』の成り立ち」の、「私の文章は、湧き出てくるのではなく、搾り出したものである。」の言葉にも象徴されるように、魯迅が創作に苦しんだことは前章にて見た通りであるが、それは芥川においても同様であった。小室義弘『芥川龍之介の詩歌』（二〇〇〇年）から借りれば、

この人の文章彫琢の苦心のすさまじさについては、それをまのあたりに見た江口渙が《大量の原稿紙の書きつぶしの海の中にただよ》うと言い、口述筆記をつとめた沖本常吉が《毎日の様に四、五行ずつしか進まぬ苦渋であつた》と語っている。(31)

病身に鞭打ち創作に身をやつす芥川の鬼気迫る様子が窺われるが、彼の理想たる作家像に到達すること結局は叶わぬ夢であった。魯迅同様、「無限の光源から湧き出てくる太陽の光のような、真の芸術、真の芸術家」にはなりえなかったのである。芥川の作品のほとんどが他作の「模倣」から成り立っていることは周知であるが、そのことを懸命に正当化しようとしたことも芥川の哀しさであった。「文芸的な、余りに文芸的な」「三十九　独創」にも彼の苛立ちが垣間見られる。

> 現代日本文学全集と云い、明治大正文学全集と云う文芸上の総決算は勿論、明治大正名作展覧会もまたやはり絵画上の総決算である。僕はこれ等の総決算を見、いかに独創と云うことの困難であるかと云うことを感じた。古人の糟粕を嘗めないなどとは誰でも易々と放言し易い。が、彼等の仕事を見ると、（あるいは仕事を見てもかもしれない。）今更のように独創と云うことの手軽に出来ないのを感じるのである。
> 　僕等はたとい意識しないにもせよ、いつか前人の蹤《あしあと》を追っている。僕等の独創と呼ぶものは僅かに前人の蹤を脱したのに過ぎない。

　魯迅は芥川のように弱みを見せることはなかったが、「独創」を尊びながらも果たせなかった点ではやはり同じ悩みを抱えていたと言えるだろう。

　さて、「作家」としての資質という点で両者の間にさらなる共通点を見出すならば、どちらも「短篇」作家であったことも重要な要素と考える。吉田精一『芥川龍之介』（一九四二年）は次のように断じている。

> 　彼は前年度の「邪宗門」に次いで、長篇「路上」（六月～八月、一九一九年）を大阪毎日新聞にのせてゐる。漱石の「三四郎」に似た題材を扱つたもので、その筋立ても行文も似た所があるが、作者はもちこたへ切れず終

に前篇だけで投げてしまつた。（……）「邪宗門」もこれからといふ所で筆を折ったが、一體に彼には長篇の構成力はなかつた。纖細で神経質な文體は、幅の廣い、線の太い、盛り上がる力を缺いてゐた。[32]

魯迅も「魯迅著訳書書目」（一九三二年）で、自分の創作について次のように述べている。

あらためてもう一度、私の書目を検討してみると、それらの内容は、実際ひどく貧弱である。もっとも致命的なのは、創作は私に偉大な才能が不足なため、いままで一度も長篇がないこと、翻訳も外国語の学力不足のため、あれこれ眺めるばかりで、世に名高い大作を一つも手がけなかったことである。[33]

このことについては、友人の許寿裳が『亡友魯迅印象記』（一九五三年）の中で、

魯迅が長篇小説を書かなかったことは残念だという者があるが、実際には彼は三篇の執筆を計画しており、そのうちの一篇は「楊貴妃」というのだった。[34]

この許寿裳の弁明によって、当時において、長篇のない「作家」魯迅に対して批判的な見方が確かに存在したことが窺われるが、魯迅自身はむしろ素直にそのことを「致命的」とまでに認めていたのである。魯迅と芥川の意識の中で、「創作者」たるその頂点に位置するのが「詩人」であった。だが、「創作（独創）」力不足という重大な欠陥を明に暗に認識していたことが、「詩」に対する複雑な言動へと彼らを突き動かしたのではないだろうか。「詩」という観点から、魯迅と芥川という中国と日本における代表的な文人の歩みをたどってきたが、意外にもその名声に相反して極めて旗色が悪いようだ。二人とも不必要と思われるほどに「詩」に拘泥したことによって、

かえって窮地に陥る結果となっていることは残念な気がする。黙していれば、もちろん「詩」においてではなくともそれぞれの最も長じた部分だけで十分以上に「作家」として認められるに足る成就を有しているのであるから。だが、彼らはやはり口にせずにはいられなかったのである。

竹内好は、魯迅の散文詩集『野草』について、次のように述べている。

> 『野草』の文学史的評価は、まだきまっていない。（……）中国では、難解な象徴詩でも、唐詩以来、あるいはもっと遡る民族的伝統に負っているものが多いのである。そして魯迅は、その開拓者の一人であった。魯迅の中には、古典の遺産が重荷としてあり〔たとえば「わが失恋」は、『文選』第二十九巻の張平子四愁詩四首のパロディである、といった風に〕それはある点ではマイナスだが、また将来へ向かって利用されるものも含んでいるのである。中国では、近代文学以後も、詩の伝統は亡んでいず、事ごとに復活している。[35]

魯迅は新詩創作において、（『野草』を除けば）二、三篇の習作を残すにとどまり見るべきはないが、古典詩創作においては、約五〇篇ほどでしかも自分でそれを残そうという意志すら見せなかったにもかかわらず、その意境、技巧ともに極めて高度な作品を残している。古典詩創作をも含めた重荷としての古典の遺産を一貫して拒否した魯迅は、新詩創作を試み、散文詩という当時におけるいわば最先端の口語自由詩をも試みたのであったが、（彼自身が）思うような成果を挙げることはできなかった。ここに魯迅の「詩」への想いは頓挫することになる。科挙を受験し、古典の素養を十全に身に着けていた彼は正統的「旧文人」たることを痛いほど自覚していたのである。「忘却のための記念」（一九三三年）と題して、愛弟子の柔石の死を悼む文章の中で彼はふと次のように漏らしていた。

> 私は良い友達を失った。中国はよい青年を失ったと重く感じ、悲憤の中に沈んでいった。しかしながら、いつ

もの性癖はこんな時にも顔を出し、次のような詩句を寄せあつめたのだった。

長夜春時を過ごすに慣れたり　婦を挈《たず》さえ雛《こ》を将《ひき》い鬢《びん》に絲《しらが》あり
夢裏依稀なり慈母の涙　城頭変幻す大王の旗(36)

「いつもの性癖（原文「積習」）」、とは、自然に古典詩を書き付ける、旧套を脱し切れない自分を嘲笑った謂いであろう。そこには、柔石のような新時代を背負うべき若者が先に逝き、自分のような古い人間が生き残ることに対する強いやるせなさが込められている。

それでは、芥川の方はどうであったか。「余技」と評される芥川の詩であるが、実は本人の意図と乖離しつつ思わぬ成就を遂げていた。新詩に挫折しながらもやはり魯迅同様、古典詩にひとすじの光を発していたのである。詩人、大岡信の「芥川龍之介における抒情―詩歌について―」より引用する。はからずも、芥川に対するその分析はそのまま透徹した魯迅詩作論を形成している。

面白いと思うのは、彼の詩心が最も高い燃焼度をしめしている――その現場をあからさまに見せている――のが、旋頭歌という最も古風な詩形においてであったことで、ここに芥川の詩の、時代全体に対して見せていた逆説的な表情が、実に象徴的にあらわれていると私は思う。(37)

四　詩人の別れ

一九二七年七月、芥川自殺。その死は中国の文壇においても大きく取り上げられる（無論、「小説家」としてではあったが）。文学研究会機関誌として文壇の中心に位置した雑誌『小説月報』（上海商務印書館発行）の一九二七年九月号（九月一〇日発行）は「芥川追悼特集号」を組み、巻頭に茅盾の「幻滅」が掲載されているのが目を引くが、誌面の三分の二以上、約百頁を芥川紹介文や作品で埋めた本格的なものである。芥川の写真二枚に、「解説」、「年表」、そして小説が「地獄変」「開花の殺人」「お富の貞操」「南京のキリスト」など一〇篇、小品として「尾生の信」など四篇、そして雑著として「小説作法十則」が掲載されている。ここに「小説作法十則」が選ばれていることは特に注目される。この文章は遺稿で、それが公にされたのは同年九月一日発行の『新潮』誌上であった。つまり奥付から判断する限り、日本において発表されたばかりのものがその一〇日後に中国において発表されたことになる。しかも中国語翻訳を経てである。実際の発行期日の問題もあろうが、それにしてもその反応の素早さは驚嘆に値する。『小説月報』が小説専門誌だからこそ、「〝小説〟作法」に目を付けたことと思われるが、しかし、その内容は彼の「詩」への想いを熱く綴ったものであったことは見てきた通り。

また、同誌に中国で初めての『芥川龍之介作品集』出版（一九二七年一二月、上海開明書店）予告が出ていることも興味深い。「薮の中」「支那游記」「絶筆」など一〇篇が収められているが、その巻頭に掲げられるのは、魯迅訳の「鼻」と「羅生門」であった。『小説月報』など主要文芸誌を主宰した文学研究会と魯迅との深い繋がりが改めて確認されるが、一九二七年七月に同じ上海の北新書局から散文詩集『野草』を出版したばかりであった魯迅は芥川の突然の自殺をどう受け止め、そして「小説作法十則」に披瀝された芥川の「詩」への想いをどのような思いで読んだことだろう。その散文詩集『野草』が芥川の作品から多くの啓発を受けていたことを考え合わせるに、芥川の死は魯迅にとって人一倍大きな意味を持ったと想像される。

＊

『魯迅蔵書』（一九五九年、北京魯迅博物館編）に収録される芥川の著作は三種、『支那遊記』（一九二五年、改造社）、

『澄江堂遺珠』（一九三三年、岩波書店）、『芥川龍之介全集』（一〇冊、一九三四〜三五年、岩波書店）である。芥川が一九二一年に大阪毎日新聞社視察員として中国に渡った時の紀行文で、中国を侮蔑したようなその描写によって中国文壇に物議を醸した『支那遊記』（一九二五年、改造社）と、『芥川全集』については、魯迅の書架に並んでいることに何ら不思議はないが、残りの一つ『澄江堂遺珠』(38)とは何であろう。従来、魯迅の蔵書としてほとんど注意を向けられたことのないこの地味な書物は、魯迅と芥川の交流を考える上で実は極めて興味深いものである。

芥川の号「澄江堂」の「遺珠」とは、未定稿詩集を指す。編者佐藤春夫の「はしがき」によれば、

先年、遺友の間に故人の三周忌記念として散逸せる詩篇を集成してさらに一巻の詩集を得ばやとの議起こり、その材料を蒐集し得て業を予に託された。（中略）遺稿は故人が二三の特別に親愛な友人に寄せて感懐を述べた一束の私書と別に三冊の手記冊に筆録した未定稿とである。

収められる詩の内容は、「劉園」「麦秀」等の題からも窺われる中国旅行に由来するものや、「夜ごとに君と眠るべき、男あらずばなぐさまむ、（……）虎疫《ころり》は殺せ汝が夫を」と、「ひとづま」との恋愛に悶え苦しむ詩など、公刊されなかったのも頷けるような直情吐露の作品等、興味深いものである。またそこには、整理されないままの芥川の生の姿が露出していた。佐藤はこう書いている。

外形も俗にいふ大學ノートなる洋罫紙のノートブックで全く腹稿の備忘とも見るべきものが感興のまま不用意に記入されてゐるので逐次推敲變化の痕明らかで、一字も苟《いやしく》もせざる作者が心血の淋漓たるもの一目歴然たる

そうした中でもひときわ異彩を放つのが、「或る雪の夜」と題された連作である。佐藤の解説より引用する。

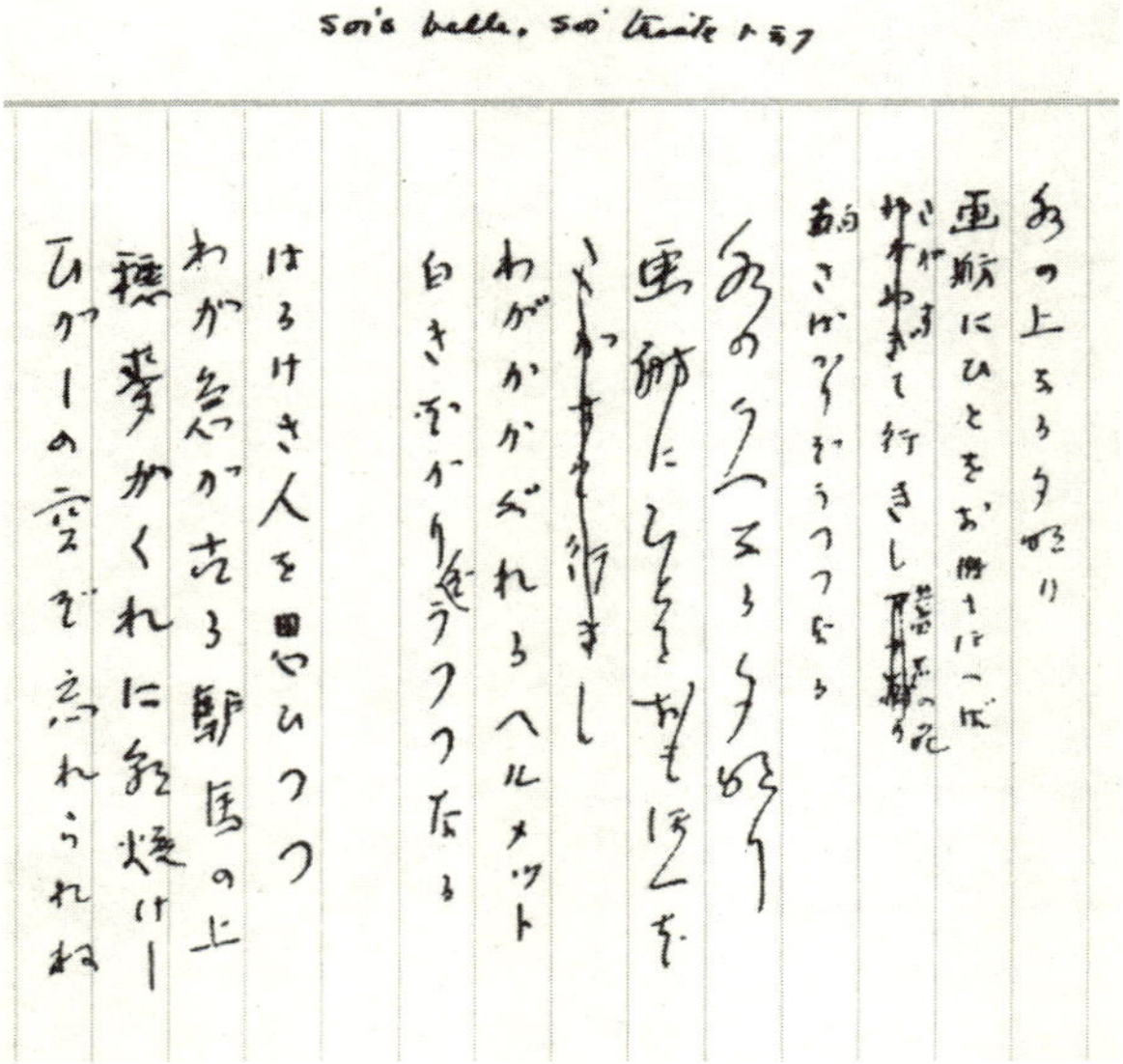

『澄江堂遺珠』（1933 年，岩波書店）

> 次に澄江堂手記冊より抄録せんとするは種々に書き改められて然も終に完成せざる一小曲なり。その内容に従ひて假に「或る雪の夜」と題す。甚しく出色の文字とも見えざれども、故人がこれがために濺げる苦心はこれを閑却し難きものあるを思ひてこれを捨てざるなり。冊子中このあたりを繙き行けば詩に憑かれたるがごとき故人の風貌のそぞろに髣髴たるものあるに非ずや、

『澄江堂遺珠』全体八三頁のうち、実際の詩稿は正味六六頁。そしてこの「或る雪の夜」はそのうち二九頁を占めている。そしてそれは、「かそかに雪のつもる夜は」に始まるたった四行の詩の延々と続く推敲の記録である。まさに「詩に憑かれたるがごとき」一人の文人の生き様であった。「小説家」芥川の真骨頂たる数多の小説集は魯迅の書架に一冊も見えず、わずかに詩集『澄江堂遺珠』が収められる。それは、魯迅が芥川の上に確かに「詩人」を見ていたことを改めて物語っている。

『澄江堂遺珠』の表紙をめくると、「Sois belle, sois triste.」の手書き文字が目に飛び込んでくる。芥川がノートに書き付けていたボードレール詩の一行であった。フランス語の意味は、「美しけれど、そは悲しき」（佐藤春夫訳）。その〝悲しさ〟はきっと魯迅の胸にも響いていたことだろう。

（1）魯迅「摩羅詩力説」一九〇八年二月、三月『河南』月刊二号、三号。『魯迅全集』第一巻『墳』、六六頁。『魯迅全集』（一九八四年、学習研究社）、北岡正子訳による。
（2）伊藤虎丸・松永正義「明治三〇年代文学と魯迅―ナショナリズムをめぐって―」（一九八〇年六月『日本文学』二九巻六号）、清水賢一郎「国家と詩人―魯迅と明治のイプセン」（一九九四年三月『東洋文化』七四号）、等。
藤井省三「魯迅における「詩人」像の崩壊―〈野草〉中の《復讐・希望》諸章の形成をめぐって―」（一九八二年『日本中国学会報』三四集）は、「摩羅詩力説」における「社会に反抗し挑戦するロマン派的詩人像」から打って変わり、一九二〇年代に至って、魯迅が〝「社会から距離をおき、社会に対する無関心を養い」「文学の領域を、社会とともにする経験から孤独においてかみしめられるべき経験へと、完全に一変させ」た象徴主義的詩人観〟を有するに至った経緯を明らかにする。
（3）魯迅「詩歌之敵」一九二五年一月一七日『京報』附刊『文学周刊』五期。『魯迅全集』第七巻『集外集拾遺』、二三五頁。
（4）魯迅「詩歌与豫言」一九三三年七月二三日『申報・自由談』。『魯迅全集』第五巻『准風月談』、二二七頁。
（5）魯迅「不是信」一九二六年二月八日『語絲』六五期。『魯迅全集』第三巻『華蓋集続編』、二二九頁。
（6）魯迅「致蕭軍」（一九三四年一〇月九日）『魯迅全集』第十二巻『書信』、五三一頁。
（7）魯迅「致竇隠夫」（一九三四年一一月一日）『魯迅全集』第十二巻『書信』、五五五頁。
（8）魯迅「白莽作『孩儿塔』序」一九三六年四月『文学叢報』月刊一期。『魯迅全集』第六巻『且介亭雑文末編』、四九三頁。
（9）魯迅「雑論管閑事・做学問・灰色等」一九二六年一月一八日『語絲』六二期。『魯迅全集』第三巻『華蓋集続編』、一九〇頁。
（10）魯迅「罵殺与捧殺」一九三四年一一月二三日『中華日報・動向』。『魯迅全集』第五巻『花辺文学』、五八五頁。
（11）魯迅「『集外集』序言」一九三五年三月五日『芒種』半月刊一期。『魯迅全集』第七巻『集外集』、四頁。
（12）魯迅「対于『新潮』一部分的意見」一九一九年五月『新潮』月刊一巻五号。『魯迅全集』第七巻『集外集拾遺』、二二六頁。
（13）魯迅「『阿Q正傳』的成因」一九二六年一二月一八日『北新』周刊八期。『魯迅全集』第三巻『華蓋集続編』、三七六頁。
（14）魯迅「革命時代的文学―四月八日在黄埔軍官学校講」一九七二年六月一二日広州黄埔学校出版『黄埔生活』周刊四期。『魯迅全集』第三巻『而已集』、四一八頁。
（15）魯迅「幸福的家庭―擬許欽文」一九二四年三月一日『婦女雑誌』月刊一〇巻三号。『魯迅全集』第二巻『彷徨』、三五頁。
（16）魯迅「致翟永坤」（一九二八年七月一〇日）『魯迅全集』第十一巻『書信』、六二五頁。
（17）魯迅「推己及人」一九三四年五月一八日『中華日報、動向』。『魯迅全集』第五巻『花辺文学』、四七六頁。
（18）『瞿秋白文集』第三巻（一九五三年、人民文学出版社）九七八頁。金子二郎訳（一九五三年、ハト書房）を参照した。

(19)「或阿呆の一生」一九二七年一〇月『改造』。『芥川龍之介全集』第十六巻（一九九七年、岩波書店）、三八頁。
(20)「文芸的な、余りに文芸的な」一九二七年『改造』四～八月号。前掲注（19）『芥川龍之介全集』第十五巻、一六六頁（「十　厭世主義」）。
(21) 萩原朔太郎「小説家の俳句―俳人としての芥川龍之介と室生犀星」一九三八年『俳句研究』六月号。『芥川龍之介研究資料集成』第九巻（一九九三年、日本図書センター）、一八四頁。
(22) 室生犀星「芥川龍之介と詩」一九三四年一一月『文学』二巻一一号。前掲注（21）『芥川龍之介研究資料集成』第八巻、六九頁。
(23) 萩原朔太郎「芥川龍之介の死」一九二七年二月『改造（芥川龍之介特集）』九巻九号。
(24)「芥川と詩」に関して、本文中に引用したもの以外、主たる参考文献は以下の通り。水島裕雅「芥川龍之介とボードレール」（一九七八年九月『實存主義』八四号）。佐々木幸綱「詩歌」（『芥川龍之介研究』（一九八一年、明治書院）、二三五頁）。佐藤泰正「芥川龍之介の詩歌―俳人我鬼を軸として」（『作品論　芥川龍之介』（一九九〇年、双文社出版）、三八五頁）。平出隆「芥川龍之介は詩人か」（岩波書店『図書』一九九五年一〇号「芥川龍之介特集」）。瀬尾育生「芥川龍之介と詩について」（前掲注（19）『芥川龍之介全集』第十九巻『月報十九』）。関口安義・庄司達也編『芥川龍之介全作品事典』（二〇〇〇年、勉誠出版）。『芥川龍之介事典』（一九八五年、明治書院）。
(25)「致蕭軍」（一九三四年一〇月九日）『魯迅全集』第十二巻『書信』、五三一頁。
(26)「藤澤清造宛」（一九二二年一〇月一四日）前掲注（19）『芥川龍之介全集』第十九巻、二九一頁。
(27) 魯迅「『自選集』自序」『魯迅全集』第八巻『集外集拾遺補編』、三〇五頁。
(28) 魯迅「『野草』英文訳本序」『魯迅全集』第四巻『二心集』、三五六頁。
(29)「藤澤清造宛」（一九二二年一一月一四日）前掲注（19）『芥川龍之介全集』第十九巻、二九三頁。
(30)「堀辰雄宛」（一九二三年一一月一八日）前掲注（19）『芥川龍之介全集』第二〇巻、三三頁。
(31) 小室義弘『芥川龍之介の詩歌』（二〇〇〇年、本阿弥書店）、三〇頁。
(32) 吉田精一『芥川龍之介』（一九四二年、三省堂）、一八四頁。
(33) 魯迅「魯迅訳著書目」（一九三二年四月二九日）『魯迅全集』第四巻『三閑集』、一八四頁。
(34) 許寿裳『亡友魯迅印象記』「一五　雑談著作」一九五三年、人民文学出版社、五三頁。
(35) 竹内好「解説　二『野草』について」『野草』（一九五五年初版、岩波書店〔文庫〕）、九八頁。
(36) 魯迅「為了忘却的紀念」一九三三年四月一日、『現代』二巻六期。『魯迅全集』第六巻『南腔北調集』（一九八五年、学習研究社）、竹内実訳による。

(37) 大岡信「芥川龍之介における抒情性—詩歌について—」一九七二年十二月『国文学』十七巻十六号。

(38) 芥川龍之介『澄江堂遺珠』一九三三年三月初版、岩波書店。一九七七年、日本近代文学館「名著復刻」版によった。

第11章　「雑文家」への道

序

魯迅が「詩人」であることは多くの先達によって語られ、それは散文詩集『野草』に代表される魯迅文学のシンボルでもある。だが、彼の著述の大部分は「雑文」と呼ばれるエッセイと翻訳で占められ、詩作は極めて少数で、しかも『野草』は散文詩つまり詩的散文である。魯迅における「詩人」の意味は、前章にて検討したように実際にはかなり曖昧かつ複雑であると言わざるをえない。本章では、「詩人魯迅」評価の成立と変遷を概観した上で、魯迅自身の思いに立ち返って、その評価に対する疑問を提示したい。

一　「詩人魯迅」の形成

魯迅の生前に出版され、後世の魯迅評価にも極めて大きな影響を与えた『魯迅批判』（一九三五年）の著者李長之は次のように述べている。

魯迅はその思想上、一人の思想家と呼ぶには足らず、思想面では、一人の戦士にすぎない。旧制度、旧文明に激しい攻撃を加えた戦士でしかないのだ。だが文芸面では、文句なしに、彼は一人の詩人である。

詩人とは、情緒的であるが、魯迅はそうである。詩人はまた敏感で、無意識のうちに時代の声を反映するが、魯迅はやはりそうである。詩人は感覚的に、印象的に、具体的事物を把握するものであるが、まぎれもなく魯迅がそうである。(1)

「魯迅は詩人である」ことを、該著の中で李長之は何度も強調しており、このことは「詩人魯迅」形成の上で重要な意義を持ったと考えられる。

次に、魯迅の生涯の親友であった許寿裳の言葉から引用する。許寿裳は魯迅の死後も魯迅にまつわる数多くの論著をものし、それらはすべて魯迅研究の第一級資料として珍重されるが、『魯迅旧体詩集』跋文（一九四四年）に、次のように記している。

魯迅は詩人である。その著、散文詩集『野草』が深い哲理を内包しており、意味深長で、またユーモアと諷刺が随所に見られるからというだけでなく、彼の十数冊の短篇評論集もまた一篇一篇そのほとんどが詩であり、激しい白兵戦の中にも、極めて着実で、さらにそこには作者自身が確かに存在している。(2)

ほぼ同様の記述が許寿裳の『亡友魯迅印象記』（一九四七年）、『我所認識的魯迅』（一九五二年）に散見される。彼は、散文詩集『野草』を「詩人」の決定的拠り所とするが、一般に「雑文」と称される魯迅の評論文についても、社会に突き付けた鋭い筆鋒をもってそれを「詩」と位置づけることが特徴的である。ただどの文章も「魯迅という偉大な人格と偉大な思想を有する傑出した人物に学ぼう！」と高らかに謳われていることには注意したい。「詩人」

魯迅も、その時代（政治）的文脈に沿って理解する必要がある。

文芸理論家で詩人の胡風も「魯迅の白話詩」（一九四二年）と題して次のように述べている。

魯迅は一人の詩人なのである。（……）魯迅の講義、あるいは演説を聴いたことのある者はすべて、誰もが彼のあの深く鋭い眼光を忘れることは決してない。その一言一言はみな、まるで深い思考の淵から濾過されて来たようだ。これが詩人の気質、沈鬱なる詩人の気質なのである。(3)

具体的な詩には全く触れず、魯迅の面影から「詩人」評価を与えている点が印象的である。

また、次の郭沫若の言葉には、やや異なる傾向が窺える。『魯迅詩稿』序」（一九六一年）より引用する。

魯迅先生は詩人になる気はなかったが、時に詩作をものせば、すべて素晴らしい作品となり、あるものは鋭い筆鋒で妖怪どもを暴き出し、あるものは真心でもって人を遇した。たとえば、「横眉冷対千夫指、俯首甘為孺子牛（敵の激しい非難には眼を怒らせて厳しく対するが、人民のためにはこうべを伏し喜んで牛となろう）」のような作品は、わずかに十四文字でありながら、相手に対する生殺与奪の力を有し、愛情と憎悪の境界は明らかで、団結と闘争の精神を、十全に表現しているのである。これはまことにいわゆる前人未到、かつ後人に道をひらくものである。(4)

ここに引かれる魯迅の作品、旧詩（七言律詩）「自嘲」（一九三二年）は、毛沢東が「文芸講話」（一九四二年）に引用したことで人口に膾炙する有名な部分だが、郭沫若もそれを強く意識していることは言うまでもない。ただ、「魯迅は詩人になる気はなかったが、時に詩作をものせば」などのやや屈折した表現に、「詩人」郭沫若のプライドが顔を覗かせているのは興味深い。

この他にも、例えば詩人の臧克家が「魯迅対詩歌的貢献」[5]（一九五六年）と題して、やはり『野草』を引きながら「革命詩人」魯迅を称揚する文章など、枚挙にいとまはないが、一貫して言えることは、「詩人」の称号が、作家としての純粋な呼称である以上に、偉大な革命文学者魯迅に対する賞賛の意味を含んでいること、その背景には、毛沢東の魯迅に対する「新中国の第一級の聖人」「魯迅の方向こそが、中華民族の新文化の進むべき道」といった評価が伏流していることは否定できない。

近年の研究者の評価についても見ておきたい。魯迅の詩を旧詩、新詩、民歌体の詩に至るまで網羅的かつ系統的にまとめた『魯迅詩歌注』（一九八〇年）の著者周振甫は、中でも旧体詩を高く評価する。

魯迅の詩は、その中心は旧体詩である。彼はかつて自分の旧体詩について次のように語っている。
お手紙は私の詩について賞賛がすぎる。私は旧詩について平素から研究したことがなく、書くのもでまかせにすぎない。一切のよい詩は唐代までにすべて作られており、それからあとは、如来の掌をとびこえる「斉天太聖」でない限り、手をつけない方が賢明なのだ。しかし言行は一致せず、時にはついでっち上げることをしてしまい、その滑稽なことを反省している。玉谿の清詞麗句になどどうして比肩しよう。しかし典故が多すぎるのは私が不満とするところだ、（一九三四年一二月二〇日、魯迅楊霽雲宛書簡）
これはもちろん魯迅の謙遜である。魯迅の詩は、憂憤の情が深く、かつ思想も高尚で、李商隠の遠く及ぶところではないことを我々はよく知っている。[6]

「魯迅の詩は李商隠（号玉谿）の遠く及ぶところではない」には批判もあろう（魯迅本人からも）。旧体詩を選択するという評価を打ち出しながらも、内容的には無批判に魯迅を賞賛している様子が窺える。

次に、夏明釗『魯迅詩全箋』（一九九一年）より引用する。

魯迅は一人の偉大な詩人であるばかりか、実際には偉大な哲人でもある。（……）私たちはごく自然に彼の散文詩集『野草』に思い至る。それは一冊の特別な書であり、詩人また哲人たる魯迅の明晰なる姿を表現しているのだ。(7)

『野草』に対する評者の熱い思いも現在に至るまで一貫している。概観したように、中国における「詩人魯迅」評価は、彼自身、旧体詩を多く書いた毛沢東が取り上げる魯迅の旧体詩と、散文詩集『野草』を核としながら、脈々と受け継がれているのである。

それではここで、魯迅の実際の文筆活動について確認しておきたい。彼の詩作は、「旧体詩」が、一九一七年以前の十七篇、一九三〇年代の三十九篇（『集外集』『集外集拾遺』に「詩」として収録されるもの、および『集外集拾遺補編』に収める「周作人日記」より補われたものに限る）のあわせて五十六篇。「新詩」については、一九一八年と一九年に、雑誌『新青年』に掲載した六篇のみである。その他として、『野草』の二十三篇がある。魯迅の生涯にわたる膨大な執筆活動はその大部分が「雑文」「雑感」と呼ばれる時事評論である。それは『熱風』（一九二五年）に始まり逝去後出版された『且介亭雑文』『集外集拾遺』に至るまで十六冊を数えるが、それがわずか一〇年余りの間に続けざまに上梓されている。加えて、『吶喊』（一九二三年）、『彷徨』（一九二六年）、『故事新編』（一九三六年）の小説集三冊、『中国小説史略』（一九二三〜二四年）等の学術的著作、回想集『朝花夕拾』（一九二八年）、それに許広平との往復書簡集『両地書』（一九三三年）がある。さらに、彼が執筆に勝るとも劣らない情熱を翻訳やまた木刻版画の普及に注いでいることも忘れることはできない。その成就も出版されたものだけで三〇冊を優に越える。魯迅の仕事量に改めて驚かされるが、魯迅の「詩」作に立ち返って考察するに、彼がいかに詩を書かなかったかという事実には、意外の感を拭いえない。魯迅の「文学創作者」としての中心時期、つまり『吶喊』に収める小説等を書き継いだ一九二〇年代においても、彼は『野草』を除けば一篇の詩さえも残していないのである。「詩人」魯迅の概念は極めて形而上的なものであった。

山田敬三は「詩人と啓蒙家のはざま―『集外集拾遺』解説―」（一九八五年）の中で次のように述べている。

詩人としての魯迅は、詩をしばしば諷刺の武器に転用する。それは旧詩だけに限ったことではない。散文詩集『野草』に収められた、「私の失恋」と題する定型口語詩の場合もそうだった。ただし、魯迅自身は、「詩歌はもともと己れの情熱を発露したもの」と考えていた。それは「哲学や知力によって認識すること」のできないものだ、という考えである（「詩歌の敵」）。もしそうだとすれば彼の詩作の相当な部分は、本来「詩歌」と呼ぶにふさわしくない作品である。本書所収の「好東西の歌」、「公民科の歌」、「『言詞争執』の歌」等も、これらはすべて詩の形式を借りた散文である。その詩作品の数も、彼を詩人と呼ぶにはあまりにも少なすぎるのである。

だが、魯迅を論ずる人々は、誰もが彼を一様に詩人と呼ぶ。それはおそらく、彼の作品に内在する豊かな情感と、外界に鋭く反応するナイーヴな感覚、そしてそれらを精錬した言語によって作品にしたてあげることのできる力量を評価した言葉であろう。それは、必ずしも作品の形式によってではなく、その内実によって魯迅の文学を評定した言葉である。執筆に際して、彼が自己の信念に反する何者からの容喙をも峻拒し、ただひたすら己れの内発的な要求に忠実であった、という事実も、彼を詩人と称するときの有力な理由となる。（……）たとえそのために不利益を招くことがあると承知していても、彼はあえて筆先を曲げなかった。このような魯迅の営みを指して、「詩人」と称することは、たしかにまちがってはいないだろう。（中略）

魯迅は、たしかに詩人である。だが、詩人である前に、彼は中国革命の啓蒙者であった。いや、彼の詩魂が、彼をそのような啓蒙者にかりたてた、というとらえ方も可能であろう。かくして魯迅は、詩の世界についの住処を見出し得ぬまま、詩とも散文ともつかぬ作品を、次々にその手から繰り出していった。魯迅にとっては、こうしたはざまに立つ営みこそが、文筆活動のすべてであった(8)。

ここには、「詩人」としての魯迅の内実が極めて的確にまとめられている。だがそれゆえにこそ文学史においてすでに動かぬものと言える「詩人魯迅」評価を何とか認めようという苦しみすら伝わって来る。「魯迅は実際には「詩人」ではない」との前提に立つならば、その苦しみは氷解するのではなかろうか。

二 〝詩〟集としての『野草』

ではここで、〝散文詩集〟と称される『野草』について改めて考えてみたい。見てきたように、散文詩集『野草』は「詩人」魯迅の中核をなすもので、魯迅の詩作の精髄として高く評価されてきた。中国・日本を問わずその評価は揺るぎないものと言える。竹内好の言葉から引用しよう。

『野草』は、「誇張していえば散文詩」であることを作者みずからが認めている(自選集自序)。また、晩年の若い友人にあてた手紙によると、『野草』の世界のもつ暗さを気にしながら、愛着は深いらしく、技術的にもみずから許すものがあったらしい。魯迅の作品群中、芸術的完成度では私は『野草』を第一に推したい。

(中略)

魯迅は、くりかえし自分は詩人でないと言明しているが、多くの人は彼を、何よりもまず詩人であったと認める。その本領は端的に『野草』にあらわれているのであって、『野草』を唐詩の格調にせまると激賞する人

さえある。(9)

さて、次に検討する「詩人」馮至の魯迅評価も重要視されるものである。その理由として馮至自身が現代中国を代表する詩人であることは言うまでもないが、何よりも彼が魯迅自身の口から直接に詩人としての高い評価を得ていたことがその根底にある。魯迅は『中国新文学大系　小説二集』導言」（一九三五年）で次のように書いていた。

一九二四年に、上海に誕生した浅草社は、実は、「芸術のための芸術」の作家団体でもあった。だが、彼らの季刊は、毎号必ず努力の跡を示していた。（……）のち、中国の最も傑出した抒情詩人となった馮至でさえ、彼の幽婉な名作をこれに発表していた。

その馮至は、「魯迅先生の旧体詩」（一九四八年）と題する文章の中で、次のように述べている。

詩の中で「自題小像」および「哀詩三首悼範愛農」は一九一二年以前に書かれ、その他はすべて一九三〇年以後の晩年の作品である。その間のほとんど二〇年に及ぶ年月において、彼が一九一八年に『新青年』に五篇の新詩を発表した以外には、彼は詩を書かなかったと言うことができる。たとえ彼の多くの散文の中に豊富な詩的成分が含まれているとしても。

彼は常に自分は詩を作るのは好まないと言い、時には甚だしきに至っては詩が分からないとも言った。しかし我々はこの終始自分に詩人の名を与えなかった魯迅先生の筆先から、中国旧体詩の最後の類稀《たぐい》なすぐれた花を手にしたのである。(10)

馮至のこの文章は、「詩人」魯迅を語る上でたびたび引かれるものである。だが引かれるのは引用の末尾のみ、つまり「魯迅の旧体詩が最後の類稀なすぐれた花」だと述べた箇所のみ強調される。そのすぐ前の部分で、魯迅の詩作が作家としての活動を開始する以前と晩年に偏っており、さらに、「散文に詩的成分が含まれるとはいいながら、魯迅は詩を書かなかった」と述べている部分はほとんど無視されてきた。表題にあるように魯迅の旧体詩について述べたものであるから、馮至自身言いたいことは魯迅の旧体詩を賛美する後半部分にあったのかもしれない。しかし、ふと漏らされたこの言葉にはやはり、魯迅の詩に対する彼の本音が語られていると考える。つまり馮至は、魯迅の詩作、特に新詩創作については恐らくは全く評価していないのである。そして、魯迅自身「誇張して言えば散文詩」と呼び、詩作の精髄たる『野草』は、馮至の中では根本的に〝詩〟には数えられていなかった。馮至は後に書いた「新詩の努力すべき方向について」（一九五八年）でも、

私は新詩を書く人間であり、旧詩は書かない。だが私が最も愛し、常に朗誦するのは毛主席の詩詞と魯迅先生のいくつかの旧体詩なのである。(11)

と述べるように、彼の言葉の中に度々登場する魯迅の「詩」とは決まって旧詩であった。しかも興味深いことに魯迅の旧詩に馮至が言及する時は決まって毛沢東に関連づけられている。一九四八年に書かれた「魯迅の旧体詩」にしても、魯迅旧体詩の精髄として馮至が引くのは「自嘲」七律の「横眉冷対千夫指、俯首甘為孺子牛」、つまり、毛沢東が「文芸講話」にて称揚したあのお決まりの句であった。「文芸講話」（一九四二年）以来、共和国建国以後一九五〇年代に至る革命文芸運動において、新詩よりもむしろ「民歌体」と呼ばれる格律詩並びに毛沢東やそして魯迅が書いた「旧体詩」が推賞されるようになる。そうした潮流の中で「新詩を書く人間」馮至は苦悩の道を歩むことになった。時代の圧迫の中でも自己のアイデンティティを求める必死の試行錯誤が彼の当時の著述を重く覆っ

馮至（1950年）

ている。馮至が魯迅の詩を評価した「魯迅の旧体詩」もそうした文脈を無視して論ずることはできないだろう。

馮至が魯迅の『野草』を「詩」と認めなかった背景として、「（新詩の）過度の散文化に賛成はしなかった」（一九九〇年「詩歌創作を語る」）[12]と言明する彼の認識も無視できない。だが当時、「詩人」魯迅の精華として『野草』が持てはやされる中で、「魯迅は詩を書かなかった」と言い切ったことに「詩人」馮至の誠実さが読み取れるように思う。

馮至は魯迅を「詩人」としてはほとんど評価していなかった。そのことは彼の著述をたどれば明らかである。だが、実は彼は新文学における魯迅の貢献を、「詩」にではなく魯迅の真骨頂たる「雑文」の上に置き高く評価していた。「『古文観止』より中国散文の特徴を語る」（一九八一年）の末尾で次のように書いている。

> 「五四」以来の新文学において、散文の成就は最も大きく、小説、戯曲、詩と比べても全く遜色ない。（……）魯迅の雑文は事を論ずるにも情感に溢れ、心から人を感動させ、批判や諷刺も透徹した論理で急所を突き、文章は簡潔で生き生きしている。それは中国の散文に大いに異彩を放たせることとなった。[13]

さて、魯迅の『野草』に対する否定的評価はほとんど目にすることができないが、ここでもう一人、注目すべき発言を残している人物を取り上げたい。それは本章の最初でも引用した李長之である。その著『魯迅批判』（一九三五年）は魯迅の生前に出版され、荒削りながらも初めての全面的な魯迅評価として重要視されるものだが、その中で彼は『野草』について次のように述べていた。

付け加えておきたいことがある。私は、『野草』が散文詩集であると認めない。無論、散文ということでは異論ないのだが、しかしそれはあくまでも散文的雑感であって、詩ではない。なぜなら詩というものは、主観、情感、自我の発露、そして純粋な審美眼に重点をおくからである。しかし『野草』は、まったくそうではない。それはやはり愚かな者への攻撃と戦闘の礼讃に重点を置いているために、諷刺的息づかいが抒情性にまさり、理知の色彩が感情とほとんど同列に並んでいて、それは純粋でもなければ、審美的でもない。ゆえにこれは散文詩集ではないのである。——ただし、一部分が「詩的である」と言うならば、私ももちろん異論はない。[14]

李長之は魯迅が「詩人」であることを断固として主張したが、他の論者の多くが『野草』をその成就として高く評価するのとは対極に立ち、馮至同様に、『野草』は「詩」ではないと断言するのである。では一体、『野草』はどう評価されるべきなのだろうか。

ここで、魯迅自身が『野草』をどのように捉えていたかを改めて確認しておきたい。最初に彼が『野草』を「散文詩」と定義するのは、一九三〇年に書いた「魯迅自伝」においてであった。

集めて本となったものに、いま、二冊の短篇小説集『吶喊』『彷徨』、論文集一冊、回想録一冊、散文詩一冊、短評四冊がある。[15]

だが、翌一九三一年に書いた『野草』英訳本の序文では、一転してそれを「散文詩」とは呼ばずに、「小品」と呼んでいた。

この二十数篇の小品は、それぞれの末尾に注記してあるように、一九二四年から二六年にかけて北京で作ったもので、定期刊行誌『語絲』に次々に発表したものである。ほとんどは、その時々のちょっとした感想にすぎない。当時は直言しにくかったので、時として物言いが曖昧になった。[16]

一九三二年の「『自選集』自序」では、また微妙に表現を変えている。

少し感じるところがあると、短文を書いた。やや誇張して言えばすなわち散文詩である。のちに一冊の本として出版し、『野草』と名付けた。[17]

魯迅の言は多分に謙虚である。「ちょっとした感想にすぎない」「やや誇張して言えば」と、言葉を選びながら慎重に筆を執る様子が手に取るように伝わってくる。何が魯迅をこれほどまで神経質にさせたのだろうか。『野草』についても数多くの研究成果が報告されているが、この作品もやはり執筆に当たって数多くの種本を有していたことが明らかになってきた。素材となる作品があったとしても、『野草』はその元となる作品を大きく凌駕してすばらしい芸術作品へと昇華させたというのが魯迅研究史上の一致した見解であるが、果たして魯迅自身はそのように思うことができただろうか。魯迅は「詩」や「創作」を生涯尊重し続けたが、自分が「詩人」「作家」と呼ばれることを一貫して拒否し続けている。実際に「創作」が少ないこと、そして数少ない創作も恐らくは魯迅の指向する成就にはほど遠いものであった。書かんがために多くの材料を参考にしながら、まさに「搾り出した」作品集『野草』は、魯迅の中で、「無限の光源から湧き出てくる太陽の光のような[18]」真の芸術とは対極に位置するものとして認識されていた。『野草』に言及する魯迅の消極性は、実際には極めて正直な気持ちの表れであったと考えるべきではないだろうか。

ではなぜ魯迅は『野草』のことを、「誇張して言えば」とは言いながら、散文「詩」であると定義したのだろうか。「詩を作らない」「詩はわからない」と繰り返す魯迅としては、「小品」で通した方が齟齬はなかったのではないか。魯迅の『野草』執筆の主要な素材として使用された中に、例えばツルゲーネフの『散文詩 五〇篇』と、芥川龍之介の『わが散文詩』という二つの作品集があった。参照した種本に「散文詩」と銘打たれていたことが『野草』を〝散文詩〟と定義する上で一定の影響を及ぼしたことは想像に難くない。だが依拠した〝種本〟が散文詩だからといって、魯迅自身がその〝散文詩〟を大上段に振りかざすことはやはりできなかったと推察される。

次に、魯迅逝去の一九三六年に書かれた追悼文、桐華「悼魯迅先生」の一節を引用する。

> 魯迅先生は天性のスタイリストであって、彼の文章は如何なる人の追随をも許さない。彼は詩をもたない詩人であり、彼の頭上にはイバラの冠が戴かれていた。誰一人として詩人たる権利を彼のように主張できる者はいない。詩は彼の霊魂の中に書き、決して紙の上には書かなかったのである。[19]

「詩をもたない詩人」とは、どうしても魯迅を「詩人」に仕立て上げねば気が済まない気迫が伝わってくる。この著者は決して魯迅を揶揄し貶めようとしているわけではない。同じ文中で魯迅をゴーゴリになぞらえ、中国の新文学に実質を与えたと絶賛しているのであるから。だが、魯迅自身の意識に照らせばかような評価は如何なものであろうか。彼が生前自分から「詩人でない」と表明し過ぎたことがかえって「詩人」魯迅との評価を煽《あお》ることになったのは皮肉な結果である。だが、虚偽を嫌う厳格な現実主義者魯迅が、「スタイリスト」と称賛されることを望むとは思えない。

「詩人」魯迅評価を概観して改めて感じさせられるのが、竹内好も指摘する中国文学における「詩経」以来の「詩」の正統性である。近代以来、小説界革命などの新しい文学運動を通してその伝統は転回を見せた感もあるが、彼ら文学者の潜在意識の上には、「詩人」こそが真の文学者であるとのコンプレックスが依然として強く根付いていたように思われる。近代を生きた魯迅も、古い世代から完全に脱却できないことを強く認識していたが、「詩」に拘泥せずにはいられない自分の脳裏に、伝統の血を受け継ぐ中国文人の姿を見ていたかもしれない。

三　魯迅の文学

さて、伝統文学としての詩をあくまでも尊重する一方、時流の中で魯迅は新たな展開を遂げて行く。まず、「読書雑談」と題する講演（一九二七年）の文章から引用する。

もしも世界は文学者ばかり、どこもかしこも話題は「文学の分類」でなければ「詩の構造」だったとしたら、逆にひどく詰まらなくなってしまいます。（……）文章の歴史や理論を研究するのは文学者、つまり学者です。詩、あるいは戯曲や小説を書くのは物書き、つまり昔のいわゆる文人、今で言う作家です。作家は文学史や理論を知らなくてもいっこうに構わない。また文学者は詩が作れなくても構いません。[20]

次に引くのは「文芸と政治の岐路」（一九二八年）と題されたやはり講演の文章である。

古人には田を作りながら詩を作っていた人がいましたが、それはきっと、自分で田を作っていたのではありません。人を何人か雇って田を作らせたからこそ、初めて詩を詠むことができたのです。本当に田を作ろうとすれば、詩を作っているひまなどありません。革命の時だって同じです。革命の最中に詩を作っているひまがどこにありましょう。[21]

五四退潮期を経過した一九二〇年代後半から三〇年代にかけての国内情勢の緊迫に伴って、魯迅のいわゆる文学的言説は著しく減少している。まさに「革命の最中に詩を作っているひまなどなかった」のである。だが、魯迅の中で、あるいは文壇、社会に対してそれを突破するためにはやはり「詩」を乗り越える必要があった。

当時、魯迅（周樹人）先生の熱心な学生であった許広平に対しても、次のように書き送っている。

あの詩は意気が盛んでないことはないが、こうした猛烈な攻撃には散文、例えば「雑感」の類のようなものを用いるのがよろしい。そして措辞もまた、屈折したものでなければなりません。でないと、たちまち反感を引き起こしやすい。詩はやや永久性があるので、こうしたテーマで書くにはあまり合わないのです。（……）私自身は詩は作れません、意見がこうであるというだけです。[22]

「詩」に代わる文学として、魯迅が提起したのが「雑文」「雑感」であった。次に引く徐懋庸の雑文集『打雑集』の序文（一九三五年）で、彼は「詩」から「雑文」への昇華を高らかに宣言している。

雑文というものは、高尚な文学の高楼に侵入するだろうと思う。（……）詩を一首、暗誦して比較してみよう。「夫子何為者、栖栖一代中、（……）」これは、『唐詩三百首』の第一首で、「文学概論」の詩歌の部にいわゆる「詩」である。だが、我々とは無関係である。その詩は、これら雑文、つまり現在に密着していて、しかも生気に溢れ、溌剌として、有益で、しかも人の感情を変えさせることのできる雑文にはとても及ばないのである。（……）かの「夫子何為者」という詩は、決して良い詩ではなく、時代も過去の時代だと言うかもしれない。だが、文学の正統派の看板はどうなるのか。「文学芸術の永久性」はどうなるのか。私は、雑文を愛読する一人である。そして雑文を愛読するのは私一人だけではないことも知っている。それは、「内容のあることを言う」からである。[23]

そして、「「雑文」を書くのも容易でない」（一九三四年）というストレートなタイトルのもと、魯迅は次のようにも書いている。

確かに、堂々とした天文台に比べれば、「雑文」は、時としてごく小さな顕微鏡の仕事のようなもので、汚水を検査したり、膿を検査したり、時には淋菌を研究し、蠅を解剖したりする。立派な学者から見れば、小さくて汚らしくて、嫌悪すべきものでさえある。しかし、苦しんで書いている者自身にとっては、やはり一つの「まじめな仕事」なのであり、人生と関わりあった、しかもそう簡単にはなし得ないことなのである。[24]

魯迅に自己の歩むべき道についての迷いはすでに感じられない。ここからは、彼の「雑文」に対する愛情がひしひしと伝わってくると同時に、「雑文家」としての自負の大きさを窺うことができる。

こうした魯迅の「雑文」を同時代において正面から評価したのが、瞿秋白であった。彼は一九三三年に『魯迅雑感選集』を編集し、その「序言」で次のように述べている。

最近十五年来、魯迅は多くの論文と雑感を断続的に書いてきたが、とりわけ雑感を多く書いた。そこで彼に綽名をつけて「雑感専門家」と呼んだ者がある。「専」が「雑」の中にあるというのは、明らかに蔑視の気持ちが含まれている。だが蚊や蠅たちが、彼の雑感を嫌うからこそ、このような文体それ自身の戦闘的な意義が証明されるのである。（……）そこには、五四以来の中国の思想闘争の歴史が反映されている。雑感というこの種の文体は、魯迅によって文芸的論文（Feuilleton）の代名詞に変わろうとしている。無論、これは創作に取って代わることはできないが、それでもより直接に、より迅速に、社会の日常の出来事を反映するのが、その特徴である。[25]

瞿秋白のこの「序言」は、魯迅の思想が進化論から階級論へと変化していく過程をマルクス主義の観点から綴ったものであったが、皮相な革命鼓吹に流れることなく、魯迅の文章における誤りの指摘、諷刺やユーモアといった特徴にまで細かく視線が注がれた長文で本格的な魯迅文学論となっている。生前から二人の間には親しい交流があったが、瞿秋白の妻、楊之華が「秋白和魯迅」[26]（一九四九年）で回想するように、魯迅自身これを読んでとても満足していたという。論敵に蔑まれながらもひたすら「雑文」の筆を執った魯迅を強く勇気付けたに違いない。ただ、引用の最後の部分に瞿秋白がさらりと書き付けた、「（雑感文は）無論、創作に取って代わることはできない」との言葉は、魯迅にとって実はかなり手厳しいものだったかもしれない。

最後に、「雑文」「雑感」作家としての魯迅の決意を記した「『而已集』題辞」（一九二六年）より引用したい。この文章は、彼の「文学芸術の象徴」たる「散文詩集」『野草』二十三篇を書き終えた直後にしたためられている。『野草』執筆を通して「詩人」としての限界を見据えた魯迅は、決然と新たな一歩を力強く踏み出したのである。だがその内容と対照的に、文章自体が見事な「詩」を構成していることに、古典と近代のあわいを生きることを運命づけられた魯迅の「文学」を見る思いがする。

この半年、私はまた多くの血と多くの涙を見た。
だが、私にはただ雑感あるのみ。
涙は拭った、血は消えた、
屠殺者らは逍遥しまた逍遥する、

鋼の刀を用いる者、軟刀を用いる者、
だが、私にはただ「雑感」あるのみ。(27)

＊

見てきたように、魯迅自身の中では「詩人」から「雑文家」へと昇華を遂げていたにもかかわらず、後世の論者はなぜ魯迅の意に反してまで歴代延々と魯迅を「詩人」と位置づけなければならなかったのだろうか。そのことについての一つの明確な回答が次の文章に示されている。（蔣）錫金「魯迅詩話―紀念魯迅逝世九周年」（一九四五年）より引用する。

「雑文家」などという称号はまったく笑うべき称号であることは明らかだ。世界中の文学者の中で、ひたすら一種類の文体だけ書いてその他の文体には一度もかかわったことのない者などいるはずがない。（……）魯迅先生のためにもこうした憎むべきレッテルをきれいさっぱり取り去り、そして、詩人の称号を献上しようではないか。(28)

瞿秋白に批判された蚊や蠅の次元にとどまっていることに、この文章の著者は気付いていない。だが彼の指摘する通り、中国語においても「雑」のイメージは決して美しいものではない。偉大な魯迅のキャッチフレーズとしては、今後も到底容認できるものではないかもしれない。悠久の中国文学の伝統から言っても、魯迅にはまさに「詩人」という称号が「献上」されることこそふさわしいのである。行間に横溢する文学的資質に「詩人」を見ることは必ずしも誤りとは言えないだろう。だが魯迅の視点に立って考えれば、「詩人」と評価し続けることが真の魯迅理解に繋がるとは思えない。彼は意を決して「雑文家」の道を選び取ったのであるから。

（1）一九三五年、上海北新書局。六一頁。
（2）一九四四年七月三〇日『雲南日報』。『我所認識的魯迅』（一九五二年、人民文学出版社）、八三頁。
（3）一九四二年一月『読書生活』一巻一期。『魯迅研究学術論著資料匯編』第三巻（一九八七年、中国文聯出版社）（以下『資料匯編』と略す）所収、七七九頁。
（4）一九六一年『上海文学』九期。『資料匯編』第五巻所収、一一八五頁。
（5）臧克家「魯迅対詩歌的貢献」一九六二年、上海文芸出版社。
（6）『魯迅詩歌注（修訂本）』（一九八〇年、浙江人民出版社）、二八六頁。
（7）『魯迅詩全箋』（一九九一年、江蘇教育出版社）、一一頁。
（8）『魯迅全集』第九巻『集外集・集外集拾遺』（一九八五年、学習研究社）、六五八頁。
（9）竹内好「解説 二『野草』について」『野草』（一九五五年、岩波書店〔文庫〕）、九八頁。同「『野草』について」『野草』（一九五五年初版、一九八〇年改訳版、岩波書店〔文庫〕）、一一一頁。
（10）「魯迅先生的旧体詩」（一九四八年）は、初め『馮至詩文選集』（一九五五年、人民文学出版社）の巻末に収められ、その後『馮至選集』第二巻（一九八五年、四川文芸出版社）、『馮至全集』第四巻（二〇〇〇年、河北教育出版社）に収録されるが、初出と後出二冊ではいくつかの異同がある。引用部分で、「「自題小像」および「哀詩三首悼範愛農」は一九一二年以前に書かれ」の「一九一二年以前」は、初出では「一九一〇年前後」とする。馮至自身が事実に基づいて訂正したことが窺われる。
（11）「漫談新詩努力的方向」『文芸報』一九五八年九期。前掲注（10）『馮至全集』第六巻、三一九頁。
（12）一九九一年七月香港『詩双月刊・馮至専号』。前掲注（10）『馮至全集』第五巻、二五一頁。
（13）一九八一年筆。前掲注（10）『馮至全集』第四巻、二三八頁。『古文観止』は清の呉乗権・呉大職の編、十二巻。周秦から明末までの古文二二二篇を収める。
（14）前掲注（1）李『魯迅批判』、一四〇頁。
（15）『魯迅全集』第八巻『集外集拾遺補編』、三〇五頁。
（16）『魯迅全集』第四巻『二心集』、三五六頁。
（17）『魯迅全集』第四巻『南腔北調集』、四五六頁。
（18）魯迅の小説「幸福的家庭」に見える言葉。一九二四年三月『婦女雑誌』一〇巻三号。『魯迅全集』第二巻『彷徨』、三五頁。
（19）一九三六年一一月『質文』（上海質文社）二巻二期。

(20) 一九二七年八月広州『民国日報』副刊『現代青年』。『魯迅全集』第三巻『而已集』、四四〇頁。
(21) 一九二八年一月上海『新聞報・学海』一八二・一八三期。『魯迅全集』第七巻『集外集』、一一七頁。
(22) 「『両地書』北京一九二五年六月二八日」『魯迅全集』第十一巻『両地書』、九七頁。
(23) 一九三五年五月『芒種』半月刊六期。『魯迅全集』第六巻『且介亭雑文二集』、二九一頁。
(24) 「做『雑文』也不易」一九三四年一〇月『文学』月刊三巻四号「文学論壇」欄。『魯迅全集』第八巻『集外集拾遺補編』、四〇七頁。
(25) 『瞿秋白文集』第三巻（一九五三年、人民文学出版社）、九七八頁。金子二郎訳（一九五三年、ハト書房）に拠る。「Feuilleton」は、（新聞の）文芸欄を指す言葉。
(26) 一九四九年六月二五日『中国青年』（半月刊）九期。『資料匯編』第四巻所収、八三八頁。
(27) 一九二六年一〇月一四日執筆。『魯迅全集』第三巻『而已集』、四〇七頁。
(28) 一九四五年上海『時代学生』半月刊創刊号。『資料匯編』第四巻所収、三〇頁。

第12章　『野草』の成立

一　魯迅と「『吶喊』の評論」

魯迅は、一九二五年五月『語絲』三一期掲載「ロシア語訳『阿Q正伝』序および著者自叙伝略」に、次のように書き付けている。

> 私の小説が出版されたあと、まっさきに受け取ったのは、ある青年批評家の叱責であった。その後、病的だとする者や、滑稽とする者、諷刺的だとする者もあった。なかには、冷ややかな嘲笑とみなす者すらあって、自分自身でも、自分の心の中に本当に恐るべき氷塊が蔵されているのではと疑うほどだった。

ここに「ある青年批評家」として登場するのが、成仿吾（一八九七－一九八四）その人である。[1] 彼は「詩」の郭沫若、「小説」の郁達夫らと共に創造社設立当初からの中心メンバーで、「評論（批評）」を武器として盛んに活動した。魯迅の言う「私の小説」つまり第一小説集『吶喊』（一九二三年八月、新潮社）が発表されてから、実際には成仿吾よりも先に茅盾「讀『吶喊』」（一九二三年一〇月八日『文学（週報）』九一期）等の書評がすでに出ていたが、あえて〝まっさきに〟と記すところに魯迅の強い思い入れが表出している。〝叱責〟とは、一九二四年二月『創造』季刊二巻二期に掲載された成仿吾「『吶喊』の評論」（一九二三年一二月執筆）で、それは以下のようなものであった。

前期の作品中、「狂人日記」はごく平凡、「阿Q正伝」は、描写はよいとして構成はでたらめ、「孔乙己」「薬」「明日」はどれも凡庸（原文〝庸俗〟）を脱していない。「小さな出来事」は拙劣な随筆であり、（……）「孔乙己」「薬」「明日」等の作はすべて労して功なき作であり、世間の凡庸の徒と変わりがない。こんな作品をあと何百篇集めてみても、全体を暗示することはできない。（……）凡庸の徒がいくら干からびた描写を重ねてみても一文の価値もない。（中略）「不周山」は、全篇中もっとも注意すべき作品である。作者はこの一篇によって、ふだん写実に閉じこもっていた自分が、そこを出て純文学の殿堂へ踏み込もうとする姿勢を示したというべきである。このような意識的な転身を、私は作者のため衷心から喜ぶ。これにも満足できぬ箇所がないわけではないが、ともかく全篇中第一の傑作である。(2)

一九一八年発表の「狂人日記」（『新青年』四巻五号）以来、五年にわたって書き継いだ初めての小説集に、魯迅自身少なからぬ自負の想いがあったし、中国近代文学創出を大きく後押ししたその成就に対して、文壇の評価も当時から極めて高かった。冒頭の引用は、『吶喊』の評論」に対する魯迅からの〝最初の〟反応とされるものだが、それは事後一年余りを経てようやく発信されている。その後、魯迅はまさに堰を切ったように成仿吾批判を噴出させていくことになる。「『吶喊』の評論」への報復として、魯迅は「不周山」を一九三〇年一月の『吶喊』第十三次印刷（魯迅自身は「第二版と表現」）以降削除、「補天」と改名して一九三五年一二月出版の歴史小説集『故事新編』に収録。成仿吾が唯一賞賛した「不周山」の存在自体を亡きものにした。その経緯について魯迅自らが「『故事新編』序」で次のように述べている。

> わが批評家成仿吾氏は、(……)〝凡庸〟という罪名で『吶喊』をバッサリ切り捨て、「不周山」だけを——むろん駄目なところは駄目なりにであるが——佳作に押した。打ち明けて言えば、私がこの勇士に心服しかねるどころか軽蔑さえするようになったのはこれが原因だ。私は〝凡庸〟を馬鹿にしないし、自分が〝凡庸〟でもいっこう構わない。(中略)「不周山」の後半はおざなりで決して佳作などと言えはしない。読者がこの冒険家の言を信じでもしたら自分を誤ることになり、私もまた人を誤らせたことになってしまう。そこで『吶喊』の第二版を出す時この一篇を削り、「霊魂」氏に一本お返しをしてやった。——私の作品集には〝凡庸〟ばかりを蔓延《はびこ》らせて。[3]

死去(一九三六年)の前年に至ってまで、魯迅らしいいささか偏執なやり方でもってこの因縁にけりをつけたわけだが、魯迅と成仿吾の関係は総じて泥仕合の様相を呈している。その発端となったこの「『吶喊』の評論」が魯迅に実際いかに深い傷を残したか、北京エスペラント専門学校の教え子で、一九二五年に魯迅の組織した文学結社「莽原社」の中心メンバーとして魯迅の信頼も厚かった荊有麟が、次のような回想を残している。

> 先生の第一小説集『吶喊』が出版されると、創造社の成仿吾が公正とは見なしがたい批判を投げかけた。(……)成仿吾のかの無遠慮な批判の言葉が先生を鬱々と心愉しまなくさせること、十数年にも及んだのである。会話の中は言うに及ばず、文章の中でも、創造社の人間に言い及べば常に何らかの厳しい指摘や諷刺を伴った。もちろんこれらの指摘や諷刺にはその社会的背景があったとは言え、仿吾のあの批判は先生の脳裏にずっと深く刻み付けられていたのである。[4]

ここに見た『吶喊』の評論」を端緒とする確執や、一九二七・二八年を中心とする成仿吾を含む後期創造社と魯迅の熾烈な革命文学論争についてはすでに数え切れないほど多くの論考がある。だが、本章で取り上げようとする、魯迅の散文詩集『野草』と成仿吾の関係については一切言及されたことがないようだ。だが、『野草』の第一篇「秋夜」執筆は一九二四年の九月、つまり「『吶喊』の評論」発表の約半年後という近い時期であったことは注目される。以下、まずは成仿吾の代表的な評論「詩之防御戦」を改めて繙きつつ、考察を試みたい。

二　成仿吾「詩之防御戦」

魯迅が幾度となく嫌みたっぷりに「批評家」と記すように、成仿吾はそれを強く自負していたし、実際に遺した文章の多くは批評（評論）文である。だが意外にも彼の文学活動の出発は「詩」作にあった。『成仿吾研究資料』（一九八八年、湖南文芸出版社）所収「著訳目録（一九二〇～八五）」は、一九二〇年二月二五日『時事新報・学灯』掲載の第一作「青年（新詩）」から一九二二年末まで、そのすべては詩作で占められる（総計二十三篇。二十代前半らしい浪漫的で青春〔人生、友情や孤独〕を詠じた習作詩）。一九一〇年に長兄（成劭吾）に従い十三歳の若さで日本に渡った成仿吾は、一九一四年に入学した岡山第六高等学校にて郭沫若と相識り、シラーやハイネの詩など外国文学を耽読し、翻訳も手がけている。一九一七年東京帝国大学（造兵科）入学後は、郁達夫や張資平らと共に小雑誌『GREEN（格林）』を刊行、創作活動を本格的に開始することになる。[5]「批評家」としての現れが顕著なことから実作の面がやや疎かにされてきたが、成仿吾の創作への取り組みについても確認しておく必要があろう。そうした彼が〝満を持して〟、『創造週報』創刊号（一九二三年五月）に掲載したのが「詩之防御戦」であった。魯迅が散文詩集『野草』の筆を執るちょうど一年前のことである。

試みに私たちの詩の王宮がいまどうなっているか見てみよう。

かつての腐敗しきった宮殿を私たちが打倒し、ここ数年かけて新たに建造しているところの王宮を。何ということだ、王宮の内外至る所に**野草（Ye-cao）**が蔓延ってしまった。可哀想な王宮よ！　痛ましき王宮！

口だけではあてにならぬ、これら**野草**をいくつか抜き出し論じてみよう。

一、**胡適**の『**嘗試集**』（……）これは一体何なのか見当もつかない。（……）、二、**康白情**の『**草児**』（……）可笑しくて、お腹がよじれそうだ。（……）、三、**兪平伯**の『**冬夜**』（……）何だこりゃ？　さっさと退場しろ！（……）、四、**周作人**（……）このようなものを詩とは呼ばぬ、見聞に過ぎず（……）、五、**徐玉諾**の『**将来之花園**』（……）こんな文章、小説にしたってお粗末極まる。（中略）

もう手が痛くなったし、頭痛がする！　読者もこれら詩の名品の数々を前に、もう目がかすんで頭も痛いことだろう。計画変更、もう**野草**を一本一本洗い清めることはやめにする。

蔓延する**野草**ども、僕らはやつらに対して早急なる防御戦を挑まねばならぬ。（中略）こんなものが詩と呼べるなら、私たちの詩壇は一体どこまで堕落してしまうことか。立ち上がって詩の王宮を守るのだ。僕は青年詩人たちと協力してこの詩の防御戦をやり抜く覚悟だ！

（「**野草（Ye-cao）**」をここでは「**雑草**」と訳さずにあえて原文のままとした[6]）

成仿吾は、創造社が仇敵と目する文学研究会派の代表詩人や胡適、周作人など文壇の大御所を徹底的になで切りにした（〝代表詩人〟として徐玉諾も引かれるが、当時における徐玉諾の重要性が改めて確認できよう）。引用以外の部分でも同じく文学研究会作家冰心やタゴールの詩、また周作人については新詩創作のほか、日本の和歌や俳句をモデルに提唱した「小詩」運動も一概に粉砕している。中国最初の口語新詩集たる胡適の『嘗試集』（一九二〇年）が習作の域を出ないことは周知であるし、草創期の作品が少なからぬ欠点を有していることも理の当然であろう。その

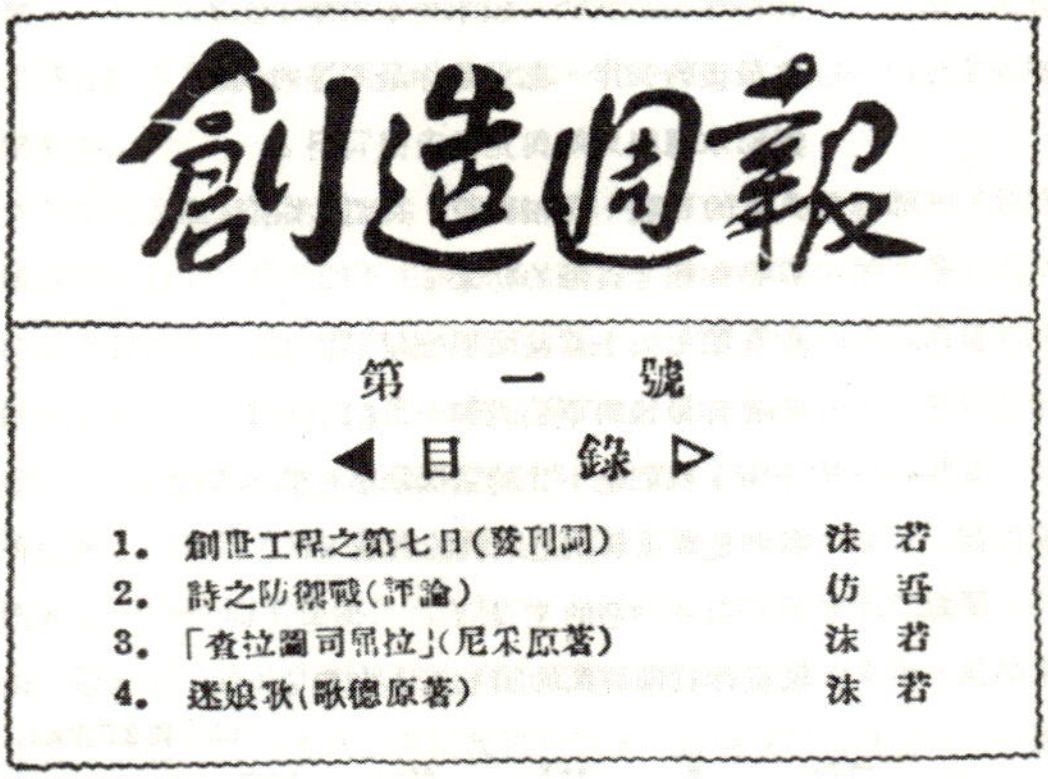
創造週報

第一號

◀目 錄▷

1. 創世工程之第七日（發刊詞） 沫若
2. 詩之防禦戰（評論） 仿吾
3. 「査拉圖司屈拉」（尼采原著） 沫若
4. 迷娘歌（歌德原著） 沫若

『創造週報』創刊号目次（1923年5月）

革新、開拓の努力に意を用いることなく、嘲笑うかのように完全否定する成仿吾の姿勢は、〃仇敵〃に属する者でなくとも違和感を覚えたのではなかったか（だが、文学研究会作家など文壇の大御所に対する胸のすく痛烈な罵倒は、多くの青年読者の溜飲を下げたようで、『創造週報』は活況を呈するに至る）。

しかし、全体約一万字にも及ぶこの力のこもった長文の評論を、成仿吾も決して仇敵打倒の意図だけをもって書いたわけでないことは容易に想像される。「文学とは一貫して情感をその生命となすものである」「文学にはただ美醜の区別があるのみで、もともとそこに新旧の区別はない」などの探究の言葉からは、〃芸術のための芸術〃を標榜する創造社の理念が垣間見えるとともに、文学（詩）芸術に対する彼自身の真剣な取り組みが改めて窺われる。また数式による解説、外来語の多用など、西欧理論の熱心な研究の痕跡も随所に見られる。[7]とは言え、自らが主宰する雑誌への矢継ぎ早やの投稿（『創造週報』のほぼすべての号に、成仿吾［と郭沫若］の文章が掲載されている。加えて同時期の『創造季刊』その他への投稿も夥しい数に及ぶ）という自転車操業の下で、一篇一篇深い思索と実践に裏付けられた文章をものすことは、二〇歳そこそこの成仿吾にはやはり厳しいものがあった。ややもすれば独善、党同伐異に陥るその政治性に加えて、統一性のない論理や冗長、重複も散見される。同時期には、『少年中国』『晨報副刊』『小説月報』などの誌上で、郭沫若や康白情、周作人、聞一多他、多くの文人が中国の新詩をいかに構築していくかの熱い議論を繰り広げていたが、[8]「詩之防御戦」はそうした議論から遊離した形でいきなり既存の文壇（自分たちの陣営以外）を全否定したのである。

ここで、成仿吾の攻撃目標とされた文人（詩人）たちの反応について確認しておきたい。まずは胡適だが、意外なことに何ら反駁の言葉を発していない。実は胡適はこの約一年前に、成仿吾（および郁達夫ら創造社）とはすでに誤訳の問題について激しくやり合ったことがあり、成仿吾「学者的態度—胡適之先生的《罵人》的批評」（一九二二年一一月『創造季刊』一巻三期）などによる苛烈を極めた攻撃に懲りて、達観（辟易？）していたと推察される[9]。時あたかも「詩之防御戦」発表と時を同じくする一九二三年五月一五日付けで郭沫若と郁達夫に向けて、件の誤訳問題について謝罪に近い和解申請の手紙を送っているほどだ[10]。

次に、康白情、兪平伯、徐玉諾らの反応はと言えば、管見の限り一切確認することはできない。基本的に黙殺の状態にあったと見なすことができよう（そもそも徐玉諾のように自己の詩世界を確立していた真の〝脱俗〟詩人には、俗臭芬々たる「批評」など、ほとんど響くことはなかっただろう）。「詩之防御戦」を直接指すものではないが、〝黙殺〟に関して、文学研究会中心メンバーであった茅盾が、当時の魯迅の言として次のような興味深い回想を残している。

魯迅はこの評論（『吶喊』の評論」）を読んだ後、「文章を書いて反駁するのはやめておけ。なぜならもし論争したとしても、それは耳の聞こえない者同士の対話に過ぎないからだ。」と私たちに忠告した。一つ付言すると、成仿吾は性格のまっすぐな人で、何か思い浮かぶと胸に留めおくことができず、すぐ口に出してしまう。（……）彼は魯迅と何度も筆の上の諍いを起こした[11]

最後に、その魯迅の弟、周作人の反応をたどってみたい。実は、成仿吾の周作人に対する批判はかなり辛辣かつ執拗で、周の創作詩歌自体への攻撃にとどまらず、周作人が紹介する日本の俳句や短歌を引き合いに延々と非難を展開している。「要するにそれは悪臭紛々たる皮袋、つまり下種な日本人—俳諧同様に浅薄で下らない日本人のこと」などの言葉からは成仿吾の日本自体への嫌悪も垣間見られるが、彼の周作人への攻撃は一九二〇年代後半の革命文学論争へも（時に魯迅批判に付随した形で）引き継がれており、根の深さが感じられる。

　当の周作人は、「詩之防御戦」の翌月には早くも明確な反駁の文章を書いている。だがその発表場所は、北京在住の〝日本人向け〟〝日本語〟新聞たる『北京週報』紙上（一九二三年六月一七日六九号）であった。署名は「北斗生」、事件とは無関係の文人が手すさびにものしたという形をとっている。[12] その「支那文壇無駄話」（原文日本語）から引用する。

> 上海の「創造」社の同人は皆日本の留學生で自分達はよくデカダンだと云つて居たが僕に云はせるとプロ文士と名づけた方がもつと適當だらうと思ふ　去年の冬から「創造」の誌上で誤譯問題について胡適博士と論戰して今まで根氣よくやつて居て（胡君の方はもうはや沈默したが）猛烈にプロ振りを發揮して居る　五月から又「創造週報」を出して旗色がもう一層鮮明に成つて來た。（……）第一期の「詩の防禦戰」と云ふ論文を見なければ成らない。この批評家はそれで所謂支那の詩壇を專賣してる人人を殘らずやつつけて仕舞つた。その武者振りは實に凄いものだ。（……）ある人が短歌を介紹《ママ》したとて、「日本人自身までももういらないものを拾つて來て支那の青年に模擬させるのは何の譯だ」と盛に非難する。日本に短歌がまだあるかどうかは別問題として、介紹は必ずしも提倡ではない事が批評家も分つてもよささうなものだ。僕も惡口がすきだからあんな文章を讀んで溜飲が下がつた樣で清々するがあの喧嘩腰の姿はちつと勇しすぎるな。（六月八日）

　周作人は、あえて身分を隠し、しかも中国でなく日本向けの文章にて反駁を行った。成仿吾の攻撃が日本の俳句や短歌、ひいては日本自体に及んでいたことも一因であろうが、〝韜晦〟の周作人らしい行動と言えるかもしれない。だが逆に、中国文壇から遠い場所でしかも匿名という自由な空間であればこそ、本音が確実に語られていることは貴重である。創造社をプロ文士と呼んで非難することなども注目される。[13]

実は、周作人は中国語でもこの事件に触れていた。それは約半年後の一九二三年一一月三日付『晨報副鐫』掲載「〝文芸界における匪賊討伐運動〟」と、下って一九三六年に書いた「人を罵る文章を論ず」である。[14] だが、そこでは成仿吾の行為を〝官軍の如き振る舞い〟と遠回しに軽く揶揄しているに過ぎず、正面からの対決姿勢は一切見られない。

さて、弟の周作人をはじめとする同じ陣営の文学研究会作家たちが主要なる攻撃目標になっていたことに加えて、これまで見てきたように早くから新詩理論や実際の創作に真剣に取り組んでいた魯迅も、この「詩之防御戦」に強い注意の眼差しを向けていたことだろう。攻撃一辺倒のその内容のみならず、「詩の王宮」などのキザな用語や欧文羅列、西欧理論のひけらかし等がちりばめられた、魯迅の文学的趣向とは対極にあるこの文章が公刊されて一年後、彼は成仿吾が拙劣な詩作を罵倒して用いた〝野草〟の語をタイトルに冠し、自身初の本格的な新詩創作を紡ぎ出すことになる。

三　『創造週報』をめぐって

批判された当の文人たちの（表面上）冷静な対応とは裏腹に、「詩之防御戦」が有するエネルギーは甚大だった。回想記『創造十年』（一九三二年）で郭沫若は次のように述べている。

仿吾は非常に勇敢で、「週報」第一号から「詩之防御戦」なる爆弾を投げつけ、当時閘北に築かれていた中国のいわゆる詩壇を爆撃した。それはおそらく今年の閘北がやられたよりもひどかったろう。あの文章は仿吾以外には誰も書けないものだった。なぜといって、多少とも飯の問題を気にする人なら、誰があえてあんな文章を書くだろう。少なくとも私には書けない。（……）仿吾はこの文章のために胡適大博士、周作人大導師および文学研究会の大賢小賢たちの御機嫌を損じてしまった。それにまた仿吾の受けた報いもてきめんだった。彼は爆弾を使っていたのだが、相手の方が使ったのは毒ガスだった。[15]

そもそも、「詩之防御戦」を掲載した『創造週報』とは如何なる雑誌だったのだろうか。一九二二年五月創刊の創造社最初の機関誌『創造季刊』は、創作に加えて翻訳や先の成仿吾「『吶喊』の評論」等で極めて意欲的に活動したが、賑わうほどにその場は手狭となり、新たな地平を切り拓くべく用意されたのが『創造週報』だった。『創造季刊』二巻二期（一九二三年八月一日）の巻末には、「預告 創造週報」と題して、「我々のこの週報の性格はと言えば、我々の季刊と姉妹関係を為す。だが両者はその方針をやや異にし、季刊はもとより創作を主とし、評論や紹介を従とするが、このたびの週報は評論や紹介を主とし、創作を従とする予定である。創造社啓事 四月三〇日。」と宣言されている。その趣旨に悖ることなく、創刊号の巻頭を飾った論文[16]がすなわち成仿吾の「詩之防御戦」であり、その後も郭沫若「我們的文学新運動」（三号）や郁達夫「文芸上的階級闘争」（三号）、「The Yellow Book 及其他」（二〇・二一号）等の注目すべき文章を続々と掲載して活況を呈した。当時の状況が鄭伯奇の回想から窺える。

新文芸運動の進展と創造社の引き起こした多大な影響力は、沫若や仿吾そして達夫たちを冷静にしておくことはできなかった。三ヶ月にやっと一冊刊行の『創造』季刊では読者の期待を満足させることは到底できない。このような状況の下、『創造週報』がまさに時運に乗じて誕生したのである。（中略）『創造週報』がひとたび発行されるや、すぐにセンセーションが巻き起こった。毎週土曜の午後になると、四馬路の泰東書局門前はいつも若者の群れでごった返し、印刷所からいま運ばれてきたばかりのインクも乾きやらぬ週報が、争うように買い尽くされ一山一山があっという間にはけていく。定期購読や郵送販売による読者も急増し、書局では専門

の係を設けたほどだ。この時期を前期創造社の最も活気ありし時代だと言ったとしても、あながち誇張ではなかろう。(17)

先の郭沫若の言葉にも見えるように、〝仇敵〟たる文学研究会はむろん創造社の動向を注視していたし、応酬もしている。一九二三年五月、つまり『創造週報』創刊号発刊と同月の『小説月報』(文学研究会主要機関誌)一四巻五号「国内文壇消息」には、「文学雑誌の出版に関して、慶賀すべきニュースがまた一つ。(……)創造社の諸君が、創造季刊に加えて、批評に重点を置いた新しい雑誌創造週報を出す予定とのことだ。」との記事が見えている。だが、『小説月報』主編を担当する文学研究会主要メンバーの茅盾は、一九二二年六月一日『文学旬刊』三九期掲載「『創造』の私に与える印象」で、「創造社諸君の著作もそのすべてが世界における不朽の名作に比肩しうるとは、おそらく言い得ないであろう。であるなら僕が考えるに、いまはむやみに他人を批判するよりは、できるだけ自己を向上させる努力に励む方がよい。(……)天才の二文字は紙の上に描き出し、口先ばかりにならぬよう希望する。」という攻撃的な言葉を投げていたし、一九二三年五月「詩之防御戦」、二四年二月「『吶喊』の評論」の発表を経た後の一九二七年七月には『文学(週報)』二三一号で、成仿吾に照準を定めて次のように述べていた。

互いに批評とは言うものの、彼らが他人を罵る時は、罵倒すること自体「防御戦」であって、それは極めて正当な行為となり、他人がひとたび彼らを罵るや、それはすぐさま「大逆非道」と見なす。正直に言って、この種の現象といえば、ここ二、三年の創造季刊および創造週報の言論がすぐに思い起こされる。(中略)成仿吾はしばしば学理を論ずると称して大いに文学研究会を罵倒し自分たちに与しない者を排斥した。徒党を組んで跋扈することについて僕らはとやかく言う気はない。なぜなら成君の議論が全くお話にならないことを僕らは知っているから。

成仿吾自身、「最終的に自分の居場所も見つからない状態に陥り、長年の友人すら次第に私のことを一文の値打ちもない奴と見なすようになった」（一九二四年四月一三日『創造週報』四八号）などと時に弱音を吐きさえしており、消沈していく様子が窺える。茅盾らの文学研究会が中国全土から多方面の投稿を受け入れて拡大成長していったのに対して、創造社の方は限られた同人サークルの枠組を突破することができなかった。『創造週報』の末路について、伊藤虎丸「創造社小史」の言葉を借りれば、

> 《週報》自体も、十数号を出すと、早くも「少しくたびれた感じ」（「創造十年」）になってくる。《創造日》の発刊を引き受けたことで負担は一層重くなり、いち早く訪れた疲労感に加えて、相変わらずの苦しい生活の中で同人間の感情的な亀裂も表面化してくる。こうして、一九二三年初めには、まず郁達夫が北京へ去り、翌年四月郭沫若も日本に去った後、《週報》は満一年で停刊する。[18]

しかし、成仿吾は白旗を揚げたわけではなかった。一九二四年五月一九日発行『創造週報』五二号（最終号）に彼は「批評と批評家」という題でこう記す。「真の文芸批評家の活動は、文芸活動そのものに等しい。彼が自己を表現するや、それはとりもなおさず完璧な信憑性を有する文芸批評となり、それこそがすなわち彼の文芸作品なのである。」ここには、批評家たる彼の矜持の念が（やや悔し紛れの感もあるが）力強く表明されている。また、同最終号にはやはり成仿吾執筆の「一年的回顧」が掲載され、[19]『創造週報』発刊当初の想いを次のように綴っている。「内容としては翻訳と批評を重視した。（……）私は、新詩壇の妖怪や悪魔どもを一掃し（原文「掃蕩新詩壇上的妖魔」）、昨今の新詩を批評する文章を書かねばならないと誓ったのだ。」終刊を迎えながらも、創刊号掲載「詩之防御戦」当時の軒昂たる意気は彼の胸中で何ら衰えてはいなかったようだ。

こうして『創造週報』が命脈を絶たれた半年後の同年一一月、入れ替わるように雑誌『語絲』が創刊される。そ

の「創刊号」に魯迅は「口には出せぬ」という文章を発表するが、実はそこに次のように書き付けていた。

批評家が最も安全なのは、創作を兼ねるのはやめることだ。かりに撫斬りの筆をふるい、文壇上の一切の野草を一掃すれば（原文「掃蕩了文壇上一切野草」）、当然、気分は壮快だろう。だが、もう天下に詩はなくなったと考えて、創作に手を出そうものなら、いつもこんな代物を作り出さざるをえない。

「批評家」成仿吾が『創造週報』最終号そして「詩之防御戦」に用いた語（「掃蕩〜」「野草」）をそのまま逆手にとった辛辣な諷刺は、ストレートに成仿吾に向けて発せられたものであることを強く示唆する。魯迅は『語絲』創刊の晴れの号において、成仿吾の「詩之防御戦」が結局は『創造週報』頓挫によって敗北を喫したことに対する言わば勝利宣言をものしたのではなかったか。[20] そして、彼はその『語絲』第三号から、自身初の本格的な新詩連作『野草』掲載を開始する。〃野草〃というそのタイトルは、「詩之防御戦」で成仿吾が口を極めて罵った拙劣な新詩への侮蔑表現であったことは繰り返すまでもない。魯迅の情念がそこには込められていた。

四　『野草』の命名について

魯迅の全著作の中で、直接成仿吾に言及した箇所は約五〇にも及ぶが、内容は千編一律、諷刺と非難の繰り言である。文学的、論理的反駁ならまだしも、[21] 成仿吾が忙中にも日本の温泉やパリへ旅行して遊んでいるなど、（事実と反する）ゴシップまでを何度も書き立てる〃罵倒〃に終始するのは読む者を辟易させるほどだ。そうした成仿吾批判の急先鋒は『三閑集』（一九三二年、上海北新書局。一九二七年から二九年に書いた雑文三十四篇収録）である。よく引かれる「〃酔眼〃中的朦朧」（一九二八年三月『語絲』四巻一一期。成仿吾や李初梨らの提唱する革命文学に対し、相手の非難を逆手にとって徹底的に糾弾したもの）など名指しの批判は約半数が該集に集中しており、まさにその圧巻は「序言」の末尾に魯迅が書き付けた次の文句であった。

> 成仿吾から無産階級の名で「有閑」と指弾され、しかも「有閑」が三重にもなっていたこと、(22) これはいまでも完全には忘れられない。（……）これに『三閑集』と名づけたのは、なおも仿吾に矢を射かけるためである（原文〝尚以射仿吾也(23)〟）。

公刊の書籍（の序文）にここまで臆面なく個人批判を表明することはやや常軌を逸している。成仿吾を「射る」ために、彼が自分を罵った言葉をそのまま用いて作品集に命名する事実には、その情念の深さが改めて確認されよう。魯迅が、論争相手の発した〝罵言〟を用いて作品集に命名したのは『三閑集』だけではない。『南腔北調集』（一九三四年）では論敵が魯迅の江南〝訛《なま》り〟を揶揄した言葉を逆手にとったし、『二心集』（一九三二年）は、魯迅が〝二心〟者であるという論敵の非難をそのまま使用した。『華蓋集』（一九二六年）、『而已集』（一九二八年）、『偽自由書』（一九三三年）、『且介亭雑文』（一九三七年）など、魯迅の名付けの多くはその時々の闘争や反抗を伏在させながらも、機知に富んだユニークなものであったことは周知の通りである（魯迅自身が友人などに由縁を語っている）。

では、散文詩集『野草』の命名はどうだったのか。残念ながら魯迅本人からの説明は見当たらない。魯迅が「野草」に託した意味・内容については、「題辞」等に窺えるその戦闘性、強い意志を多くの論者が語ってきたが、魯迅がどうしてタイトルとして「野草」を採用したのか、その命名そのものについて直接解釈したものはほとんど見られない。そのことについて、魯迅が幼少時より愛した「草」をモチーフとして、文学者魯迅がそこに強靱な魂を注入したという解釈はいわば『野草』研究における〝常識〟となっている。著名な魯迅研究者の一人王吉鵬の論文「〝野草〟具名的長久心理蘊含」もそれを踏襲したものであるが、そこには『野草』「命名」の文字が見えるので、引用しておく。

（野草とは、）幼少期の百草園や、北京住居の庭に生い茂っていた草花たちで、魯迅はそれを愛してやまなかった。また厦門時代や抗戦期には彼を慰撫し傷を癒やしてもくれた。それは安全をも与えてくれる精神上の楽園であり、思想の拠り所であった。（中略）要するに、〝野草〟の命名は、魯迅の突飛な思いつきなどでは決してなく、そこには深い含意が内在している。（……）散文詩集『野草』はそれ故いっそう不朽かつ偉大なる作品となった。[24]

つまり、他の作品集に見えるような軽妙で即時的な名付けは、偉大な『野草』には全くふさわしくないのだ。魯迅の経歴・言説をたどれば、第七章「与謝野晶子」でも見たように、彼の植物への一貫した愛着が容易に窺われ、それが詩集『野草』の名付けに影響していることは疑いえない。また彼が「『野草』題辞」（一九二七年）に「露を吸い、水を吸い、古い死者の血と肉とを吸い、それぞれにその生存を奪いとる。生きている時には、やはり踏みにじられ、刈り払われてしまうだろう、死に絶え腐り果てるまでは。」と書き付けるように、〝野〟より生まれ出づる強靱な草、それ自体に闘争の意志が付与されていたことも、改めて繰り返すまでもない。『野草』という散文詩集には魯迅の強い想いと文学者としての姿勢が深く投影され、それ故にこそ文学史においてかように燦然たる位置を占めるに至ったこと、魯迅の『野草』を偉大と前提する限り、それについて議論の余地はない。だが、その命名への解釈については如何であろうか。

成仿吾が「詩之防御戦」で、「新詩の王宮の内外至る所に〝野草〟（詩とは到底見なせない劣悪な詩）が蔓延り、……詩壇は堕落してしまう。」と口を極めて〝野草〟を侮辱したことに、魯迅は秘かに、だが強く反応した。〝野草〟を自己の詩集に冠したことで、成仿吾によって最も拙劣なものとされたその〝野草〟こそが（自分にとって）唯一の〝詩草〟であることを、高らかに宣言したのである。冒頭で見た「『故事新編』序」の引用末尾で、魯迅は皮肉たっぷりにこう述べていた。「『吶喊』の第二版を出す時この一篇（成仿吾の所謂佳作たる不周山）を削り（……）――私の作品集には〝凡庸〟ばかりを蔓延らせて。」貶められたものだけで、自己の世界を埋め尽くす。この作法は、『野草』と完全に一致する。

魯迅芸術の最高峰と称される散文詩集『野草』の命名も、『三閑集』等他の作品集と同様にそれ自体が闘争の宣言であり、諷刺と機知に富んだ、魯迅らしい命名であった。偉大な詩集『野草』だけが特別なことは何もなかったのである。ただ、魯迅は他の作品集と異なり、『野草』の命名については終生一切語っていない。そこに彼の〝野草（Ye-cao）〟に対する想いの深さを見る。(25)

*

本章の冒頭に見たように、成仿吾の「『吶喊』の評論」（一九二四年二月）に対する魯迅の反応は、「ロシア語訳『阿Q正伝』序および著者自叙伝略」（一九二五年五月）まで一年余り待ってようやく発せられたというのが通説である。だが、魯迅はその間一九二四年九月からすでに『野草』の筆を執っていた。それを魯迅の〝反応〟と見なすならば、その間隔はもう少し縮まりそうである。

（1） 成仿吾（一八九七―一九八四）作家、評論家、教育家。本名は成灝、筆名に石厚生など。湖南省新化県の没落地主家庭に生まれる。一九一〇年に日本留学、一九二一年には郭沫若らと創造社を結成する。作品集に『流浪』（短篇集、一九二七年、創造社出版部）、『使命』（評論集、一九二七年、同上）がある。抗日戦期以後は主に教育者として活躍し、山東大学、人民大学などの校長を歴任した。『中国現代文学事典』（一九八五年、東京堂出版）等参照。

（2） 翻訳は、竹内好『魯迅文集』第二巻（一九七六年、筑摩書房）、三九一頁「資料「吶喊の評論」」によった。

（3）『魯迅全集』第二巻『故事新編』、三四二頁。なお、ここで魯迅が成仿吾に対し「霊魂氏」と揶揄するのは成仿吾がアナトール・フランスの言葉「批評は「霊魂の冒険」」を引用したことによる。

（4）荊有麟「魯迅的對事與對人」『回憶魯迅』（一九四三年初版、上海雑誌公司。同一九四七年版を使用）、二〇、二一頁。また、竹内好は、前掲注（2）『魯迅文集』第二巻「解説 四 成仿吾の批評と『故事新編』および『朝花夕拾』」で次のように述べる。「魯迅の弱点に一太刀むくいた趣きがないではない。」（四一七頁）。「成仿吾の批評が、それ自体は幼稚には見えても、やはり当時の魯迅にある種のショックを与えたとは考えられる。その後にかれは猛然と大戦後の新思潮に眼を向け、有島武郎の「宣言一つ」を含めて大正文壇の問題作を翻訳するようになった。」（四一九頁）。

（5）近現代文学アンソロジーたる『中国新文学大系』（一九三五年、上海良友図書印刷公司）『詩集』巻（朱自清編）に、成仿吾の詩が三篇（「静夜」「詩人的戀歌」「序詩（一）」いずれも一九二三年作）収録されることは、彼が詩人として一定の評価を得ていた証左となろう。

（6）行論の都合上、本章ではあえて「野草」に統一したが、序章にて考察したように、〝忌み嫌われるもの〟として「野草（Ye-cao）」の訳語は「雑草」が相応しい。成仿吾の悪罵の対象、王宮に〝蔓延する〟草と言えば、まさに日本語の「雑草」そのものであろう。魯迅がこの成仿吾の指す「野草（Ye-cao）」をもって自己の散文詩集に命名したとすれば、魯迅『野草』は、日本語ではやはり「雑草」と翻訳すべきと考える。

（7）成仿吾における文学芸術の探求については、中井政喜『一九二〇年代中国文芸批評論』（二〇〇五年、汲古書院）、阿部幹雄「成仿吾における「文学観」の変遷」（二〇〇八年三月『言語社会』〔一橋大学〕二号）、その他中国にて発表された多くの論文、例えば袁紅濤「青春的激情与入世的衝動―論成仿吾的文学批評」（二〇〇四年八月『石油大学学報（社会科学版）』二〇巻四期）等を参照した。

（8）伍明春「論聞一多、梁実秋的早期新詩批評」（二〇〇六年七月『聞一多殉難六〇周年紀念暨国際学術研討会論文集』）等参照。

（9）余家菊が英語から重訳した『人生之意義与価値』（ドイツの哲学者でノーベル文学賞受賞者のルドルフ・オイケン原著）の誤訳等の問題について、郁達夫が『創造季刊』一巻二期（一九二二年八月）上で批判したところ、胡適は『努力週報』二〇期（九月一七日）『編輯余談』欄に「罵人」を書いて郁達夫を激しく非難した。これに対して成仿吾は、『創造季刊』一巻三期（一九二二年一二月）に「学者的態度―胡適之先生的「罵人」的批評」と題する一万字に及ぶ長文にて徹底的に諷刺、反撃した。もともとが誤訳の問題であっただけに胡適側の旗色は悪かった。詳細について、胡翠娥「〝翻訳的政治〟―余家菊訳《人生之意義与価値》筆戦的背後」（『新文学史料』二〇一一年四期）等参照。

(10) 胡適「致郭沫若、郁達夫」（一九二三年五月一五日）『胡適全集』第二三巻『書信集』（二〇〇三年、安徽教育出版社）、四〇四頁。なお、胡適は魯迅と陳源の論争時にも両者に向けて和解勧告の手紙を送っている。「致魯迅、周作人、陳源」（一九二六年五月二四日）『胡適全集』第二三巻、四八五頁。魯迅らから揶揄される「大人」の面目躍如といったところであろうか。

(11) 茅盾「複雑而緊張的生活、学習与闘争―回憶録（五）」一九七九年一一月『新文学史料』五輯。

(12) 「支那文壇無駄話」文頭に「(記者識)」として、次の注記がある。「北斗生は支那文学界に於る有力の一人で、日本文學にも深い研究をした人である。支那文壇無駄話は氏自身の筆になる日本文である。最近の支那文学界の傾向を知るに必要の文字で、決して無駄話ではない。」筆者の「記者」とは、当時魯迅や周作人と直接の交流があった丸山昏迷である。

(13) 伊藤徳也「《新文學的二大潮流》は如何に書かれ如何に発表されたか」（二〇一四年一二月『周作人研究通信』二号）に、「「支那文壇無駄話」は、特定の文学者に対する批判あるいは皮肉が露わにされているので、もしこの内容を平常通りに中国語で書いて《晨報副刊》等に発表したら、当時の周作人の影響の大きさからして、文壇で大問題となったことだろう。日本語で書いた上で多くの中国人読者が手に取ることはない日本語の雑誌に発表する文章だからこそ、ここまで具体的な人名に言及できたと言えないだろうか。」とある。なお、同「周作人的日語佚文《中国文壇閑話》」（『魯迅研究月刊』二〇一三年二期）も参照。

(14) 周作人（署名：知堂）「論罵人文章」一九三六年一二月一六日『論語』一〇二期。『周作人散文全集』七（二〇〇九年、広西師範大学出版社）、四七四頁。

(15) 郭沫若『創造十年』「十二」（一九三二年、上海現代書局）、『郭沫若全集　文学編』第十二巻（一九九二年、人民文学出版社）、一六九頁。丸山昇訳『創造十年』（一九六八年、平凡社〔東洋文庫一二六〕『郭沫若自伝2』）参照。

(16) 創刊号の一頁目に掲げられる郭沫若の詩は「発刊詞」との位置付けで、実質的な意味での巻頭論文は成仿吾「詩之防御戦」であった。

(17) 鄭伯奇「二〇年代的一面―郭沫若先生与前期創造社」一九四二年三～六月、一九四三年四月重慶『文壇』半月刊一～五期、二巻一期。『創造社研究資料　下』（一九八五年、福建人民出版社）、七五九頁。

(18) 伊藤虎丸「創造社小史（解題）」『創造社研究　創造社資料別巻』（一九七九年、アジア出版）、九頁。

(19) 該文の末尾には執筆期日として、一九一五年のこの日に日本の二十一箇条要求を袁世凱が批准したことを刻む「国恥紀念日」の文字が見える。

(20) 成仿吾「詩之防御戦」の半年後の一九二三年一二月、北京星星社『文学週刊』一七号に、周霊均の評論「刪詩」が掲載される。『晨報副刊』（一九二三年一二月一五日）に掲載される周霊均の詩「寄語母親」への記者附記等によれば、この「刪詩」は、胡適の『嘗試集』から郭沫若『女神』、康白情、兪平伯、徐玉諾『将来之花園』、『雪朝』『薫的風』など当時を代表する八冊の新詩集から三首のみを残して、その他の数百首は「不佳」「不是詩」「未成熟的作品」であるから徹底的に「刪」（削除）すべきとの内容だという。原載誌北京星星社『文学週刊』等について詳細は今後の調査に譲るが、成仿吾以外にも文壇へ挑戦する動きがあったことは注目される。著者の周霊均についても詳細は不明であるが、『晨報副刊』『語絲』『現代評論』『太陽月刊』などへ詩作等の掲載が確認される。『魯迅年譜（増訂本）』第二巻（二〇〇〇年、人民文学出版社）「一九二四年一一月十七日」等参照。

(21)　『奔流』編校後記「十二」（一九二八年八月。『魯迅全集』第七巻『集外集』、一八六頁）で、「中国でも誰かが何々主義を提唱していることは耳にする—成仿吾が表現主義を大いに論じ、高長虹が未来派をもって自認する類い」と書くのが、唯一の〝文学的〟諷刺である。

(22)　成仿吾「完成我們的文学革命」（一九二七年一月『洪水』三巻二五期。『成仿吾文集』（一九八五年、山東大学出版社）、二一一頁）に見える「以趣味為中心的生活基調子，它所暗示着的是一種小天地中自己騙自己的自足，它所矜持着的是閑暇，閑暇，第三個閑暇。」を踏まえる。

(23)　「『三閑集』序言」一九三二年四月二四日執筆。引用は、魯迅が上海移住以降の論敵との闘争を振り返る長文の最後の一文である。成仿吾に対する怨恨の深さが改めて垣間見られる。『魯迅全集』第四巻『三閑集』、六頁。『三閑集』の出版をめぐる魯迅と創造社・太陽社間の確執の詳細については、竹内実「魯迅と柔石（一）」（一九六九年一一月、河出書房新社『文芸』八巻一一号）等参照。なお、「『射』仿吾」という言い方は、「手紙にあらず（不是信）」（一九二六年二月八日『語絲』六五期）に、「隠し矢と言えば、始めは射るつもりはなく、後に数本射かけたことがある。（……）「私の籍と系」および「閑話などではない」も、はっきりと西瀅すなわち陳源教授に向けて放ったものだ。今後もまだ射かけるつもりだが、（……）」とあり、こことほぼ同様の文脈で使われている。原文「冷箭呢，先是不肯的，後来也放過幾枝，（……）例如《語絲》上的《参音楽》就説明是指徐志摩先生，《我的籍和系》和《並非閑話》也分明対西瀅即陳源教授而發；此後也還要射，並無悔禍之心。」

(24)　王吉鵬・林雪飛「〝野草〟具名的長久心理蘊含」『瀋陽大学学報』一九九九年三期。

(25)　実は、成仿吾もまた魯迅同様〝草〟に対して、思い入れを有していた節がある。例えば、彼の「海上吟」と題する詩（一九二二年三月『創造季刊』一巻一期）の一節にこうある。「汝神秘之象徴，／汝無窮之創造，／汝宇宙之一毛，／吾又汝千山之一草，／草！可憐的草！」。成仿吾の詩作品は孤独や哀愁に彩られたものが多いが、そうした自己を「草」に喩えているのは興味深い。ところで、成仿吾「當我復歸到了自我的時候」という詩（『流浪』所収、一〇二頁）は、光明と暗黒の対比、影のような自己が彷徨することなど、その構成が『野草』「影の告別」とよく似ている。「當我復歸到了自我的時候，／我只覺得我生太幸福了，／

世界是這般闊大而光明，／全不是往時那般暗，那般小。／／當我復歸到了自我的時候，／然而我又未免油然慘傷，／想起了我生如一個孤影，／悽切地在荒原之上徬徨。／march 17, 1924」 成仿吾がこの詩を書いたのは一九二四年五月一七日であったが、魯迅が「影の告別」の筆を執るのはそのわずか四ヶ月後のことである。上海の成仿吾は、「詩之防御戦」を狼煙《のろし》に批評を標榜した『創造週報』がついに停刊（五月一九日）、つまり批評家としての自己が否定された挫折と消沈の中にあり、魯迅も、軍閥が熾烈な抗争を繰り広げる北京にて、出口の見えない政治的暗黒の渦中にあった。徹底的に反目した二人だったが、絶望と抗いつつ必死に筆を執るその生き様は一致していた。

成仿吾と魯迅との相似ということでは、郭沫若が『創造十年』「発端」に書き付けた次の一節が胸に迫る。「わが魯迅先生だって文学上の天才ではないか。とくに〝辛辣な罵倒〟においては、その才たるやまさに天与のものだ！〝自我を重んじ、創作を崇め〟るという点では、創造社の貧乏青年たちもまだわれらが大天才魯迅先生ほど〝専ら〟にしてはいないように見える。うそだと思ったら、試してごらんになるがよい。君に〝先生〟の二字を〝老生〟と誤植する勇気があったら、あるいは『吶喊』に対して旗を振って吶喊しなかったら、それだけで、君はかの先生がどんなに慷慨するかわかるだろう。少なくとも君は〝才子〟にたてまつられること必定である。」（一九三〇年執筆。前掲注（15）『郭沫若全集 文学編』第十二巻、二六頁。丸山訳『創造十年』を参照）。成仿吾の攻撃に対して、茅盾に「相手にするな」と諭しておきながら、実際には当の魯迅自身が最も敏感に反応していたことは見てきた通り。成仿吾と魯迅の二人は、一本気で融通が利かずしかもどちらも極めて執念深い性格であった。似ているから、心情を共有するからこそ生涯お互いに歩み寄ることができなかったのかもしれない。そのことを認識していたかどうかは本人たちのみが知る謎である。

新訳　散文詩集『雑草』

『野草』初版表紙（1927 年 7 月，北新書局）

日本語訳タイトル『雑草』のもと、序章に挙げた既訳や先行研究を参照しつつ、今回、全面的な新訳を試みる。全篇の原題は次の通り。

「題辞」「秋夜」「影的告別」「求乞者」「我的失恋」「復仇」「復仇（其二）」「希望」「雪」「風箏」「好的故事」「過客」「死火」「狗的駁詰」「失掉的好地獄」「墓碣文」「頽敗線的顫動」「立論」「死後」「這様的戦士」「聡明人和傻子和奴才」「臘葉」「淡淡的血痕中」「一覚」。

表紙は孫伏園の弟孫福熙のデザイン。なお、著者名を「魯迅先生」と作るのは初版のみで、それ以外はすべて「魯迅」となっている。

『雑草』

魯迅

題辞

沈黙しているとき、わたしは充実を覚える。口を開こうとすると、わたしは同時に空虚を感じる。

過ぎ去った生命はすでに死に絶えた。わたしはこの死に絶えたことに対して大いなる歓喜を有する、なぜならわたしはこれによってそれがかつて生存したことを知るから。死に絶えた生命はすでに腐れ果てた。わたしはこの腐れ果てたことに対して大いなる歓喜を有する、なぜならわたしはこれによってそれがなお空虚でないことを知るから。

生命の泥は地面に打ち棄てられ、喬木《きょうぼく》を生ぜず、ただ雑草を生ずるのみ。それはわたしの罪だ。

雑草は、根は深くなく、花も葉も美しくない、だが露を吸い、水を吸い、古い死者の血と肉とを吸い、それぞれにその生存を奪いとる。生きている時には、やはり踏みにじられ、刈り払われてしまうだろう、死に絶え腐り果てるまでは。

だがわたしは、心おおらかであり、心たのしい。わたしはおおいに笑い、歌をうたうだろう。

わたしはみずからわたしの雑草を愛するが、しかし雑草を装飾となすこの地面を憎む。

地底の火は地下をめぐりて奔走する。溶岩がひとたび噴き出すや、一切の雑草と、喬木とを焼き尽くすだろう、さすれば腐れ果つることすらかなわない。

だがわたしは、心おおらかであり、心たのしい。わたしはおおいに笑い、歌をうたうだろう。

天地がかくも静粛であるなら、わたしはおおいに笑いかつ歌をうたうことはできない。天地がたとえかくも静粛でなくとも、あるいはやはりできないかもしれない。わたしはこのひとむらの雑草を、明と暗、生と死、過去と未来の境にあって、友人と仇敵、人間と野獣、愛する者と愛せざる者の前に捧げて証とする。

わたし自身のために、友人と仇敵、人間と野獣、愛する者と愛せざる者のために、わたしはこの雑草の死滅と腐敗とが速やかに来らんことを願う。さもなければ、わたしはもともと生存していなかったことになる、それでは本当に死滅と腐敗よりもさらに不幸だ。

去れ、雑草よ、わが題辞とともに！

一九二七年四月二六日、広州の白雲楼にて魯迅記す。

秋　夜

わたしの裏庭から、土塀の外に二本の樹が見える。一本は棗《なつめ》の樹で、もう一本も棗の樹だ。

その真上の夜空は、不気味で高い、わたしは日頃こんなに不気味で高い大空を見たことはない。かれはまるでこの世から離れ去り、ひとびとが仰いでももう見えなくなろうとしているようだ。だがいまは非常な青さで、数十個の星の眼、冷ややかな眼をきらきらと瞬かせている。かれの口もとからは微笑みがこぼれる、それははなはだ意味ありげなのだが、深い霜をわたしの庭の野の草花に降りそそぐ。

わたしはそれらの草花がほんとうは何という名なのか、ひとがそれをなんと呼ぶのかをしらない。わたしはその一つがごく小さなピンクの花を咲かせたのを覚えている。いまも咲いてはいるが、前よりもっと細く小さくなった。彼女は冷ややかな夜気のなかで、身を縮めふるえながら夢を見る、春の到来を夢み、秋の到来を夢み、痩せた詩人が涙を彼女の最後の花びらに塗りつけ、たとえ秋が来ても、たとえ冬が来ても、その後やって来るのはやはり春で、蝶が乱れ飛び、蜜蜂はみな春の歌を唱いはじめるのだと彼女に告げる夢をみる。彼女はそこで微笑む、その色は凍えて赤く痛ましく、なおも身を縮めふるえながらではあるが。

棗の樹、かれらはほとんど葉を落とし尽くした。以前には、まだ二、三人のこどもがやって来て、他の人が取りこぼした棗の実を打ち落としたが、いまはもう一つも残っていない、葉さえも落とし尽くした。かれは小さなピンクの花の夢を知っている、秋の後にはきっと春がやって来ると。またかれは落葉の夢をも知っている、春の後はやはり秋だと。かれはほとんど葉を落とし尽くし、ただ幹だけを残す。だが枝じゅう実と葉でたわわだった頃の窮屈さから解放されて、ここちよげに背伸びをしている。しかし、幾本かの枝はなおも低《た》れたままで、かれらが棗打ちの竿の先で受けた皮膚の傷をかばっている。だがまっすぐに伸びたいちばん長い幾本かの枝は、不気味で高い大空を黙々と鉄のように貫き通し、大空をきらきらとひどく瞬かせている。大空の真ん丸い月を突き刺し、月を当惑して青ざめさせている。

ひどく瞬いている大空はますますその青さを増し、不安になり、この世を離れ、棗の樹を避けたがっているようだ、ただ月だけを後に残して。だが月もこっそり東の方へ隠れてしまった。だが何ひとつ持たない幹は、不気味で高い大空を相変わらず黙々と鉄のように突き刺し、ひたむきにその死命を制しようとする、空がどんなに多くの魅惑的な眼を瞬かせようとも。

ギャアとひと声、夜遊の悪鳥が飛び去った。

わたしは突如真夜中の笑い声を耳にした。クックッと、眠りについた人を驚かせたくないようだが、周囲の空気はことごとくその声に呼応して笑っている。真夜中、他に誰もいない、わたしはすぐさまこの声が自分の口から出ることに気付き、やはりすぐにこの笑い声に追いたてられて、自分の部屋にもどる。ランプの芯もただちにわたしの手でかき立てられる。

背後の窓ガラスにトントンと音がして、なおも多くの小さな羽虫がやたらにぶつかる。ほどなく、何匹かが、恐らく窓紙の破れ穴からだろう、這入《はい》って来た。かれらは這入って来ると、今度はガラスの火屋《ほや》にぶつかってまたもトントンと音をたてる。一匹が上の方からとび込んだ、かれはそこで火に遇う、しかもわたしはこの火を本物だと思う。二、三匹はランプの紙の笠の上に休んで喘いでいるだけだ。その笠は昨夜取り換えたばかりの笠で、真っ白い紙に、波形の折り目が浮き出し、片隅には真っ赤な梔子《くちなし》がひとつ描かれている。

真っ赤な梔子が花開くとき、棗の樹はまた小さなピンクの花の夢をみるだろう、青々と弓なりの枝をいっぱいに張って……。わたしはまたも真夜中の笑い声を耳にする。わたしは急いで雑念を断ち切り、いつまでも白い紙の笠の上にいるその小さな青い虫を見る。頭が大きく尾が小さく、向日葵の種子に似て、ただ小麦半粒ほどの大きさしかない、からだ全体の色は深い緑で愛らしく、可憐である。

わたしは一つ欠伸《あくび》をし、巻きたばこに火を点け、煙を吐き出すと、ランプに向かい黙々と弔うのだ、この深緑色で精緻な英雄たちを。

一九二四年九月一五日。

影の告別

ひとが時を覚えぬほどの深い眠りに墜ちたとき、きまって影がやって来て別れを告げ、こんな話をする——

わたしの意に添わぬものが天国にあるのなら、わたしは行きたくない。わたしの意に添わぬものが地獄にあるのなら、わたしは行きたくない。わたしの意に添わぬものがおまえたちの未来の黄金世界にあるのなら、わたしは行きたくない。

だが、おまえこそがすなわちわたしの意に添わぬものだ。

友よ、わたしはおまえについて行きたくなくなった、わたしは留まりたくない。

わたしは嫌だ！

ああ、ああ、わたしは嫌だ、わたしは無地にさまようほうがよい。

わたしはひとつの影に過ぎぬ、おまえと別れて暗黒のなかに沈むのだ。だが暗黒がまたもわたしを呑み込むだろう、だが光明がまたもわたしを消し去るだろう。

だが、わたしは明と暗の狭間をさまよいたくない、わたしは暗黒のなかに沈むほうがよい。

だが、わたしは結局は明と暗の狭間にさまよう、わたしには黄昏であるのかそれとも黎明であるのかわからぬ。わたしはしばらく薄黒い手を挙げ一杯の酒を飲みほすふりをして、時を覚えぬときに独りで遠くへ行くのだ。

ああ、ああ、もしも黄昏ならば、暗夜が当然やって来てわたしを沈めるだろう、さもなければわたしは白日によって消されてしまうだろう、もしもいまが黎明であるならば。

友よ、時は近づいた。

わたしは暗黒のなかへ向けて無地にさまようのだ。

おまえはなおわたしの贈り物を望むというのか。わたしがおまえに何を献《ささ》げられよう？　いかんともしがたい、ただやはり暗黒と虚無のみだ。しかし、わたしはただ暗黒だけが、あるいはおまえの白日に消されてしまうことを願う。わたしはただ虚無だけが、けっしておまえの心を占拠しないよう願う。

わたしはかく願う、友よ――

わたしは独りで遠くへ行く、おまえがいないだけでなく、さらに他の影も暗黒のなかにはいない。わたしだけが暗黒に沈められ、かの世界はすべてわたし自身に属するのだ。

一九二四年九月二四日。

乞食

わたしは剝《は》げ落ちた高い塀に沿って道を歩く、柔らかい土埃《つちぼこり》を踏みながら。他にも何人かいて、それぞれ道を歩いている。微風が吹き、塀の上に突き出た高い樹の枝が、まだ枯れぬ葉をつけたまま、わたしの頭上で揺れている。

微風が吹くと、四方はみな土埃である。

ひとりのこどもがわたしに物乞いをする。袷《あわせ》を着て、悲しそうにも見えないのに、通せんぼをして頭を地面に擦りつけ、追いすがって哀しげに喚《わめ》く。

わたしはかれの声色と態度とが嫌いだ。かれがべつに哀しくもないのにそれらしく振る舞うのが憎い。わたしはかれのその追いすがって哀しげに喚くのが癇に障る。

わたしは道を歩く。他にも何人かがそれぞれ道を歩く。微風が吹くと、四方はみな土埃である。

ひとりのこどもがわたしに物乞いをする。袷を着ており、悲しそうにも見えない、しかし啞者《おし》で、手を拡げ、手振りをしてみせる。

わたしはただかれのその手振りが憎い。そのうえ、かれはあるいは本当は啞者ではなく、これはただ物乞いの手口に過ぎぬかもしれぬ。

わたしは施しをしない。わたしには慈善の心はない、わたしはただ慈善家の上にいて、嫌悪と、疑惑と、憎悪とを与えるだけだ。

わたしは崩れた土塀に沿って道を歩く。塀の欠けたところに割れた煉瓦が積まれているが、塀の内側にはなにもない。微風が吹き、晩秋の冷気がわたしの袷へ浸み通る。四方はすべて土埃だ。

わたしは自分がどんな方法で物乞いするかを思い浮かべる。声を出すには、どんな声色で？　啞者の振りをするには、どんな手振りで？……

他にも何人かがそれぞれ道を歩く。

わたしは施しを得られず、慈善の心をも得られぬだろう。わたしは慈善家の上に居ると自認する者の嫌悪と、疑惑と、憎悪とを得るだろう。

わたしは無為と沈黙とで物乞いするだろう……

わたしは少なくとも虚無を得るだろう。

微風が吹くと、四方はすべて土埃だ。他にも何人かがそれぞれ道を歩く。

土埃、土埃、……

…………

土埃……


一九二四年九月二四日。

ぼくの失恋 ──古《いにし》えになぞらえた新しい戯《ざ》れ歌《うた》

ぼくのいとしいひとは　山の中腹にいる、
尋ねて往きたいけれど　山があまりにも高い、
首うなだれるもやるせなく　涙で長衣はしとど。
いとしいひとが給《く》れたのは　乱舞する蝶の柄のハンカチ、
彼女へのお返しには何を　ふくろうを。
それからむくれて　ぼくを構うてくれはせぬ、

理由もわからず　ぼくのこころを落ち着かせぬ。

　ぼくのいとしいひとは　賑わいの街にいる、
尋ねて往きたいけれど　人がひしめいている、
上を仰いでもやるせなく　涙で耳はぐっしょり。
いとしいひとが給れたのは　双燕図、
彼女へのお返しには何を　氷糖壺盧《ビンタンフール》。*
あれからむくれて　ぼくを構うてくれはせぬ、
理由もわからず　ぼくの頭をうつろにさせる。

　ぼくのいとしいひとは　河のほとりにいる、
尋ねて往きたいけれど　水が深すぎる、
首をかしげるもやるせなく　涙で襟もしとど。
いとしいひとが給れたのは　懐中時計の金鎖、
彼女へのお返しには何を　発汗剤を。
あれからむくれて　ぼくを構うてくれはせぬ、
理由もわからず　ぼくの神経を衰弱させる。

　ぼくのいとしいひとは　豪華な邸にいる、
尋ねて往きたいけれど　車をもたぬ、
仕方なく首を振ってもやるせなく　涙は川のよう。

いとしいひとが給れたのは　バラの花、
彼女へのお返しには何を　赤楝蛇《やまかがし》を。
あれからむくれて　ぼくを構うてくれはせぬ、
理由もわからず――彼女の好きにさせておけ。

一九二四年一〇月三日。

＊「冰糖壺盧《ピンタンフール》」は、サンザシやカイドウの実を竹串に刺して、溶かした砂糖をからめた菓子。秋から冬にかけての北京の風物詩。
＊＊この作品は、後漢の文人・科学者たる張衡（七八－一三九）の「四愁詩」（『文選』二九巻）になぞらえたもの。

復　讐

人間の皮膚は、おそらく極めて薄いのだろうが、鮮紅色の熱い血が、その内側をめぐっており、びっしりと塀の上を這う毛虫の群れよりもっと密に詰まった血管のなかを奔流し、熱を発散する。かくて各々がこの熱でもってたがいに蠱《こ》惑《わく》し、煽動し、牽引し、そして寄り添い、接吻し、抱擁することを切望し、こうして生命の妙なる大歓喜を得る。

しかしもし一振りの鋭利な匕首《あいくち》で、ただひと突き、このピンク色の、薄い皮膚を突き通せば、かの鮮紅色の熱い血が矢のように、ありとある熱でもって、まともにその殺戮者へ注ぎかかるのを眼にするだろう。ついで、氷のように冷たい呼吸を与え、青ざめた唇を示して、人の本性を茫然とさせ、生命の飛躍する至極の大歓喜を得させる。しかしてそれ自身は、生命の飛翔する大歓喜の極致に永遠に浸り続ける。

かかるが故に、かれら二人は全身を裸にし、手には鋭利な匕首をつかみ、広漠たる曠野の上に向かい合って立つ。

かれら二人は、抱擁せんとし、まさに殺戮せんとする……

路行くひとびとが四方から奔《はし》り来たり、びっしりと、毛虫が塀を爬い上がるように、蟻たちが目刺しの頭を一斉にかつぐように。着ている物はみな美しいが、手にはなにも持たぬ。しかし四方から奔り来たり、しかも懸命に首を伸ばし、この抱擁あるいは殺戮を鑑賞しようとする。かれらはすでに事が果ててのち自分の舌に載せる汗あるいは血の新鮮な味を、あらかじめ味わっている。

しかしかれら二人は向かい合って、広漠たる曠野の上に立ち、全身を裸にし、手には鋭利な匕首をつかんでいる。だが抱擁もせず、殺戮もしない、しかも抱擁あるいは殺戮の意志をもつとも見えぬ。

かれら二人は、永久にこうしていて、いきいきとした滑らかな体はもはや枯れ果ててしまいそう。しかし抱擁あるいは殺戮の気配は少しも見えぬ。

路行くひとびとはかくて退屈する。退屈がかれらの毛穴へ潜り込むと感じ、退屈がかれら自身の心のなかから毛穴を経て爬い出し、曠野いっぱいに溢れ、また他人の毛穴へ潜り込むと感ずる。かれらはかくて喉と舌の渇きを感じ、首も疲れはてた。ついには顔と顔を見あわせて、そろりそろりと散ってゆく。その失望は、干からびて人生の楽しみを失ってしまったと感ずるほどにも至る。

かくてただ広漠たる曠野だけが取り残され、しかもかれら二人はそこで全身を裸にし、手には鋭利な匕首をつかみ、枯れ果てたまま立っている。死人のような眼光で、この路行くひとびとの枯渇と、無血の大殺戮とを鑑賞し、生命の飛翔する大歓喜の極致に永遠に浸り続ける。

一九二四年一二月二〇日。

復　讐（その二）

かれはみずから神の子、イスラエルの王と思い込んでいるために、十字架に釘打たれる。

兵士たちはかれに紫の衣を羽織らせ、いばらの冠を被せて、かれを慶賀した。さらに一本の葦でかれの頭をたたき、かれに唾吐きかけ、跪《ひざまず》いてかれを拝む。悪ふざけが終わるや、すぐに紫の衣を剝ぎ取り、元通り服を着せる。

見よ、かれらはその頭を殴り、唾吐きかけ、かれを拝む……

かれは没薬《もつやく》で調合した酒を口にしようとせず、イスラエルびとがかれらの神の子をいかにあしらうかをはっきりと心ゆくまで味わい、さらにはより長くかれらの前途を哀れもうとする、だがかれらの現在は深く憎む。

四方はすべて敵意である、哀れむべき、呪うべき。

カンカンと音をたてて、釘の尖《さき》が掌に貫き通る。かれらはかれらの神の子を磔《はりつけ》にせんとする。哀れむべきひとびとよ、かれを穏やかに痛ましめる。カンカンと音をたてて、釘の尖が足の甲を貫き通る、釘は一塊《ひとくれ》の骨を砕き、痛みは心の髄まで達する。だがみずからかれらの神の子を磔にする、呪うべきひとびとよ、それはかれを心地良く痛ましめる。

十字架が打ち立てられた。かれは虚空に吊された。

かれは没薬で調合した酒を口にせず、イスラエルびとがかれらの神の子をいかにあしらうかをはっきりと心ゆくまで味わい、さらにはより長くかれらの前途を哀れもうとする。だがかれらの現在は深く憎む。

路行くひとはみなかれを罵り、祭司長と文士もかれをからかい、かれとともに釘打たれているふたりの強盗までもかれをそしる。

見よ、かれとともに釘打たれている者を……

四方はすべて敵意である、哀れむべき、呪うべき。

かれは手足の痛みのうちに、哀れむべきひとびとの神の子を磔にしようとする悲しみと、哀れむべきひとびとが神の子を磔にしようとし、かつ神の子がいまにも磔にされようとする喜びとを心ゆくまで味わっている。突然、骨を砕く激痛が心の髄にまで達し、かれは大いなる喜びと大いなる哀れみのなかに深く浸る。

かれの腹部は波打った。哀れみと呪いの痛みの波。

地はあまねく暗黒に変わった。

「エロイ、エロイ、ラマ、サバクタニ」（訳すとつまり、わが神、わが神、おん身はいかで我を見棄て給えるの意味*）

神はかれを見棄てた、かれはついにはやはり「ひとの子」であった。だがイスラエルびとは「ひとの子」さえも磔にした。

「ひとの子」を磔にしたひとびとの体は、「神の子」を磔にした者よりもいっそう血塗られ、血なまぐさかった。

一九二四年一二月二〇日。

＊　この作品は全篇に亘って『新約聖書・マルコ福音』（特にその第一五章）の故事を踏まえている。

希望

わたしの心はことのほか寂しい。

しかしわたしの心はとても安らかだ。愛憎もなく、哀楽もなく、色と音すらもない。

わたしは恐らく年老いたのだろう。わたしの髪がもう半ば白くなってしまっているのは、明らかなことではないか。わたしの手が顫《ふる》えているのが、それをはっきり物語っている。すると、わたしの魂の手もきっと顫えていて、髪もきっと半ば白くなっているはずだ。

しかしそれはずいぶん前からの事だ。

それ以前には、わたしの心にもかつて血なまぐさい歌声が満ちていた、血と鉄と、焔《ほのお》と毒と、和睦と復讐と。だが突如これらはすべて空虚となったが、ただ時としていかんともしがたい自己欺瞞の希望で意識的にそれを埋めることもあった。希望、希望、この希望の盾で、あの空虚のなかの暗夜の襲来を防ぎ拒んだ、たとえ盾の背後もやはり空虚のなかの暗夜であるとしても。だがそうしたところで、ひき続きわが青春を磨り減らしていた。

わたしはわが青春のすでに過ぎ去ったことに早くから気付いていたが、ただ身外の青春は確かに存在すると思っていたのだ。星、月光、ぴくりとも動かぬ蝶、暗がりの花、ふくろうのいまわしい鳴き声、ホトトギスの血を吐く叫び、笑いの消えゆく響き、愛の翼打つ舞い……。うら悲しくさだかならぬ青春だとは言え、それもやはり青春である。

だがいまはなぜかくも寂しいのだろう？　まさか身外の青春さえもみな過ぎ去り、世のわかものたちまでも老いさらばえてしまったわけではあるまい。

わたしは自分でこの空虚のなかの暗夜と格闘するしかない。希望の盾を手放すと、わたしはペトフィ・シャーンドル（1823~49）の「希望」の歌を耳にした。

希望とはなにか？　それは遊女だ。
彼女は誰をも惑わし、一切を献げるが、
きみが夥《おびただ》しい宝を——きみの青春を——擲《なげう》ってしまうと
とたんにきみを棄て去るのだ。

この偉大な抒情詩人、ハンガリーの愛国者が、祖国のためにコサック騎兵の槍に倒れてから、すでに七五年になる。悲しいかな死よ、だがさらに悲しむべきはかれの詩がいまに到るも死せぬことだ。

しかし、痛ましい人生よ！　勇敢無敵なるペトフィの如きものさえ、ついには暗夜にむかって足をとどめ、涯《はて》知らぬ東のかたをかえりみていた。かれは言う、

絶望の虚妄たるや、まさに希望と相等し。

もしもわたしがなおも明るくも暗くもないこの「虚妄」のなかに生を偸《ぬす》まねばならぬのなら、わたしはあの過ぎ去ったうら悲しくさだかならぬ青春をなおも探し求めよう、それがわが身外にあるとしてもかまいはしない。なぜなら身外の青春がひとたび消え失せれば、わが身中の晩年もただちに凋《しぼ》んでしまうから。

だがいまは星と月光はなく、ぴくりとも動かぬ蝶はもちろん笑いの消えゆく響き、愛の翼打つ舞いすらもない。しかしわかものたちはとても安らかだ。

わたしは自分でこの空虚のなかの暗夜と格闘するしかない、たとえ身外の青春を探し出せなくとも、どのみち自分でわが身中の晩年を擲たねばならぬ。しかし暗夜はいったいどこにあるのだろうか？　いまは星はなく、月光はもちろん笑いの消えゆく響きと愛の翼打つ舞いもない。わかものたちはとても安らかで、だがわたしの前にはついに真の暗夜すらもない。

絶望の虚妄たるや、まさに希望と相等し！

一九二五年一月一日。

雪

暖国の雨は、冷たく硬くきらきらと輝く粉雪に変わったことはいまだかつてない。博識のひとびとはそれを単調と感ずるが、それ自身も不幸と思うかどうか？　江南の雪は、だが潤いがあってこの上なく艶《あで》やかだ。それはまだ微かに息づいている青春の知らせで、きわめてすこやかな処女の肌である。雪の野原には血のように紅い宝珠つばきの花と、真っ白いなかに青みを潜めた一重咲きの梅の花、古代楽器磬《けい》の形をした濃黄色の臘梅の花がある。さらに雪の下にはかじかんだ緑の草が生える。蝶は確かにいない。蜜蜂がつばきの花と梅の花の蜜を採りに来るかどうかは、わたしの記憶も定かではない。ただわたしの眼の前には冬の花が雪の野原に咲き、多くの蜜蜂たちが忙しそうに飛んでいて、まるでぶんぶんという唸《うな》りまでも聞こえてくるようだ。

こどもたちは真っ赤に凍えた、紅生薑《べにしょうが》みたいなちいさな手に息を吹きかけながら、七、八人が一緒になって雪だるま作りをする。だがうまくゆかないので、だれかの父親も手伝いに来る。だるまの背丈はたちまちこどもたちよりずっと高くなる、実際には上は小さく下が大きい塊りにすぎず、瓢箪なのかだるまなのか結局見分けがつかないのだが。だが透き通るように白く、とっても艶やかで、自身の潤いでくっつきあい、全体がきらきらと輝きを放っている。こどもたちは竜眼の種でかれに目玉を入れてやり、だれかの母親の化粧匣《けしょうばこ》のなかから紅を盗んで来て唇に塗りつける。これで確かにひとりの大きなだるまさんである。そしてかれは眼鋭く真っ赤な唇で雪の地面に鎮座する。

次の日にも幾人かのこどもがかれを訪れる。かれに向かって手を叩き、頷《うなず》き、笑いさんざめく。だがかれは結局はひとりで鎮座したままだ。晴れた日がまたやってきてかれの皮膚を融かし、凍てついた夜がかれに氷の覆いをかぶせ、それがまた溶けて透明な水晶のようになる。晴れた日が続けばかれはさらに得体の知れぬものとなり、唇の紅も色褪せてしまう。

ところが、北方の空を舞う粉雪は、舞い降りてからも、いつまでも粉の如く、砂の如く、それらは決して粘つかず、屋根の上に、地面の上に、枯れた草の上に、ただ撒《ま》き散らされるだけ。屋根の上の雪は、家のなかに住むひとの火の温もりによって、早くから溶けてしまう。そのほかのは、晴れた空の下、旋風が突如やって来ると、勢いよく舞い上がり、日の光のなかできらきらと輝きを放ち、焔を包み込んだ濃霧のように、旋回しては舞い上がり、大空に果てしなく拡がり、大空を旋回させかつ舞い上がってきらめき輝かせる。

涯のない曠野の上、寒気に凍る大空の下、きらきらと旋回し舞い上がっているのは雨の精霊……

そう、それは孤独な雪、死せる雨、雨の精霊である。

一九二五年一月一八日。

凧

北京の冬、地面にはなお積雪が残り、うす黒いはだかの樹々の枝が晴れわたった空に交叉し、遥か彼方には凧が一つ二つ揚がっているが、それはわたしにとってある種の戸惑いと悲しみである。

故郷の凧の季節は、春二月である。ビューンという唸りを聞きつけて見上げると、薄墨色の蟹凧かあるいはさみどり色の蜈蚣凧《むかでだこ》を眼にすることができる。他にも寂しい瓦凧があるが、唸りはないし、揚がり方もはなはだ低く、ひとりぼっちでしょんぼりと可憐な様子に見える。だがこの頃には地上の楊柳はもう芽を吹き、早咲きの山桃も蕾《つぼみ》を綻《ほころ》ばせていて、こどもたちの空の飾りものと呼応し合って、いちめんに春の暖かさを編みあげている。わたしはいまどこにいるのだろうか？　四方はなおせまる冬の厳しさである。だが離れて久しい故郷のずっと以前に過ぎ去った春が、意外にもこの目の前の大空にただよいあらわれてくる。

だがわたしは昔から凧揚げが好きではない。好きでないばかりか、それを嫌悪していた。なぜならわたしはそれを見込みのないこどものする遊びだと思っていたからである。わたしと正反対なのがわたしの小さい弟で、かれはその頃たぶん十歳そこそこだっただろう、病気がちで、目も当てられないほど痩せていたのに、凧が大好きだった。自分では買えないし、わたしも揚げるのを許さないので、かれは仕方なく小さな口を開けたまま、ぽかんと空を凝視してうっとりと、ときには小半日もそうしていた。遥か彼方の蟹凧が突如墜落すると、かれは驚きの声をあげた。二つの瓦凧のもつれが解けると、かれは喜んでとび跳ねた。かれのこうした仕草は、わたしの目にはすべてお笑いぐさで卑しむべきものだった。

ある日、わたしはふと気付いた、何日もかれをほとんど見ていないようだ、ただかれが裏庭で枯れた竹を拾っていたのを覚えている。わたしははっとすべてを理解して、ひとが滅多に行かない物置小屋へすぐに走っていった。戸を開けると果たして埃を被った日用品の山のなかにかれを見つけた。大きな四角の腰掛けを前にして、小さな腰掛けに坐っていた。私を見るとかれはひどく慌てて立ちあがり、色を失って竦《すく》んだ。その大きな四角の腰掛けの傍に蝶凧の竹骨がひとつもたせかけてあり、まだ紙は糊付けされていなかった。腰掛けの上には目玉にする一対の小さな唸りが、ちょうど紅い細い紙で飾りつけられる最中で、まもなく完成するところであった。秘密を発《あば》いた満足と同時に、かれがわたしの眼を欺き、ろくでもないこどもの遊び道具をこんなに苦心惨憺してこっそりと作っていたことにひどく腹が立った。わたしはいきなり手を伸ばして蝶の片方の羽の骨をへし折り、唸りを地面にたたきつけて、踏みつぶした。年齢でも腕力でも、かれはわたしの敵ではなかった。わたしはむろん完全な勝利を得て、傲然と出ていった、絶望して小屋のなかに突っ立っているかれをそこに残したまま。そのあとかれがどうしたのか、わたしは知らないし、気にもとめなかった。

だがわたしへの報いはついにめぐってきた。かれとのとても長い離別の後、わたしはすでに中年になっていた。わたしは不幸にも偶然一冊の児童のことを論じた外国の書物を読み、遊びは児童のもっとも正当な行為であり、玩具は児童の天使だということをはじめて知った。そこで二十年このかたまったく思い出しもしなかった幼年期の精神に対するこの一幕の虐殺行為が、突如眼前に繰り広げられ、その瞬間にわたしの心もまるで鉛の塊りに変わったように、重く重く墜ちていった。

心は墜ちるところまで墜ちれば断ち切れてしまうということもなく、重く重くどこまでも墜ちていくばかりである。わたしとて過ちを償うすべがわからぬではない。かれに凧を与えてやり、揚げるのに賛成し、揚げるのを勧め、わたしもかれと一緒に凧揚げをする。わたしたちは大声をあげ、駆け回り、笑いながら。——だがかれはその時すでにわたしと同じく、とっくに髭が生えていた。

わたしにはいま一つ過ちを償うすべがあるのもわかっていた。かれに許しを乞い、「ぼくはちっともあなたを恨んでいませんよ」とかれが言うのを待つのだ。そうすれば、わたしの心はきっとすぐに軽くなるだろう。これは確かに実行できる一つの方法だ。ある日、わたしたちが出会ったとき、顔にはどちらもすでに多くの「生」の苦しみの皺が刻み込まれていて、それにわたしの心ははなはだ重かった。話題が次第にこどもの頃の思い出になったところで、わたしはこの一件を持ち出して、子供の頃は愚かだった、と言った。「ぼくはでもちっともあなたを恨んでいませんよ」とかれがいまに口を開けば、わたしはただちに許されて、わたしの心もきっと軽くなるだろうと思った。「そんなことがありましたか？」かれは驚き訝《いぶか》るように笑いながら言った、まるで他人の昔話を聞くかのように。かれは何ひとつ憶えていなかったのだ。

すべて忘れて少しも恨みのないものに、許すも許さぬもあるだろうか？　恨みもないのに許すとすれば、嘘をつくことになる。

わたしはこのうえ何を求めることができよう？　わたしの心は重く沈むしかなかった。

いま、故郷の春がまたもこの異郷の空に去来して、わたしに久しく過ぎ去ったこども の頃の思い出をよみがえらせるが、そこには捉えようのない哀しみも伴っている。わたしはいっそこの凍てつく厳冬のなかへとこの身を隠してしまう方がよいのだろう——しかし、周囲はいま明らかに厳しい冬であり、わたしに苛烈なる寒気の威力と冷気とを与えている。

一九二五年一月二四日。

美しい物語

ランプの焔がだんだん小さくなって、石油が残り少ないことを知らせている。しかも石油は一流品でないので、とっくに燻《くすぶ》って火屋はとても暗い。爆竹の激しい音があたりにかまびすしく、たばこの煙も周囲に立ち籠めている。暗く沈んだ夜だ。

わたしは眼を閉じ、背中を反らせて、椅子の背に凭《もた》れる。『初学記』*を持つ手を膝の上に置いた。

朦朧とした意識のなかで、わたしは一篇の美しい物語を見る。

その物語はとても美しく、みやびで、たのしい。あまたの美しい人々と美しい事とが、入り交じって満天の錦雲のように、さらに数え切れない流星のように舞い上がり、と思うと一気に拡散して、涯のない彼方へといたる。

わたしは以前小舟に乗って山陰道を通ったことを憶えている。両岸の櫨《はぜ》の木、稲の苗、野花、鶏、犬、森と枯れ木、藁小屋、塔、伽藍、農民と農婦、村娘、干された衣服、和尚、蓑笠、空、雲、竹、……すべてが紺碧に澄んだ小河に逆さに影を映し、櫂《かい》を入れるごとに、それぞれが閃く日光を取り込み、水中の浮き草や泳ぐ魚とともに揺れ動く。もろもろの影と形で、解きほぐれないものはなく、さらに揺らぎ、拡がり、たがいに融け合う。融け合ったと思うと、すぐまた縮んでもとの姿にもどる。輪郭はみなぎざぎざで夏雲のへりのように、日光に縁どりされて、水銀色の焔を噴き出す。わたしの通った河は、どれもこうだった。

いまわたしの見ている物語もそのようだ。水中の青空の底は、あらゆる事物がみなその上で交錯して、一篇を織り成し、いつまでも生き生きとし、絶えず拡がるので、わたしはこの物語の結末を見ることはできない。

河べりの枯れた柳の下の数本の痩せ細った立葵《たちあおい》は、きっと村娘が植えたのだろう。大きな赤い花と赤い斑点模様の花とが、みな水中で揺れ動くと、たちまち砕け散り、ひとすじひとすじ真っ赤な顔料を散らしたようになった、だが波紋は立たない。藁小屋、犬、塔、村娘、雲、……どれもみな揺れ動いている。大きな赤い花はどれも細長く引っ張られ、今度は勢いよく流れる紅の錦の帯となる。帯は犬のなかに織り込まれ、犬は白い雲のなかに織り込まれ、白い雲は村娘のなかに織り込まれ……。一瞬にして、それらはまたすぐに縮んでしまう。だが赤い斑点の花の影ももはや砕け散り、細長く伸びて、まもなく塔、村娘、犬、藁小屋、雲のなかに織り込まれる。

いまわたしの見ている物語は、次第に明瞭となってきた、美しく、みやびで、たのしく、しかも鮮やかである。青空の上には、数知れない美しい人々と美しい事とがあって、わたしはひとつひとつを眺めるが、そのひとつひとつに見覚えがある。

わたしがそれらを凝視しようとすると……。

わたしがそれらをまさに凝視しようとしたとき、俄《にわか》にハッとして、眼を見開くと、錦雲もすでに収縮し、入り乱れ、まるで誰かが大きな石を河のなかへ投げ込んだように、水はたちまち波立って、物語を成す影はこなごなに引き裂かれた。わたしはほとんど床に墜ちかけていた『初学記』を急いで無意識につかんだ。眼の前にはなおいくつか虹色の影の破片が残っている。

わたしはこの一篇の美しい物語を心から愛する。砕けた影のなお残っているうちに、それを呼び戻し、完成し、書き留めなくてはならぬ。わたしは本を抛《ほう》り出し、背のびをすると手を伸ばして筆をとる—だが砕けた影は跡形もなく、ただ暗いランプの光が眼に入るばかりで、わたしはもう小舟のなかにはいない。

ただこの一篇の美しい物語を見たことはきっと憶えている。暗く沈んだ夜に……。

一九二五年二月二四日。

＊　唐の玄宗の勅命を受けて、徐堅（六五九－七二九）らが編集した類書（百科全書）。

旅人

時間：ある日の黄昏。
場所：あるところ。
人物：老人——七十歳前後、白い髭《ひげ》と髪、黒い袷の長衣。
　少女——十歳前後、赤茶けた髪に、真っ黒い瞳、白地に黒の格子縞の長衣。
　旅人——三、四十歳位、身なりは粗末だが屈強で、眼光は暗く沈んでいて、黒い髭に、乱れた髪、黒くて短い上着とズボンはぼろぼろで、裸足に破れ靴を履き、脇の下に袋を一つ掛け、背丈と同じ高さの竹の杖をついている。

東は、幾本かの雑木と瓦礫。西は、荒れはてた千人塚である。そのあいだにひとすじの路のようで路でない痕跡が伸びている。土造りの小さな家がこの痕跡に向けて、戸を一枚開け放っている。戸の傍にひとつ枯れた木の切株がある。

（少女が木の切株に坐っている老人をたすけ起こそうとしている）

老人　娘や。おい、娘や！　なぜ止まってしまったのかね？
少女　（東の方を眺めて）誰かやって来るわ、ちょっと見てみましょう。
老人　そのひとを見るには及ばぬ。手を貸しておくれ、家に入ろう。陽がもうすぐ沈むから。
少女　わたし、——ちょっと見てみるわ。
老人　やれやれ、おまえという娘は！　毎日空を見、土を見、風を見ているのに、まだ見たりぬのか？　それより美しいものは何もないのに。おまえはただもう誰かを見たいばかり。陽が沈むころ現れるものが、おまえになにかよいものをもたらすはずがない。……やはり家に入ろう。
少女　でも、もう近づいて来たわ。あらあら、乞食だわ。
老人　乞食？　そうとも限るまい。

（旅人が東の方の雑木林のあいだからよろよろと歩み出で、しばらくためらったあと、ゆっくりと老人に近づいてゆく）

旅人　ご老人、今晩は。ご機嫌いかがですか？
老人　ああ、達者だよ、お蔭で。おまえさんは？
旅人　ご老人、まことに失礼ですが、おたくで水を一杯飲ませていただけませんか？　わたしは歩いてとても喉が渇いています。このあたりには池も、ひとつの水たまりすらもありません。
老人　うむ、いいとも。どうぞ掛けなされ。（少女へ向かって）娘や、水を持って来なさい、コップはきれいに洗ってな。

（少女は黙って土造りの家に入る）
老人　旅のお方、どうぞお掛けなされ。してお名前は？
旅人　名前ですか？——わたしは知りません。もの心ついたころから、わたしはひとりきりです。わたしが何という名かわたしにはわからないのです。道中歩いていると、ときとしてひとさまは勝手にわたしを呼びなします、それはもうさまざまに。わたし自身もはっきりとは覚えていません、ましてや同じ名前を二度と耳にしたこともありません。
老人　ふむふむ。それでは、おまえさんはどこから来られたのかね？
旅人　（ややためらって）わかりません。記憶にある限り、わたしはただこうして歩いています。
老人　そうか。それでは、どこへ行くかお尋ねしてもよろしいかね？
旅人　むろんかまいません。——でもわたしは知りません。わたしはやはり記憶にある限り、わたしはただこのように歩いて、ある場所へ行こうとしており、その場所は前方にあるのです。わたしは長い長い道を歩き、いまここにやって来たことしか覚えていません。わたしはひき続きあちらの方へまいります、（西を指す）、前方へ！
（少女が木のコップを用心深く捧げ出て来て、手渡す）
旅人　（コップを受け取り）ありがとう、娘さん。（水をふた口で飲み干し、コップを返す）ありがとう、娘さん。これはほんとにまれにみるご好意です。わたしはなんと感謝してよいかわかりません！
老人　そんなに感謝することはない。それはおまえさんにとって何もよいことはないのだから。
旅人　そうです。これはわたしにとって何もよいことはありません。でもわたしはいま大いに元気を取り戻しました。わたしはすぐに前方へまいります。ご老人、あなたはたぶん長らくここにお住まいでしょう、あなたはきっと前方がどんなところかご存じでしょう？
老人　この先？　この先は、墓じゃ。
旅人　（訝しげに）、墓？
少女　いえ、いえ、そうじゃないわ。あそこにはとってもたくさんの野百合と野ばらがあるのよ。わたしいつも遊びに行って、見ているわ。

旅人　（西の方を見て、かすかに笑うように）そのとおりです。あのあたりにはとてもとてもたくさんの野百合や野ばらがあって、わたしもいつも遊びに行ったり、見に行ったりしました。しかし、あれは墓です。（老人に向かって）ご老人、その墓場を通り過ぎた先は？

老人　通り過ぎた先？　それはわたしにはまったくわからない。行ったことがないのでな。

旅人　ご存じない?!

少女　わたしも知らないわ。

老人　わたしがただ知っているのは南の方と、北の方と、それに東の方の、おまえさんのやって来た道だけだよ。それはわたしがもっともよく知っているところで、恐らくおまえさんにとっても、最高によいところかも知れない。出すぎたことを言うようだが、わたしの見るところ、おまえさんはもうこんなに疲れておられる、やはり引き返すのがよい、前方へ行ったところで歩きおおせるかどうかわかりかねるからの。

旅人　歩きおおせるかどうかわかりかねる？……（考え込む、不意にハッとして）それはいけない！　わたしは行くほかありません。どこへ引き返そうと、誤魔化しのないところなどありませんし、地主のいないところもありません。追放と牢獄のないところなどありませんし、あいそ笑いのないところ、嘘泣《うそな》きのないところも決してありません。わたしは奴らが憎い、わたしは後戻りはしません！

老人　そうでもあるまい。おまえさんは真心からの涙に出逢うこともあるだろうよ、おまえさんのための悲しみに。

旅人　いいえ。わたしは奴らの真心からの涙を見たくありません、奴らのわたしへの悲しみはいりません。

老人　それでは、おまえさんは、（首を振って）、おまえさんは行くほかあるまい。

旅人　そうです。わたしは行くしかないのです。そのうえある声が常に前方からわたしを急き立て、わたしに呼びかけ、わたしを休ませてはくれないのです。恨めしいことにわたしの足はもうとっくに駄目になってしまい、いちめん傷つき、多量の血が流れました。（片足を挙げて老人に見せる）、そのため、血が足りなくなってしまい、わたしは少しばかり血を飲みたいのです。でも血はどこにあるのでしょう？　しかしわたしはそれでも誰の血をも飲みたくはありません。わたしは幾らかの水を飲んで、わたしの血を補うしかありません。道中どこでも水があって、わたしは別になんの不足も感じませんでした。ただわたしの力はひどく弱ってしまいました、血のなかに水が増えすぎたためでしょう。今日は小さな水たまりにさえ出遭えません、やはり少ししか歩かなかったためでしょう。

老人　そうとも限るまい。陽が沈んだから、しばらく休んだ方がよかろう、わたしのようにな。

旅人　でも、あの前方の声がわたしを行かせます。

老人　わかっておる。

旅人　あなたにはわかっている？　あの声をご存じなのですか？

老人　そうだ。やつは以前わたしにも呼びかけたようだ。

旅人　それはやはりいまわたしを呼んでいるあの声ですか？

老人　それはわたしにはわからない。やつは何回か呼び掛けたのだが、わたしが相手にしないので、やつもそれきり呼び掛けなくなったし、わたしももうはっきりとは覚えていない。

旅人　ううん、かれを相手にしないって……。（考え込むが、不意に驚いて、耳を傾ける）、だめだ！　わたしはやはり行く方がよいのです。わたしは休むことはできません。恨めしいことにわたしの足はもうとっくに駄目になってしまいました。（出発の準備をする）

少女　あげるわ！（ひときれの布を手渡す）、あなたの傷口に巻いて下さい。

旅人　ありがとう、（受け取る）、娘さん。これはまことに……。これはまことに得がたいご好意です。これでわたしはもっとながく歩けます。（割れた煉瓦に腰を下ろし、布ぎれを踝《くるぶし》に巻きつけようとする）いや、だめだ！　娘さん、お返しします。やはり使えません。それにこんなによくして頂いては、感謝しきれませんから。

老人　そんなに感謝することはない、それはおまえさんに何もよいことはないのだから。

旅人　そうです。これはわたしにとって何もよいことはありません。でもわたしにとって、この施しは最上のものです。

見て下さい、わたしのからだじゅう探してもこれほどのものはありません。
老人　おまえさんはそんなにくそ真面目に考えなければよいのだよ。
旅人　そうです。でもわたしにはできません。わたしは自分がこうなるのが恐いのです。もしも誰かの施しを受けると、わたしはすぐにまるで禿鷹が屍を見つけたように、あたりを徘徊し、彼女の滅亡を、わたしのこの眼で見られるよう懇願するでしょう。あるいは彼女以外のあらゆるものすべてが滅亡するよう呪うでしょう、わたし自身さえをも、なぜならわたしこそ呪いを受けるべきものだから。しかしわたしはまだそのような力をもちません。たとえそんな力があったとしても、わたしは彼女がそのような境遇になるのも願いません、なぜなら彼女たちがたぶんそのような境遇になるのを決して願わないでしょうから。思うに、こうするのがもっとも穏当でしょう。（少女へ向かい）娘さん、あなたのこの布ぎれははなはだ結構なのですが、少しばかり小さすぎます、お返ししましょう。
少女　（驚きおそれて、尻込みする）もう要らないわ！　持ってってよ！
旅人　（笑うように）はは ぁ、……わたしが手にしたからですか？
少女　（頷いて、袋を指さす）そのなかに入れておいて、おもちゃにしたら？
旅人　（意気消沈して後ずさる）でもこれを体に背負って、どうして歩けましょう？……
老人　おまえさんが休めないから、背負うこともできない。――少し休みさえすれば、何ということもなくなる。
旅人　そうですね、休めば……。（黙って考えるが、急にハッとして、耳をすます。）いえ、わたしにはできません！　わたしはやはり行く方がよいのです。
老人　どうあっても休みたくないのかね？
旅人　わたしは休みたいのです。
老人　それでは、今すぐ少し休むがよい。
旅人　でも、わたしにはできませ……。
老人　おまえさんはやはり行くのがよいと思うのかね？

旅人　そうです。やはり行く方がよいのです。
老人　それでは、やはり行くのがよかろう。
旅人　（腰をちょっと伸ばして）では、わたしはこれで失礼します。あなたがたに心から感謝いたします。（少女に向かって）娘さん、これをお返しします、どうぞ受け取って下さい。
（少女は驚きおそれて、手を引っ込め、土造りの家のなかへ隠れようとする）
老人　おまえさんが持って行きなさい。もしも重すぎたなら、いつでも墓場のなかに投げ棄てるがよい。
少女　（前へ進み出て）だめよ、それはいけないわ！
旅人　いいえ、それはいけないことです。
老人　それでは、野百合や野ばらの上にそれを掛ければよいだけだ。
少女　（手をたたいて）ハハッ！　それがいいわ！
旅人　そっそれは……。
（ごく短い間、沈黙）
老人　それでは、さよなら。ご機嫌よう。（立ちあがり、少女へ向かって）娘や、手を貸して家に連れて入ってくれ。ごらん、陽はとっくに沈んでしまった。（身を返して戸口の方を向く）
旅人　ありがとうございました。あなたがたもどうぞご機嫌よう。（徘徊し、思いに沈み、急にハッとして）、いや、できない！　行くしかない。わたしはやはり行く方がよいのだ……。（すぐに頭をあげ、奮然と、西へ向けて歩み去る）
（少女は老人を助けて土造りの家へ入り、すぐに戸を閉める。旅人は荒れ地のなかへ、よろめきながら突き進む、夜色がかれの背後から迫る）

一九二五年三月二日。

死火

わたしは自分が氷の山あいを駆けているのを夢に見た。

それは高大な氷山で、上は氷天に接し、空には凍った雲がたちこめ、一つ一つまるで魚の鱗のよう。山のふもとには氷の樹林があり、枝葉はどれも松や杉のようだ。すべてが氷のように冷たく、すべてが青白い。

ところがわたしは突如氷の谷に墜落した。

上下四方、すべて氷のように冷たく青白い。だが青白い氷のうえ一面に、無数の赤い影が、絡まりあってまるで珊瑚の網のよう。わたしが脚もとを見下ろすと、そこに焔があった。

それは死せる火である。めらめらと燃え立つ形をしているが、少しも揺れ動かず、全体が凍結して、珊瑚の枝のようだ。先端には凝固した黒い煙まであるが、たったいま火宅から出たばかりなので、焦げついたのだろう。それが四方の氷の壁に映り、しかもたがいに照り映えて、数え切れぬ赤い影と化し、この氷の谷を珊瑚色に染め上げている。

ハハッ！

わたしはもともと幼い頃から、快速艇が立てる波頭や、溶鉱炉が噴き出す烈しい焔を見るのが好きだった。見るのが好きなだけでなく、よく見極めたかった。残念なことにそれらはみなひっ切りなしに変化して、永遠に形を落ち着けることがない。どんなに見つめても見つめても、どんな定まった形をも決して留めはしなかった。

死せる焔よ、いままずはおまえをつかまえたぞ！

わたしは死せる火を拾いあげて、仔細に眺めようとした瞬間、その冷気がもうわたしの指を焦がした。それでも、わたしはじっと堪えて、それをポケットのなかに押し込んだ。氷の谷の四方の壁が、たちどころに青白くなった。わたしは一方で氷の谷を抜け出る術を思いめぐらしていた。

わたしの身体からひとすじの黒い煙が噴き出し、針金蛇のように上へのぼる。氷の谷の四方の壁には、またたちまち赤い焔が満ちて流動し、まるで火の海のように、わたしを取り囲んだ。ちょっと下を見ると、死せる火がすでに燃え始めて、わたしの衣服を焼き焦がし、氷の地面に流れ出ていた。

「やあ、友よ！　きみはきみの温度で、ぼくを眠りから覚ましてくれたんだ」とかれは言った。

わたしは慌てて挨拶をし、かれの名前をたずねた。

「ぼくはもともと、人間に氷の谷に棄てられていたんだ」かれは問いには答えずに言った。「ぼくを棄てたやつはとっくに滅んで、消え失せてしまった。ぼくも氷に凍らされて命を失うところだったよ。もしもきみがぼくを温め、再び燃え上がらせてくれなければ、ぼくはすんでのところでおだぶつさ。」

「きみが目覚めてくれて、わたしは嬉しいよ。わたしはいま氷の谷を抜け出る方法を考えていたところだ。わたしはきみを身に付けて脱出し、きみをいつまでも凍らせることなく、永遠に燃焼できるようにさせたい。」

「いやいや！　そんなことしたら、ぼくは燃え尽きてしまうよ。」

「きみが燃え尽きるのは、わたしも残念だ。ではやはりきみを留めて、ここにいさせることにしよう。」

「いやいや！　それでは、ぼくは凍って消えてしまう！」

「では、どうすればよいのかね？」

「でもきみ自身は、いったいどうするんだい？」かれは反問した。

「言っただろう、わたしはこの氷の谷を脱出するんだと……。」

「ならば、ぼくはいっそ燃え尽きた方がいい！」

かれはたちまち躍り上がって、真っ赤な彗星のように、わたしと一緒に氷の谷の外へ飛び出した。突然大きな石の車が走って来て、わたしはとうとう車輪の下に轢《ひ》き殺された、だがその前にわたしはその車が氷の谷のなかへ墜ちて行くのを見届けた。

「ハハッ！　おまえたちは二度と死せる火に会うことはできないのだ！」わたしは得意そうに笑いながら言った、まるでこうなることを願ってでもいたように。

一九二五年四月二三日。

犬の反駁

わたしは自分が狭い路地を歩いている夢を見た、衣服も履き物もぼろぼろで、まるで乞食のようである。

一頭の犬が背後で吠えたてた。

わたしは尊大な態度で後ろを振り向き、怒鳴りつけた。

「シッ！ 黙れ！ このゴマすり犬め！」

「ヒヒッ！」かれは笑い、さらに続けて言った、「とんでもない、恥ずかしながら人間にはかなわねえよ。」

「なんだと？」わたしは腹が立った、これはなんとひどい侮辱だと思った。

「恥ずかしい限り。おれは結局いまだに銅と銀の区別を知らねえ。いまだに木綿と絹布の区別も知らねえ。いまだに役人と民草の区別も知らねえ。いまだに主人と奴隷の区別も知らねえ。いまだに……」

わたしは逃げ出した。

「まあ待てよ！ 俺たちもっと話そうぜ……」かれは背後で大声で呼び止める。

わたしは一目散に逃げた、力のかぎり駆けて、やっと夢の世界から逃げ出すと、自分のベッドのうえに横たわっていた。


一九二五年四月二三日。

失われたよき地獄

わたしは自分がベッドに横になって、荒涼とした野外、地獄のほとりにいる夢を見た。あらゆる亡者どもの霊魂の叫びはそのすべてが低くかすかではあったが、それでも秩序を保っていて、火焔の烈しい唸りや、油の沸騰や、刺又の振動と共鳴しあい、酔いしれるほどの一大音楽を形成して、地下の太平を三界に告げていた。

ひとりの偉丈夫がわたしの前に立った。秀麗で、慈悲深く、全身に大いなる光彩が輝いている。だがわたしにはかれが悪魔だとわかっていた。

「すべておしまいだ、すべてはおしまいだ！　哀れな亡者どもはあのよき地獄を失ってしまった！」かれは悲憤慷慨してこう言うと、腰をおろして、かれの知るひとつの物語をわたしに話してくれた――

「天地が蜂蜜色だったころ、つまり悪魔が天の神との戦いに勝利し、一切を主宰する大いなる権威を掌握した時である。かれは天国を手に入れ、人間世界を手に入れ、地獄をも手に入れた。かれはかくして地獄に君臨し、中央に座し、全身から大いなる光彩を放ち、あらゆる亡者どもを照らし出した。

「地獄の原はすでに廃れて久しい。剣の林は光芒を消失し、煮えたぎる油も釜のへりではとうに冷めている。火の海は時にわずかな青い煙をあげるだけで、かなたには相変わらず曼陀羅の花が芽吹いてはいるが、その花は極めて小さく、青ざめて哀れだ。――怪しむことではない、地上はかつて大いに焼き払われ、その肥沃さは当然失われてしまったのだから。

「亡者どもの霊魂は冷たい油とぬる火のなかで甦り、悪魔の光輝のうちに地獄の小さな花が哀れに青ざめているのを見て、すっかり惑わされ、たちまち人間世界を思い出した、黙想すること幾年月、ついに皆が一斉に人間世界へ向けて、地獄への反抗の叫びをあげた。

「人類はただちに声に応じて起ち、正義を振りかざして、悪魔と戦った。戦さの響きはあまねく三界に満ちて、雷鳴をも凌ぐほどだ。大いなる謀略をめぐらし、途方もない網を仕掛け、あげくの果てに悪魔は地獄から退散せざるを得なくなった。最後の勝利は、地獄の門の上にも人類の旗が打ち立てられたことである！

「亡者どもが一斉に歓呼の声をあげたとき、人類による地獄粛正の使者はすでに地獄に登場し、中央に座して、人類の威厳でもって、すべての亡者どもを叱咤した。

「亡者どもがまたも地獄に反抗する雄叫びをあげたとき、今度は立ちどころに人類の反逆者とされ、永久に浮かび上がれぬ懲罰を得て、剣の林の真ん中へ投げ入れられた。

「人類はかくして地獄を主宰する大いなる権力を完全に掌握し、その威光はさらに悪魔以上であった。人類は弛みきった規律を立て直し、手始めに獄卒牛頭に最高の俸禄を与えた。さらに、火には薪を継ぎ足し、剣の山には磨きをかけ、地獄全体の面目を一新して、以前の頽廃ぶりを払拭したのである。

「曼陀羅の花はたちまち枯れはてた。油は一様に沸騰し、剣も一様に鋭利となり、火も一様に燃えさかった。亡者どもも一様に呻吟し、一様にのたうち回り、失われたよい地獄を思い出す暇さえ全くなくなった。

「これこそ人類の成功にして、亡者どもの不幸である……。

「友よ、おまえはわたしを疑っている。そうだ、おまえは人間だった！　わたしは野獣と悪魔を探しに出かけるとしよう……。」

一九二五年六月一六日。

墓碑銘

わたしは自分が墓碑と向きあって立ち、碑面に刻まれた銘文を読んでいる夢を見た。その墓碑は砂岩でできているらしく、剝落《はくらく》がひどく、苔も群がり生えていて、僅かな文字しか残っていなかった——。

……浩歌熱狂の折に、寒にあたり、天上に深淵を見たり。一切の眼中に無所有を見、希望なき所に救いを得たり。……

……一遊魂あり、化して長蛇となり、口に毒牙あり。人を嚙まずして、おのが身を嚙み、ついに破滅す。……

……立ち去れ！……

墓碑の後ろへ回り、やっと孤墳を見つけたが、上には草木も生えず、すでに崩れ落ちていた。その大きな裂け目から、死骸を覗き見ると、胸も腹もともに朽ち、なかには心臓も肝臓もなかった。だがその表情に哀楽は明らかでなく、ただぼんやりと霞んで見えた。

わたしは疑い恐れるも、身を翻す余裕もなく、すでに墓碑の裏側の残る文字が眼に入った——。

……心臓を抉《えぐ》って自ら食らい、真の味を知らんと欲す。傷の痛みのはなはだ烈しければ、真の味もなんぞ能《よ》く知らんや？……

……痛み治まりて後、おもむろにこれを食らう。然れどもその心臓のすでに古くなりたれば、真の味をまた何に由りてか知らん？……

……我に答えよ。然らざれば、立ち去れ！……

わたしはすぐに立ち去ろうとした。しかし死骸はすでに塚のなかで上体を起こしていて、口も動かさずに、こう言った——

「われの塵となる時、おまえはわが微笑を見るだろう！」

わたしは走った、後ろを振り返る勇気はなかった、かれが追って来るのを見るのがひたすら恐ろしかった。


一九二五年六月一七日。

崩れた線のふるえ

わたしは自分が夢を見ているのを夢に見た。自分の居るところはわからないが、眼の前には真夜中に閉め切った一つの小さな部屋の内部があった、だが屋根の上にツメレンゲが鬱蒼と生い茂っているのも見える。木製の食卓の上のランプの火屋は磨《みが》き立《た》てで、部屋のなかをことのほか明るく照らしている。その光のなか、おんぼろベッドの上、髪を振り乱した見ず知らずの精悍な肉体の下で、痩せて小さくか弱いからだが、飢餓と、苦痛と、驚異と、羞恥と、歓喜のためにふるえていた。弛《ゆる》んではいるが、豊満な肌にはなお光沢があった。青白い両頰には赤みがほんのりとさして、まるで鉛の上に紅を塗ったようである。

ランプの火も驚きおそれて縮んでいき、東方はすでに白みかけている。

だが空中にはなおいちめんに飢餓と、苦痛と、驚異と、羞恥と、歓喜の波が揺れていた……。

「かあちゃん！」二歳ほどの女の子が戸の開けたての音に目を覚まされて、部屋の隅の蓆《むしろ》に囲まれた地面から叫び声を上げた。

「まだ早いよ、もう少し眠っておいで！」彼女は狼狽《ろうばい》して言った。

「かあちゃん！　あたいひもじくって、お腹が痛いよ。あたいらきょう何か食べるものあるの？」

「きょうは食べるものあるよ。少し待って焼餅《シャオピン》売りがやって来たら、すぐに買ってやるからね。」彼女は満足げに掌のなかの小さな銀貨を力を込めて握りしめた、低い微かな声は悲しげにふるえ、部屋の隅へ近づき娘をちょっと覗き込むと、蓆を払いのけて抱き上げ、おんぼろのベッドの上に移した。

「まだ早いよ、もう少し眠ってな。」彼女はそう言いながら、同時に眼をあげて、朽ちた屋根のずっと上の空を訴えるすべもなく眺めやった。

空中には突如別のとても大きな波が立ち、以前の波とたがいにぶつかって、旋回し渦となって、あらゆるものをわたしもろとも呑み込んでしまったので、口も鼻もまったく息ができない。

わたしはうなされながら目覚めた、窓の外はいちめん銀のような月光で、夜明けにはまだだいぶ間があるようだ。

わたしは自分の居るところがわからなかったが、眼の前には真夜中に閉め切った小さな部屋の内部があり、わたしは自分が夢の続きを見ているのだとわかった。だが夢の年代はずいぶん隔たっている。小さな部屋の内と外はすでに小綺麗に片付けられており、なかでは若い夫婦と、子どもたちが、みな恨みさげすむようにひとりの初老の婦人に向かって立っている。

「俺たちがひとさまに顔向けできないのは、すべてあんたのせいだ、」男は腹立たしげに言った。「あんたはあれを育てあげたといまだに思っているが、実のところあれを苦労させただけで、いっそ小さいときに飢え死にしたほうがよっぽどよかった！」

「あたしに一生悔しい思いをさせるのは、あんただわ！」女は言う。

「そのうえおれにまで巻き添え食らわせやがる！」男は言う。

「それにあの子たちまでも巻き添えにして！」と女が言う、子どもたちを指さしながら。

いちばん年下の子が干からびた葦の葉をもてあそんでいたが、その時やにわに空中へさっと振り上げ、ひとふりの刀のようにして、大声をあげた。

「やっちまえ！」

その初老の婦人の口もとは痙攣していたが、一瞬ギクッとし、ついですぐにまったく平静になり、しばらくすると、彼女は冷静に、骨張った石像のように立ち上がった。彼女は板戸を少し開け、大股で深夜のなかへ歩み出でた、背後のあらゆる冷罵と嘲笑とをうち捨てて。

彼女は深夜のなかを歩きとおして、涯なき荒野まで真っ直ぐにやって来た。四方はすべて荒野、頭上には高い空があるだけで、一匹の虫、一羽の鳥すら飛ばない。彼女が身体に一糸もまとわず、石像のように荒野の真ん中に立つと、この一瞬の間に過去のすべてが照らし出された。飢餓と、苦痛と、驚異と、羞恥と、歓喜と、そしてふるえ。苦労と、無実の悔しさと、巻き添えと、そして痙攣。やっちまえ！　そして平静。……また一瞬の間にそのすべてがひとつに合わさる。親密と訣別、愛撫と復讐、養育と殲滅、祝福と呪詛、……。かくて、彼女は両手をあらん限り高く空に向かって差し上げた、くちもとからは人と獣の、人間世界にはない、それゆえことばなき言葉が漏れ出でた。

彼女がことばなき言葉を口にしたとき、彼女のあの偉大で石像のような、だがすでに荒《すさ》み、衰えたからだがことごとくふるえた。そのふるえは一つ一つ魚の鱗のようで、どの鱗もみな烈火にたぎる熱湯のように起伏した。空中もたちまちともに震動し、暴風雨さなかの荒れる海の波さながらだった。

彼女はそこで天に向かって眼を上げた、ことばなき言葉もことごとく沈黙し、そして絶え、ただふるえだけが、太陽の光のように輻射して、空中の波をただちに旋回させ、ハリケーンに出遭ったように、涯なき荒野に湧き立ち跳ね上がった。

わたしはうなされた、胸の上に手を置いているせいだと自分でもわかっていた。わたしは夢のなかでなおも渾身の力をふりしぼって、このひどく重い手を払いのけようとした。

一九二五年六月二九日。

論を立てる

わたしは自分が小学校の教室でちょうど文章を書こうとして、先生に論を立てる方法について教えを請う夢を見た。

「難しいな！」先生は眼鏡の縁越しに視線を斜めにぎらつかせ、わたしを見ながら、言った。「こんな話がある――

「ある家に男の子が生まれたので、家じゅう大喜びだった。満一ヶ月のお祝いのとき、抱いてきて客に見せた――たぶんもちろん何か縁起のよい言葉を手向けてもらおうとしたのだろう。

「ひとりが言った、『この子は将来きっとお金持ちになりますよ。』と。かれはそこでひとしきり感謝された。

「ひとりが言った、『この子は将来きっとお役人になりますよ』と。かれはそこで二言三言のお世辞を返された。

「ひとりが言った、『この子は将来きっと死にますよ。』と。かれはそこで寄ってたかって袋叩きにあった。

「死ぬ、と言うのは間違いないことで、富貴になる、と言うのは嘘かもしれない。だが嘘を言うものはめでたき報いを得、間違いないことを言うものは殴られるのだ。おまえは……。」

「ぼくはひとに嘘も言いたくないし、殴られたくもありません。では、先生、ぼくはどう言わねばならないのでしょう？」

「それなら、おまえはこう言わねばならない。『あぁら！　このお子さんは！　ほら！　なんてまぁ……。あぁら！　ハッハッ！　Hehe! he, hehehehe!』」


一九二五年七月八日。

死　後

わたしは自分が路上に死んでいるのを夢に見た。

それはどこか、どのようにしてそこに来たのか、どうして死んだのか、それらのことがわたしにはまったくわからなかった。つまり、わたし自身がすでに死んでしまったと気付いたときには、もはやそこに死んでいたのだ。

かささぎの鳴く声をいくつか聞いたと思うと、つづいてひとしきり鴉の鳴き声だ。空気はとっても爽やかで、――いくらか土の香りを帯びているが、――たぶんちょうど夜明け頃なのだろう。わたしは眼を開こうとしたが、なんと微動だにせず、まるでわたしの眼でないようだ。手をあげようとしたのだが、やはり同じだった。

恐怖の鋭い鏃《やじり》が突如わたしの心を貫いた。わたしは生きていた頃、かつて面白半分に考えたことがある。もしひとりの人間の死が、運動神経の死滅だけであって、知覚はなおも残っているとしたら、それは完全に死んでしまうよりもっと恐ろしいことだと。まさかわたしの予想がまんまと的中して、わたし自身がその予想を証明することになろうとは。

足音が聞こえる、ひとが道を歩いているのだろう。一輪車がわたしの頭の辺りを押して行く、たぶん重い荷を積んでいるのだろう、キィキィときしんで神経をいらいらさせる、しかも歯がいくらかうずく。眼の前が真っ赤になったように感ずるのは、きっと太陽が昇ったにちがいない。してみると、わたしの顔は東を向いていることになる。だがそれはどうでもいい。がやがやと人の声、野次馬だな。かれらが黄色い土を蹴り上げると、わたしの鼻の穴に飛び込んで、くしゃみを催させるが、結局しなかった、ただしたいと思っただけだ。

つぎからつぎとまたも足音がして、どれも近くまで来ては止まる。そのうえささやく声も多くなる。野次馬が増えてきたな。わたしはふとかれらの議論を聞いてみたくなった。だが同時に考えた、わたしが生前に「批評など一笑にも値しない」と言っていたのは、今から思えば虚言であった。死んだばかりだというのにもう馬脚をあらわしやがった。だがやはり聞き耳を立てた。しかし結局は結論を得ることなどできなかった。要するにただ次のようなものだけだ——

「死んだ?……」

「うん。——これは……」

「ふん!……」

「ちぇっ。……あーあ!……」

わたしはとても愉快だった、聞き覚えのある声をひとつとして耳にしなかったから。もしそうでなければ、あるいはかれらを悲しませたかもしれないし、あるいはかれらを心地よくさせたかもしれず、あるいはかれらに食後の雑談の種を少しばかり多く提供して、貴重な時間をよけいに浪費させるかだったろう。そういうことになっては恐縮至極である。いまのところ誰も見付けていない、つまり誰もこの影響を受けない。よし、どうにか申し訳が立とうというものだ。

ところが、どうも蟻が一匹、わたしの背中を這っているようで、かゆくてたまらない。わたしは身じろぎもできないので、もう追い払うことはできない。いつもならば、ただ体をちょっと捻《ひね》れば、やつを追い払えるのだが。そのうえ、太腿《ふともも》にもまた一匹這いあがりやがった！　おまえらなにをしようというのだ？　虫けらめ!?

事態はますます悪くなった。ブーンと音がして、青蝿が一匹、わたしの頬骨の上に止まり、二、三歩あるくと、またひょいと飛び、口を開けるやわたしの鼻の先をなめはじめた。わたしはいらだった。貴殿よ、わたしは偉人でも何でもない。わたしの体にやって来て話の種を探すには及ばぬだろう……。だが声を出せない。かれは鼻先から駆け降りて、またも冷たい舌でわたしの唇をなめはじめた。親愛の情を示しているのかもしれないが。他にも数匹が、眉のうえに集まり、ひと足踏み出すごとに、眉毛が一本ちょっと揺れる。煩わしいのなんの——全くやりきれない。

突然、一陣の風が吹いて来て、平べったいものが上から被さった、かれらは一斉に飛び去ったが、飛び去るときの言い草は——

「ああ惜しい！……」

わたしは怒りでほとんど気が遠くなりかけた。

木材を地面に投げる鈍くて重い音がその震動と一緒になって、わたしの意識をにわかに呼び覚ました。額には蓆の筋目が感じられる。だがその蓆はすぐにめくられて、たちまち日光の灼熱を感じた。すると、また誰かの話すのが聞こえる——

「どうしてこんなところで死ぬのだ？……」

その声はとても近くで聞こえるから、かれはきっと腰を屈めているのだろう。だがひとはどこで死ぬべきというのか？　わたしは以前、ひとは地上では気ままに生存する権利はもたぬとも、気ままに死ぬ権利くらいは当然もつと思っていた。いまやっと、必ずしもそうでないこと、そしてひとびとの意にかなうのがとても難しいことも理解した。残念なことにわたしにはもう久しく紙も筆もない。たとえあっても書けないし、まして書いたとしても発表するところなどない。やむなくこうしてうっちゃっておくだけだ。

誰かが来てわたしを持ち上げたが、やはり誰だかわからない。サーベルの音がするので、警察もここにいるようだ、わたしが「ここで死ぬ」べきでないここに。わたしは何回か転がされると、上へちょっと持ち上げられ、また下へ降ろされた気がした。さらに蓋《ふた》をされ、釘を打つ音がした。だが、不思議なことに、二本打っただけだ。まさかここの棺桶の釘は、二本しか打たないはずもあるまいに？

わたしは考えた、こんどばかりは〝六方〟塞がりだ、外から釘まで打つとは。たしかに完全な敗北である、ああ、哀しいかな！……

「うっとうしい！」とわたしはまた思った。

だがわたしは実のところ前よりもすでにずっと落ち着いていた。埋められたのかどうかはよくわからなかったが。手の甲に蓆《むしろ》の筋目が当たり、この死者の覆いも悪くはないと感じた。ただいったい誰がわたしのために金を払ったのかわからないのが、とても残念だ！それにしても、憎むべきは、納棺したやつらだ！肌着の背中の角に皺がよっているのに、やつらが伸ばしてくれないので、いまそれが当たってとても耐えがたい。おまえたち、死人には何もわからないと思って、こんないい加減なことをするのか？ハッハッ！

わたしの体は生きていたときよりもずっと重くなったようで、そのため着物の皺に押し付けられてことのほか不快だ。だがわたしは考えた、すぐに慣れるさ。あるいはじきに体が腐れば、これ以上のどんな面倒も起こらないだろう。いまはやはり静かに瞑想に耽《ふけ》るにかぎる。

「どうなされた？死んだのですか？」

すこぶる耳慣れた声だ。眼を見開くと、なんと古書店「勃古斎」の外回りの小僧だった。かれこれ二十年余りも会ってないのに、相変わらずのこの調子だ。わたしは六方の壁にまたちょっと眼をやったが、まったく荒削りで、鉋《かんな》も一切かかっていないばかりか、鋸《のこ》の痕もひどく毛羽立っていた。

「なんでもありません、大丈夫です。」かれはそう言いながら、濃紺の木綿の包みを解いた。「これは明版の『公羊伝』

です。嘉靖年間の黒口本です*、あなたのために持って来たのですよ。お納め下さい。こっちは……。」

「おまえ！」わたしは訝るようにかれの眼を見すえて、こう言った、「おまえ、ほんとに頭が変になったのではないか？わたしのこのざまで、明版なぞを読むどころかね？……」

「なんの読めますとも、なんでもありませんよ。」

わたしはすぐに眼を閉じた、かれに嫌気がさしたので。しばらくすると、気配がしなくなった、かれはたぶん立ち去ったのだろう。しかし蟻がまた一匹首筋に這いあがったようで、とうとう顔の上まで這いあがり、ただぐるぐると眼のふちをめぐって輪を描く。

意外にもひとの思想は、死んでしまってもなお変化しうるのだ。突然、ある種の力がわたしのこころの平安を突き破った。同時に、多くの夢がやはり眼の前に現れた。幾人かの友人はわたしの安楽を祈り、幾人かの敵はわたしの滅亡を祈る。だがわたしは結局安楽にもならず、滅亡するでもなく、どっちつかずに生きながらえて、いずれの側の期待にもまったくそえない。いままた影のように死んでしまったが、敵にさえ知らしめず、恵んだとて損にはならぬほんの少しの歓びさえかれらに贈ってやろうとはせぬ。……

わたしは快哉のあまり声を上げて泣きそうだった。これがおそらく死後の泣きぞめなのだろう。

だが結局、涙が流れることもなかった。ただ眼の前で火花がきらりと閃いたようだった、わたしはそこで上体を起こした。

一九二五年七月一二日。

＊『公羊伝』とは、儒教経典の一つで孔子の故郷魯国の歴史書『春秋』に、周代の学者公羊高が附したと伝えられる注釈書。「嘉靖年間」は明朝の一五二二～六六年。「黒口」とは、頁（小口）の上下に黒線をあしらったもの。線のないものは「白口」と呼ぶ。

このような戦士

もしもこのような戦士がいたら――

蒙昧なることアフリカの土人のようであるのに真っ白いモーゼル銃を背負っているわけではもはやなく、また困憊することと中国の非正規兵のようであるのに腰にはなんと大型拳銃をぶら下げているわけでもない。かれは牛皮とくず鉄でできた甲冑に縋《すが》ろうとは決してしない。かれにはただ自己あるのみ、武器はただ未開人の使用する、素手にて抛る投げ槍を握るのみ。

かれが無物の陣へ踏み込むと、出会うものはみなかれに型どおりの会釈をする。かれにはわかっている、この会釈こそ敵の武器であり、ひとを殺しても血を見ぬ武器であることを。あまたの戦士がそこに亡び去り、その威力は砲弾さながらで、勇敢な戦士にもその力を発揮させせないことを。

かれらの頭の上にはさまざまな旗があり、色とりどりのすばらしい呼び名が刺繍されている。慈善家、学者、文士、長者、青年、雅人、君子……。頭の下にはさまざまな外套があり、色とりどりの美しい模様が刺繍されている。学問、道徳、国粋、世論、論理、正義、東方文明……。

しかしかれは投げ槍を振りあげる。

かれらはみな声をそろえ誓いを立てて言う、かれらの心臓はみな胸の真ん中にあって、心臓の偏っている他の人間たちとは違うのだと。かれらがみな胸に護心鏡を懸けているのは、自分でも心臓が胸倉の真ん中にあることを確信している証拠である。

しかしかれは投げ槍を振りあげる。

かれは微笑み、やや傾けて投げたが、かれらの心臓の真ん中を射貫く。

あらゆるものががっくりと地に倒れる。――だが一着の外套だけは残る、そのなかは空っぽだ。無物の物はとっくに脱け出て、勝利を得る、なぜならかれはこのとき慈善家を殺害した等の廉《かど》で犯罪者となっているから。

しかしかれは投げ槍を振りあげる。

かれは無物の陣のなかを大またで進む、またも型どおりの会釈と、色とりどりの旗と、さまざまな外套と出会い……。

しかしかれは投げ槍を振りあげる。

かれはついに無物の陣のなかで老衰し、寿命を終える。かれは結局のところ戦士ではない、ただ無物の物こそが勝利者なのだ。

このようなところではだれも戦いの叫喚を耳にすることはない、太平なのだ。

太平なので……。

しかしかれは投げ槍を振りあげる！


一九二五年一二月一四日。

利口ものとバカと召使い

召使いはひとを見さえすればいつも生活の苦しみを訴える。そうでありさえすればよく、またそのようにしかできないのだ。ある日、かれはひとりの利口ものに出会った。

「旦那！」かれは悲しそうに言った、涙がひとすじに連なったかと思うと、眼尻からまっすぐ流れ落ちた。「あなたもご存じのように、わたしの暮らしはまったく人間なみではありません。食べものは日に一回すらありつけるとは限りませんし、その一回も高梁《コーリャン》の皮ばかりで、犬や豚だって食おうとはしません。おまけに小さなお椀一杯きりで……。」

「それはほんとにお気の毒だね。」利口ものも痛ましげに言った。

「ほんとにそうなんですよ！」かれはうれしがった。「ですが仕事は昼も夜もで休みなんてありゃしません。朝っぱらから水を担い、晩になれば飯を炊き、昼前には使い走りで、夜には粉を挽き、日が照ると洗濯をし、雨が降ると傘をさしかけ、冬はストーブに火を起こし、夏は夏で団扇係。夜中には白木耳をとろ火で煮て、ご主人さまの賭け事のお付き合い。てら銭のおこぼれなど一度も与ったことはありません。そのうえときには革の鞭で打たれるし……。」

「まあまあ……。」利口ものはため息をつきながら、眼のふちをいささか赤くして、いまにも涙がこぼれそうな様子。

「旦那！ わたしはこれではどうにもやりきれません。どうあっても他になにか道を考えなくてはなりません。でも、どんな道がありましょうか？」

「わたしの考えでは、きみはきっとよくなるよ……。」

「そうでしょうか？ そのようにありたいものです。でも、わたしはやるせない辛さを旦那に打ち明け、そのうえ同情と慰めをいただき、もうとっても気分が楽になりました。たしかにお天道様はお見通しというもんで……。」

しかし、幾日も経たないうちに、かれはまたも不平がつのって来て、相変わらずひとを見さえすれば生活の苦しみを訴えかけた。

「旦那！」かれは涙を流して言った、「あなたもご存じのように、わたしの住まいはまったく豚小屋にも及びません。ご主人さまは決してわたしを人間あつかいしてくれません。あの方は狆《ちん》のほうを何万倍もかわいがっておられまして……。」

「間抜けめ！」そのひとが大声で怒鳴ったので、かれをびっくりさせた。そのひとはバカであった。

「旦那、わたしが住んでいますのは、一部屋しかないぼろ小屋です、湿っていて、薄暗く、南京虫だらけで、寝つくとすぐに噛みついてほんとにひどいありさまです。臭気が鼻をつき、四方は窓ひとつありませんし……。」

「おまえは主人に窓をひとつ開けてくれと言えんのか？」

「そんな、どうしてできましょう？……」

「では、おれを連れて行って見せてみろ！」

バカは召使いについてかれの家の前まで行くと、さっそくその泥壁を壊しにかかった。

「旦那！　何をするんですか？」かれはひどく驚いて言った。

「おれはおまえのために窓をひとつ開けてやるのだ。」

「そ、それはいけません！　ご主人さまに叱られます！」

「やつに構うものか！」かれはなおも壊しつづけた。

「誰か来てくれ！　強盗が俺たちの家を壊しているんだ！　早く来てくれ！　ぐずぐずしてると穴をぶち抜かれてしまうぞ！……」かれは泣きわめきながら、地面をごろごろと転げまわった。

召使いどもがみんな出て来て、バカを追っ払った。

わめき声を聞きつけて、ゆっくりと最後に出て来たのが主人だった。

「強盗がわたしらの家を壊しにやって来ましたが、わたしが真っ先に叫び声をあげ、みんなで一緒になって追っ払ったところです。」かれはうやうやしく、しかも勝ち誇ったように言った。

「よくやった。」主人はそう言ってかれをほめた。


その日、おおぜいの見舞い客がやってきたが、利口ものもそのなかにいた。

「先生、今回わたしが手柄を立てたので、ご主人さまがほめて下さいました。あのときあなたはきっとよくなると言ってくれましたが、ほんとに先見の明がおありで……。」かれは希望に溢れるように、うれしそうに言った。

「まったくそうだね……。」利口ものも自分のことのようにうれしそうに答えた。


一九二五年一二月二六日。

秋枯れの葉

灯りの下で『雁門集』*を読んでいると、頁の間から一枚の楓の押し葉がはらりと落ちた。

それはわたしに去年の晩秋を思い起こさせた。深い霜が夜のうちに降りて、木の葉はほとんど枯れ、庭先のひと株の小さな楓の樹も紅葉した。わたしはかつて樹をめぐって徘徊し、つぶさに葉の色をながめた、青葉のころにはそんな注意を払ったことはなかったのだが。それは樹全体が真紅になっているわけではなく、最も多いのは薄紅で、何枚かの葉は真紅の地肌に、濃いみどりの斑点をつけていた。一枚だけは虫に食われた穴が開いて、黒く縁取りされ、赤や、黄や緑のまだら模様から、美しい瞳のようにこちらを凝視《みつ》めている。これが病葉《わくらば》だ！　ひとりごつと、わたしはそれを摘みとり、買ったばかりの『雁門集』の頁の間に挟んだのだった。たぶん散りかけた虫食いではあるが鮮やかな彩りをしばし保存して、ほかの葉とともにすぐ散ってしまわないようにと願ったのだろう。

だが今夜それは黄ばんだ蜜蝋のようにわたしの眼の前に横たわっており、その瞳ももう去年のように輝いてはいない。もう数年したらもとの色彩はわたしの記憶から消え失せ、それがなぜ書物に挟まれていたのか、自分でもわからなくなるかも知れない。散りかけた病葉の鮮やかな彩りでさえ、ほんの束の間しか会えないのに、まして青々と茂った色彩などいかばかりか。窓の外を眺めやると、寒さに強い樹々もはやすっかり裸になっている。楓の樹などさらに言うまでもない。晩秋のころ、思えばおそらくこの去年とおなじような病葉もあったかもしれない、だが惜しいことに今年わたしにはついに秋の樹々をめでるいとまはなかった。

一九二五年一二月二六日。

＊　元代の詩人、薩都剌（一二七二？－一三五五？）の詩集。薩都剌は西方ムスリム家庭の出身だが、父が山西道雁門の守備隊長となりそこで育つ。幼い頃から漢文化に親しみ、泰定四（一三二七）年に進士及第。

淡い血痕のなかで――幾人かの死者と生者といまだ生まれざる者とを記念して

現在の造物主は、やはり臆病者だ。

かれはひそかに天地を変異させるが、この地球を壊滅させるほどの勇気はない。生ける者をひそかに消滅させるが、すべての死体をいつまでも保存するほど大胆ではない。それとなく人類を苦難にさらすが、あえて永遠にそれを記憶させようとはしない。

かれはもっぱらかれの同類――人類のなかの臆病者――のために思いをめぐらし、廃墟と荒れた墳墓とで華麗な宮殿を際立たせ、光陰でもって苦痛と血痕とを淡くさせる。日ごとに一杯のかすかに甘い苦酒を注ぎ、少なからず、多からず、わずかに酔える程度に、人間世界に差し出し、飲む者が泣けるように、歌えるように、醒めるが如く、酔えるが如く、知あるが如く、知なきが如く、死を欲し、生を欲せしむ。かれはやはりあらゆるものに生を欲せしめねばならぬ。かれはまだ人類を全滅せしめる勇気はもちあわせていない。

幾つかの廃墟と幾つかの荒れた墳墓とが地上に散らばり、それは淡い血痕に映し出される。ひとびとはみなそこにいて、他人と自分との果てのない悲しさ辛さを噛みしめている。しかし吐き出すことをよしとはしない、それも結局は空虚に勝ると見なすがゆえに。そしてそれぞれがみずから「天の害《そこな》われたる民」と称して、他人と自分との悲しさ辛さを噛みしめる弁解となし、さらに息を潜めながらあらたな悲しさ辛さの到来を静かに待っている。あらたな、それはたちまちかれらを懼《おそ》れさせるが、だが一方でその到来を渇望する。

それはみな造物主の良民である。かれはただかくあることを求める。

反逆する勇敢なる戦士が人間世界に出現する。かれは屹立して、すべて変わってしまった或いは今に残る廃墟と荒れた墳墓とを洞察し、深く広くかつ永遠なる一切の苦痛を記憶し、積もりつもって凝固した一切の血を正視し、一切のすでに死せるものと、いま生まれ出でしものと、いまや生まれむとするものと未だ生まれざるものとを察知する。かれは造化の悪だくみを看破したのだ。かれはいまや立ちあがって人類を蘇生させ、あるいは人類を絶滅させようとする。これら造物主の良民どもを。

造物主と、臆病者は、恥じ入り、そして身を隠す。天と地は勇敢なる戦士の眼中に、かくして色を変えるのである。

一九二六年四月八日。

目覚め

飛行機が爆弾を投下する使命を負って、学校の課業のように、毎日午前に北京城のうえを飛行する。プロペラが空気をたたく音を聴くたびに、わたしはいつもある軽い緊張を覚える、さながら「死」の襲来を目撃するように、しかし同時に「生」の存在をも切実に感じとる。

かすかに一回、二回と爆撃音を聴くと、飛行機はブンブンとうなりながら、ゆっくりと飛び去っていく。おそらく死傷者が出たであろう、だが天下はかえっていっそう太平に見えるようだ。窓の外のポプラの若葉は、日光の下で石炭色に輝いている。楡葉梅《スモモ》もきのうよりずっとみごとに咲いている。ベッドいちめんに散らばる新聞を片付け、ゆうべのあいだに机の上に積もった白い微かな埃を払うと、わたしの四角い小さな書斎は、今日も相変わらずいわゆる「明窓浄机」である。

ある理由のために、わたしはそのながいことここに積みあげておいたわかい作家の原稿の編集と校訂に手をつけることになった。わたしはすべてをきちんと整理しておこうと思ったのだ。作品を年代順に見ていくと、うわべを飾ることをいさぎよしとしなかったそれらわかものたちの霊魂がすぐにつぎつぎとわたしの眼の前に屹立した。かれらはしなやかで麗しく、純真で、——ああ、だがかれらは苦悶し、呻吟し、憤り、そしてついには粗暴になった、わたしの愛すべきわかものたちよ！

霊魂は風砂に打たれて粗暴になる、なぜならそれは人間の霊魂だから。わたしはそのような霊魂を愛する。わたしは形なく色もない鮮血したたる粗暴さに口づけたい。幻想的な名園では、珍しい花が今を盛りに咲き誇り、頬赤き妙なる少女は事もなげに逍遙している、鶴の鳴き声が響き、白雲は鬱然と湧く……。そうした情景はむろんひとを恍惚たらしめるだろう、だがわたしは自分が人間世界に生きていることをいつも忘れることはない。

わたしはふとあることを思い出した。二、三年前、わたしが北京大学の教員控え室にいると、ひとりのまったく面識のないわかものがはいって来て、黙ってわたしに一包みの本を渡すと、すぐに出ていった。開いてみると、一冊の『浅草』だった。ただその沈黙のなかに、わたしは多くのことばを読みとった。ああ、その贈り物のなんという豊かさ！惜しいことにその『浅草』はもはや発行されなくなり、『沈鐘』の前身となったにすぎぬようだ。*かの『沈鐘』は、この混沌たる風砂のなかで、深く深く人海の底で寂しげに鳴っているばかり。

野アザミはほとんど致命的なほどにその身を折られようとも、なお一輪の小さな花を咲かせようとするが、トルストイはかつて非常な感動を覚え、それによって一篇の小説を書いたことをわたしは憶えている。干からびた砂漠のなかで、草木は懸命にその根を張り、深い地中の泉の水を吸いあげて、みどり濃き茂みをつくるのは、むろん自己の「生」のためである。だが疲労困憊した旅人は、それを一目見ただけで、心楽しみしばしやすらぎの場所に出会ったと感ずる。それはどんなに感動的で、かつ悲しむべきことではないか!?

『沈鐘』の「無題」――報告にかえて――に、「あるひとが言う、われらの社会はいちめんの砂漠であると。――かりに本当にいちめんの砂漠であるのならば、それがたとえいささか荒涼としていてもなお静粛であるはずだ。たとえいささか寂寞であってもなおきみに広大さを感じさせるはずだ。なぜこんなに混沌とし、こんなに陰鬱で、これほどまでに変幻無限なのか！」

たしかに、わかものの霊魂はわたしの眼の前にそびえ立つ、かれらはすでに心荒《すさ》び、あるいはいまや心荒ばんとしている、だがわたしはこれらの血を流しながらも痛みに耐えている霊魂を愛する。なぜならそれはわたしにこの世に存在していること、この世に生きていることを感じさせてくれるから。

編集と校訂をしているうちに夕陽ははやくも西に墜ち、ランプが光を継いでくれた。さまざまな青春が眼の前をひとつひとつ駆けていく、しかしわたしの周りはただ黄昏が取り囲むばかり。わたしは疲れた体で、たばこを手にしながら、なんとも言いようのない想いのなかで静かに眼を閉じて、ながいながい夢を見る。はっと驚いて目覚めると、周囲は相変わらず黄昏に包まれている。煙の篆刻《てんこく》文字は動かぬ空気のなかを立ち昇り、いくつかの小さな夏雲のように、おもむろに変化しながら名状しがたい物の形を描き出していく。

一九二六年四月一〇日。

＊『浅草』は一九二三年三月に北京で創刊された文芸雑誌。一九二五年二月停刊。主要な執筆者は林如稷、陳煒謨、馮至など。『沈鐘』がこれを引き継ぎ、一九三四年まで発行。なおここに登場する「わかもの」とは馮至のことで、魯迅はのちに彼を「中国で最もすぐれた抒情詩人」と評価している。

魯迅『野草』関連年譜

年（満年齢）	出来事
一九二三 民国一二 大正一二 （四十二歳）	五月、『創造週報』創刊（上海。郭沫若、郁達夫、成仿吾編集）、成仿吾「詩之防御戦」掲載。 六月、弟周作人との共編訳『現代日本小説集』、商務印書館から出版される（漱石、鷗外、有島武郎、江口渙、菊池寛、芥川龍之介を魯迅が担当。佐藤春夫等は周作人の訳。総計三〇篇収録）。有島武郎情死。 七月、『創造日』創刊。周作人との関係が破綻。作人の妻羽太信子と魯迅の間の矛盾が原因と推測されるが詳細は不明。以後、少なくとも表面上の交流は生涯にわたって絶たれる。 八月、周作人一家と同居していた北京八道湾十八号の四合院式の家を出て、磚塔胡同六十一号に一時的に転居する（同郷の許羡蘇、兪芳らと家族のように接する）。ここで「祝福」「在酒楼上」などが書かれた。 第一小説集『吶喊』出版（北京新潮社。「狂人日記」「阿Q正伝」「孔乙己」など一五篇収録）。 九月、周作人『自己的園地』、北京晨報社より出版。日本、関東大震災。厨川白村死去。 九・一〇月、『小説月報』「タゴール特集」。 一二月、『中国小説史略 上巻』（第一～一五篇）、北京新潮社より出版。 この年の秋から、北京大学、北京師範大学、北京女子高等師範学校、世界語（エスペラント）専門学校等の講師を兼任する。専任は教育部僉事（北洋政府の中級官僚）。魯迅は在任中に五等から四等に昇進した。
一九二四 （四十三歳）	一月、第一次国共合作。ソビエト、レーニン死去、スターリン書記長。成仿吾「『吶喊』の評論」（『創造季刊』）。

年（満年齢）	出来事
一九二四 民国一三 大正一三 （四十三歳）	三月、体調を崩し、連日山本病院に通院する（三月中、十五日間の通院記録が日記にあり）。 四月、タゴール来華。上海から北京へ。五月末に日本へ。 五月、前年末に購入していた阜城門内西三条胡同の四合院式の家（八道湾よりかなり小規模）に転居。許広平によれば、購入費用八百元の四百元ずつを斉寿山と許寿裳から借りたという。新月社の招きでタゴール六十四歳祝賀会に出席する。 六月、八道湾に残っていた荷物を取りに行き、周作人およびその家族から悪罵を受ける。『中国小説史略 下巻』（第一六～二八篇）を北京新潮社より出版（翌年九月に北京北新書局より合訂再版）。長年校合を続けた『嵆康集』ほぼ完成し、序を書く。 七月から八月にかけて、西北大学および陝西省教育庁の招聘で、孫伏園等と西安での夏期大学へ赴く。西北大学で十一回にわたり「中国小説の歴史的変遷」を講ずる。 八月、楊蔭楡、北京女子師範大学校長就任。 九月、孫文、北伐宣言。厨川白村『苦悶の象徴』を訳し始め、一〇月訳了。一二月に「引言」執筆。「未名叢刊」之一として、一九二五年三月に自費出版（新潮社代行販売）。 九月一五日、『野草』「秋夜」執筆。『語絲』三期（一九二四年一二月一日）掲載。 九月二四日、『野草』「影的告別」「求乞者」執筆。『語絲』四期（一九二四年一二月八日）掲載。 一〇月三日、『野草』「我的失恋」執筆。『語絲』四期（一九二四年一二月八日）掲載。 この作品はもともと『晨報副刊』に掲載予定であったが、編集長代理劉勉己の独断で不掲載となり、編集者の孫伏園は抗議の辞任。魯迅らの支持の下、一一月に『語絲』を創刊し、孫伏園が編集長に就任する。 一一月、『語絲』（北新書局発行。週刊。孫伏園主編）発刊、主要寄稿者の一人となり、同誌上に『野草』各篇を次々と発表する。北京政変。馮玉祥が故宮の溥儀を追い出し、張作霖、段祺瑞らと連合政府樹立

	を宣言する。すぐに内紛、馮玉祥離脱。 一二月、徐志摩がボードレール『悪の華』より一篇を翻訳、長文の評論とともに『語絲』に掲載。魯迅は「音楽？」を『語絲』に掲載して徐志摩や新月派を徹底的に批判する。『京報副刊』創刊。孫伏園編集。魯迅は厨川白村の文章などを積極的に掲載する。陳源、胡適、徐志摩ら欧米留学組、『現代評論』創刊。 **一二月二〇日、『野草』「復讐」「復讐 其二」執筆。**『語絲』七期（一九二四年一二月二九日）掲載。
一九二五 民国一四 大正一四 （四十四歳）	**一月一日、『野草』「希望」執筆。**『語絲』一〇期（一九二五年一月一九日）掲載。 **一月一八日、『野草』「雪」執筆。**『語絲』一一期（一九二五年一月二六日）掲載。 **一月二四日、『野草』「凧」執筆。**『語絲』一二期（一九二五年二月二日）掲載。 一月、ハンガリー詩人ペテーフィの詩三篇を翻訳して『語絲』に掲載。 二月、厨川白村『象牙の塔を出て』訳了。一二月に「未名叢刊」之一として未名社より出版。『京報副刊』のアンケート『青年必読書』に「中国書を読まずに、外国書を多く読むように。」と記し、物議を醸す。 **二月二四日、『野草』「好的故事」執筆。**『語絲』一三期（一九二五年二月九日）掲載。 **三月二日、『野草』「過客」執筆。**『語絲』一七期（一九二五年三月九日）掲載。 三月、厨川白村『苦悶の象徴』出版。この頃から、許広平との手紙往来開始。世界語専門学校教員を辞職。伊藤幹夫の詩「我一人歩まん」を翻訳、『狂飆』に掲載。孫文死去。蒋介石、次第に実権を握る。 四月から、『莽原』週刊を編集発刊。またこの年から『国民新報副刊』を編集。 **四月二三日、『野草』「死火」「狗的駁詰」執筆。**『語絲』二五期（一九二五年五月四日）掲載。 五月、この頃から北京女子師範大学（楊蔭楡校長。許広平在学中）における闘争が激化する。魯迅は教員として、学生側に立って積極的に発言する。『京報副刊』に「閑話にあらず」を書き、大学当局側に立つ陳源ら「現代評論派」を厳しく糾弾、以後激しく論争する。五・三〇事件（日系企業の工員殺害を契機とした上海全市ゼネスト）発生。 **六月一六日、『野草』「失掉的好地獄」執筆。**『語絲』三二期（一九二五年六月二二日）掲載。

年（満年齢）	出来事
一九二五 民国一四 大正一四 （四十四歳）	六月一七日、『野草』「墓碣文」執筆。『語絲』三二期（一九二五年六月二二日）掲載。 六月二九日、『野草』「頽敗線的顫動」執筆。『語絲』三五期（一九二五年七月一三日）掲載。 七月八日、『野草』「立論」執筆。『語絲』三五期（一九二五年七月一三日）掲載。 七月一二日、『野草』「死後」執筆。『語絲』三六期（一九二五年七月二〇日）掲載。 八月、教育総長章士釗が北京女子師範大学を不法解散したことに反抗、他の教職員等とともに校務維持会を組織、徹底抗戦を構える。章士釗は段祺瑞政府を通して、魯迅の教育部僉事の職を罷免。魯迅は同月、「平政院」に提訴、のち（一九二六年一月）に勝訴、復職する。青年文学者たちと「未名社」を組織。外国文学の翻訳や創作を数多く刊行する。 一〇月、徐志摩が『晨報副刊』主編に就任、同誌は現代評論派陣営に入る。 一一月、第一雑文集『熱風』を北京北新書局より出版。厨川白村『象牙の塔を出て』出版。芥川龍之介『支那遊記』、改造社より出版。西山会議（国民党右派の台頭）。 一二月一四日、『野草』「這様的戦士」執筆。『語絲』五八期（一九二五年一二月二一日）掲載。 一二月二六日、『野草』「聡明人和傻子和奴才」「臘葉」執筆。『語絲』六〇期（一九二六年一月四日）掲載。 この年、第二小説集『彷徨』各篇を執筆（一九二七年出版）。
一九二六 民国一五 大正一五 （昭和一） （四十五歳）	一月、「「フェアプレイ」急ぐべからず」を『莽原』に発表。易培基が新校長の職に就き、北京女子師範大学が回復する。教育部より「復職令」が公布され、教育部僉事に復職する。（三月に正式な裁決が下り、勝訴が確定。） 三月、三・一八事件（馮玉章の国民軍と日本軍の紛争に対して、列国が最後通牒、段祺瑞北京政府譲歩。天安門にて抗議市民大会が開かれ、軍警、市民学生に発砲、多数の死傷者を出す。魯迅の学生、劉和珍らも糾弾に倒れる。）起こり、張作霖軍北京に入る。北洋軍閥政府によって魯迅を含む大学教授五〇名に逮捕令が出され、五月に至るまで、許寿裳らと山本医院、ドイツ医院、フランス医院などに避難。教え

	子を含む多数の死者を追悼して「花なきバラの二」を書く。創造社、「文学革命より革命文学へ」のスローガンの下に『創造月刊』創刊。郭沫若、「革命と文学」を発表、北伐軍に従事。 四月、『詩刊』(『晨報』副刊之一として)創刊。 **四月八日、『野草』「淡淡的血痕中」執筆。『語絲』七五期(一九二六年四月一九日)掲載。** **四月一〇日、『野草』「一覚」執筆。『語絲』七五期(一九二六年四月一九日)掲載。** 六月、第二雑文集『華蓋集』、北新書局より出版。 七月、広東国民政府、蒋介石を中心とした「北伐」を開始。 八月、奉系軍閥が北京にて文化界に弾圧を加え、編集者などを逮捕虐殺する。許広平とともに北京を去って厦門へ行き、林語堂の世話で九月から厦門大学国文系兼国学院研究教授となる。第二小説集『彷徨』を北京北新書局より出版(「孤独者」「傷逝」など十一篇収録)。 一〇月、「眉間尺」(のち「鋳剣」と解題、『故事新編』に収める)を書く。また『墳』の「題記」を書き、その編成を終わる。『古小説鉤沈』を整理。『華蓋集続編』を編成する。 一一月、(広州)中山大学より招聘状を受け取る。 一二月、高長虹との軋轢により「奔月」(のちに『故事新編』収録)などの文章を書く。厦門大学を辞職。 この年、回想集『朝花夕拾』の各篇(「従百草園到三味書屋」「藤野先生」「范愛農」等)を「旧事重提」の題で『莽原』誌上に連載(二八年九月出版)。日本、昭和改元。円本流行。
一九二七 民国一六 昭和二 (四十六歳)	一月、船で厦門を去り、許広平のいる広州に行く。 二月、中山大学教授(文学系主任兼教務主任)となり、許寿裳を招聘する。山上正義と会う。香港へ赴き青年会(YMCA)で「声なき中国」など講演(許広平、広東語通訳)。 三月、雑文集『墳』、北京未名社より出版。嶺南大学に行き講演する。胡適、徐志摩、聞一多ら「新月社」結成、『新月』創刊、後期「創造社」などプロレタリア文学派と対立。成仿吾、「文学革命から革命文学へ」発表。蒋介石の北伐軍、上海、南京を占領する。

年（満年齢）	出来事
一九二七 民国一六 昭和二 （四十六歳）	四月、黄埔軍官学校で講演、「革命時代の文学」。四月一二日、上海にて四・一二クーデター発生、共産党員を中心とする多数の革命派人士が殺される。四月一五日、魯迅のいた広州に飛び火、二千名あまりが虐殺されたという。中山大学の各系主任緊急会議に出席、蒋介石の反共クーデターによる逮捕学生の釈放を図ったが受け入れられずに辞表を提出する。六月に辞職承認。許寿裳もともに辞職。南京国民政府成立。国共合作崩壊。 **四月二六日、「『野草』題辞」執筆。『語絲』一三八期（一九二七年七月二日）掲載。** 五月、雑文集『華蓋集続編』を北新書局より出版。日本、北伐軍阻止のため、第一次山東出兵。各地に排日運動起こる。 六月、「動植物訳名小記」を書く。魯迅訳、オランダ作家ファン・エーデン『小さなヨハネス』（一九二八年、未名社）に収録。 この頃、『思想・山水・人物』に収める鶴見祐輔の文章を集中的に翻訳し、『語絲』等に掲載する。 **七月、散文詩集『野草』北京北新書局より出版。【烏合叢書】**之一。 芥川龍之介自殺。『小説月報』「芥川特集」。『朝花夕拾』「後記」を書く（『朝花夕拾』は翌年九月に未名社より出版）。知用中学および市教育局主催の「学術講演会」で講演、「読書雑談」および「魏晋の気風および文章と薬および酒の関係」（許広平通訳）。 九月、劉半農、台静農を介してノーベル賞候補者への推薦を打診されるが断る。広州を離れ上海に赴く。 翌一〇月より、上海にて許広平と同棲する。以後死まで上海に居を定む。

＊主要参考文献

日本語

・『魯迅案内』（増田渉・松枝茂夫・竹内好編『魯迅全集（十三巻）』〔一九五六年、岩波書店〕附属）収載「魯迅年譜」（「年譜の作成は主として松井博光が当たった」との注記あり。）
・『中国現代文学事典』（丸山昇・伊藤虎丸・新村徹編。一九八五年、東京堂出版）
・『魯迅全集』第二〇巻（一九八六年、学習研究社）収載「魯迅著訳書年表」（尾崎文昭訳）

中国語

・『魯迅生平史料匯編』一～五輯（一九八一年、天津人民出版社）
・『魯迅年譜（増訂本）』（李何林主編、魯迅博物館魯迅研究室編。二〇〇〇年、人民文学出版社）
・『魯迅編年著訳全集』二〇巻（二〇〇九年、人民出版社）
・『魯迅全集』第十八巻（二〇〇五年、人民文学出版社）「魯迅生平著訳簡表」

魯迅『野草』関連文献目録

書籍（日本）

片山智行『魯迅「野草」全釈』（一九九一年、平凡社〔東洋文庫五四一〕）
〔書評〕湯山トミ子「（書評）片山智行『魯迅「野草」全釈』」『月刊しにか』一九九二年四月号。
山田敬三「『野草』への詳密な評釈（片山智行著『魯迅「野草」全釈』）」『東方』一三四、一九九二年。
〔中国語訳〕李冬木訳『魯迅《野草》全釈』（一九九三年、吉林大学出版社）
丸尾常喜『魯迅『野草』の研究』（一九九七年、汲古書院）
〔書評〕秋吉收「丸尾常喜著『魯迅『野草』の研究』」『月刊しにか』一九九八年六月号。
〔中国語訳〕秦弓・孫麗華編訳『恥辱与恢復：《吶喊》与《野草》』（二〇〇九年、北京大学出版社）
傳田章・木山英雄編著『中国の言語と文化─魯迅『野草』を読む・中国語構文論』（二〇〇二年、放送大学教育振興会）

書籍（中国）

衛俊秀『魯迅《野草》探索』（一九五四年、泥土社）
李何林『魯迅「野草」注解』（一九七三年、陝西人民出版社）
閔抗生『地獄辺沿的小花─魯迅散文詩初探』（一九八一年、陝西人民出版社）
孫玉石『《野草》研究』（一九八二年、中国社会科学出版社）
李国濤『《野草》芸術談』（一九八二年、山西人民出版社）
石尚文・鄧忠強『《野草》浅析』（一九八二年、長江文芸出版社）
許傑『《野草》詮釋』（一九八二年、百花文芸出版社）
曾華鵬・李関元等『《野草》賞析』（一九八二年、福建人民出版社）

王吉鵬『《野草》論稿』（一九八六年、春風文芸出版社）
肖新如『《野草》論析』（一九八七年、遼寧教育出版社）
銭理群『心霊的探尋』（一九八八年、上海文芸出版社）
王瑶・李何林『中国現代文学及《野草》《故事新編》的争鳴』（一九九〇年、知識出版社）
孟瑞君『野草的芸術世界』（一九九四年、花山文芸出版社）
薛偉『野草新論』（一九九五年、安徽文芸出版社）
李玉明『拷問霊魂―魯迅《野草》新釋』（一九九八年、済南出版社）
李天明『難以直説的苦衷―魯迅《野草》探秘』（二〇〇〇年、人民文学出版社）
孫玉石『現実的与哲学的―魯迅《野草》重釈』（二〇〇一年、上海書店出版社）
王景山『悲涼悲壮的心音―《野草》心読』（二〇〇二年、首都師範大学出版社）
王吉鵬・張娟・趙月霞編『穿越偉大霊魂的隧道―魯迅《野草》《朝花夕拾》研究史』（二〇〇二年、吉林人民出版社）
王雨海『生命的吶喊与個性的張揚―魯迅《野草》的文化解読』（二〇〇三年、吉林人民出版社）
劉彦栄『奇譎的心霊図影―《野草》意識与無意識関係之探討』（二〇〇三年、百花洲文芸出版社）
胡尹強『魯迅：為愛情作証―破解《野草》世紀之謎』（二〇〇四年、東方出版社）
龍子仲『懐揣毒薬 衝入人群：読《野草》札記』（二〇〇七年、広西師範大学出版社）
張閎『黒暗中的声音：魯迅《野草》的詩学与精神密碼』（二〇〇七年、上海文芸出版社）
余放成『〝難於直説〞的愛情―《野草》主題探微』（二〇一一年、華中師範大学出版社）
李玉明『〝人之子〞的絶叫―《野草》与魯迅意識特徴研究』（二〇一二年、北京大学出版社）
範美忠『民間野草』（二〇一二年、中央広播電視大学出版社）
張潔宇『独醒者与他的灯―魯迅『野草』細読与研究』（二〇一三年、北京大学出版社）
孫玉石『《野草》二十四講』（二〇一四年、中信出版股份有限公司）
汪衛東『探尋〝詩心〞：《野草》整体研究』（二〇一四年、北京大学出版社）
銭理群『和銭理群一起閲読魯迅（上編 共読魯迅《野草》）』（二〇一五年、中華書局）
朱崇科『《野草》文本心詮』（二〇一六年、人民出版社）

論文（日本）

鹿地亘「『野草』解題」（『大魯迅全集』第二巻、一九三七年、改造社）
武田泰淳「影を売った男」（『大魯迅全集月報』二号、一九三七年）
竹内好『魯迅』「作品について 三」（一九四四年、日本評論社）
竹内好「Ⅲ作品の展開4『野草』」『世界文学はんどぶっく・魯迅』（一九四八年、世界評論社。『魯迅入門』〔一九五三年、東洋書館〕所収）
新島淳良「「失われたよい地獄」について――「野草」ノート」（一九五四年、『魯迅研究』七号）
小野田耕三郎「「野草」における希望」（一九五四年、『北斗』創刊号）
竹内好「『野草』解説」（『野草』、一九五五年、岩波書店〔文庫〕）
竹内好「『野草』について」（『魯迅選集』第一巻、一九五六年、岩波書店）
野間正雄「「秋夜」に見られる魯迅の一断面」（一九五六年、『鐸』〔東洋大学〕二）
津田孝「「野草」雑論（上）・（上）の二」（一九五六年、『魯迅研究』一四、一五号）
駒田信二「野草――その一つの読み方――」（一九五六年、『文学』二四巻一〇号。『対の思想――中国文学と日本文学』〔一九六九年、勁草書房〕所収）
竹内実「タイクツとの対話――野草その他をめぐって」（一九五六年、『北斗』一一号）
中川登史「『野草』について――一つのみかた――」（一九五七年、『中国研究』八）
高田昭二「『野草』題辞を読む」（一九五七年、『岡山県漢文学会報』二）
丸山昇「「野草」に於ける魯迅――野草総論に代えて」（一九五七年、『魯迅研究』二四号〔特集「野草」会読〕）
細谷正子「私の「野草」（一）」（一九五七年、『魯迅研究』二四号）
竹田晃「さまよえる精神のつぶやき――「影的告別」と「希望」から――」（一九五七年、『魯迅研究』二四号）
尾上兼英「「野草」における負の世界」（一九五七年、『魯迅研究』二四号）
近藤邦康「「このような戦士」他」（一九五七年、『魯迅研究』二四号）
初山けい子「『野草』について感じたことひとつ」（一九五七年、『魯迅研究』二四号）
片山智行「魯迅論――『野草』を中心に――」（一九五八年、『中研ノート』〔大阪市立大学〕四）
中野美代子「魯迅雑文の発想の諸形式――「野草」をめぐる精神分析的一考察――」（一九五九年、『現代中国』三四号）

尾上兼英「『野草』の両面」（一九六〇年、『魯迅研究』二五号〔特集「野草」会読（その二）〕）
青山宏「まどろみ（一覚）について」（一九六〇年、『魯迅研究』二五号）
丸山昇「「我的失恋」と「幸福的家庭」」（一九六〇年、『魯迅研究』二五号）
魯迅研究会「「野草」解釈に関する問題点—「野草」会読記録—」（一九六〇年、『魯迅研究』二五号）
細谷正子「私の「野草」（二）」（一九六〇年、『魯迅研究』二五号）
細谷正子「「好的故事」の執筆日附について」（一九六〇年、『魯迅研究』二五号）
木山英雄「「墓碑銘」を中心に—野草の骨—」（一九六〇年、『魯迅研究』二六号）
中野美代子「「野草」題辞について〔附記：私の「野草」研究の態度〕」（一九六〇年、『魯迅研究』二六号）
細谷正子「「好的故事執筆日附」補遺」（一九六〇年、『魯迅研究』二六号）
吉田富夫「魯迅『野草』論」（一九六二年、『中国文学報』〔京都大学〕第一六冊）
木山英雄「『野草』的形成の論理ならびに方法について—魯迅の詩と〝哲学〟の時代—」（一九六三年、『東洋文化研究所紀要』第三〇冊）
福島吉彦「〈過客〉考—魯迅の寂寞—」（一九六三年、『OUTLOOK—視界』〔京都大学〕四巻一号）
「魯迅友の会懇談会記録「野草」について」（一九六三年、『魯迅友の会会報』三二号）
高橋和己「詩人魯迅」（『魯迅選集』第十巻「月報」、一九六四年、岩波書店）
竹内好「『魯迅作品集』第二巻解説『野草』」（『魯迅作品集』第二巻、一九六六年、筑摩書房）
高田淳「魯迅の〈復讐〉について—『野草』「復讐」論として、併せて魯迅のキリスト教論について—」（一九六七年、『東京女子大学論集』一八巻一号）
檜山久雄「野の草その影の告白—魯迅 革命時代の文学（六）」（一九六九年、『新日本文学』二六九号。『魯迅—革命を生きる思想』（一九七〇年、三省堂）所収）
須藤洋一「復讐論—「野草」的魯迅に対する一つの接近—」（一九七一年、『熱風』創刊号）
出口矩子「〝失われたよい地獄〟から」（一九七一年、『魯迅友の会会報』五二号）
河井信夫「『希望』を読んで」（一九七一年、『魯迅友の会会報』五三号）
川上久寿「露訳『野草』の注釈について」（一九七二年、『小樽商科大学人文研究』四四輯）
吉田恭二「『野草』試論—「覚醒の夢」から覚めて—」（一九七二年、『野草』九号）
長瀬常徳「『野草』について」（一九七二年、『野草』九号）

伊藤虎丸「魯迅におけるニーチェ思想の受容について」(一九七二年、『外国文学研究』〔広島大学〕一九)
横松宗「6 絶望の底から」(『魯迅の思想―民族の怨念』、一九七三年、河出書房新社)
上野昂志「野草と地火」(一九七六年、『ユリイカ』八巻四号〔魯迅特集〕)
山田敬三「魯迅の世界―『野草』の実存主義―」(『魯迅の世界』、一九七七年、大修館書店)
北岡正子「魯迅とペテーフィ―「希望」材源考―」(一九七八年、『文学』四六巻九号)
駒田信二「『野草』解説」(『集英社版 世界文学全集七二 魯迅 巴金』、一九七八年、集英社)
中井政喜「魯迅の復讐観について」(一九八〇年、『野草』二六号)
飯倉照平「I魯迅の思想 3主人と奴隷「利口な人とバカと奴隷」」「Ⅲ魯迅の著作 1創作「『野草』題辞『野草』英訳本の序」」(『魯迅』、一九八〇年、講談社)
片山智行「『野草』の背景について」(一九八〇年、『人文研究』〔大阪市立大学〕三二巻第四分冊)
片山智行「『秋夜』について」(一九八一年、『人文研究』〔大阪市立大学〕三三巻第二分冊)
丸尾常喜「魯迅論断章―頽れおちる「進化論」」(一九八〇年、『中国研究』一二八)
高田昭二「第三章雑感の時代 第二節「野草」について」(『魯迅の生涯とその文学』、一九八〇年、大明堂)
藤井省三「魯迅における「詩人」像の崩壊―〈野草〉中の《復讐・希望》諸章の形成をめぐって―」(一九八二年、『日本中国学会報』三四集。のちに改訂して、『魯迅―「故郷」の風景』〔一九八六年、平凡社〕所収)
相浦杲「魯迅の散文詩集『野草』について―比較文学の角度から―」(一九八三年、『国際関係論の総合的研究(一九八二年度)』〔大阪外国語大学〕。『中国文学論考』〔一九九〇年、未来社〕所収)
川本栄三郎「「我的兄弟」と「風箏」の文体論的比較試論―文章体の場を探る―」(一九八三年、『アルテス リベラレス』〔岩手大学〕三三号)
増田好江「『野草』における〝夢〟の変遷」(一九八三年、『二松学舎大学人文論叢』二八輯)
飯倉照平「『野草』解説」(『魯迅全集』第三巻、一九八五年、学習研究社)
片山智行「『希望』について―「野草」論の三―」(一九八五年、『人文研究』〔大阪市立大学〕三七巻三分冊)
藤井省三「魯迅と「さまよえるユダヤ人」伝説―一九二〇年代中葉における贖罪の哲学―上、下」(一九八六年、平凡社『月刊百科』二八九、二九〇)
安部悟「『野草』の『雪』について」(一九八六年、『中国学志』〔大阪市立大学〕乾号)

安部悟「『風』について」（一九八六年、『中国学志』〔大阪市立大学〕坤号）
今村与志雄「魯迅におけるペテーフィ―絶望之為虚妄、正与希望相同―」「魯迅ノートから（下）19「奴才」と「奴隷」と―訳語のこと」（『魯迅ノート』、一九八七年、筑摩書房）
荀春生「魯迅の「一覚」の理解と翻訳について」（一九八八年、『文学論輯』〔九州大学〕三四号）
林叢「魯迅の『野草』における漱石の『夢十夜』の影響―「過客」と「第七夜」をめぐって」（一九八九年、『比較文学』三二）
丸尾常喜「頹れいく「進化論」―魯迅「死火」と「頹れおちる線の顫え」―」（一九九二年、『東洋文化研究所紀要』第一一七冊）
是永駿「「希望」―〈虚妄〉なるもの―」（一九九二年、『しにか』七巻一一号）
秋吉收「徐玉諾と魯迅―散文詩集『野草』をめぐって―」（一九九二年、『中国文学論集』〔九州大学〕二一号）
李国棟「「野草」と「夢十夜」」（『魯迅と漱石―悲劇性と文化伝統』〔一九九三年、明治書院〕）
秋吉收「魯迅の『野草』執筆と北京『晨報副刊』」（一九九三年、『中国文学論集』二二号）
秋吉收「「野草」と「雑草」―魯迅の散文詩集『野草（Ye-cao）』翻訳試論」（一九九七年、『現代中国』七一号）
秋吉收「魯迅と与謝野晶子―「草」を媒介として」（一九九七年、『高知女子大学紀要 人文・社会科学編』四五巻）
鈴木敏雄「「擬四愁詩」としての魯迅の「我的失恋」詩」（一九九八年、『兵庫教育大学研究紀要』第二分冊）
蘭明「山と谷の間に漂う「冷気」―魯迅「死火」におけるニーチェ受容」（二〇〇〇年、『和光大学表現学部紀要』一号）
秋吉收「魯迅『野草』における芥川龍之介」（二〇〇〇年、『日本中国学会報』五二集）
岡庭昇「絶望からの行動力―魯迅作品集『野草』が示すもの」（二〇〇三年、『公評』四〇―一）
秋吉收「「詩」への想い―芥川と魯迅―」（二〇〇二年、『佐賀大学文化教育学部研究論文集』六集二号）
秋吉收「「詩人魯迅」攷」（二〇〇三年、『佐賀大学文化教育学部研究論文集』七集二号）
佐藤普美子「魯迅「一覚」をめぐる考察」（二〇〇五年、『お茶の水女子大学中国文学会報』二四）
工藤貴正「魯迅と自然・写実主義：魯迅訳・片山孤村著「自然主義の理論及技巧」および劉大杰著『「吶喊」と『彷徨』と『野草』を中心に」（二〇〇五年、『愛知県立大学紀要 言語・文学編』三七）
Gabrakova Dennitza「除草できない希望：魯迅の『野草』」（二〇〇七年、『中国研究月報』六一巻三号）
代田智明「魯迅における「復讐」と「終末」」（二〇〇七年、『野草』七九号）
（工藤貴正「七九号合評 代田智明 魯迅における「復讐」と「終末」―魯迅研究に対する雑感」〔二〇〇七年、『野草』八〇号〕）
秋吉收「「野草・影的告別」考―〝行く〟か〝留まる〟か」（二〇〇七年、『言語文化論究』〔九州大学〕二二号）

賈放「《野草・立論》的語用策略座闡釈及其他」(二〇〇九年、『応用言語学研究論集』〔金沢大学〕三)
秋吉收「魯迅『野草』におけるタゴール、徐志摩の影響について」(二〇〇九年、『中国文学評論』三五号)
秋吉收「魯迅『野草』「犬の反駁」「立論」の位置とその成立について」(二〇一〇年、『中国文学評論』三六号)
鄧捷「魯迅「野草」世界の象徴秩序――「過客」に仕組まれた志向図式開示の試み」(二〇一一年、『野草』八七号)
(松浦恆雄「八七号合評 鄧捷 魯迅『野草』世界の象徴秩序――「過客」に仕組まれた志向図式開示の試み」〔二〇一一年、『野草』八八号〕)
鄧捷「魯迅「野草・影的告別」におけるニーチェの影響:翻訳とテクスト分析から考える」(二〇一一年、『神話と詩:日本聞一多学会報』一〇)
秋吉收「魯迅「影的告別」に去来する周作人の影」(二〇一二年、『言語文化論究』〔九州大学〕二九号)
秋吉收「魯迅と佐藤春夫―散文詩集『野草』をめぐって」(二〇一三年、『東方学』一二六輯)
野林正路「第I章 氏のテクスト構成と作者の実存」『詩・川柳・俳句のテクスト分析 語彙の図式で読み解く』(二〇一四年、和泉書院)
鄧捷「「影的告別」における魯迅の実存的思惟の図式考」(二〇一四年、『神話と詩:日本聞一多学会報』一二)
谷行博「魯迅の内なる李賀:「秋夜」「酒楼にて」「孤独者」における詩的言語の生成」(二〇一四年、『大阪経大論集』六四巻六号)
秋吉收「魯迅『野草』誕生における〝批評家〟成仿吾の位置」(二〇一五年、『野草』〔中国文芸研究会〕九六号)
(永井英美「九六号合評 秋吉收 魯迅『野草』誕生における〝批評家〟成仿吾の位置」〔二〇一六年、『野草』九七号〕)

論文翻訳

徐懋庸著、鶴田義郎訳「魯迅の散文詩《希望》考―徐懋庸遺稿―」(一九八二年、『熊本商大論集』二八巻三号)
林煥平著、鶴田義郎訳「魯迅と夏目漱石」(一九八四年、『熊本短大論集』三五巻一号)
銭理群著、木原葉子訳「魂の探求〈第十三章 人・神・鬼〉」(一九九〇年、『中国図書』〔内山書店〕一九九〇年三~五月号)
李長之著、南雲智訳「魯迅の雑感文『魯迅批判』」(一九九〇年、徳間書店)
丘立才著、永末義孝訳「魯迅『影の告別』分析」(一九九三年、『熊本商大論集』三九巻三号)

『野草』翻訳

全訳

鹿地亘訳『大魯迅全集』第二巻（一九三七年、改造社）
竹内好訳『魯迅作品集』（一九五三年、筑摩書房）
竹内好訳『野草』（一九五五年、岩波書店〔文庫〕）
竹内好訳『魯迅選集』第一巻（一九五六年、岩波書店。六四年改訂版、八六年再版）
竹内好訳『世界文学大系六二　魯迅　茅盾』（一九五八年、筑摩書房）
竹内好訳『世界文学全集一九　魯迅』（一九六六年、河出書房新社）
竹内好訳『魯迅作品集　2』（一九六六年、筑摩書房）
高橋和己訳『世界の文学四七　魯迅』（一九六七年、中央公論社）
竹内好訳『筑摩世界文学大系七八　魯迅　茅盾』（一九七四年、筑摩書房）
竹内好訳『野草』（一九八〇年改訳、岩波書店〔文庫〕）
竹内好訳『魯迅文集　二』（一九七六年、筑摩書房、一九八三年新装版）
駒田信二訳『集英社版　世界文学全集七二　魯迅　巴金』（一九七八年、集英社）
駒田信二訳『魯迅作品集』（一九七九年、講談社〔文庫〕）
駒田信二訳『世界文学全集四四　魯迅』（一九七九年、学習研究社）
飯倉照平訳『魯迅全集』第三巻（一九八五年、学習研究社）
駒田信二訳『集英社ギャラリー「世界の文学」二〇　中国・アジア・アフリカ』（一九九一年、集英社）
片山智行訳『魯迅「野草」全釈』（一九九一年、平凡社〔東洋文庫五四一〕）
高橋和己訳『新装世界の文学セレクション三六　魯迅』（一九九五年、中央公論社）
丸尾常喜訳『魯迅『野草』の研究』（一九九七年、汲古書院）
秋吉收訳『雑草（上）』（二〇一二年、『言語科学』〔九州大学〕四七号）、『雑草（下）』（二〇一三年、『言語科学』〔九州大学〕四八号）

抄訳

花栗実郎訳「求乞者」「犬の駁語」「影の告別」「過客」（一九二八年、朝鮮及満州社〔京城〕『朝鮮及満州』二四七号「支那現代の小説」）
鹿地亘訳「影の告別」（一九三六年、上海雑誌社『上海』九五九）

鹿地亘訳「諷刺詩三篇（「失われたよい地獄」「賢人と馬鹿と奴隷」「犬の反駁」）」（一九三六年、『改造』一八巻九号）
鹿地亘訳「凧」（一九三六年、上海雑誌社『上海』九六二）
鹿地亘訳「秋夜」（一九三六年、上海雑誌社『上海』九六四）
鹿地亘訳「過客」（一九三七年、上海雑誌社『上海』九六五）
土井彦一郎訳注「秋夜」（『西湖の夜—白話文学二十講—』、一九三九年、白水社）
小田嶽夫訳「影の告別」「よい昔ごと」「旅人」「無くされた好い地獄」「こういう戦士」「利口な人と馬鹿者と奴僕」「淡い血痕の中」（『魯迅選集（一）創作集1』、一九五三年、青木書店）
木山英雄訳「題辞」「秋夜」「影の告別」「こじきする者」「復讐」「希望」「死火」「墓石の文字」「頽れゆく線のふるえ」「死後」「このような戦士」（『中国現代文学選集第二巻 魯迅集』、一九六三年、平凡社。一九七一年再版『中国の革命と文学1 魯迅集』）
山田野理夫訳「犬のはんぱつ」「立論」（『愛と真実の人びと4 魯迅—中国の夜明けを』、一九八六年、岩崎書店）

＊追記　筆者の目が届かずに漏れたもの、あるいは存在自体は認知していても実際に入手できていないものなどはここに挙げられていない。諸氏のご教示を仰ぎたい。

初出一覧

本書は、著者がこれまで発表してきた論文のうち『野草』に関するものを基礎とし、統一テーマの下で全面的に書き改めたものである。それぞれの章で、基礎となった拙論の初出は以下の通り。

序　章　「「野草」と「雑草」―魯迅の散文詩集『野草（Ye-cao）』翻訳試論」
（『現代中国』第七一号、一九九一～一九九頁、日本現代中国学会、一九九七年七月）

第1章　「徐玉諾と魯迅―散文詩集『野草』をめぐって―」
（『中国文学論集』第二一号、三七～六〇頁、九州大学中国文学会、一九九二年一二月）

第2章　「魯迅『野草』「犬の反駁」「立論」の位置とその成立について」
（『中国文学評論』第三六号、一～一八頁、中国文学評論社、二〇一〇年一二月）

第3章　「魯迅の『野草』執筆と北京『晨報副刊』」
（『中国文学論集』第二二号、六七～八四頁、九州大学中国文学会、一九九三年一二月）
「中国におけるツルゲーネフ受容―民国初期の文壇を中心に―」
（『高知女子大学紀要　人文・社会科学編』第四四巻、一九～二九頁、一九九六年三月）
（論説資料保存会編『中国関係論説資料三八　文学・語学編』収録）

第4章　「魯迅『野草』におけるタゴール、徐志摩の影響について」
（『中国文学評論』第三五号、一～一二頁、中国文学評論社、二〇〇九年一二月）

第5章　「魯迅「影的告別」に去来する周作人の影」
（『言語文化論究』第二九号、九一～一〇五頁、九州大学大学院言語文化研究院、二〇一二年一〇月）
第6章　「「野草・影的告別」考―〝行く〟か〝留まる〟か」

第7章 （『言語文化論究』第二二号、一～一一頁、九州大学大学院言語文化研究院、二〇〇七年三月）
（論説資料保存会編『中国関係論説資料四九 文学・語学編』収録）

第8章 「魯迅と与謝野晶子――「草」を媒介として」
（『高知女子大学紀要 人文・社会科学編』第四五巻、一五～二六頁、一九九七年三月）
（論説資料保存会編『中国関係論説資料三九 文学・語学編』収録）
（学術文献刊行会編『国文学年次別論文集（平成九年版近代分冊）』収録）

第9章 「魯迅と佐藤春夫――散文詩集『野草』をめぐって」
（『東方学』第一二六輯、一〇六～一二三頁、東方学会、二〇一三年七月）

第10章 「魯迅『野草』における芥川龍之介」
（『日本中国学会報』第五二集、二三七～二五二頁、日本中国学会、二〇〇〇年一〇月）

第11章 「「詩」への想い――芥川と魯迅――」
（『佐賀大学文化教育学部研究論文集』第六集第二号、一二九～一四一頁、二〇〇二年三月）
（論説資料保存会編『中国関係論説資料四五 文学・語学編』収録）

第12章 「「詩人魯迅」攷」
（『佐賀大学文化教育学部研究論文集』第七集第二号、九五～一〇六頁、二〇〇三年三月）
（論説資料保存会編『中国関係論説資料四五 文学・語学編』収録）

新　訳 「魯迅『野草』誕生における〝批評家〟成仿吾の位置」
（『野草』第九六号、一～一六頁、中国文芸研究会、二〇一五年八月）
「魯迅著『雑草（上）』（原題『野草 Ye-cao』）」
（『言語科学』第四七号、一一～二八頁、九州大学大学院言語文化研究院、二〇一二年三月）
「魯迅著『雑草（下）』（原題『野草 Ye-cao』）」
（『言語科学』第四八号、七九～九三頁、九州大学大学院言語文化研究院、二〇一三年二月）

あとがき

筆者の魯迅研究の最大の特徴は、魯迅の創作がいかに他作からの模倣に支えられていたかを、多くの発見によって跡づけた点にあろう（自分で書くのも口幅ったいが敢えて）。

筆者は、研究を通して、魯迅がその〝模倣による創作〟という流儀に対して、現代に通ずるようなコンプレックスを抱いていたことに興味を感じてきた。古来、悠久の歴史に培われた中国文学世界において、「模倣」はいわば常道であった。『文選』や杜甫といった古の偉大な成就を自作に取り入れることは、儒教中国を生きる文人として当然の作法であったし、それは何ら恥ずべきことではなかった。近代に至ると、西洋や日本文学の翻訳という営みが中国社会に登場することになったが、その初期においては、元の作品の原著者名はおろか、原題にすら全く触れていないものがほとんどであった。内容はと言えば、翻案、改変するのは当然で、原作の小説を全く異なる結末に仕立てたり、ひどいものになると、原作など無視していつのまにか自己の政治談義にすり替えたりと、勝手放題の状態であった。そこには、著作権意識の欠落云々と言う以前に、「翻訳」つまり外国語の原作そのままを自国語に移し替えることの意義が全く自覚されていなかったことがある（中国以外に価値を認めない中華思想も関与していようが）。また、前述のような典拠を利用した創作伝統などにもその淵源は求められよう。

近代中国における翻訳と言えば、数百篇もの小説を当時の中国に紹介した林紓がやはり真っ先に挙げられよう。自身全く外国語を解さず、他人に口頭で翻訳させたものを、当時の美文たる桐城体古文に置き換えていくその林紓の翻訳は、従来から一貫して批判されてきたが、実際にはかなりのレベルで正確な翻訳であったという研究が近年報告されているようである。そこに、所謂現代的な意味での「翻訳」が徐々に中国に浸透していく過程を読むこともできるように思う。

正確な翻訳つまり「直訳」を中国に浸透させることに尽力したのが、当の魯迅であった。翻訳に対する彼の硬骨ぶりは、西洋小説のアンソロジーとしては極めて早い時期に登場し、魯迅（および周作人）も大いに期待して世に問うた『域外小説集』（一九〇九年初版）が、その翻訳のあまりの硬さ難解さのために全く売れなかったことなどのエピソードで有名だが、魯迅は、前述のような伝統的な中国文人の中から初めて生まれ出た真の近代的（現代的）文人であった。本書で見てきたような、魯迅が他作を模倣して自己の〝創作〟を紡ぎ出すことを潔しとせぬその〝正常〟さに、そのことが端的に表明されているように思われる。また、彼がその修学時期のほとんどを日本にて過ごしたこと、そして芥川のような作家に深く触れえたことが、そうした意識形成に少なからぬ影響を与えたであろうと考えられる。

＊

日本における本格的な魯迅研究は戦前、一九三四年に中国文学研究会を立ち上げた竹内好等の研究に端を発することは繰り返すまでもない。一九四四年、彼が応召して戦地中国へ侵略戦争の手先となって赴く直前に、死を覚悟した彼の魂の底から紡ぎ出された名著『魯迅』（日本評論社）は、現代を生きる私たちがいま繙いても圧倒的な迫力で叱咤鼓舞する。だが当時、資料環境も極めて劣悪な中での執筆であったことから、実際の文学研究として見たときには多くの初歩的本質的な問題が存在することもまた周知である。竹内の衣鉢を継ぐ丸山昇の研究が、竹内の到達しえなかった資料を駆使して多くの著述をものし、真の魯迅像に可能な限り迫ったものとして極めて高い成就をなすことも贅言を要しない。そしてその魯迅研究にも、常に社会と格闘した丸山自身の意識が強く投影されていた。

日本において、魯迅を純粋なる文学研究の対象として解き放ったのは、丸尾常喜であった。その緻密な考証、徹底した原典との対峙によって、魯迅の思惟の道筋を忠実に再現して見せたその研究は、新見地から数多くの発見をもたらし、魯迅文学をより豊かで広がりのあるものとした。

筆者は、当時奉職していた高知県立大学から内地留学の機会を与えられ、一九九六年に半年間、東京大学東洋文化研究所にて調査研究させて頂くという僥倖に恵まれた。当時東文研東アジア講座主任を担当されていた丸尾先生は、私の申し出を本当に快く受け入れて下さった。今にして思えば、ご定年を間近に控えられた公私ともに大変お忙しい時期で、大著『魯迅『野草』の研究』執筆にまさに不眠不休で取り組んでおられた。いま改めて言葉にならないほどの感謝を噛みしめている。私が東文研に出勤（？）した最初の日、丸尾先生は、あの満面の笑顔で、私のためにわざわざ準備して下さっていた魯迅周作人編訳『現代日本小説集』の原本コピーを手に、研究室の前に立っておられた。こうして、私の拙い『野草』研究も何とか途につくことができたのである。（東文研での研修中には、多くの研究会・シンポジウムに参加する機会を得るとともに、丸尾先生だけでなく、丸山昇先生、藤井省三先生の演習をも受講させて頂くことができた。今から考えると何と贅沢な時間だったことだろう）。また、「詩人」魯迅に取り組むことになった背景には、詩人である父の存在を無視することはできない。父もまた、優柔不断な私を厳しく温かい眼差しで終始見守ってくれている。

刊行に当たっては、九州大学出版会の「第七回学術図書刊行助成」を受けることができた。その後押しがなければ拙著はきっと路頭に迷っていたことだろう。ここに附記して同会に心からのお礼を申し上げたい。また、出版助成審査の過程で、査読に当たられた先生方からも、数々の貴重なご意見ご指導を頂いた。心からの感謝を申し上げる。いまだ解決できていない多くの問題については今後引き続き取り組んでいきたいと考えている。なお、九州大学出版会編集企画担当の尾石理恵さんには、粗忽な私に終始励ましの言葉をかけて頂くとともに、全体の構成から表現のチェックや校正の細部に至るまで多大のご尽力を賜った。謹んで感謝の意を表したい。

ここには到底書き切れないが、これまで本当に多くの方々にお世話になった。学会や研究会の席上で、また直接送らせて頂いた拙論へのお返事にて賜った貴重なご意見や叱責なくして拙著は成立していない。公私にわたり、私を支えて下さったすべての方々に心からのお礼を述べて、ひとまず筆を擱きたい。

二〇一六年十月十九日　魯迅逝去八十周年の日に。

秋吉　收

図版出典一覧

7頁：『ケーテ・コルヴィッツ版画集』（1970年初版，1994年増補版第5刷，岩崎美術社）
24頁：『將來之花園』（1921年初版，北京師範大学蔵書）
44頁：『徐玉諾詩文選』（1987年，人民文学出版社）
81頁：『晨報副鐫』1921年12月4日第1面
104頁：『徐志摩全集 第八巻』（2005年，天津人民出版社）
129頁：『周作人文類編（七）日本管窺』（1998年，湖南文芸出版社）
138頁：1924年12月8日『語絲』週刊第4期
183頁：『現代日本小説集』（1923年初版，1925年3版，商務印書館）
189・192頁：『中央文学 復刻版』（2005年，雄松堂出版）
218・256頁：『名著復刻 芥川龍之介文学館』（1977年，日本近代文学館）
270頁：『馮至全集 第六巻』（1999年，河北教育出版社）
286頁：『創造社資料 第四巻』（〔アジア出版，中国研究文献二〕1979年，汲古書院）
301頁：丸尾常喜『魯迅『野草』の研究』（1997年，汲古書院）

人名索引

(注記)「関連年譜」「文献目録」を除く全文を対象とし（魯迅は除外した），すべて日本語読みの50音順に配列する。補充した名前は〔〕，本文に出る同一人物の字・別名等は（）に収めた。

タ行

ナ行

ハ行

マ行

ヤ行

ラ行

ワ行

著者略歴

秋吉　收（あきよし・しゅう）

1964年，福岡県生まれ。九州大学文学部中国文学専攻卒業。同大学院文学研究科博士課程修了。博士（文学）。中国近現代文学，日中比較文学専攻。現在，九州大学大学院言語文化研究院准教授。
編著に，『異文化を超えて―“アジアにおける日本”再考』（〔比較社会文化叢書22〕，2011年，花書院），『現代の日本における魯迅研究』（〔言語文化叢書22〕，2016年，九州大学大学院言語文化研究院），共著に，『わかりやすくおもしろい中国文学講義』（2002年，中国書店），『彰化文学大論述』（2007年，五南図書出版），『中心到辺陲的重軌与分軌 日本帝国与台湾文学・文化研究』（2012年，台湾大学出版）などがある。

魯迅《ろじん》――野草《やそう》と雑草《ざっそう》――

2016年11月15日　初版発行

著　者　秋吉　收

発行者　五十川　直行

発行所　一般財団法人 九州大学出版会

〒814-0001　福岡市早良区百道浜3-8-34
九州大学産学官連携イノベーションプラザ305
電話　092-833-9150
URL　http://kup.or.jp

印刷／城島印刷㈱　製本／篠原製本㈱

ISBN 978-4-7985-0191-8